STREEL MIJN HART

Colleen McCullough

STREEL MIJN HART

the house of books

Oorspronkelijke titel
Angel Puss
Uitgave
HarperCollins*Publishers*, Londen
First published in Auastralia in 2004 by HarperCollins*Publishers* Pty Limited
Group
Copyright © 2004 by Colleen McCullough
Copyright voor het Nederlandse taalgebied © 2007 by The House of Books,
Vianen/Antwerpen

Vertaling
Annet Mons
Concept & design
Studio Room
Omslagdia
Yashuhide Fumoto/Getty Images
Opmaak binnenwerk
ZetSpiegel, Best

ISBN 978 90 443 1749 7
D/2007/8899/28
NUR 302

Voor Max Lambert,
zeer dierbare vriend

Vrijdag 1 januari 1960 (nieuwjaarsdag)

Hoe raak ik David in 's hemelsnaam kwijt? Denk nou niet dat ik geen moord heb overwogen, maar met een moord zou ik net zoveel problemen krijgen als met de bikini die ik had gekocht van de vijf dollar die ik met Kerstmis van oma had gekregen. 'Ga dat maar ruilen, meisje, en kom thuis met een fatsoenlijk badpak met een zedig schootje over het industriegebied,' zei mama.

Eerlijk gezegd was ik wel een beetje geschrokken toen ik in de spiegel zag hoeveel die bikini liet zien, inclusief bakkebaarden van zwart schaamhaar die me nooit eerder waren opgevallen toen ze schuilgingen achter een zedig schootje. Alleen al de gedachte een miljoen schaamharen uit te moeten trekken maakte dat ik snel terugging om de bikini te ruilen voor een Esther Williams-model in de nieuwste kleur, American Beauty. Een soort diep-rozerood. De winkeljuffrouw zei dat ik er betoverend in uitzag, maar wie moet ik nou betoveren, als die stomme David Murchison steeds maar om me heen hangt als een hond die zijn bot wil bewaken? Toch zeker niet die stomme David Murchison zelf!

Het was vandaag over de vijfendertig graden, dus ben ik naar het strand gegaan om het nieuwe badpak te dopen. Er stond een flinke branding, heel ongewoon voor Bronte, maar de golven leken net groene worstjes, ze sloegen over, je kon niet bodysurfen. Ik spreidde mijn handdoek uit op het zand, smeerde zinkzalf op mijn neus, zette mijn bijpassende American Beauty-badmuts op en holde naar het water.

'De zee is te woest om erin te gaan, je wordt meteen onderuitgehaald,' zei een stem.

David. Die verdomde David Murchison. Als hij zegt dat ik beter in het pierenbadje kan gaan, dacht ik, terwijl ik mijn kuise lendenen gordde, krijgen we ruzie.

'Laten we hier om de hoek naar het pierenbadje gaan, dat is veiliger,' zei hij.

'Met allemaal kinderen die boven op ons springen? Nee!' snauwde ik, en ik begon ruzie te schoppen. Hoewel 'ruzie' misschien niet het goede woord is. Ik schreeuw en ga tekeer, terwijl David alleen maar hooghartig kijkt en weigert te happen. Maar in de ruzie van vandaag schoot ik toch een nieuwe voetzoeker af – ik raapte eindelijk de moed bijeen om hem te vertellen dat ik er genoeg van kreeg als maagd door het leven te gaan.

'Laten we een verhouding beginnen,' zei ik.

'Doe niet zo gek,' zei hij onverstoorbaar.

'Ik doe niet gek! Iedereen die ik ken heeft een verhouding, behalve ik! Verdorie, David, ik ben eenentwintig, en dan ben ik verloofd met een gozer die me niet eens met z'n mond open wil kussen!'

Hij klopte me vriendelijk op de schouder en ging op zijn handdoek zitten. 'Harriet,' verklaarde hij, met die bekakte, aanstellerige katholieke-jongenskostschoolstem van hem, 'het wordt tijd dat we een trouwdatum gaan afspreken. Ik heb mijn doctoraal, het C.S.I.R.O. heeft me mijn eigen lab en een onderzoeksstipendium aangeboden, we gaan nu al vier jaar met elkaar en we zijn één jaar verloofd. Verhoudingen zijn zondig. Een huwelijk is dat niet.'

Grrr!

'Mam, ik ga mijn verloving met David verbreken!' zei ik tegen haar toen ik thuiskwam van het strand, zonder dat mijn nieuwe badpak was gedoopt.

'Dan moet je dat maar tegen hem zeggen,' zei ze.

'Heb jij ooit geprobeerd tegen David Murchison te zeggen dat je niet meer met hem wilt trouwen?' vroeg ik dreigend.

Mama giechelde. 'Nou eh... nee. Ik ben al getrouwd.'

Ik krijg altijd buitengewoon de pest in wanneer mama lollig probeert te zijn ten koste van mij!

Maar ik hield vol. 'Het probleem is dat ik pas zestien was

toen ik hem ontmoette, zeventien toen we verkering kregen, en in die tijd was het geweldig om een vriendje te hebben dat zijn handen thuis kon houden. Maar mam, hij is zo bekrómpen! Ik heb nu een rijpe leeftijd bereikt, maar hij behandelt me niet anders dan toen ik zeventien was! Ik voel me net een gevangene!' Mama is een tof mens, dus ze begon niet meteen een preek af te steken, hoewel ze wel een beetje bezorgd keek.

'Als je niet met hem wilt trouwen, Harriet, dan moet je dat niet doen. Maar hij is wel een goede partij, hoor. Knap, goed gebouwd, en zo'n veelbelovende toekomst! Kijk eens naar wat er met al je vriendinnen is gebeurd, vooral met Merle. Die leggen het aan met knullen die nog niet volwassen en verstandig zijn, zoals David, dus stoten ze steeds hun neus. Het leidt allemaal tot niets. David is zo trouw als een hond geweest en dat zal hij altijd blijven ook.'

'Dat weet ik,' zei ik met opeengeklemde kaken. 'Merle zit ook nog steeds over David te zeuren. Hij is zó geweldig, o, wat bof ik toch. Maar hij komt mij eerlijk gezegd de neus uit! We gaan al zo lang met elkaar dat iedere andere kerel denkt dat ik allang bezet ben. Ik heb verdorie nooit de kans gehad uit te zoeken hoe de rest van de mannenwereld is!'

Maar ze luisterde niet echt. Pap en mam vinden David een goede partij, dat hebben ze vanaf het prille begin laten merken. Als ik nou nog een zusje had gehad, of misschien in leeftijd dichter bij mijn broers had gezeten... Het valt niet mee om een ongelukje van het verkeerde geslacht te zijn! Ik bedoel, neem nou Gavin en Peter, die zijn halverwege de dertig en wonen nog steeds thuis. Ze liggen achter in hun bestelwagen met massa's vrouwen te rollebollen op een waterdicht matras, ze helpen papa in onze sportwinkel en spelen cricket in hun vrije tijd. Die hebben een leven als God in Frankrijk! Maar ik moet mijn kamer delen met oma, en die plast in een pot die ze leegkiepert op het gras achter in de tuin. Wat een stank!

'Roger, wees jij nou maar blij dat ik het niet over het wasgoed van de buren gooi,' is haar enige antwoord als papa probeert haar daarover te onderhouden.

Wat is dit dagboek toch een goed idee! Ik ben genoeg gestoorde en geweldige psychiaters tegengekomen om te beseffen dat ik nu in het bezit ben van een 'medium om frustraties en verdrongen gedachten te kunnen uiten'. Merle was degene die met het idee van een dagboek kwam – ik vermoed dat ze er graag een keertje in zou willen gluren als ze hier is, maar die kans krijgt ze niet. Ik ben van plan het rechtop tegen de plint onder oma's bed te bewaren, pal naast Potje.

Wensen van deze avond: geen David Murchison in mijn leven. Geen Potje in mijn leven. Geen kerrieworstjes in mijn leven. Een kamer helemaal voor mij alleen. Een verlovingsring, zodat ik die David in zijn gezicht kan smijten. Hij zei dat hij er geen wilde geven omdat dat zonde van het geld was. Wat een krent!

Zaterdag 2 januari 1960

Ik heb die baan gekregen! Toen ik vorig jaar mijn examens aan de Sydney Tech had gehaald, heb ik in het Royal Queens Hospital gesolliciteerd naar de baan van gediplomeerd röntgenassistente, en vandaag kwam mijn aanstellingsbrief binnen! Ik begin maandag als eerste röntgenassistente in het grootste ziekenhuis van het zuidelijk halfrond: *meer dan duizend bedden!* Daarbij vergeleken is Ryde Hospital, mijn oude alma mater, een ding van niks. Achteraf bekeken had ik mijn opleiding nooit in Ryde Hospital moeten doen, maar in die tijd vond ik het een geweldig idee toen David het voorstelde. Zijn oudere broer Ned was daar hoofd van de administratie, dat kon altijd van pas komen. Poeh! Hij fungeerde als mijn waakhond. Iedere keer dat een manspersoon mij ook maar een knipoog gaf, kreeg hij van die verdomde Ned Murchison een waarschuwing: ik was het vriendinnetje van zijn broer, dus verboden toegang voor onbevoegden! In het begin vond ik het niet zo erg, maar het werd echt stomvervelend tegen de tijd dat ik mijn tieneronzekerheden en -angsten te boven kwam en af en toe begon te denken dat X of Y me best gezellig leek om eens mee uit te gaan.

Maar een opleiding in het Ryde had wel één voordeel. Je doet er met het openbaar vervoer twee uur over om er vanaf Bronte te komen, en studeren in het openbaar vervoer gaat een stuk gemakkelijker dan in het onderkomen van de familie Purcell, met oma en mama die televisie kijken en de mannen die de hele avond over de afwas doen terwijl ze steeds maar over cricket, cricket en nog eens cricket staan te zwetsen. Clint Walker en Efrem Zimbalist Junior in de zitkamer, en Keith Miller en Don Bradman in de keuken, zonder deuren ertussen, met de eetkamertafel als enige plek om te studeren. Geef mij maar de bus of de trein. En wat was het resultaat? *Ik was de beste in alles!* De allerhoogste cijfers. Daarom heb ik die baan in het Royal Queens gekregen. Toen de uitslag bekend werd, begonnen mama en papa een beetje te zeuren omdat ik, toen ik van de middelbare school kwam, niet naar de universiteit wilde om geneeskunde of wis- en natuurkunde te studeren. Het feit dat ik de allerbeste van de röntgenopleiding was, peperde hun dit kennelijk nog eens goed in. Maar wie wil er nou naar de universiteit gaan om commentaar en pesterijen te krijgen van al die mannen die geen vrouwen in mannenberoepen willen? Ik niet!

Maandag 4 januari 1960
Ik ben vanmorgen met werken begonnen. Om negen uur. Het Royal Queens is veel dichter bij Bronte dan het Ryde! Als ik de laatste tweeënhalve kilometer loop, hoef ik maar twintig minuten met de bus.

Omdat ik mijn sollicitatiegesprek op school heb gevoerd, was ik nog nooit in het ziekenhuis geweest, ik was er alleen maar een paar keer voorbijgekomen als we naar het zuiden gingen om iemand te bezoeken of om ergens te picknicken. Wat een complex! Het ziekenhuis heeft zijn eigen winkels, banken, postkantoor, elektriciteitscentrale, een wasserij die groot genoeg is om ook voor hotels te wassen, werkplaatsen, pakhuizen, noem maar op. Over doolhof gesproken! Het kostte me meer dan een kwartier snelwandelen om van de hoofdingang op de röntgenafdeling te komen, via zo ongeveer alle vormen van architectuur die Sydney in de afgelopen honderd jaar heeft voortgebracht. Rechte blokken, hellingbanen, veranda's met pilaren, gebouwen van zandsteen, van rode baksteen, en veel van die afgrijselijke nieuwe gebouwen met glas aan de buitenkant: snikheet om in te werken!

Te oordelen naar het aantal mensen dat ik passeerde, moeten er zo'n tienduizend werknemers zijn. De ziekenverzorgsters gaan er in zoveel lagen stijfsel gehuld dat ze net groenwitte pakketjes lijken. Die arme zielen moeten dikke bruinkatoenen kousen en platte bruine veterschoenen aanhebben! Zelfs Marilyn Monroe zou moeite hebben er verleidelijk uit te zien met dikke kousen en veterschoenen. Hun muts ziet eruit als twee witte duiven die in elkaar zijn verstrengeld, en ze hebben manchetten en een kraag van celluloid en hun rok hangt tot halverwege hun kuiten. De gediplomeerde verpleegsters zien er net zo uit, maar zij dragen geen schort en hebben een soort Egyptisch sluiertje op hun hoofd in plaats van een mutsje, en ze hebben nylons aan. Hún veterschoenen hebben blokhakken van zo'n vijf centimeter hoog.

Tja, ik heb altijd al geweten dat ik niet het juiste temperament heb om dat soort strakke, stomme discipline te accepteren, net zomin als ik het pik om me door stoere studenten als voetveeg te laten behandelen. Wij röntgenassistenten hoeven alleen maar een wit uniform met knoopjes aan de voorkant (zoom over de knie), met nylons en platte schoenen aan te hebben.

Er zijn minstens honderd fysiotherapeuten. Ik háát fysio's! Ik bedoel, wat zijn fysio's nou eigenlijk anders dan verbeterde masseurs? Maar mensen, mensen, wat verbeelden ze zich veel! Ze stijven hun uniform zelfs vrijwillig! En ze hebben allemaal zo'n hela-hola, vrolijke-hockeyclub-houding vol superioriteit over zich terwijl ze rondstappen als een stelletje legerofficieren waarbij ze hun tanden blootlachen wanneer ze dingen als 'Mieters!' of 'Super!' roepen.

Het was maar goed dat ik vroeg genoeg van huis was gegaan om dat kwartier te kunnen lopen en toch nog op tijd in het kantoor van zuster Toppingham te arriveren. Wat een haaibaai! Pappy zegt dat iedereen haar zuster Agatha noemt, dus zal ik dat ook doen, achter haar rug. Ze is minstens duizend jaar oud en was ooit verpleegster. Ze draagt nog altijd dezelfde Egyptische hoofddoek van gediplomeerd verpleegster. Ze heeft het model van een peer en ze praat al net zo. Vreezzeluk, vreezzeluk. Haar ogen zijn lichtblauw, net zo koud als een vriesmorgen, en ze keken door me heen alsof ik een vieze veeg op het raam was.

'Juffrouw Purcell, u begint op de thoraxafdeling. Gewoon eerst wat gemakkelijke longfoto's maken, weet u wel? Ik heb graag dat nieuw personeel een oriëntatieperiode heeft met iets eenvoudigs. Later zullen we zien wat u echt kunt doen, ja? Prima! Prima!'

Allemachtig, wát een uitdaging! Longfoto's maken. Je duwt ze tegen de staande plaat en zegt dat ze hun adem moeten inhouden. Toen zuster Agatha longfoto's zei, bedoelde ze de lopende patiënten, niet het serieuze spul. We zijn met ons drieën om routinefoto's van longen te maken, twee stagiaires en ik. Maar de donkere kamers zijn voortdurend bezet, we moeten onze cassettes er in recordtijd doorheen jagen, wat betekent dat iedereen die er meer dan negen minuten voor nodig heeft op zijn falie krijgt.

Dit is een afdeling van vrouwen, en dat verbaast me. Heel bijzonder! Röntgenassistenten worden volgens de mannelijke schalen betaald, dus verdringen de mannen zich voor dit beroep. In het Ryde waren het bijna alleen maar mannen. Ik denk dat in het Queens zuster Agatha het grote verschil uitmaakt, dus kan ze nou ook weer niet zó slecht zijn.

Ik ontmoette de verpleeghulp in de troosteloze uithoek waar onze kleerkastjes en wc's zijn. Ik mocht haar direct, ze is veel aardiger dan de meeste röntgenassistenten die ik vandaag heb ontmoet. Mijn twee stagiaires zijn aardige, lieve kinderen, maar ze zijn allebei eerstejaars, dus een beetje saai. Terwijl verpleeghulp Papele Sutama heel interessant is. Niet alleen haar naam lijkt exotisch, zij zelf ook. Haar ogen hebben wel oogleden, maar ik vond haar erg Chinees om te zien. Niet Japans, haar benen zijn daar te welgevormd en te recht voor. Die Chinese achtergrond heeft ze later bevestigd. O, het is gewoon het mooiste meisje dat ik ooit heb gezien! Een mond als een rozenknop, jukbeenderen om een moord voor te doen, wenkbrauwen als veertjes. Ze wordt door iedereen Pappy genoemd, en dat past goed bij haar. Ze is heel klein, ongeveer één meter vijftig, en heel slank zonder eruit te zien alsof ze uit Bergen-Belsen komt, zoals die gevallen van anorexia nervosa, die door Psychiatrie voor een routinefoto naar ons worden gestuurd. Waarom willen die tieners zich in 's hemelsnaam uithongeren? Terug naar Pappy, met haar huid als van ivoorkleurige zijde.

Pappy mocht mij ook graag, dus toen ze ontdekte dat ik een trommeltje voor tussen de middag van thuis had meegebracht, vroeg ze me dat samen met haar op het gras voor het mortuarium op te eten, niet ver van de röntgenafdeling, maar zuster Agatha kan je daarvandaan niet zien als ze op patrouille is. Zuster Agatha luncht niet, ze heeft het te druk met het inspecteren van haar domein. We hebben natuurlijk nooit een heel uur de tijd, vooral niet op maandag, als alle routineklussen van het weekend er naast de gewone dingen bij moeten worden gedaan.

Maar Pappy en ik wisten binnen een halfuur veel over elkaar te weten te komen.

Het eerste dat ze me vertelde was dat ze in Kings Cross woont. Oef! Dat is een buurt van Sydney die papa tot verboden terrein heeft verklaard: een poel van ontucht, noemt oma het. Vergeven van bandeloosheid. Ik weet niet precies wat bandeloosheid is, afgezien van alcoholisme en prostitutie. Er schijnt in Kings Cross veel van allebei te bestaan, te oordelen naar wat dominee Alan Walker zegt. Maar hij is nou eenmaal een methodist, heel deugdzaam. Kings Cross is de buurt waar Rosaleen Norton, de heks, woont. Ze is altijd in het nieuws omdat ze obscene schilderijen maakt. Wat is eigenlijk een obsceen schilderij, mensen die copuleren? Ik vroeg het aan Pappy, maar zij zei alleen maar dat obsceen of niet een kwestie van mentaliteit van de toeschouwer is. Pappy kan heel diepzinnig zijn. Ze leest Schopenhauer, Jung, Bertrand Russell en dat soort lieden, maar ze vertelde me dat ze geen hoge dunk van Freud heeft. Ik vroeg haar waarom ze niet naar de universiteit was gegaan, en ze zei dat ze niet veel echte schoolopleiding heeft gehad. Haar moeder was een Australische, haar vader een Chinees uit Singapore, en ze hadden elkaar in de Tweede Wereldoorlog ontmoet. Haar vader stierf, haar moeder werd krankzinnig na vier jaar in het gevangenkamp in Changi. Wat hebben sommige mensen toch een tragisch leven! En dan loop ik nog een beetje over David en Potje te zeuren. Geboren en getogen in Bronte.

Pappy zegt dat David een en al frustratie is, en dat wijt ze aan zijn katholieke opvoeding. Ze heeft zelfs een naam voor mannetjes als David: 'geconstipeerde katholieke schooljongens'. Maar ik wilde het niet over hem hebben, ik wilde weten hoe het is om in Kings Cross te wonen. Net als in iedere andere buurt, zegt ze. Maar dat geloof ik niet, die buurt is daar te berucht voor. Ik brand van nieuwsgierigheid!

Woensdag 6 januari 1960

David doet weer moeilijk. Waarom kan hij nou maar niet begrijpen dat iemand die in een ziekenhuis werkt geen zin heeft een zware, hoogdravende film te zien? Het is allemaal goed en wel voor hem, daarboven in zijn steriele, dubbel ontsmette wereldje, waar het meest opwindende dat er ooit gebeurt een stomme muis is die een gezwel krijgt. Maar ik werk op een plek waar mensen pijn hebben en soms zelfs doodgaan! Ik word omringd door een gruwelijke realiteit, ik huil al genoeg, ik ben al depressief genoeg! Dus als ik naar de film ga, wil ik lachen, of ik wil eens lekker sentimenteel kunnen doen als Deborah Kerr de liefde van haar leven opgeeft omdat ze in een rolstoel zit. Terwijl het soort films dat David wil zien altijd zo deprimerend is. Niet alleen maar treurig, je wordt er echt depri van.

Ik heb een keer geprobeerd hem dit alles te vertellen toen hij zei dat hij met mij de nieuwe film in het Savoy Theatre wilde zien. Het woord dat ik gebruikte was niet deprimerend, het was armzalig.

'Grote literatuur en grote films zijn niet armzalig,' zei hij.

Ik bood aan hem in alle rust zijn ziel in het Savoy te laten kwellen terwijl ik naar het Prince Edward ging om een western te zien, maar dan krijgt hij op zijn gezicht zo'n uitdrukking waarvan ik uit lange ervaring heb geleerd dat er een toespraak volgt die een kruising is tussen een preek en een ruzie, dus zwichtte ik en ging met hem naar het Savoy om *Gervaise* te zien. Van Zola, verklaarde David toen we weer naar buiten gingen. Het speelde in een Victoriaanse versie van een reusachtige wasserij. De heldin was heel jong en mooi, maar er was geen enkele man die het bekijken waard was, ze waren dik en kaal. Ik denk dat David later misschien ook wel kaal zal worden, zijn haar is niet meer zo dik als toen ik hem pas leerde kennen.

David stond erop met een taxi naar huis te gaan, hoewel ik liever naar de Quay was gelopen om de bus te nemen. Hij laat de taxi altijd tot voor ons huis rijden, om vervolgens met mij door het steegje naast het huis te lopen, waar hij in het donker zijn handen om mijn middel legt en mijn lippen schampt met drie kusjes die zo kuis zijn dat zelfs de paus er niets zondigs in zou kunnen ontdekken. Waarna hij wacht tot ik veilig de achterdeur binnen ben, om dan vier straten verder naar zijn eigen huis te lopen. Hij woont bij zijn moeder, die weduwe is, hoewel hij in Coogee Beach een ruime bungalow heeft gekocht die hij verhuurt aan een gezin nieuwe Australiërs uit Holland. Nederlanders zijn erg schoon, heeft hij me verteld. O, stroomt er wel bloed door Davids aderen? Hij heeft nog nooit een vinger, laat staan een hand, op mijn borsten gelegd. Waar heb ik die eigenlijk voor?

Mijn grote broers zaten binnen thee te drinken en ze lagen dubbel van het lachen over wat er zich in het steegje had afgespeeld.

Wens van vanavond: dat ik in deze nieuwe baan vijftien pond per week kan sparen om begin 1961 genoeg te hebben om een werkvakantie van twee jaar in Engeland te regelen. Op die manier ontdoe ik me van David, die zijn stomme muizen vast niet in de steek kan laten, voor het geval er één een gezwel mocht krijgen.

Donderdag 7 januari 1960

Mijn nieuwsgierigheid naar Kings Cross zal zaterdag worden bevredigd, want dan ga ik bij Pappy eten. Maar ik zal mama en papa niet vertellen waar Pappy precies woont. Ik zeg gewoon dat het aan de rand van Paddington is.

Wens van vanavond: dat Kings Cross geen teleurstelling wordt.

Vrijdag 8 januari 1960

Gisteravond hadden we een kleine crisis met Willie. Het is typisch voor mama dat zij per se deze jonge kaketoe, die op de weg naar Mudgee lag, wilde redden en grootbrengen. Willie was zo mager en zielig dat mama hem warme melk gaf met erdoorheen een beetje medicinale cognac, die we in huis hebben voor wanneer oma een van haar kleine aanvallen heeft. Omdat zijn snavel nog niet sterk genoeg was om zaadjes te kraken, gaf ze hem daarna havermoutpap met een scheutje medicinale cognac. Dus groeide Willie op tot een prachtige dikke witte vogel met een gele kam en een morsige borst vol aangekoekte havermoutpap. Mama heeft hem altijd zijn havermout-met-cognac gegeven in het laatste Bunnyware-schoteltje dat ik als kleuter bezat. Maar gisteren had hij het gebroken, dus gaf ze hem zijn eten in een gifgroen bakje. Willie wierp er één blik op, keerde zijn voer pardoes om en sloeg op tilt. Hij bleef aan één stuk door de hoge C krijsen tot iedere hond in Bronte zat te janken en papa de politie op zijn dak kreeg.

Ik vermoed dat al die jaren van detectives lezen mijn logische denkvermogen heeft gescherpt, want na een afschuwelijke nacht met een krijsende papegaai en duizend jankende honden, besefte ik twee dingen. Ten eerste, dat papegaaien intelligent genoeg zijn om een schoteltje met leuke konijntjes die langs de rand rennen te onderscheiden van een bakje dat gifgroen is. En ten tweede, dat Willie een alcoholist is. Toen hij het verkeerde schoteltje zag, concludeerde hij dat zijn havermoutpap-met-cognac was gestaakt en daarom ging hij zelf in staking.

Uiteindelijk keerde de vrede in Bronte terug toen ik vanmiddag thuiskwam van mijn werk. Ik was tussen de middag snel met een taxi de stad in gegaan om een nieuw Bunnyware-schoteltje te kopen. Moest er ook een kopje bij kopen: twee pond tien! Maar Gavin en Peter zijn goede padvinders, ook al zijn het mijn grote broers. Ze droegen ieder een derde van het bedrag bij, dus ben ik nog niet helemaal armlastig. Gek hè? Maar mama is echt dol op die idiote vogel.

Zaterdag 9 januari 1960

Kings Cross was bepaald geen teleurstelling. Ik stapte bij de laatste halte voor Taylor Square uit en liep de rest van de weg zoals Pappy me had verteld. Ze eten in Kings Cross kennelijk niet erg vroeg, want ik hoefde er niet voor acht uur te zijn, dus tegen de tijd dat ik uit de bus stapte, was het al helemaal donker. Juist toen ik voorbij Vinnie's Hospital kwam, begon het te regenen. Zomaar een motregentje, niets waar mijn roze paraplu met ruches niet tegen opgewassen zou zijn. Toen ik bij die enorme kruising kwam, die volgens mij het eigenlijke Kings Cross is, bood die te voet, met natte straten en de schitterende weerkaatsing van alle neonreclames en autolichten op het natte wegdek, een heel andere aanblik dan wanneer je er in een taxi doorheen zoeft. Het is een prachtig gezicht. Ik weet niet hoe de winkeliers de gemeentevoorschriften weten te omzeilen, maar ze waren nog steeds open, op zaterdagavond! Ik vond het wel jammer dat mijn route me niet langs de winkels van Darlinghurst Road voerde, ik moest over Victoria Road, omdat Het Huis daar staat. Zo noemt Pappy het altijd: Het Huis, en ik weet zeker dat ze dat met hoofdletters zegt. Alsof het een instelling is. Dus ik moet toegeven dat ik gretig langs de rijtjeshuizen van Victoria Street ben gelopen.

Ik ben dol op die rijen oude Victoriaanse huizen in de binnenstad van Sydney. Helaas worden ze tegenwoordig slecht onderhouden. Al hun mooie siersmeedwerk is eraf gehaald en vervangen door stukken eterniet om de balkons in extra kamers te veranderen, en de gepleisterde muren zijn haveloos. Toch doen ze heel geheimzinnig aan. De ramen zijn geblindeerd door vitrages en bruinpapieren jaloezieën, net dichte ogen. Ze hebben heel veel gezien. Ons huis in Bronte is pas tweeëntwintig jaar oud. Papa heeft het laten bouwen toen het ergste van de crisisjaren achter de rug was en zijn winkel winst begon te maken. Dus is er nooit iets anders in gebeurd dan dat wij erin woonden, en wij zijn saai. Onze grootste crisis is Willies schoteltje geweest, dat was tenminste de enige keer dat de politie bij ons langs is geweest.

Het Huis stond een eind weg in Victoria Street en tijdens het lopen ontdekte ik dat in dit gedeelte sommige rijtjeshuizen nog steeds hun siersmeedwerk hadden, en dat ze goed geschilderd en onderhouden waren. Helemaal aan het eind, voorbij Challis Avenue, verbreedde de straat zich tot een halfcirkelvormig doodlopend einde. Kennelijk had het stadsbestuur geen asfalt meer gehad, want de straat was geplaveid met kleine houten blokken, en ik zag dat er binnen deze halve cirkel geen auto's geparkeerd stonden. Dit gaf het pleintje met de vijf rijtjeshuizen iets niet-hedendaags. Ze waren allemaal genummerd: 17a, b, c, d en e. In het midden, op 17c, stond Het Huis. Het had een schitterende voordeur van robijnrood glas dat tot aan het heldere glas aan de onderkant in een patroon van lelies was geëtst, waarbij de schuine randen het licht van binnen in tinten barnsteen en paars deden schitteren. De deur was niet op slot, dus ik duwde hem open.

Maar de sprookjesdeur gaf toegang tot een dorre vlakte. Een armoedige hal die groezelig roomkleurig was geschilderd, een houten trap die naar boven leidde, een paar met vliegenpoep bespikkelde kale gloeilampen aan lange, gedraaide bruine draden, afschuwelijk oud bruin linoleum met putjes van naaldhakken. Vanaf de plinten tot een hoogte van zo'n één meter twintig was elk stukje muur dat ik kon zien bedekt met krabbels, vage lussen en krullen in allerlei kleuren, met het glimmende uiterlijk van vetkrijt.

'Hallo!' riep ik.

Pappy dook op van achter de trap en glimlachte uitnodigend.

Ik geloof dat ik haar heel onbeleefd aanstaarde, ze zag er zo anders uit. In plaats van dat onflatteuze lichtpaarse uniform en strenge kapje droeg ze een strakke, rechte jurk van pauwblauwe zijde die met draken was geborduurd, en ze had zo'n hoge split op haar linkerbeen dat ik de bovenkant van haar kous aan een zwartkanten jarretel met ruches kon zien. Haar haar viel in een dikke, rechte, glanzende massa over haar rug – waarom heb ik niet zulk haar? Dat van mij is net zo zwart, maar het krult zo vreselijk dat als ik het lang liet groeien, het alle kanten uit zou staan, als een bezem met een epileptische aanval. Dus hak ik er steeds met een schaar in rond, om het goed kort te houden.

Ze liep met mij door een deur aan het eind van de gang naast de trap en we kwamen in een andere, veel kleinere hal die naar opzij liep en in de openlucht leek te eindigen. Er was maar één deur, en die hield Pappy open.

Binnen leek het wel Droomland. De kamer was zo tjokvol met boeken dat de wanden onzichtbaar waren, alleen maar boeken, boeken, boeken, van de vloer tot aan het plafond, en op de grond lagen stapels boeken waarvan ik vermoedde dat ze die van haar stoelen en de tafel had geruimd omdat ik op bezoek kwam. In de loop van de avond probeerde ik ze te tellen, maar het waren er te veel. Haar verzameling lampen deed me steil achteroverslaan, zo geweldig waren ze. Twee lampen met een libelle van glas-in-lood, een verlichte wereldbol op een voet, olielampen uit Indonesië die voor elektriciteit waren omgebouwd, en een die net een witte schoorsteen van één meter tachtig leek, met gespleten paarse bobbels erop. De lamp aan het plafond hing in een Chinese lampion met zijden kwastjes eraan.

Daarna ging ze eten koken dat op geen enkele manier leek op de hap van de Chinees in Bronte. Mijn tong begon zacht van de gember en de knoflook te prikken terwijl ik tot drie keer opschepte. Er is niets mis met mijn eetlust, hoewel ik nooit genoeg aankom om van een beha cup B naar C te kunnen promoveren.

Verdorie. Jane Russell is een royale cup D, maar ik heb van Jayne Mansfield altijd gevonden dat ze slechts cup B op een enorme borstkas is.

Toen we klaar waren met eten en een pot geurige groene thee hadden leeggedronken, kondigde Pappy aan dat het tijd was om naar boven te gaan en kennis te maken met mevrouw Delvecchio Schwartz. De hospita.

Toen ik opmerkte dat dat een wonderlijke naam was, grijnsde Pappy.

Ze liep met me terug naar de hal, naar de houten trap. Toen ik achter haar aan liep, verteerd door nieuwsgierigheid, zag ik dat de krijtkrabbels hier niet ophielden. Het werden er zelfs nog meer. De trap liep nog verder omhoog, naar een volgende verdieping, maar wij liepen naar een enorme kamer aan de voorkant van het huis en Pappy duwde me naar binnen. Als je een kamer zoekt die het volslagen tegendeel van Pappy's kamer is, dan moet je hier zijn. Kaal. Op de krabbels na, die hier zo dicht opeen zaten dat er geen stukje ruimte voor nieuwe krabbels over was. Misschien was daarom één gedeelte ruw overgeschilderd, kennelijk om de kunstenaar van een nieuw doek te voorzien, aangezien er alweer een paar krabbels op stonden. De ruimte was groot genoeg om er zes bankstellen en een eettafel voor twaalf personen in te zetten, maar hij was voornamelijk leeg. Er stond een roestige verchroomde keukentafel met een blad van rood triplex, vier verroeste stoelen waarvan de vulling uit de rode plastic zitting puilde als pus uit een steenpuist, een velours bank die hevig aan kaalheid leed, en een zeer moderne koel-vriescombinatie. Een stel deuren met glazen ruitjes voerde naar het balkon.

'Ik ben hierbuiten, Pappy!' riep iemand.

We liepen het balkon op en zagen daar twee vrouwen staan. De eerste kwam kennelijk uit een buitenwijk ten oosten van de haven of van de noordkust: haar met een blauwe spoeling, een jurk uit Parijs, bijpassende schoenen, tas en handschoenen van bordeauxrood zeemleer, en een klein hoedje dat veel chiquer was dan de hoeden die koningin Elizabeth meestal draagt. Toen stapte mevrouw Delvecchio Schwartz naar voren, en ik vergat het modeplaatje van middelbare leeftijd op slag.

Oef! Wat een kolossale vrouw! Niet dat ze dik was, ze was eerder gigantisch. Ruim één meter negentig op van die smerige oude pantoffels waarvan de achterkant was platgetrapt, en enorm gespierd. Geen kousen. Een verschoten, ongestreken, oude jasschort met een zak op iedere heup. Haar gezicht was rond, rimpelig, met een mopsneus, en het werd volledig gedomineerd door haar ogen, die recht in mijn ziel keken. Lichtblauwe ogen met donkere cirkels rond de irissen, kleine pupillen die vlijmscherp waren. Ze had dun grijs haar dat zo kort als dat van een man was geknipt, en wenkbrauwen die nauwelijks tegen haar huid afstaken. Leeftijd? Een eindje boven de vijftig, vermoed ik.

Zodra ze mijn ogen losliet, kwam mijn medische opleiding boven. Acromegalie? Syndroom van Cushing? Maar ze had niet de enorme onderkaak of het vooruitstekende voorhoofd van de lijder aan acromegalie, en evenmin de bouw of de beharing van iemand met Cushing. Ongetwijfeld iets met de hypofyse of de middenhersenen of de hypothalamus, maar ik wist niet precies wat.

Het modeplaatje knikte beleefd naar Pappy en mij, schoof langs ons heen en vertrok met mevrouw Delvecchio Schwartz in haar kielzog. Omdat ik in de deuropening stond, zag ik de bezoekster in haar tasje grijpen en er een dik pak roodbruine bankbiljetten – briefjes van tien! – uit halen en er steeds een paar tegelijk van overhandigen. Pappy's hospita stond daar met uitgestoken hand tot ze tevreden was over het aantal biljetten. Toen vouwde ze ze op en schoof ze in een zak, terwijl het modeplaatje uit Sydney's duurste buitenwijk de kamer verliet.

Mevrouw Delvecchio Schwartz kwam terug en liet zich vallen op een soortgenoot van de vier stoelen binnen, terwijl ze ons

met een zwaai van een hand ter grootte van een lamsbout gebaarde op nog eens twee van zulke stoeltjes te gaan zitten.
'Gaat zitten, prinses, gaat zitten!' bulderde ze. 'Hoe gaat het
er verdomme mee, juffrouw Harriet Purcell? Goeie naam is dat:
twee sets van zeven letters, sterke magie! Spiritueel besef en
voorspoed, geluk dankzij volmaakte arbeid, en denk nou niet
dat ik zo'n linkse politicus ben, huh-huh-huh.'
Het 'huh-huh-huh' is een soort boosaardig gegrinnik dat
boekdelen spreekt. Alsof zij zich door niets ter wereld laat ver-
bazen, hoewel alles ter wereld haar geweldig amuseert. Het
deed me denken aan het gegrinnik van Sid James in de *Carry
On*-films.
Ik was zo zenuwachtig dat ik inging op haar commentaar op
mijn naam, en ik vergastte haar op de geschiedenis van de Harriet Purcells, vertelde haar dat de naam veel generaties terugging, maar dat tot mijn komst alle dragers van die naam behoorlijk gestoord waren geweest. Zo had er een Harriet Purcell,
verklaarde ik, ooit in de gevangenis gezeten omdat ze een zoge-
naamde minnaar had gecastreerd, en een andere omdat ze tijdens een suffragettebetoging de premier van New South Wales
had belaagd. Ze luisterde vol belangstelling en slaakte een zucht
van teleurstelling toen ik mijn verhaal besloot met te zeggen dat
de generatie van mijn vader zo bang voor die naam was geweest, dat er geen Harriet Purcell in voorkwam.
'Toch heeft je vader je Harriet gedoopt,' zei ze. 'Goed gedaan.
Klinkt alsof hij best leuk is om kennis mee te maken, huh-huh-
huh.'
Oei-oei! Blijf van mijn vader af, mevrouw Delvecchio Schwartz!
'Hij zei dat hij Harriet wel een leuke naam vond en voor de rest
trok hij zich niets aan van alle praatjes in de familie,' zei ik. 'Ik
was een beetje een nakomertje, weet u, en iedereen dacht dat ik
weer een jongen zou zijn.'
'Maar dat was je niet,' zei ze grijnzend. 'Leuk is dit!'
Tijdens dit alles dronk ze onverdunde medicinale cognac uit

een glas van Kraft-smeerkaas. Pappy en ik kregen ook ieder een glas, maar één slokje van Willies verslaving maakte dat ik mijn glas liet staan. Het was vreselijk spul, wrang en scherp. Ik zag dat Pappy het wel lekker leek te vinden, hoewel ze het lang niet zo snel naar binnen goot als mevrouw Delvecchio Schwartz.

Ik heb me hier zitten afvragen of ik mezelf niet een hoop schrijfkramp zou besparen door die naam af te korten tot mevrouw D-S, maar op de een of andere manier durf ik dat niet. Niet dat het mij aan moed ontbreekt, maar mevrouw D-S? Nee.

Toen werd ik me ervan bewust dat er iemand anders bij ons op het balkon was, daar de hele tijd al was geweest maar volmaakt onzichtbaar was gebleven. Mijn huid begon te prikken, ik voelde een heerlijke rilling, als het eerste zuchtje van een frisse zuidenwind na dagen en dagen van een recordhittegolf. Er verscheen een gezicht boven de tafel, dat om de heupen van mevrouw Delvecchio Schwartz heen keek. Het was een betoverend gezichtje met een puntige kin, hoge jukbeenderen onder de oogkassen, een vlekkeloze beige huid, massa's lichtbruin haar, zwarte wenkbrauwen, zwarte wimpers, die zo lang waren dat ze aan elkaar geplakt leken – o, ik wou dat ik een dichter was om dat hemelse kind te kunnen beschrijven! Mijn borst kromp ineen, ik keek haar alleen maar aan en hield van haar. Haar ogen waren heel groot, barnsteenkleurig en stonden wijd uiteen, de treurigste ogen die ik ooit heb gezien. Haar kleine roze rozenmond ging een eindje open en ze glimlachte naar me. Ik glimlachte terug.

'Zo, wou jij er bij nader inzien toch ook maar bij zijn?' Het volgende moment zat het kleine ding bij mevrouw Delvecchio Schwartz op de knie, nog steeds met haar gezicht naar mij toegekeerd, terwijl ze met één handje aan de jurk van mevrouw Delvecchio Schwartz plukte.

'Dit is mijn dochter Flo,' zei de hospita. 'Ik had de overgang al vier jaar achter de rug, en toen kreeg ik opeens pijn in mijn buik en ik ging naar de wc, omdat ik dacht dat ik aan de schijterij was. En boem! Daar lag Flo op de vloer te spartelen, helemaal bedekt met slijm. Totaal niet in de gaten gehad dat ik een broodje aan het bakken was, totdat ze eruit glipte. Nog een geluk dat ik je niet door de plee heb gespoeld, hè poezenkopje?' Dit laatste was tegen Flo, die aan een knoop zat te morrelen.

'Hoe oud is ze?' vroeg ik.

'Ze is net vier geworden. Een Steenbok die geen Steenbok is,' zei mevrouw Delvecchio Schwartz, die terloops haar jurk losknoopte. Er floepte een borst naar buiten, met het model van een oude sok waarvan de teen met bonen was volgestopt, en ze stak de enorme, ruwe tepel in Flo's mond. Flo deed van genot haar ogen dicht, leunde achterover in haar moeders arm en begon luidruchtig te drinken met akelig veel geslurp. Mijn mond viel open van verbazing, ik wist niets uit te brengen. De doordringende blik werd nu op mij gericht.

'Ze is dol op moedermelk, kleine Flo,' babbelde ze. 'Ik weet dat ze vier is, ja, maar wat heeft leeftijd daarmee te maken, prinses? Er bestaat niets beters dan moedermelk. Het enige probleem is dat ze al haar tanden al heeft, dus het doet vreselijk pijn.'

Ik bleef daar met open mond van verbazing zitten tot Pappy plotseling zei: 'En, mevrouw Delvecchio Schwartz, hoe denkt u erover?'

'Ik denk dat Het Huis juffrouw Harriet Purcell nodig heeft,' zei mevrouw Delvecchio Schwartz met een knipoog, en ze knikte. Toen keek ze mij aan en vroeg: 'Ooit overwogen het huis uit te gaan, prinses? Bijvoorbeeld naar een eigen flatje?'

Mijn mond ging met een klap dicht en ik schudde mijn hoofd. 'Dat kan ik me niet veroorloven,' antwoordde ik. 'Ik ben aan het sparen voor een werkvakantie van twee jaar in Engeland, weet u.'

'Betaal je thuis kostgeld?' vroeg ze.

Ik zei dat ik vijf pond per week betaalde.

'Nou, ik heb achter het huis een heel aardig flatje, twee grote kamers, vier pond per week, inclusief elektriciteit. In het was-hok staan een badkuip en een wc die alleen door Pappy en jou zouden worden gebruikt. Janice Harvey, de bewoonster, gaat weg. Er staat een tweepersoonsbed in,' voegde ze er veelbeteke-nend aan toe. 'Ik heb de pest aan die eenpersoonsbedjes waar-in je je kont niet kunt keren.'

Vier pond! Twee kamers voor vier pond? In Sydney was dat een regelrecht wonder!

'Als je David kwijt wilt, zal dat hier makkelijker lukken dan thuis,' zei Pappy overredend. Ze haalde haar schouders op. 'Je staat tenslotte op het salaris van een man, je zou nog steeds voor je reis kunnen sparen.'

Ik weet nog dat ik slikte, wanhopig op zoek naar een beleef-de manier om nee te zeggen, maar opeens zei ik *ja*! Ik weet niet waar dat ja vandaan kwam, ik dacht echt niet aan ja.

'Bingo, prinses!' dreunde mevrouw Delvecchio Schwartz, en ze wipte de tepel uit Flo's mond en kwam moeizaam overeind.

Toen ik de blik in Flo's ogen zag, wist ik waarom ik ja had gezegd. Flo had me het woord in gedachten gebracht, Flo wilde me hier hebben, en ik werd als was. Ze kwam naar me toe en sloeg haar armen om mijn benen, terwijl ze naar me glimlachte, met haar lippen vol melk.

'Zie je dát nou?' riep mevrouw Delvecchio Schwartz lachend uit. 'Je moet je zeer vereerd voelen, Harriet. Flo moet meestal niets van andere mensen hebben, hè, poezenkopje?'

Dus nu zit ik hier en probeer alles op te schrijven nu het nog vers is, terwijl ik me afvraag hoe ik mijn familie in 's hemels-naam moet vertellen dat ik binnenkort zal verhuizen naar twee grote kamers in Kings Cross, de buurt van alcoholisten, prosti-tuees, homo's, duivelskunstenaars, lijmsnuivers, hasjrokers en de hemel mag weten wat nog meer. Ik kan voor mezelf alleen maar zeggen dat wat ik er in het regenachtige donker van heb gezien me leuk leek, en dat Flo me in Het Huis wil hebben.

Ik zei tegen Pappy dat ik misschien maar beter kon zeggen dat

Het Huis in Potts Point staat, niet in Kings Cross, maar daar moest Pappy om lachen.

'Potts Point is een eufemisme, Harriet,' zei ze. 'De Australische marine is overal in Potts Point aanwezig.'

Wens van vanavond: dat mijn ouders geen hartaanval krijgen.

Zondag 10 januari 1960

Ik heb het hun nog niet verteld. Moet nog steeds de moed bijeenrapen. Toen ik gisteravond naar bed ging – oma lag heerlijk te snurken – wist ik zeker dat ik als ik vanmorgen wakker werd, van gedachten zou veranderen. Maar dat is niet het geval. Het eerste wat ik zag was oma die boven Potje gehurkt zat, en toen verhardde mijn hart zich. Wat een mooie uitdrukking! Tot ik aan dit dagboek begon besefte ik niet hoe ik door het lezen allerlei mooie uitdrukkingen had opgepikt. Ze komen in een gesprek niet zo snel boven, maar op papier wel. En hoewel dit pas een paar dagen oud is, is het al een dik schrift geworden en ben ik er helemaal aan verslingerd. Misschien komt dat doordat ik nooit even stil kan zitten om na te denken, ik schijn altijd iets te moeten dóén, dus nu sla ik twee vliegen in één klap. Ik kan eens nadenken over alles wat me overkomt, en toch doe ik tegelijk iets. Er is iets gedisciplineerds aan alles opschrijven, ik zie het dan gewoon beter. Net als met mijn werk. Ik geef het alle aandacht omdat ik het leuk vind.

Ik weet nog niet goed wat ik van mevrouw Delvecchio Schwartz moet vinden, hoewel ze me heel aardig lijkt. Ze doet me denken aan sommige gedenkwaardige patiënten die ik heb meegemaakt sinds ik met röntgenfoto's werk en die me zijn bijgebleven en me misschien wel de rest van mijn leven zullen heugen. Zoals die aardige oude man uit Lidcombe State Hospital, die zijn deken steeds weer netjes plooide. Toen ik hem vroeg waarom hij dat deed, zei hij dat hij het zeil opvouwde, en toen ik daar-

na een praatje met hem maakte, vertelde hij me dat hij boots-
man was geweest aan boord van een windjammer, een van de
graanklippers die volgeladen met tarwe naar Engeland terug-
snelden. Zijn woorden, niet de mijne. Ik kwam een hoop te
weten, en ik besefte opeens dat hij binnenkort dood zou gaan
en dat al die ervaringen tegelijk met hem zouden verdwijnen
omdat hij ze nooit had opgeschreven. Ach, Kings Cross is geen
windjammer en ik ben geen zeeman, maar als ik alles opschrijf,
zal ergens in de verre toekomst iemand dit misschien lezen, en
die zal dan weten wat voor leven ik heb geleid. Want ik heb zo'n
donkerbruin vermoeden dat dit leven wel eens heel anders zou
kunnen worden dan het saaie, brave leven zoals ik dat op oudejaarsavond voor me zag. Ik voel me als een slang die zijn oude
huid afwerpt.

Wens van vanavond: dat mijn ouders geen rolberoerte krijgen.

Vrijdag 15 januari 1960
Ik heb het hun nog steeds niet verteld, maar morgenavond gaat
het gebeuren. Toen ik mama vroeg of David biefstuk met frites
bij ons mocht komen eten, zei ze dat dat natuurlijk mocht. Het
leek me het beste iedereen tegelijk met het nieuws te overvallen.
Op die manier is David misschien aan het idee gewend voordat
hij de kans heeft gehad me om te kletsen. Wat heb ik toch de
pest aan die preken van hem! Maar Pappy heeft gelijk, het is
vast gemakkelijker om David de laan uit te sturen als ik niet
meer thuis woon. Die gedachte alleen al heeft gemaakt dat ik
recht op The Cross, zoals de inboorlingen het noemen, afsteven.
Ik heb vandaag op mijn werk een man gezien, op weg van de
röntgenafdeling naar Chichester House, een chic bakstenen gebouw waar particuliere patiënten luxueus zijn ondergebracht.
Iedereen een eigen kamer met badkamer, jawel, in plaats van

een bed in een rij van twintig aan weerskanten van een enorm grote zaal. Het moet vreselijk prettig zijn om niet te hoeven liggen luisteren naar andere patiënten die overgeven, spugen, rochelen of dazen. Hoewel het liggen luisteren naar andere patiënten die overgeven, spugen, rochelen of dazen ongetwijfeld een geweldige prikkel is om snel beter te worden en te maken dat je wegkomt, of anders dood te gaan en van alles af te zijn.

De man. Zuster Agatha greep me bij de lurven toen ik net een paar films in de droogkast had gehangen – tot dusver heb ik niet één mislukte film gehad, en dat maakt mijn twee stagiaires akelig onderdanig.

'Juffrouw Purcell, wilt u alstublieft zo vriendelijk zijn deze films naar Chichester Drie te brengen, voor dokter Naseby-Morton,' zei ze, en ze zwaaide met een röntgenenvelop naar me.

Ik merkte dat ze nijdig was, dus pakte ik de envelop snel aan en maakte dat ik wegkwam. Gewoonlijk vroeg ze zulke dingen altijd aan Pappy, wat betekende dat zuster Agatha haar niet had kunnen vinden. Of misschien moest ze wel een spuugbakje vasthouden of een ondersteek halen. Maakt niet uit waarom – ik ging er als de jongste stagiaire vandoor, naar het particuliere ziekenhuis. Heel deftig hoor, Chichester House! De rubbervloeren glimmen zo hevig dat ik de roze onderbroek van de hoofdzuster van Chichester Drie erin weerspiegeld kon zien, en je zou een bloemenwinkel kunnen beginnen met de hoeveelheid bloemen die op dure voetstukken in de gangen staan uitgestald. Het was er zo stil dat zes verschillende mensen me woest aankeken en hun vinger tegen hun lippen legden toen ik bij Chichester Drie van de bovenste tree sprong. Sst! Oei-oei! Dus keek ik maar heel berouwvol, gaf de films af en liep op mijn tenen weg alsof ik Margot Fonteyn was.

Halverwege het pad zag ik een groep dokters lopen: een specialist en zijn gevolg. Je kunt geen dag in een ziekenhuis werken zonder je ervan bewust te worden dat de specialist een god is. Maar een god in het Royal Queens is een veel hogere god dan een god in het Ryde Hospital. Hier dragen ze een krijtstreeppak of een grijs pak, met een stropdas, een overhemd met dubbele manchetten die op discrete wijze zijn voorzien van massiefgouden manchetknopen, en bruine suède of zwartleren schoenen met dunne zolen.

Dit exemplaar droeg een grijs flanellen pak en bruine suède schoenen. Bij hem waren twee chirurgen in opleiding (lange witte jassen), een arts-assistent en een co-assistent (witte pakken met witte schoenen), en zes studenten geneeskunde (korte witte jassen) met hun stethoscoop demonstratief in het zicht en in hun handen met afgekloven nagels een doos met objectglaasjes of een rek reageerbuisjes. Ja, een heel superieure god, om zoveel mensen naar zijn pijpen te kunnen laten dansen. Hierdoor werd mijn aandacht getrokken. Gewoon longfoto's maken brengt je niet in contact met lagere of hogere goden, dus was ik nieuwsgierig. Hij liep heel geanimeerd met een van de chirurgen in opleiding te praten, met zijn knappe hoofd wat achterover geworpen, en ik vond dat ik vaart moest minderen en mijn mond dicht moest doen – ik heb de laatste tijd nog wel eens de neiging die open te laten hangen. O, wat een mooie man! Heel erg lang, een paar goede schouders, een platte buik. Een bos donkerrood haar met krul erin en wat grijs aan de slapen, een klein beetje sproeten, verfijnde gelaatstrekken – ja, het was een héél knappe man. Ze hadden het over osteomalacie, dus vermoedde ik dat hij orthopeed was. Toen ik daarna langs hen heen glipte – ze namen zo ongeveer het hele pad in beslag – werd ik onderzoekend aangestaard door een paar groene ogen. Oef! Voor de tweede keer deze week sloeg mijn hart over, maar nu niet door een golf van liefde, zoals bij Flo. Dit was meer een soort adembenemende aantrekkingskracht. Ik werd slap in mijn knieën.

Tussen de middag ondervroeg ik Pappy over hem, gewapend met mijn theorie dat hij orthopeed was.

'Duncan Forsythe,' zei ze zonder enige aarzeling. 'Hij is het hoofd van orthopedie. Hoe dat zo?'

'Hij keek me zo ouderwets aan,' zei ik.

Pappy was verbijsterd. 'Echt? Heel vreemd dat híj dat doet, want hij is niet zo'n rokkenjager. Hij is heel degelijk getrouwd en hij staat bekend als de aardigste specialist van het hele ziekenhuis – een echte heer, gooit nooit met instrumenten naar de operatiezuster en vertelt nooit schuine moppen of zet een co-assistent voor aap, hoe onhandig of tactloos die ook mag doen.'

Ik liet het onderwerp verder rusten, hoewel ik zeker weet dat ik het me niet heb verbeeld. Hij had me niet met zijn ogen uitgekleed of zoiets geks, maar de blik die hij me toewierp was beslist eentje van man tot vrouw. En ik vind hem de knapste man die ik ooit heb gezien. Het hoofd van orthopedie. Heel jong voor die post, volgens mij is hij nog geen veertig.

Wens van vanavond: dat ik dokter Duncan Forsythe vaker te zien krijg.

Zaterdag 16 januari 1960

Eindelijk is de kogel door de kerk. Vanavond, met David erbij. Biefstuk met frites vindt iedereen lekker, hoewel het voor mama een hoop werk is omdat ze gelijktijdig de biefstukken staat te bakken en de frituurpan in de gaten moet houden. Gavin en Peter wisten drie biefstukken naar binnen te werken en zelfs David nam er twee. Het toetje was rozijnenpudding met custard, zeer geliefd, dus was de hele tafel in een tevreden stemming toen mama en oma de theepot neerzetten. Voor mij het moment om toe te slaan.

'Zal ik jullie eens wat vertellen?' vroeg ik.

Niemand nam de moeite om antwoord te geven.

'Ik heb een flat in Kings Cross gehuurd en ik ga verhuizen.'

Nu gaf ook niemand antwoord, maar alle geluiden hielden op. Het gerinkel van lepeltjes in kopjes, oma's geslurp, papa's rokershoest. Toen haalde papa een pakje Ardaths te voorschijn, presenteerde Gavin en Peter er ieder een, nam er zelf een, en stak toen alle drie de sigaretten *met dezelfde lucifer* aan. Oei-oei! Dat betekende narigheid!

'Kings Cross,' zei papa ten slotte, en richtte een ijzige blik op me. 'Meisje, je bent niet goed bij je hoofd. Ik hoop tenminste dat je niet goed bij je hoofd bent. In Kings Cross wonen alleen bohemiens en lichte vrouwen.'

'Ik ben heel goed bij mijn hoofd, papa,' zei ik dapper, 'en ik ben ook geen lichte vrouw of bohemien. Hoewel ze bohemiens tegenwoordig nozems noemen. Ik heb heel fatsoenlijke kamers gevonden in een heel fatsoenlijk huis dat toevallig in Kings Cross staat – in het betere deel van Kings Cross, bij Challis Avenue. Eigenlijk is het Potts Point.'

'De Australische marine zit overal in Potts Point,' zei papa.

Mama keek alsof ze op het punt stond in tranen uit te barsten. 'Waarom, Harriet?'

'Omdat ik eenentwintig ben en ruimte voor mezelf nodig heb, mam. Nu ik klaar ben met mijn opleiding, verdien ik een goed salaris, en de flats in Kings Cross zijn voor mij goedkoop genoeg om er te kunnen leven en ook nog geld te sparen om volgend jaar naar Engeland te gaan. Als ik ergens anders ging wonen, zou ik met twee of drie andere meisjes samen moeten doen, en dan zou ik nog net zo ver zijn als thuis.'

David zei helemaal niets, hij bleef me aan papa's rechterkant zitten aankijken alsof ik in een marsmannetje was veranderd.

'Nou, kom op, slimmerik,' snauwde Gavin tegen hem, 'wat heb jij daarop te zeggen?'

'Ik keur het af,' zei David op ijzige toon. 'Maar ik wil liever onder vier ogen met Harriet spreken.'

'Ik vind het in elk geval een prima idee,' zei Peter en hij gaf me een tik op de arm. 'Je hebt meer ruimte nodig, Harry.'

Dit leek bij papa de doorslag te geven, en hij zuchtte: 'Ik geloof niet dat ik nog veel kan doen om je tegen te houden, hè? Het is in elk geval dichterbij dan Engeland. Als je in de problemen komt, kan ik je er in Kings Cross nog altijd uit komen halen.'

Gavin bulderde van het lachen, hij leunde over de tafel, zodat zijn das in de boter viel, en kuste me op de wang. 'Bully voor jou, Harry!' zei hij. 'Einde van de eerste innings, en je staat nog steeds op de lijn. Hou je bat in de aanslag om de googly's weg te slaan!'

'Wanneer heb je dit alles besloten?' vroeg mam, en ze knipperde hevig met haar ogen.

'Toen mevrouw Delvecchio Schwartz me de kamers aanbood.'

Die naam klonk heel vreemd om zo bij ons thuis uit te spreken. Papa fronste zijn wenkbrauwen.

'Mevrouw wie?' vroeg oma, die alles heel laconiek had aangehoord.

'Delvecchio Schwartz. Dat is de hospita.' Ik besefte dat ik een bepaald punt nog niet had genoemd. 'Pappy woont daar ook. Op die manier heb ik mevrouw Delvecchio Schwartz leren kennen.'

'Ik wist dat die Chinese meid een slechte invloed op je zou hebben,' zei mama. 'Sinds je haar kent, heb je je niet meer om Merle bekommerd.'

Ik stak mijn kin in de lucht. 'Merle heeft zich niet om mij bekommerd, mam. Ze heeft een nieuw vriendje, en dan heeft ze nergens anders belangstelling voor. Ik kom pas weer in de gunst wanneer hij haar de bons geeft.'

'Is het een echte flat?' vroeg papa.

'Twee kamers. Ik moet de badkamer met Pappy delen.'

'Het is niet hygiënisch om een badkamer te delen,' zei David.

Ik grijnsde vals naar hem. 'Hier moet ik toch ook een badkamer delen?'

Dat snoerde hem de mond.

Mama besloot dat ze bakzeil moest halen. 'Tja,' zei ze, 'ik denk dat je wat serviesgoed en bestek nodig zult hebben. En linnengoed. Je kunt je eigen beddenlakens hiervandaan meenemen.'

Ik stond er niet bij stil, het antwoord floepte er gewoon uit. 'Nee, dat gaat niet, mam. Ik heb daar een heel tweepersoonsbed voor mezelf! Is dat niet geweldig?'

Ze zaten me aan te gapen alsof ze zich dat tweepersoonsbed voorstelden met een collectezak aan het eind om de fooien te innen.

'Een tweepersoonsbed?' vroeg David, en hij trok wit weg.

'Ja, een tweepersoonsbed.'

'Alleenstaande meisjes slapen in een eenpersoonsbed, Harriet.'

'Nou, dat kan wel zijn, David,' snauwde ik, 'maar dit alleenstaande meisje gaat in een tweepersoonsbed slapen!'

Mama sprong overeind. 'Jongens, die afwas wordt niet vanzelf gedaan!' kwetterde ze bedrijvig. 'Oma, je televisieprogramma gaat zo beginnen.'

'Jippie, ja jippie!' joelde oma jolig. 'Dat we dat nog eens gaan beleven! Harriet gaat op kamers en dan heb ik een kamer helemaal voor mij alleen! Ik denk dat ik ook maar een tweepersoonsbed neem. Jippie, ja jippie!'

Papa en de broers ruimden razendsnel de tafel af en lieten me met David alleen.

'Hoe komt dit opeens allemaal zo?' vroeg hij met een strak gezicht.

'Door het voortdurende gebrek aan privacy.'

'Je hebt hier iets wat nog belangrijker is dan privacy, Harriet. Je hebt je thuis en je hebt je familie.'

Ik sloeg met mijn vuist op de tafel. 'Waarom kun jij nou nooit eens verder kijken dan je snufferd lang is, David? Ik moet hier mijn kamer met oma en haar pot delen, en ik kan nergens spullen laten liggen zonder ze meteen weer op te moeten ruimen zodra ik klaar ben! Alle ruimte die ik hier heb, wordt ook door anderen gebruikt. Dus nu ga ik eens van mijn eigen ruimte genieten.'

'In Kings Cross.'

'Ja, verdomme, in Kings Cross! Waar de huren nog betaalbaar zijn.'

'In een logement dat door een Nieuwe Australische wordt beheerd.'

Dat deed de deur dicht. Ik lachte hem in zijn gezicht uit. 'Mevrouw Delvecchio Schwartz een buitenlandse? Ze is een echte Australische, met een zwaar Australisch accent!'

'Nóg erger,' zei hij. 'Een Australische met een naam die half Italiaans en half joods is? Dan is ze op z'n minst beneden haar stand getrouwd.'

'Wat ben jij een afgrijselijke snob!' riep ik uit. 'Schijnheilige hufter die je bent! Wat is er dan wel zo chic aan Australiërs? We stammen hier toch zeker allemaal van schurken en boeven af? Onze Nieuwe Australiërs zijn tenminste als vrije kolonisten hierheen gekomen!'

'Met een ss-nummer in hun oksel getatoeëerd of met tuberculose of stinkend naar knoflook!' grauwde hij. 'En "vrije kolonisten"... dat zóú wat! Ze zijn hier allemaal op een gesubsidieerde overtocht van tien pond naartoe gekomen.'

Dat deed nogmaals de deur dicht. Ik sprong op en begon hem links en rechts om de oren te slaan. Pets, pets, pets! 'Je kunt oprotten, David. Echt, je kunt oprotten!' schreeuwde ik.

Hij rotte op, met in zijn ogen een blik die zei dat ik weer Zo'n Bui had, en dat hij het een andere keer nog eens zou proberen.

Dus zo zit dat. Ik vind mijn familie echt wel aardig – het zijn brave padvinders. Maar David is precies wat Pappy hem noemde: een geconstipeerde katholieke schooljongen. Gelukkig ben ik Church of England.

Woensdag 20 januari 1960
Ik ben zo druk bezig geweest dat ik geen tijd heb gehad om te schrijven, maar alles ziet er goed uit. Ik heb papa en de broers

een inspectie van mijn nieuwe onderkomen uit het hoofd weten te praten (ik ben vorige week zondag wezen kijken en de kamers zijn echt nog niet voor inspectie gereed) en ik werk me het apezuur om alles bij elkaar te zoeken voor de verhuizing van aanstaande zaterdag. Mama is echt geweldig geweest. Ik heb een heleboel serviesgoed, bestek, linnen en kookgerei gekregen, en papa schoof me honderd pond toe, met de norse toelichting dat hij niet wilde dat ik mijn spaargeld voor Engeland zou aanspreken om spullen te kopen die eigenlijk bij mijn uitzet hoorden. Gavin gaf me een gereedschapskist en een meetlint, en Peter schonk me zijn 'oude' hifi, met de verklaring dat hij aan een nieuwe toe was. Oma gaf me een fles 4711 eau de cologne en een paar kanten kleedjes die ze voor mijn uitzet had gehaakt.

In mijn nieuwe onderkomen zit een soort poort tussen mijn slaapkamer en mijn zitkamer – geen deur – dus wil ik een deel van papa's honderd pond besteden aan glazen kralen waarmee ik mijn eigen kralengordijn wil maken. De gordijnen die je in de winkel kunt kopen zijn van plastic, zien er lelijk uit en maken een afschuwelijk geluid. Ik wil iets wat rinkelt. Roze. Ik wil roze kamers, want dat is een kleur die niemand in Bronte ergens wil hebben. En ik ben dol op roze. Het is warm en vrouwelijk, en ik word er vrolijk van. Bovendien flatteert die kleur me, en dat is meer dan ik van geel, blauw, groen en karmijnrood kan zeggen. Ik ben daar te donker voor.

Mijn kamers liggen aan de open gang die langs Pappy's kamer naar de wasserij en het achtererf loopt. De kamers zijn groot en hebben een heel hoog plafond, maar de voorzieningen zijn heel sober. Er is een keukengedeelte met een gootsteen, een oud gasfornuis en een koelkast, en daar valt echt niets gezelligs van te maken, dus heb ik Ginge, de hoofdportier van het Ryde, gebeld om te vragen of hij een oud ziekenhuisscherm voor me had – geen punt, zei hij, en toen begon hij te klagen over hoe saai het daar is sinds ik weg ben. Wat een onzin. Eén röntgenassistente? Zo klein is het Ryde District Soldiers' Memorial

Hospital nou ook weer niet. Ginge was altijd al goed in het overdrijven.

Gisteren is de directrice op de röntgenafdeling geweest. Wat een haaibaai is dat! Als de eerste specialist God is, dan is de directrice zoiets als de Maagd Maria, en ik denk dat maagdelijkheid een eerste vereiste voor die baan is, dus is het geen gekke vergelijking. Geen enkele man zou ooit de moed bijeen kunnen rapen om daar verandering in te brengen, slechts een duif die door het raam naar binnen vliegt zou een directrice kunnen bezwangeren. Ze lijken altijd slagschepen met volle zeilen, maar ik moet zeggen dat de directrice van het Queens een heel goedverzorgd vaartuig is. Ze is ongeveer vijfendertig, lang, goed figuur, rossig haar, blauwgroene ogen, knap gezicht. Door haar hoofddoek zie je natuurlijk niet veel van haar haar, maar de kleur komt beslist niet uit een flesje. Met haar ogen kan ze echter een tropische lagune laten bevriezen. IJzig. Hard en koud. Oei-oei!

Ik had eigenlijk een beetje met haar te doen. Ze is de koningin van het Queens, dus kan ze onmogelijk ook een vrouw zijn. Als je een muur wilt verven of een poster op wilt hangen om het wat gezelliger te maken voor de patiënten, beslist de directrice welke kleur die verf moet hebben en of de poster mag blijven hangen. Ze heeft witte katoenen handschoenen aan en hoewel ze dit op de röntgenafdeling niet kan doen (op de röntgen is ze strikt gesproken de gast van zuster Agatha), gaat ze op ieder terrein waar verpleegsters werken of rusten met één vinger over de plinten, vensterbanken of wat dan ook, en moge de hemel een hoofdzuster bijstaan wier afdeling ook maar een vaag streepje grijs op die handschoen achterlaat! Ze is zowel hoofd van het huishoudelijke als van het verplegende personeel, ze staat in rang gelijk met de geneesheer-directeur, en ze is lid van het ziekenhuisbestuur, waarvan ik heb ontdekt dat dit onder voorzitterschap staat van sir William Edgerton-Smythe, die de oom blijkt te zijn van mijn sexy Duncan Forsythe. Ik begrijp nu beter hoe hij op zijn leeftijd al hoofd orthopedie kan zijn. Oompje is vast heel behulpzaam geweest. Wat jammer. Als ik dokter Forsythe zo zag, leek hij me niet het soort man dat kruiwagens nodig heeft. Waarom blijken idolen zo vaak lemen voeten te hebben?

Hoe dan ook, ik werd voorgesteld aan de directrice, die mij met het juiste aantal milliseconden beleefdheid de hand drukte. Toen ik zuster Agatha voor het eerst ontmoette, keek ze dwars door me heen, maar de directrice keek me recht in de ogen, à la mevrouw Delvecchio Schwartz. Het schijnt dat de directrice de aanschaf van zo'n nieuwe draaiende installatie voor röntgenkamers kwam bespreken, maar ze moest er ook een hele rondleiding bij hebben.

Wens van vanavond: dat ik niet steeds aan Forsythe de Strooplikker hoef te denken.

Zaterdag 23 januari 1960

Ik ben er! Ik zit hier! Ik heb vanmorgen een busje met chauffeur gehuurd om mij met al mijn kartonnen dozen vol buit naar Victoria Street 17c te laten brengen. De chauffeur was een prima kerel, hij had geen enkel commentaar maar hielp me gewoon met mijn spullen naar binnen, nam de fooi beleefd in ontvangst en hoepelde snel op naar zijn volgende klus. Eén doos zat propvol potten roze verf – bedankt voor de honderd pond, pap – en in een andere zaten zo ongeveer tien miljoen roze glazen kralen in allerlei maten. Ik ging zonder verdere omhaal aan de slag. Haalde het grote blik met carbolzeep (handig om in een ziekenhuis te werken en het nut van carbolzeep te kennen), poetsdoeken, boender en staalwol te voorschijn en begon schoon te maken. Mevrouw Delvecchio Schwartz had, toen ze me de kamers liet zien, gezegd dat ze alles schoon zou maken, en ze had het echt niet slecht gedaan, maar er lagen overal keutels van kakkerlakken. Ik zal weer met Ginge in het Ryde moeten bellen om hem om wat kakkerlakvergif te vragen. Ik heb de pest aan die beesten, ze zitten vol ziektekiemen – nou ja, ze leven dan ook in rioleringen, afvoeren en viezigheid.

Ik schrobde en boende tot de natuur zich meldde, en ik ging op zoek naar de wc, waarvan ik me herinnerde dat die in het washok was. Troosteloze boel, dat washok. Geen wonder dat mevrouw Delvecchio Schwartz dat niet bij de rondleiding had inbegrepen. Er staat een gasboiler met een meter die muntjes vreet, en er zijn twee enorme betonnen bakken met een oude mangel die aan de vloer is vastgeschroefd. De badkamer zit er aan één kant achter. Er is een oude badkuip waar de helft van het email van af is gebladderd, en toen ik er met een hand op leunde, viel hij met een bons opzij: een van de leeuwenpoten was afgebroken. Een houten blok kan dat verhelpen, maar voor het bad zelf zijn minstens enkele lagen fietsemail nodig. Een gasgeiser aan de muur zorgt voor warm water – alweer een meter, met nog meer penny's. Het houten rooster van de vloer heb ik meteen met carbolzeepsop in de badkuip te weken gelegd. De wc stond in zijn eigen kleine kamertje, en bleek een waar kunstwerk: Engels porselein uit de negentiende eeuw met kobaltblauwe vogels en bladranken op de binnen- en buitenkant van de pot. De stortbak, die heel hoog aan de muur zit en door een verwrongen loden pijp met de pot verbonden is, heeft ook blauwe vogels. Ik ging heel behoedzaam op de oude houten bril zitten, hoewel die feitelijk heel schoon is. Het ding is zo hoog dat zelfs ik niet kan plassen zonder erop te moeten zitten. De ketting heeft een bijpassende porseleinen knop, en toen ik doortrok klaterde de Niagarawaterval in de pot.

Ik heb de hele dag gewerkt zonder iemand te zien. Niet dat ik iemand had verwacht, maar ik had gedacht dat ik Flo wel in de verte zou horen. Kleine kinderen lachen en roepen altijd als ze niet huilen. Maar het hele huis was zo stil als het graf. Ik had geen idee waar Pappy was. Mama had me een mand met eten meegegeven, dus had ik voldoende brandstof voor al het harde werken. Maar ik was er niet aan gewend zo helemaal alleen te zijn. Heel vreemd. De woonkamer en de slaapkamer hadden elk slechts één stopcontact, maar ik ben heel handig in het regelen van mijn eigen energie, dus haalde ik Gavins gereedschapskist te voorschijn en legde een paar extra stopcontacten aan. Daarna moest ik naar de galerij aan de voorkant om de meterkast te bekijken. Jawel, laat dat maar aan mij over! Er zat zo'n stop van drie ampère in. Ik haalde hem eruit en duwde er een stop van vijftien ampère in, en ik was net bezig de meterkast dicht te doen toen er een knul met kortgeknipt haar in een verkreukeld pak en met scheefzittende das door het tuinhek kwam.

'Hallo,' zei ik, denkend dat hij een huurder was.

'Nieuw hier, hè?' was zijn antwoord.

Ik zei dat ik inderdaad nieuw was, en wachtte toen op wat er verder ging gebeuren.

'Waar zit je?' vroeg hij.

'Aan de achterkant, bij het washok.'

'Je hebt niet de benedenkamers aan de voorkant?'

Ik keek minachtend, en als je zo donker bent als ik, kan dat er heel woest uitzien. 'Gaat jou dat wat aan?' wilde ik weten.

'O, dat gaat mij inderdaad wat aan.' Hij stak zijn hand in zijn jas, haalde er een versleten leren portefeuille uit en sloeg die open. 'Zedenpolitie,' zei hij. 'Hoe heet je, dame?'

'Harriet. En hoe heet jij?'

'Norm. Wat doe je voor de kost?'

Ik deed de meterkast dicht en pakte hem bij de elleboog met een wulpse blik die ik van Jane Russell had afgekeken. Of ik denk dat het wulps was. 'Lust je een kopje thee?' vroeg ik.

'Graag,' zei hij gretig en hij liet zich meetronen.

'Als jij ook in het leven zit, ben je in elk geval erg schoon,' zei hij, terwijl hij in mijn woonkamer rondkeek toen ik het water voor de thee opzette. *Penny's!* Ik moet hele voorraden van die dingen zien in te slaan, er zijn hier erg veel gasmeters om te vullen.

'Ik zit niet in het leven, Norm, ik ben gediplomeerd röntgen-assistente in het Royal Queens Hospital,' zei ik, terwijl ik bedrijvig aan de slag ging.

'O! Pappy heeft je hierheen gehaald.'

'Ken je Pappy?'

'Wie kent haar niet? Maar ze rekent nooit wat, dus het is een beste meid.'

Ik gaf hem een kop thee, schonk er een voor mezelf in en pakte de koekjes die mam in de mand had gestopt. We sopten ze zwijgend in onze thee, en toen begon ik hem over zijn werk bij de zedenpolitie uit te horen. Wat een interessante ervaring! Norm was niet alleen een gigantische bron van informatie, hij was ook wat Pappy een 'complete pragmaticus' zou noemen. Je kon prostitutie niet uit het sociale systeem weghouden, wat alle vrome kwezels als aartsbisschoppen en kardinalen en methodistische dominees ook zeiden, verklaarde hij, dus was het van belang om alles rustig en ordelijk te houden. Ieder meisje in de straat had haar eigen territorium, en er kwamen problemen wanneer een nieuw meisje probeerde op het jachtgebied van een ander te stropen. Dan brak de hel los.

'Ze bijten en krabben, bijten en krabben,' zei hij, en hij nam nog een knapperig koekje. 'Dan halen de pooiers hun messen en stiletto's te voorschijn.'

'Eh... dus jullie arresteren geen vrouwen van wie jullie weten dat het prostituees zijn?' vroeg ik.

'Alleen wanneer de vrome kwezels het ons onmogelijk maken dit niet te doen – dan komt de christelijke vrouwenbond of de kerkenraad in actie. Opeens wordt er fatsoen vanaf de kansel gepreekt – enorm stelletje zeikerds. Allemachtig, wat heb ik de schurft aan die lui! Maar,' ging hij verder, terwijl hij zijn emoties probeerde te beheersen, 'jullie benedenflat aan de voorkant is altijd een probleem omdat 17c er niet bij hoort. Mevrouw Delvecchio Schwartz doet haar best, maar je hebt nou eenmaal meisjes in soorten, en dat geeft dan een hoop gedoe met 17b en 17d.'

Ik ontdekte dat in de Cross benedenflats aan de voorzijde ideaal zijn voor een meisje dat in het leven zit. Je kunt je klanten via de openslaande deuren van de veranda binnenlaten en een kwartier later weer op dezelfde manier naar buiten werken. En aan wie mevrouw Delvecchio Schwartz die benedenflat aan de voorkant ook verhuurde, die vrouwen bleken altijd in het leven te zitten. Ik viste nog een beetje verder en hoorde dat de twee huizen aan weerskanten van Het Huis een bordeel waren. Wat zou papa dáár wel niet van zeggen? Niet dat ik hem dat zou vertellen.

'Doen jullie ook invallen in de bordelen hiernaast?' vroeg ik.

Norm – een aardig uitziende jongeman, trouwens – keek buitengewoon onthutst. 'Alsjeblieft niet! Dat zijn de chicste bordelen van heel Sydney, ontvangen de allerhoogste klanten. Gemeenteraadsleden, politici, rechters, industriëlen. Als we daar zouden binnenvallen, zouden ze ons aan de ballen opknopen.'

'Oei-oei!' zei ik.

Dus dronken we onze thee op en werkte ik hem de deur uit, maar niet voordat hij me voor volgende week zaterdagmiddag had uitgenodigd voor een biertje in de Piccadilly Pub ladies' lounge. Ik nam de uitnodiging aan. Norm wist niet eens dat er een David Murchison aan mijn horizon was – met dank aan mevrouw Delvecchio Schwartz! Ik zit hier nog geen twaalf uur en ik heb mijn eerste afspraakje al binnen. Ik denk niet dat ik een verhouding met Norm zal krijgen, maar hij is in elk geval goed genoeg voor een glas bier. En een kus?

Wens van vanavond: dat mijn leven mag wemelen van de interessante mannen.

Zondag 24 januari 1960

Ik heb vandaag diverse bewoners van Het Huis ontmoet. De eerste twee zag ik nadat ik in bad was geweest (er is geen douche) en besloot de achterkant eens te verkennen. Een van de dingen die me in Victoria Street intrigeerden was dat er geen straten of steegjes naar links liepen, dat wij aan het doodlopende eind zaten, dat er geen huizen lager dan nummer 17 waren. De klinkerbestrating in mijn steegje liep door tot op het achtererf vol waslijnen, waarvan een aantal was getooid met lakens, handdoeken en kleren die van een man en een vrouw leken te zijn. Schattige slipjes die met kant waren afgezet, boxershorts, overhemden, beha's en blouses. Ik baande me er een weg doorheen – ze waren droog – en ontdekte dat er geen zijstraten naar links liepen, en ook waarom we aan een doodlopend stuk zaten. Victoria Street lag boven op een zandstenen plateau van bijna twintig meter hoogte! Onder me liepen de leistenen daken van de rijtjeshuizen van Woolloomooloo tot aan het Domain – met gras dat in deze tijd van het jaar prachtig groen is. Ik vind het leuk zoals het park Woolloomooloo van de binnenstad scheidt, maar tot ik bij het achterhek stond te kijken, had ik me dit nooit gerealiseerd. Al die nieuwe gebouwen in de city! En met zoveel verdiepingen. Maar ik kon de AWA-toren nog steeds zien. Rechts van Woolloomooloo ligt de haven, bezaaid met witte stippen, want het is zondag en de hele wereld is gaan zeilen. Wat een uitzicht. Hoewel ik heel blij ben met mijn kamers, voelde ik toch een steek van afgunst jegens de bewoners van de bovenverdieping van 17c, die hun uitzicht naar deze kant hebben. Hemels, en dat voor maar een paar pond per week.

Toen ik de lakens opzij duwde om weer verder te gaan met verven, kwam er een jongeman met een lege mand door het steegje gelopen.

'Hallo, jij bent zeker de beroemde Harriet Purcell,' zei hij toen hij bij me was en een lange, smalle, elegante hand uitstak.

Ik stond zo verbaasd te kijken, dat ik de hand niet zo snel vastpakte als eigenlijk had gemoeten.

'Ik ben Jim Cartwright,' zei 'hij'.

Oei-oei! Een lesbienne! Van dichtbij was het duidelijk dat Jim geen man was, zelfs geen man met een slap handje, maar ze droeg een herenbroek met een gulp aan de voorkant in plaats van de sluiting opzij, en een roomkleurig herenoverhemd met de manchetten één keer omgeslagen. Modieus herenkapsel, geen spoortje make-up, grote neus, héél mooie grijze ogen.

Ik gaf haar een hand en zei dat ik blij was kennis te maken, waarop ze even lachte en vervolgens een zakje shag en vloeitjes uit het borstzakje van haar overhemd viste en behendig met één hand een sigaret rolde, net als Gary Cooper.

'Bob en ik wonen op de tweede verdieping, boven mevrouw Delvecchio Schwartz – heel mooi! We hebben uitzicht naar deze kant en naar de voorkant.'

Van Jim kreeg ik meer informatie over Het Huis, over wie er allemaal woonden. Mevrouw Delvecchio Schwartz heeft de hele eerste verdieping, behalve de kamer aan het eind, boven mijn woonkamer. Die wordt gehuurd door een leraar op leeftijd, een zekere Harold Warner, maar toen Jim het over hem had, trok ze een gezicht dat van afkeur sprak. Direct boven Harold woont een Nieuwe Australiër uit Beieren, Klaus Muller, die voor de kost sieraden graveert en die als hobby's koken en vioolspelen heeft. Hij gaat elk weekend naar vrienden in de buurt van Bowral, die onvoorstelbare barbecues geven met hele lammeren, varkens en kalveren aan het spit. Jim en Bob hebben het grootste deel van die verdieping, terwijl de zolder van Toby Evans is.

Jim begon te grijnzen toen ze zijn naam noemde. 'Hij is schilder, hij zal je geheid aardig vinden!'

De sigaret verdween in een vuilnisbak en Jim begon de was van de lijn te halen, dus hielp ik haar de lakens op te vouwen en alles netjes in de mand te doen. Toen verscheen Bob, haastig en nerveus, met kleine voetjes in blauwe zeemleren flatjes, als trippelende muizenpootjes. Een blond poppetje, veel jonger dan Jim, en gekleed volens de beste damesmode van vier jaar geleden: pastelkleurige jurk met een wijde rok die werd opgevuld door zes gesteven petticoats, een strakke taille, borsten die naar voren werden geduwd in scherpe punten waarvan mijn broers altijd zeiden dat die 'Afblijven' betekenen.

Ze dreigde haar trein te missen, verklaarde Bob geagiteerd en er waren geen taxi's te krijgen. Jim bukte zich om haar te kussen – wát een kus was dat! Open monden, tongen, veel gespin en mmm's van genot. Het werkte. Bob kalmeerde. Met de wasmand op een smalle heup liep Jim met Bob door het steegje, sloeg de hoek om en verdween.

Met mijn blik naar de grond gericht liep ik terug naar mijn kamers, terwijl ik diep nadacht. Ik wist dat lesbiennes bestonden, maar ik had er nog nooit een ontmoet, niet officieel in elk geval. Er moeten er heel wat zijn onder de grote aantallen ouwe vrijsters in elk ziekenhuis, maar die verraden zich niet, dat is gewoon te gevaarlijk. Als je eenmaal zo'n reputatie hebt, kun je je carrière wel vergeten. Toch maakten Jim en Bob er geen enkel geheim van! Dat betekent dat hoewel mevrouw Delvecchio Schwartz misschien bezwaar maakt tegen meisjes uit het leven in haar benedenverdieping, ze er niet op tegen is een paar openlijke lesbiennes te huisvesten. Wat goed van haar!

'Goeiemorgen, jij daar!' riep iemand.

Ik schrok op en zocht naar de stem die vrouwelijk was en afkomstig uit een van de ramen met lichtpaarse vitrage op 17d. De ramen van 17d intrigeerden me hevig, met die lichtpaarse vitrage en de bloembakken met donkerpaarse geraniums eronder. Het effect was eigenlijk heel leuk, en het maakte dat 17d eruitzag als een wat kneuterig pension. Er hing een jonge, naakte vrouw met een massa hennakleurig haar uit een raam, die enthousiast haar haar borstelde. Haar borsten, die heel vol en slechts een tikkeltje hangend waren, zwiepten vrolijk op de maat van de borstel mee en het bovenste plukje van haar zwarte schaamhaar was tussen de geraniums te zien.

'Goeiemorgen,' riep ik terug.

'Je komt hier wonen?'

46

'Ja.'

'Leuk je te zien. Tot kijk!' En ze deed het raam weer dicht. Mijn eerste lesbiennes en mijn eerste professionele hoer!

Daarna was het schilderen een beetje een anticlimax, maar ik schilderde tot mijn armen pijn deden en alle muren en plafonds een eerste laag hadden. Aan de ene kant miste ik mijn zondagse spelletje tennis met Merle, Jan en Denise, maar het hanteren van de verfkwast is min of meer dezelfde beweging als het zwaaien met een tennisracket, dus ik kreeg in elk geval mijn lichaamsbeweging. Ik vraag me af of er tennisbanen in de buurt van Kings Cross zijn. Waarschijnlijk wel, maar ik denk niet dat veel Cross-bewoners zullen tennissen. De spelletjes hier zijn van veel serieuzer aard.

Rond zonsondergang werd er op mijn deur geklopt. Pappy! dacht ik, tot ik me realiseerde dat het niet haar klopje was. Deze klop klonk gebiedend en kortaf. Toen ik de deur opendeed en David zag staan, zakte de moed me in de schoenen. Ik had hem niet verwacht, de klootzak. Hij stapte naar binnen voor ik hem had uitgenodigd en hij keek om zich heen met een blik van hooghartige afkeer, ongeveer zoals een kat kijkt wanneer die in een plas urine is gestapt. Mijn vier eetkamerstoelen waren goede, stevige exemplaren die ik nog niet was begonnen af te schuren, dus schoof ik er een met mijn voet naar David en ging zelf op de rand van de tafel zitten, zodat ik op hem neer kon kijken. Maar daar trapte hij niet in, hij bleef staan, zodat hij me recht kon aankijken.

'Er wordt hier ergens hasj gerookt,' zei hij, 'dat kan ik ruiken in de hal.'

'Dat zullen de wierookstokjes van Pappy zijn, David, wierook! Een brave katholieke jongen als jij moet die geur toch herkennen,' zei ik.

'Ik herken in elk geval liederlijkheid en verval.'

Ik voelde mijn mond verstrakken. 'Een poel van ontucht, bedoel je zeker.'

'Als jij het zo wilt omschrijven, ja,' zei hij stijfjes.

Ik probeerde mijn toon nonchalant te houden, liet me de woorden achteloos ontvallen. 'Ik woon hier inderdaad in een poel van ontucht. Gisteren is er al iemand van de zedenpolitie langs geweest om te controleren of ik niet in het leven zit, en vanmorgen heb ik een groet gewisseld met een van de topfiguren hiernaast, toen ze spiernaakt uit een raam hing. Vanmorgen heb ik ook kennisgemaakt met de lesbiennes van tweehoog, en ik zag hoe die elkaar kusten met veel meer passie dan jij mij ooit hebt betoond! Laat dát maar eens even tot je doordringen!'

Hij gooide het nu over een andere boeg en besloot in te binden en mij te smeken tot inkeer te komen. Aan het eind van zijn verhandeling over nette meisjes die tot hun huwelijk thuis horen te blijven, zei hij: 'Harriet, ik hóú van je!'

Ik slaakte een kreet van ongeloof. En opeens had ik hem door! 'David,' zei ik, 'jij bent het soort man dat opzettelijk een heel jong meisje uitzoekt opdat je haar naar je eigen behoeften kunt vormen. Maar dat heeft niet gewerkt, makker. In plaats van mij te vormen, heb je gewoon alles verknold!'

Echt, ik voelde me alsof ik uit een kooi was ontsnapt! David had me met zijn lessen en preken altijd gekleineerd, maar nu trok ik me geen barst meer van hem aan. Hij was zijn macht over me kwijt. En wat sluw van hem om mij nooit een kans te geven hem als man te beoordelen door me te kussen of te strelen of – foei! Wat een gedachte! – me zijn geval ter inspectie aan te bieden, laat staan het te gebruiken. Omdat hij zo knap en zo goedgebouwd is, zo'n begeerlijke partij zou zijn, was ik bij hem gebleven, in de stellige overtuiging dat het eindresultaat de moeite van het wachten waard zou zijn. Nu realiseerde ik me dat hij altijd zijn eigen eindresultaat was geweest. Ik zou zijn tekortkomingen als man nooit mogen weten en de enige manier waarop hij zich daarvan kon verzekeren was ervoor te zorgen dat ik nimmer enig vergelijkingsmateriaal kreeg. Ik had het helemaal bij het verkeerde eind gehad – het was niet David die ik kwijt moest, het was mijn oude ik. En het lukte me op dat moment om me van mijn oude ik te ontdoen.

Dus liet ik hem nog even doorwauwelen over hoe ik een bepaalde fase moest doormaken en dat hij geduld met me zou hebben en zou wachten tot ik tot inkeer was gekomen, bla-bla, bla-bla.

Ik had in het washok een pakje Du Mauriers gevonden en dat in mijn zak gestoken. Toen hij begon te leuteren over hoeveel ik nog in het leven moest leren, viste ik de sigaretten uit mijn zak, deed er een in mijn mond en stak die aan met een lucifer die bij het gasfornuis lag.

Hij kreeg direct ogen op steeltjes. 'Doe dat ding uit! Het is een smerige gewoonte!'

Ik blies hem een wolk rook in het gezicht.

'Nog even, en het is hasj, en daarna begin je zeker lijm te snuiven...'

'Wat heb jij toch een kleinzielige geest,' zei ik.

'Ik verricht wetenschappelijk onderzoek op medisch gebied en ik beschik over een uitstekend verstand. Je bent in slecht gezelschap beland, Harriet, je hoeft geen Nobelprijswinnaar te zijn om dat te zien,' zei hij.

Ik drukte de sigaret in een schoteltje uit – het ding smaakte smerig, maar dat hoefde hij niet te weten – en bracht hem naar buiten. Daarna liep ik met hem naar de voordeur. 'Vaarwel, David, voor altijd,' zei ik.

Er kwamen tranen in zijn ogen en hij legde een hand op mijn arm. 'Dit is echt niet goed!' zei hij met trillende stem. 'Na zoveel jaar! Laten we elkaar alsjeblieft kussen en het weer goedmaken.'

Dat deed de deur dicht. Ik balde mijn rechterhand tot een vuist en verkocht hem een oplawaai op zijn linkeroog. Toen hij wankelde – ik kan een flinke dreun uitdelen, daar hebben mijn broers wel voor gezorgd – zag ik over zijn schouder iemand naderen, dus gaf ik David een zetje, de stoep af, naar het pad. Ik hoopte dat ik, omwille van de nieuwkomer, een zeer gevaarlijke amazone leek. David voelde zich in een lachwekkende situatie door een vreemde betrapt, en hij liep haastig het hek uit en snelde Victoria Street uit alsof hij werd achternagezeten door de hond van de Baskervilles.

Waarna de nieuwkomer en ik elkaar eens opnamen. Zelfs het feit in aanmerking genomen dat ik op de stoep stond en hij op het pad eronder, leek hij me amper één meter vijfenzestig lang. Een beetje gedrongen, hoewel hij enigszins op zijn tenen balanceerde als een bokser, met bruine ogen die ondeugend naar me twinkelden. Mooie rechte neus, goede jukbeenderen, een bos kastanjebruine krullen die keurig in model was geknipt, rechte zwarte wenkbrauwen en volle zwarte wimpers. Heel knap om te zien!

'Kom je erin of blijf je daar als ornament op het pad staan?' vroeg ik koud.

'Ik kom erin,' zei hij, maar hij maakte geen aanstalten om de daad bij het woord te voegen. Hij had het veel te druk met mij te bekijken. Een heel merkwaardige blik, nu de ondeugendheid uit zijn ogen was verdwenen: afstandelijk, geïnteresseerd op een emotieloze manier. Zo ongeveer als een arts die een patiënt beoordeelt, hoewel ik me met de beste wil van de wereld niet voor kon stellen dat hij arts was. 'Ben je erg lenig?' vroeg hij.

Ik zei van niet.

'Jammer. Ik had je in wat dramatische houdingen willen laten poseren. Je bent wat aan de magere en sportieve kant, maar je hebt heel verleidelijke borsten. Die lijken me eerder van jou dan van een behafabrikant.' Terwijl hij dit zei, wipte hij de stoep op en wachtte toen tot ik hem voorging.

'Dan ben jij zeker de kunstenaar op de zolder,' zei ik.

'In één keer raak. Toby Evans. En dan ben jij zeker het nieuwe meisje in de kamers beneden-achter.'

'In één keer raak. Harriet Purcell.'

'Kom boven een kopje koffie drinken. Dat zul je wel nodig

hebben, na de optater die je die arme sukkel buiten hebt verkocht. Die loopt een maand met een blauw oog,' zei hij.

Ik volgde hem twee trappen op naar een overloop waar op de ene deur een enorm vrouwelijk symbool zat (ongetwijfeld van Jim en Bob) en op een andere een alpenlandschap (ongetwijfeld van Klaus Muller). De toegang naar de zolder was via een stevige trap. Toby ging als eerste, en zodra ik vaste grond onder de voeten had, trok hij aan een touw waardoor de ladder vanaf de verdieping eronder werd opgetrokken en tegen het plafond werd gevouwen.

'O, dat is geweldig,' zei ik, en ik keek vol verbazing toe. 'Je kunt de ophaalbrug optrekken en een beleg afslaan.'

Ik bevond me in een enorme kamer met twee dakkapellen aan de achterkant en twee aan de voorkant. De hele ruimte was wit geschilderd en leek zo steriel als een operatiekamer. Geen speld die niet op zijn plaats lag, geen vlek of veeg, geen stofje of zelfs niet de contouren van een opgedroogde regendruppel op de ramen. Omdat het een zolder was, hadden de ramen vensterbanken met witte corduroy kussens erop. De schilderijen stonden met hun voorzijde naar de muur in een witgeschilderd rek en er was een grote schildersezel (eveneens wit), een verhoging met een witte stoel erop, en er stond een kleine witte ladekast naast de ezel. Dat was het werkgedeelte. Voor zijn vrije tijd had hij twee gemakkelijke stoelen die met wit corduroy waren bekleed, witte boekenkasten waarin elk boek even recht stond, en een wit kamerscherm rond de keukenhoek, een vierkante witte tafel en twee witte houten stoelen. Zelfs de vloer was witgeschilderd! Ook hier nergens een vlekje te bekennen. Zijn lampen waren witte tl-buizen. De enige aanwezige kleur was een grijze legerdeken op zijn tweepersoonsbed.

Omdat hij als eerste persoonlijk was geworden, met die opmerking over mijn borsten – waar haalde hij het lef vandaan! – zei ik precies wat er in me opkwam. 'Allemachtig, wat voor obsessies heb jij? Je bent vast zo iemand die als hij de verf uit de tube knijpt, dit vanaf de onderkant doet, daarna zorgvuldig het lege uiteinde omvouwt en ervoor zorgt dat dit volmaakt haaks is.'

Hij grijnsde en hield zijn hoofd scheef, als een hondje dat een en al aandacht is. 'Ga zitten,' zei hij, en hij verdween achter zijn scherm om koffie te zetten.

Ik ging zitten om door de keurig gestreken katoenen vouwen van het kamerscherm heen met hem te praten, en toen hij met de koffie in twee witte mokken te voorschijn kwam, bleven we gewoon verder praten. Hij kwam van het platteland, zei hij, en hij was opgegroeid op de veefokkerijen van westelijk Queensland en de Northern Territory. Zijn vader was kok in het kampement geweest, maar vooral alcoholist, zodat Toby maar al te vaak had moeten koken om ervoor te zorgen dat zijn vader zijn baan hield. Hij leek geen wrok te koesteren jegens zijn ouwe heer, die uiteindelijk aan de drank was gestorven. In die tijd had Toby's verf uit waterverf voor kinderen bestaan, had hij op goedkoop inpakpapier moeten tekenen en waren zijn potloden uit het kantoor van de fokkerij afkomstig. Na de dood van zijn vader vertrok hij naar de grote stad om goed te leren schilderen, en met olieverf.

'Maar Sydney is heel grauw wanneer je er niemand kent en het hooi nog aan je kleren hangt,' zei hij, terwijl hij wat cognac in zijn tweede beker koffie deed. 'Ik heb geprobeerd als kok aan de slag te komen – hotels, pensions, gaarkeukens, het Concord Repat Hospital. Afschuwelijk, tussen lieden die geen woord Engels spraken, en overal kakkerlakken, behalve in het Concord. Ik moet ziekenhuizen nageven dat ze schoon zijn. Maar het eten is daar slechter dan op een veefokkerij. Daarna ben ik naar Kings Cross verhuisd. Ik woonde in een schuurtje op het erf van een huis in Kellett Street tot ik Pappy ontmoette. Ze nam me mee naar huis om kennis te maken met mevrouw Delvecchio Schwartz, die zei dat ik haar zolder voor drie pond per week mocht huren en dat ik haar kon betalen als ik er het geld voor had. Weet je, je ziet van die beelden van de Maagd Maria en de Heilige Theresa en zo, en dat zijn allemaal knappe vrouwen. Maar ik vond dat mevrouw Delvecchio Schwartz, dat lelijke ouwe mens, de mooiste vrouw was die ik ooit heb gezien. Als ik ooit wat meer zelfvertrouwen krijg, ga ik haar nog eens schilderen met Flo op haar knie.'

'Kook je nog steeds?' vroeg ik.

Hij keek minachtend. 'Nee! Mevrouw Delvecchio Schwartz zei dat ik een baantje moest zoeken om moeren vast te draaien in een fabriek – "Op die manier heb je in elk geval wat brood op de plank, knul," verklaarde ze. Ik volgde haar raad op en werk nu in een fabriek in Alexandria, als ik niet hier sta te schilderen.'

'Hoe lang zit jij al in Het Huis?' vroeg ik.

'Vier jaar. In maart word ik dertig,' zei hij.

Toen ik aanbood de koffiebekers af te wassen, keek hij me ontzet aan. Hij dacht vast dat ik dat niet goed zou doen. Dus vertrok ik weer naar mijn eigen kamers, met een hoofd vol gedachten. Wat een dag! Wat een weekend, eigenlijk. Toby Evans. Die naam klonk wel leuk. Maar toen hij Pappy had genoemd, had ik in zijn ogen de schaduw van een nieuwe emotie gezien. Droefheid, verdriet. Er begon me iets te dagen: hij is verliefd op Pappy! Ik heb haar trouwens nog niet gezien sinds ik hier zit.

O, wat ben ik moe. Tijd om het licht uit te doen en te genieten van de tweede keer van mijn leven dat ik in een tweepersoonsbed lig. Eén ding weet ik zeker: ik wil nooit meer in een eenpersoonsbed liggen. Wat een genot!

Woensdag 3 februari 1960

Het enige dat ik doe als ik geen longfoto's maak is roze verf smeren op alles in mijn flat wat maar los of vast zit. Hoewel ik bij daglicht nu genoeg van de buurt heb gezien om me te kunnen oriënteren. Het is echt geweldig. De winkels zijn totaal anders dan alles wat ik ooit heb gezien, en ik heb in één week vreemdere dingen gegeten dan gedurende mijn leven bij elkaar. Er is een Franse bakker die lange, dunne broden bakt die echt hemels zijn, en een taartenwinkel die patisserie heet, met van die fantastische taarten met flinterdunne laagjes in plaats van zoete broodjes en cakejes en gevulde koeken, zoals bij de gewone banketbakker. Nectar en ambrozijn, waar ik ook kijk. Ik heb iets gekocht wat aardappelsalade heet – o, wat lekker! En een koolsalade die *coleslaw* heet – ik heb er een heel bakje van naar binnen gewerkt en de hele nacht winden liggen laten, maar dat kan me niets schelen. Ze hebben hier een blok gehakt met een hardgekookt ei in het midden, en dat heet Hongaars gehaktbrood, salami in plaats van gewone worst, tilsiter in plaats van het zweterige slappe spul dat mama bij de kruidenier koopt – ik voel me op het gebied van eten alsof ik ben gestorven en in de hemel ben gekomen. Het is hier ook niet erg duur, en dat heeft me dusdanig verbaasd dat ik er tegen de Nieuw-Australische man in de winkel een opmerking over heb gemaakt. Zijn antwoord loste tevens mijn raadsels over de winkelsluitingstijden op. Hij zei dat alle winkels door families worden beheerd, hoewel hij zijn vinger tegen de zijkant van zijn neus legde toen hij dit zei. Geen personeel volgens de regels van de vakbond! En dat houdt de prijzen laag.

Er zijn winkels met ondergoed waar ik met uitpuilende ogen naar sta te kijken. De etalages liggen vol met doorzichtige zwarte of rode beha's en slipjes, negligés die David een hartverlamming zouden bezorgen. Ondergoed voor hoeren. Pappy probeerde me over te halen zoiets te kopen toen we op een avond naar huis liepen, maar dat weigerde ik resoluut.

'Ik ben daar gewoon te donker voor,' verklaarde ik. 'Zwart of rood maken dat ik eruitzie alsof ik een terminale levercirrose heb.'

Ik probeerde te vissen naar de situatie tussen Toby en haar, maar ze hapte totaal niet. Dat is op zich al uiterst verdacht. O, kon ik maar een manier bedenken om hen bij elkaar te krijgen! Ze hebben geen van beiden familie, ze gaan allebei op in belangrijke activiteiten – Pappy in haar studie, Toby in zijn schilderijen. Ze zijn voor elkaar geschapen, en ze zouden echt práchtige kinderen krijgen.

Zuster Agatha heeft me vandaag in haar kantoortje geroepen en vertelde me dat ik vanaf volgende week maandag niet meer naar thorax hoef maar nu naar de Spoedeisende Hulp mag! Ik bloosde van plezier. Het leukste werk dat er bestaat, geweldig afwisselend, ieder geval is ernstig omdat de niet-ernstige zaken naar de gewone röntgen gaan. En in Queens is Spoedeisende Hulp van maandag tot vrijdag! Dat komt doordat Queens in het weekend weinig spoedgevallen heeft. Het wordt in het noorden, zuiden en westen door fabrieken omringd en aan de oostzijde liggen kilometers lang allemaal parken en sportvelden. De woonwijken worden ook door het St. George Hospital bediend, hoewel er hier ook wat oude, vervallen rijtjeshuizen staan. De overheid probeert steeds weer het Queens te sluiten, om zo het geld dat Queens opsnoept in het St. George te kunnen steken, en in de kleinere ziekenhuizen in het westen, waar de bevolking van Sydney snel groeit. Maar ik zal de directrice steunen in haar strijd tegen de minister van Volksgezondheid. Queens gaat nog lang niet dicht, mijn nieuwe baan op de Spoedeisende Hulp is veilig.

'U bent een uitstekend technicus, juffrouw Purcell,' zei zuster Agatha met haar bekakte accent, 'en u weet ook op uitstekende wijze met de patiënten om te gaan. Deze feiten zijn ons niet ontgaan.'

'Ja, zuster, dank u, zuster,' zei ik, en ik liep buigend achterwaarts de kamer uit.

Jippie, Spoedeisende Hulp!

Wens van vanavond: dat Pappy en Toby met elkaar trouwen.

Zaterdag 6 februari 1960

Timmer eens met je hoofd tegen een stenen muur, Harriet Purcell, totdat de hersens die erin zitten ook eens gaan dénken. Wat ben je toch een stommerd! Een uilskuiken!

Pappy en ik gingen vanmorgen winkelen, gewapend met boodschappentas en portemonnee. Op zaterdagmorgen kun je op Darlinghurst Road haast geen voet verzetten door alle mensen die er lopen, maar in de Cross is dan nog niemand op. Er kwam een beeldschone vrouw voorbij met een abrikooskleurig geverfde poedel aan een riem met bergkristallen, en ze was zelf van top tot teen in abrikooskleurige zijde en abrikooskleurig zeemleer gehuld. Haar haar had exact dezelfde kleur als dat van de poedel.

'Oef!' zei ik zacht, en ik keek haar na.

'Wat is hij een stuk, hè?' zei Pappy grijnzend.

'*Hij?*'

'Hij staat algemeen bekend als lady Richard. Een travestiet.'

'Wat een ongelooflijke nicht,' zei ik verbijsterd.

'Nee, hij is zo druk met z'n kleren dat hij aseksueel is, maar veel travestieten zijn hetero. Ze houden gewoon veel van vrouwenkleren.'

En zo begon het gesprek. Hoewel ik Pappy niet in Het Huis heb gezien, zien we elkaar door de week vrij vaak, zodat ik dacht dat ik haar inmiddels wel goed kende. Maar ik ken haar helemaal niet.

Ze vertelde me dat het hoog tijd werd dat ik eens met een man naar bed ging, en daar was ik het helemaal mee eens. Maar Norm van de zedenpolitie bleek waardeloos in het kussen te zijn: hij kwijlde tot en met. Na ons glas bier gingen we als goede vrienden uiteen, maar we wisten allebei dat het niets zou worden. En Toby Evans is al bezet, hoewel ik dat moeilijk tegen Pappy kon zeggen. Jammer. Ik vind hem wel aantrekkelijk, en hij ziet eruit alsof hij in bed van wanten weet. En dat was juist waar Pappy het over had toen we daar zo liepen: Mijn Eerste

Keer mocht echt niet met iemand zijn die ongevoelig, onnozel, onhandig of onattent is.

'Hij moet ervaren, zorgzaam en teder zijn,' zei ze.

Ik begon te lachen. 'Hier spreekt een expert,' zei ik smalend. Blijkt ze inderdaad een expert te zijn!

'Harriet,' zei ze, en ze klonk een beetje ongeduldig, 'heb jij je niet afgevraagd waarom je mij zo zelden in het weekend ziet?'

Ik zei dat ik me dat had afgevraagd, maar dat ik veronderstelde dat ze in een boek verdiept zat.

'O Harriet, jij snapt ook niets!' riep ze uit. 'In het weekend ga ik met mannen naar bed.'

'Mannen?' vroeg ik, buiten adem.

'Ja, mannen.'

'Meervoud?'

'Meervoud.'

Wat moet een mens daarop zeggen? Ik liep nog steeds naar een antwoord te zoeken toen we Victoria Street in liepen.

'Waarom?'

'Omdat ik op zoek ben naar iets.'

'Naar de volmaakte minnaar?'

Ze schudde haar hoofd heen en weer, alsof ze eigenlijk míj heen en weer wilde schudden. 'Nee, nee, nee! Het gaat niet om seks, het gaat om de geest. Ik denk dat ik op zoek ben naar een geestverwant.'

Ik zei bijna dat hij op de zolder verf op een doek stond te smeren, maar ik hield mijn mond dicht en zweeg. Toen we binnenkwamen zat er een jongeman op de trap. Pappy glimlachte verontschuldigend naar me toen hij overeind kwam, en ik haastte me naar mijn roze kamers, waar ik snel ging zitten om weer op adem te komen. Dus dat had Norm van de zedenpolitie bedoeld toen hij zei dat Pappy nooit iets in rekening bracht! Ze was ongetwijfeld ook met hem naar bed geweest.

Tijd om je prioriteiten eens op een rijtje te zetten, Harriet Purcell. Alles waar jij ooit in hebt geloofd staat nu in de waagschaal. Pappy kun je echt niet als 'keurig meisje' betitelen, toch is ze het aardigste meisje dat ik ooit heb ontmoet. Maar aardige meisjes horen hun seksuele gunsten niet vrijelijk onder mannen te verdelen. Dat doen alleen hoeren. Pappy een hoer? Nee, dat wil ik niet zeggen! Ik ben het enige lid van mijn Bronte-Bondi-Waverley-groepje dat nog nooit met een man naar bed is geweest, maar Merle beschouwt zichzelf echt niet als een hoer. Het is onvoorstelbaar zoveel emotionele toestanden als ik heb gezien als Merle verliefd werd! Overdreven enthousiasme, woede, twijfels, de uiteindelijke desillusie. En één keer die afschuwelijke dagen toen ze vol spanning wachtte of ze eindelijk ongesteld zou worden. Dat was het geval, en ik was al net zo opgelucht als zij. Als er iets is wat ons op het rechte pad houdt, dan is het wel de angst voor een zwangerschap. De enige mensen die abortus plegen, gebruiken breinaalden, maar het alternatief is een geruïneerde reputatie. Wat er meestal gebeurt is een plotselinge verdwijning voor vier maanden, of een overhaaste trouwerij en een 'te vroeg geboren' baby. Maar of een meisje er nou voor kiest om voor vier maanden naar een tehuis te gaan en dan haar baby ter adoptie af te staan, of dat ze met de man trouwt, ze zal de rest van haar leven door praatjes worden achtervolgd. 'Ze móést trouwen!' of 'Ach, we weten toch zeker allemaal hoe het zit? Zij loopt met een sip gezicht, de knul is nergens te bekennen, ze wordt dikker om haar middel, en dan gaat ze opeens voor vier maanden naar haar oma in het westen van Australië – alsof we dáár in trappen!'

Ik geloof niet dat ik ooit aan dat soort boosaardigheid heb meegedaan, maar het is een feit in het leven van iedere vrouw. Toch speelt Pappy, op wie ik erg gesteld ben, in alle richtingen met vuur, van zwangerschap tot geslachtsziekten, tot de mogelijkheid in elkaar te worden geslagen. Om seks te gebruiken om een geestverwant te vinden! Maar hoe kun je met seks de ziel in een man ontdekken? Het probleem is dat ik geen antwoorden weet. Ik weet alleen dat ik niet slecht over Pappy kan denken.

O, arme Toby! Hoe moet hij zich wel niet voelen? Is ze met hem naar bed geweest? Of wil ze hem niet? Ja, ik weet niet waarom ik dat denk, maar ik geloof wel dat het zo is.

Ik kwam er niet uit, dus besloot ik een eindje te gaan wandelen, mezelf te verliezen in die menigte bekende mensen die je hier allemaal op straat ziet. Maar toen ik door de hal liep, stond mevrouw Delvecchio Schwartz die te vegen. Met weinig effect. Ze ging zo woest met de bezem tekeer dat het stof alleen maar in wolken oprees om vervolgens op de vloer achter haar aan te koeken. Het lag op het puntje van mijn tong haar te vragen of ze ooit had overwogen natte theebladeren te strooien voor ze ging vegen, maar ik was niet tegen haar opgewassen.

'Jou moet ik hebben!' zei ze stralend. 'Kom boven, dan nemen we een kleintje cognac.'

'Ik heb u helemaal niet meer gezien sinds ik hier ben ingetrokken.'

'Je moet bezige mensen nooit lastigvallen, prinses,' zei ze, en ze plofte op haar stoel op het balkon neer en goot toen wat cognac in de Kraft-glaasjes. Flo had zich al die tijd aan haar rokken vastgeklampt, maar nu klauterde ze op mijn schoot, keek me met haar tragische geelbruine ogen aan en glimlachte naar me.

Ik nam een slokje van het walgelijke spul, maar ik kon het nog steeds niet lekker vinden. 'Ik hoor Flo nooit,' zei ik. 'Praat ze wel?'

'De hele tijd, prinses,' zei mevrouw Delvecchio Schwartz.

Ze hield een paar overmaatse speelkaarten in haar handen en richtte toen haar röntgenogen op mij en legde de kaarten neer. 'Waar loop je over te piekeren?' vroeg ze.

'Pappy zegt dat ze met allerlei mannen naar bed gaat.'

'Ja, dat klopt.'

'Wat vindt u daarvan? Ik dacht altijd dat hospita's meisjes die mannen ontvangen op straat zetten, en ik weet dat u dat doet als het in de benedenflat aan de voorzijde gebeurt.'

'Het is niet juist om goede vrouwen te laten denken dat ze slecht zijn, alleen maar omdat ze een potje vrijen lekker vinden,' zei ze, en ze nam een flinke slok. 'Vrijen is net zo normaal en natuurlijk als plassen en poepen. Wat Pappy betreft, wat moet ik daarvan vinden? Seks is haar manier om dingen te ontdekken.' Weer zo'n röntgenblik. 'Maar jij doet dat niet, hè?'

Ik voelde me onmachtig, en ik spartelde. 'Tot dusver niet, in elk geval,' zei ik, en ik nam nog een slokje. Willies drankje begon iets beter te smaken.

'Pappy en jij zijn twee tegenpolen in het leven van een vrouw,' zei mevrouw Delvecchio Schwartz. 'Voor Pappy bestaat er geen liefde zonder aanraken. Ze is een Weegschaal, koningin van zwaarden, en dat is niet sterk. Vooral haar Mars staat onder een slechte hoek. Net als haar Jupiter. De maan in Tweelingen tegenover Saturnus.'

Ik geloof dat ik het zo goed heb onthouden.

'Wat ben ik?' vroeg ik.

'Weet ik niet tot je me hebt verteld wanneer je bent geboren, prinses.'

'Elf november negentienachtendertig,' zei ik.

'Dacht ik het niet, een Schorpioen-vrouw! Heel sterk! Waar?'

'Vinnie's Hospital.'

'Hier pal in de buurt! Hoe laat?'

Ik dacht diep na. ''s Morgens om één minuut over elf.'

'Elf, elf, elf. Bingo! Prima!' Ze snoof even, verschoof in haar stoel, leunde achterover en deed haar ogen dicht. 'Hm, es even kijken... Ascendant in Waterman – nou, nou!' Daarna lag ze op handen en knieën voor een kastje en pakte een versleten boek dat uit elkaar dreigde te vallen, een paar vellen papier, en een goedkope kleine plastic gradenboog. Ik kreeg een blanco vel papier en een potlood in de handen geduwd.

'Schrijf alles op wat ik je zeg,' zei ze, en toen keek ze naar Flo. 'Poezenkopje, geef me eens een paar van je krijtjes.' Flo gleed van mijn schoot en draafde naar de woonkamer. Ze kwam terug met een handvol blauwe, groene, rode, paarse en bruine krijtjes.

'Ik doe het allemaal uit mijn hoofd – zou ik na al die jaren wel moeten kunnen,' zei mevrouw Delvecchio Schwartz, nadat ze in haar verfomfaaide boek had gekeken en wat geheimzinnige aantekeningen had gemaakt op een vel papier dat net als een taart in gelijke stukken was verdeeld. 'Ja, ja, heel interessant. Schrijf op, Harriet, schrijf op! Drie opposities, allemaal heel krachtig – de zon tegenover Uranus, Mars tegenover Saturnus, Uranus tegenover het zenit. Het grootste deel van de spanning wordt door tegenoverstellingen afgevoerd – goed, hè?'

Aangezien ze met normale snelheid sprak, moest ik haastig zitten krabbelen om dit alles op te schrijven.

'Jupiter in het eerste huis van Waterman, je ascendant – héél sterk. Je zult een succesvol leven leiden, Harriet Purcell. De zon zit in het tiende huis, en dat betekent dat jij je hele leven carrière zult maken.'

Ik schoot overeind en keek haar misnoegd aan. 'Nee, dat ben ik niet van plan!' snauwde ik. 'Ik vertik het om tot mijn pensioen röntgenfoto's te moeten maken! Veertig jaar lang een loodschort om te moeten hebben en iedere maand mijn bloed te laten nakijken? Vergeet het maar!'

'Er bestaan carrières en carrières,' grijnsde ze zelfgenoegzaam. 'Venus staat ook in het tiende huis, en je maan staat in de Kreeft. Saturnus staat op het keerpunt tussen het tweede en het derde huis, en dat betekent dat jij altijd zult zorgen voor hen die niet voor zichzelf kunnen zorgen.' Ze zuchtte. 'O, er is nog een heleboel meer, maar dat is niets waard vergeleken bij jouw perfecte quincunx tussen de maan en Mercurius!'

'*Quincunx?*' Het woord klonk buitengewoon obsceen.

'Dat is voor mij het doorslaggevende aspect,' zei ze, terwijl ze voldaan in haar handen wreef. 'Je moet alles eerst goed op een kaart hebben bekeken voordat je het kunt begrijpen, maar een quincunx betekent dat er twee hemellichamen onder een hoek van honderdvijftig graden met elkaar staan. En als ik zie hoe je sterren zich sinds je geboorte hebben verplaatst, dan zeg ik dat we met die quincunx iets in handen hebben.' Ze richtte haar priemende ogen opnieuw op mij, kwam toen overeind en liep naar binnen naar de koelkast. Ze kwam terug met een bord met plakjes gerookte paling. 'Kom, prinses, eet hier wat van. Gerookte paling. Heel goed voor de hersens. Lerner Chusovich, een vriend van Klaus, vangt ze en rookt ze zelf.'

De gerookte paling was verrukkelijk, dus ik tastte flink toe. 'U weet veel van astrologie,' zei ik, al kauwend.

'Dat mag ik hopen! Ik ben helderziende,' zei ze.

Ik herinnerde me opeens de deftige dame met blauwspoeling en nog anderen die ik in de vestibule had ontmoet, en opeens begreep ik het een en ander. 'Zijn die chic uitziende dames cliënten van u?' vroeg ik.

'Bingo, moppie!' Ze richtte nogmaals die ijzige zoeklichten op me. 'Geloof jij in een hiernamaals?'

Ik dacht even na voor ik antwoordde. 'Misschien. Als je in een ziekenhuis werkt, is het wel eens moeilijk om de redelijkheid en rechtvaardigheid van de onveranderbare bedoelingen van God in te zien.'

'Dit gaat niet over God maar over het hiernamaals.'

Ik zei dat ik daar ook niet zo zeker van was.

'Nou, ik houd me met het hiernamaals bezig,' zei mevrouw Delvecchio Schwartz. 'Ik trek horoscopen, lees kaarten, kijk in mijn Glas' – ze zei dit met een hoofdletter – 'communiceer met de doden.'

'Hoe?'

'Geen flauw idee, prinses!' zei ze opgewekt. 'Wist vóór mijn dertigste zelfs niet dat ik het kon.'

Flo klom op haar schoot voor wat moedermelk, maar ze werd vriendelijk doch resoluut op de vloer gezet. 'Niet nu, poezenkopje. Harriet en ik zitten te praten.' Ze liep naar het kastje en pakte een zwaar voorwerp dat met een vieze zijden lap was bedekt. Ze zette het op de tafel. Daarna gaf ze me het spel kaarten. Ik draaide ze om, in de verwachting de gebruikelijke harten, ruiten, schoppen en klaveren te zien, maar dit waren plaatjes. De kaart onderaan liet een naakte vrouw zien, met een krans om haar heen, alles heel vrolijk gekleurd.

'Dat is de Wereld,' zei mevrouw Delvecchio Schwartz.

Eronder lag een kaart met daarop een hand met een kelk waaruit dunne stroompjes vloeistof liepen. Een duif, met iets kleins en ronds in zijn snavel, zweefde ondersteboven boven de kelk, waarop een soort w stond geschreven.

'De aas van bekers,' zei ze.

Ik legde het spel heel behoedzaam neer. 'Wat is dit?'

'Dit zijn tarotkaarten, prinses. Daar kan ik van alles mee doen. Als je wilt, kan ik je toekomst voorspellen. Stel me een vraag over je toekomst, en ik geef antwoord. Ik kan voor mezelf kaarten leggen om te zien wat er in Het Huis gebeurt, of met de mensen die ik onder mijn hoede heb. De kaarten kunnen spreken, ze hebben een mond.'

'U liever dan ik. Ik hoef ze niet te horen,' zei ik huiverend.

Ze ging verder alsof ik niets gezegd had. 'Dit is het Glas,' zei ze, en ze trok de vieze zijden doek van het voorwerp dat ze uit de kast had gepakt. Toen greep ze over de tafel naar mijn handen, legde die op het koele oppervlak van dat mooie ding. Flo, die erachter stond te kijken, slaakte opeens een gesmoorde kreet en vluchtte achter haar moeder, en keek met grote ogen vanachter de forse gestalte toe.

'Is dit glas of kristal?' vroeg ik, terwijl ik geboeid keek hoe alles erin zat: het balkon, de eigenares, een plataan – maar dan ondersteboven.

'Dit is echt kristal. Duizend jaar oud. Deze bol heeft alles gezien. Ik gebruik hem niet vaak, want je weet nooit wat voor gruwelen je te wachten staan.'

'Gruwelen?' Hoeveel vragen restten mij nog?

'De bibbers, de katers – delirium tremens. Met het Glas weet je nooit wat je nou weer door je strot krijgt geduwd. Nee, ik werk meestal met kaarten. En voor m'n dames werk ik met Flo.'

Op het moment dat ze Flo's naam noemde, begreep ik waarom dit alles mij deelachtig werd gemaakt. Mevrouw Delvecchio Schwartz had, om wat voor reden dan ook, besloten dat ik alles over dit geheime leven moest weten. Dus stelde ik de ultieme vraag: 'Flo?'

'Jawel, Flo. Zij is mijn medium. Zij weet de antwoorden op de vragen die de dames me stellen. Ik ben zelf niet met die gave geboren – het is min of meer over me gekomen toen ik... O, Harriet, toen ik echt op zwart zaad zat. Ik begon gewoon voor de nep de toekomst te voorspellen... Eerlijk waar. En toen ontdekte ik dat ik de gave bezat. Maar Flo is een echte. Ze laat me af en toe het apelazarus schrikken, die Flo.'

Ja, en ze laat mij ook het apelazarus schrikken, hoewel niet van afkeer. Ik kon het me allemaal voorstellen. Flo ziet er niet uit alsof ze van deze wereld is, dus is het ook niet zo verbazingwekkend dat ze toegang tot een andere wereld heeft. Misschien is dat de wereld waarin ze thuishoort. Of misschien is ze hysterisch. Hysterie komt op alle leeftijden voor. Maar nu ik dit wist, hield ik nog meer van Flo. Het vormde een antwoord op het raadsel van verdriet in haar ogen. Wat moest zij wel niet allemaal zien en voelen! *Een echte.*

Toen ik een heel glas cognac op had, liep ik wat moeizaam de trap af, maar ik liet me niet op het bed vallen om alles in mijn slaap te kunnen vergeten, ik wilde eerst alles verwerken. En nu zit ik hier met mijn balpen in mijn hand, en ik vraag me af waarom ik niet kwaad ben, waarom ik niet van plan ben mevrouw Delvecchio Schwartz eens goed mijn mening te vertellen over het uitbuiten van haar dochtertje. Meestal weet ik mijn mening heel duidelijk te geven. Maar dit is heel anders dan alles wat ik ooit heb geweten of begrepen, en zelfs in de korte tijd dat ik hier woon, ben ik heel anders gaan denken, ben ik gegroeid.

Zo voel ik dat tenminste. Alsof ik nieuw en anders ben. Ik mag die kolossale mevrouw Delvecchio Schwartz graag, maar ik houd van haar kind. Maar wat maakt dat ik mijn mening voor me houd, Horatio, is het besef dat er inderdaad meer is tussen hemel en aarde dan de mensen in Bronte ooit hebben kunnen dromen. En ik kan echt niet meer naar Bronte terug. Ik kan nooit meer naar Bronte terug.

Flo, het medium. Haar moeder had laten doorschemeren dat ze zelf via de Kristallen Bol met de doden communiceerde, maar ze had Flo's mediamieke activiteiten niet omschreven alsof ze echt met de doden verband hielden. Flo weet de antwoorden op de vragen die 'mijn dames' stellen. Ik haalde me het beeld van 'mijn dames' voor de geest en moest erkennen dat ze er niet uitzagen als vrouwen die hersenschimmen najoegen. Ze waren allemaal anders, maar er was niemand die iets van ondraaglijk verdriet uitstraalde. Op de een of andere manier begreep ik dat de hulp die ze bij mevrouw Delvecchio Schwartz zochten, met deze wereld verband hield, niet met de andere. Hoewel Flo niet van deze wereld was.

Misschien had mevrouw Delvecchio Schwartz het in het begin, toen ze zo krap bij kas zat, om geld gedaan. Ik denk dat ze daarmee Het Huis heeft gekocht. Maar tegenwoordig? In die kale, grauwe, akelige omgeving? Volgens mij geeft mevrouw Delvecchio Schwartz helemaal niets om comfort, evenmin als Flo. Wat ze ook belangrijk mogen vinden, mooie jurken en gezellig meubilair horen daar niet bij. Ik begin zelfs te begrijpen waarom Flo nog steeds borstvoeding krijgt. Ze heeft behoefte aan die band met haar moeder. O, Flo! Poezenkopje. Je moeder is voor jou alles, ze betekent je hele wereld. Ze is je anker en je toevluchtsoord, en ik voel me vereerd dat je me in je genegenheid hebt opgenomen, poezenkopje. Ik voel me gezegend.

Maandag 8 februari 1960

Ik ben vanmorgen begonnen op de Spoedeisende Hulp, en ik moet bekennen dat ik niet meer zo stond te popelen als eerst. Mijn leven begint een beetje gecompliceerd te worden, met nymfomanie en waarzeggerij erbij. Hoewel ik niet zeker weet of je van nymfomanie kunt spreken bij iemand die alle seksualiteit tot het weekend beperkt. Maar ik was nog geen tien minuten bezig of ik vergat dat er buiten de röntgenafdeling van Spoedeisende Hulp nog iets anders bestond.

We zijn met zijn drieën: een hoofd, een eerste assistente (ik) en een beginneling. Ik weet niet zeker of ik Christine Leigh Hamilton, zoals mijn baas zich voorstelde, wel mag. Ze is halverwege de dertig en als ik haar zo met de hoofdzuster hoor praten, begint ze te lijden aan wat ik het 'Ouwe Vrijster Syndroom' noem. Als ik halverwege de dertig ben, snij ik me nog liever de keel door dan een Ouwe Vrijster te worden. Dit syndroom is het gevolg van ongehuwd zijn en de gedachte aan een oude dag die samen met een andere vrouw in betrekkelijke armoe moet worden doorgebracht, tenzij er geld in de familie is, wat meestal niet het geval is. En het voornaamste symptoom is een allesoverheersend streven een man te vinden. Te trouwen. Kinderen te krijgen. 'Je als vrouw te bewijzen.' Ik heb met hen te doen, ook al ben ik vastbesloten die ziekte niet zelf op te lopen. Ik weet nooit precies wat de belangrijkste drijfveer is in het o.v.s. – de behoefte iemand te vinden om lief te hebben en zelf te worden bemind, of de behoefte aan financiële zekerheid. Chris is natuurlijk röntgenassistente en krijgt het salaris van een man, maar als ze naar een bank zou gaan om een hypotheek voor een huis af te sluiten, zou ze worden afgewezen. Banken verschaffen geen hypotheken aan vrouwen, wat voor salaris ze ook hebben. En de meeste vrouwen worden slecht betaald, dus kunnen ze nooit veel voor hun oude dag opzijleggen. Ik had het daar met Jim over – ze is meesterdrukker, maar ze krijgt voor hetzelfde werk niet hetzelfde betaald als haar mannelijke collega's.

Geen wonder dat sommige vrouwen zich wat vreemd gaan gedragen en de man helemaal willen afschaffen. Bob is secretaresse van de een of andere magnaat, maar zij wordt ook niet goed betaald. En als je in overheidsdienst bent, moet je ontslag nemen als je trouwt. Daarom zijn alle hoofdzusters en afdelingshoofden ouwe vrijsters. Hoewel er een paar weduwen bij zitten.

'Als mevrouw Delvecchio Schwartz er niet was geweest, hadden we een hondenleven gehad,' vertelde Jim me. 'Doodsbang om te worden betrapt en op straat te worden gezet, niet in staat een huis te kopen. Het Huis is onze reddingsboei.'

Maar terug naar Chris Hamilton. Het probleem is dat ze weinig 'mannenvlees' heeft. Een beetje hoekig figuur, haar waar niets mee te beginnen valt, bril, verkeerde make-up, korte dikke benen. Allemaal geen onoverkomelijke zaken als ze een beetje gezond verstand had gehad, maar dat heeft ze niet. Gezond verstand op het gebied van mannen, bedoel ik. Want zodra er een man ons domein binnentreedt, vooral eentje met een witte jas, begint ze te zuchten en te kreunen en zich aan te stellen, in een poging indruk op hem te maken. Nee, niet op de Nieuw-Australische bedienden (die zijn beneden haar waardigheid), maar zelfs de ambulancebroeders kregen een kop thee en een gezellig praatje. Dat wil zeggen, als we het niet te druk hebben, dat moet ik haar nageven. Haar beste vriendin is Marie O'Callaghan, die hier toevallig hoofdzuster is. Ze hebben samen een flat in Coogee, ze zijn allebei halverwege de dertig. En ze hebben allebei het Ouwe Vrijster Syndroom! Waarom worden vrouwen toch niet als echte vrouwen beschouwd tenzij ze een man en kinderen hebben? Als Chris dit kon lezen, zou ze natuurlijk smalend zeggen dat ik mooi praten heb, omdat ik een mannengek ben. Maar waarom worden we allemaal zo ingedeeld?

De leerling is heel verlegen en zit het grootste deel van de dag, zoals dat meestal in een drukke eenheid het geval is, in de donkere kamer. Als ik op mijn eigen opleiding terugkijk, waren er tijden dat ik dacht dat ik meer gekwalificeerd was om voor Kodak te werken dan in een röntgenkamer. Maar op de een of andere manier komt alles uiteindelijk toch goed en doen we voldoende ervaring met patiënten op om ons examen te halen en te veranderen in mensen die de leerling naar de donkere kamer sturen. Het probleem is dat het een kwestie van prioriteiten is, vooral op Spoedeisende Hulp, waar je geen fouten kunt maken of films kunt verprutsen.

Ik zat er nog geen vijf minuten voordat ik me realiseerde dat ik op deze afdeling niet alles naar mijn hand zou kunnen zetten. De radioloog kwam binnen, vergezeld van zijn arts-assistent, en hij wierp één blik op me, waarna hij alle charmes er dik op begon te leggen. Ik weet niet waarom ik dat effect op sommige dokters heb (op sommige, niet op alle!), want ik ben echt niet uit op iets in een witte jas. Ik word nog liever een ouwe vrijster dan dat ik getrouwd moet zijn met iemand die voortdurend wordt weggeroepen. En het enige waar ze over kunnen praten is geneeskunde, geneeskunde, geneeskunde. Pappy zegt altijd dat ik sexy ben, hoewel ik geen idee heb wat die term betekent als Brigitte Bardot sexy is. Ik wiebel níét met mijn achterste, ik sta níét te pruilen, ik werp geen smachtende blikken op mannen, ik zie er níét uit alsof ik geen hersens in mijn hoofd heb. Met uitzondering van die kruiperige dokter Duncan Forsythe op het pad kijk ik dwars door die klootzakken heen. Dus heb ik echt niets gedaan om die dokters aan te moedigen, maar ze bleven nog steeds treuzelen en stonden me in de weg. Uiteindelijk heb ik hun gezegd dat ze moesten opzouten, tot grote ontzetting van Chris (en de leerling).

Gelukkig werd er op dat moment een patiënt met een vermoedelijke breuk in de wervelkolom binnengebracht. Ik ging meteen aan het werk, vastbesloten Chris Hamilton niet in staat te stellen bij zuster Agatha over mijn werk te klagen.

Ik ontdekte al snel dat ik geen tijd zou hebben om met Pappy te lunchen – eten gebeurt tussen de bedrijven door. Tegen de tijd dat ik er vier uur had gewerkt, hadden we drie vermoedelijke wervelbreuken, een Potts-fractuur van scheenbeen, kuitbeen en enkel, verscheidene verbrijzelde dijbenen gehad, en een gebroken ribbenkast, een tiental andere ongelukken en een kritiek hoofdletsel dat in coma met toevallen werd binnengebracht en rechtstreeks naar de operatiekamer van neurochirurgie ging. Zodra ze over haar misnoegen over de manier waarop ik dat stel aantrekkelijke dokters had behandeld, heen was, was Chris slim genoeg om in te zien dat ik geen handicap zou zijn waar het artsen betrof en konden we weldra goed met elkaar overweg.

De afdeling was officieel open tussen zes uur 's ochtends en zes uur 's avonds. Chris had de vroege dienst en vertrok om twee uur, ik moest om tien uur beginnen en hield om zes uur op.

'Het is niet waarschijnlijk dat we ooit op tijd naar huis kunnen,' zei Chris toen ze om half drie haar jas over haar uniform dichtknoopte, 'maar we mikken er wel op. Ik vind het niet goed om de leerling langer dan nodig te houden, dus zorg ervoor dat je haar om vier uur naar huis stuurt, tenzij er een grote achterstand is.'

Ja, mevrouw.

Ik kon zelf kort na zeven uur weg, en ik was zo moe dat ik overwoog een taxi aan te houden. Maar uiteindelijk ging ik lopend naar huis, hoewel de mensen altijd zeggen dat Sydney voor vrouwen geen veilige plek is om na donker alleen over straat te gaan. Ik waagde het er toch maar op en er gebeurde niets. Tot ik bij Vinnie's Hospital was heb ik zelfs amper een ziel gezien. En nu naar bed. Ik ben bekaf.

Dinsdag 16 februari 1960

Vanavond heb ik Pappy eindelijk gezien. Toen ik de voordeur openduwde, botste ik bijna tegen haar op, maar ze kon niet naar iets belangrijks op weg zijn geweest, want ze draaide zich om, liep met mij naar mijn kamer en wachtte terwijl ik koffie zette.

Toen ik eenmaal in mijn eigen gemakkelijke stoel zat, keek ik haar eens goed aan en besefte dat ze er niet goed uitzag. Haar huid had een geelachtige gloed en haar ogen leken meer oosters dan anders, met donkere kringen eronder. Haar mond was opgezet en onder elk oor had ze een lelijke blauwe plek. Hoewel het een klamme avond was, hield ze haar vest aan – had ze ook blauwe plekken op haar armen?

Hoewel ik een hopeloze kok ben, bood ik aan wat worstjes te bakken voor bij de coleslaw en aardappelsalade waar ik maar niet genoeg van kan krijgen. Ze schudde haar hoofd en glimlachte.

'Zorg dat Klaus je leert koken,' zei ze. 'Hij is daar een genie in en jij hebt het juiste temperament om goed te leren koken.'

'Wat voor temperament is er nodig om goed te koken?' vroeg ik.

'Je bent efficiënt en goedgeorganiseerd,' zei ze, en ze liet haar hoofd achterover tegen de stoelleuning vallen.

Natuurlijk wist ik wat er aan de hand was. Een van de weekendgasten was ruw met haar geweest. Niet dat ze dit ooit zou vertellen, zelfs niet aan mij. Het lag op mijn tong om tegen haar te zeggen dat ze vreselijke risico's liep door naar bed te gaan met mannen die ze nauwelijks kende, maar er was iets wat me weerhield, dus ik zei maar niets. Hoewel Pappy en ik in veel opzichten betere vriendinnen waren dan Merle en ik ooit waren geweest – oei-oei, is dat opeens voltooid verleden tijd? – had ik het vreemde gevoel dat er afscheidingen waren waar ik maar beter niet overheen moest kijken. Merle en ik waren min of meer gelijken, ook al was zij al met verschillende mannen naar bed geweest en ik niet. Terwijl Pappy tien jaar ouder is dan ik en oneindig veel meer ervaring heeft. Ik bezit niet eens de moed te doen alsof ik haar gelijke ben.

Ze zei dat ze het jammer vond dat we elkaar tegenwoordig zo weinig zagen – geen gezamenlijke lunch of wandeling naar of van het Queens. Maar ze kent Chris Hamilton en weet hoe vals die kan zijn.

'Kijk uit met wat je doet,' was hoe ze het stelde.

'Als je bedoelt dat ik niet naar mannen mag kijken, dan ben ik daar al achter,' antwoordde ik. 'Gelukkig hebben we het vreselijk druk, dus terwijl zij druk bezig is een kop thee voor een vent met een witte broek in te schenken, ga ik door met het werk.' Ik schraapte mijn keel. 'Is alles goed met je?'

'Gaat wel,' zei ze met een zucht, en ging toen op een ander onderwerp over. 'Eh, heb je Harold al ontmoet?' vroeg ze heel terloops.

Die vraag verbaasde me. 'De leraar die boven me woont? Nee.'

Maar daar ging ze ook niet verder op in, dus gaf ik het op.

Toen ze weg was, bakte ik een paar worstjes, verslond wat aardappelsalade en coleslaw, en ging toen naar boven, op zoek naar gezelschap. Pas om tien uur beginnen betekent dat je niet vroeg hoeft op te staan, en ik besefte dat als ik te vroeg naar bed ging, ik met de vogels wakker zou worden. Jim en Bob hadden een bijeenkomst, ik kon het geroezemoes door hun deur heen horen, en een hinnikende lach die niet van een van hen was. Maar Toby's ladder was omlaag, dus trok ik aan de bel die hij voor bezoekers had aangebracht, en werd uitgenodigd boven te komen.

Hij stond achter zijn ezel, met drie penselen tussen zijn tanden geklemd, een vierde in zijn rechterhand, terwijl hij met het penseel in zijn linkerhand een heel klein veegje verf op een droog oppervlak uitsmeerde. Het leek net een wolkje stoom.

'Je bent linkshandig,' zei ik, terwijl ik op wit corduroy ging zitten.

'Heb je het ook door,' gromde hij.

Ik vermoedde dat hij met een meesterwerk bezig was, maar ik

heb daar geen kijk op. Volgens mij leek het net een dampende sintelberg in een onweersbui, maar het trok wel de aandacht – heel dramatisch, prachtige kleuren. 'Wat is het?' vroeg ik.

'Een sintelberg in een onweersbui,' zei hij.

Ik voelde me geweldig! Harriet Purcell, de kunstkenner, heeft het weer bij het rechte eind! 'Maar roken sintelbergen dan?' vroeg ik.

'Deze wel.' Hij maakte het veegje af en liep met zijn penselen naar de oude witgeëmailleerde gootsteen om ze grondig in eucalyptuszeep uit te spoelen. Daarna droogde hij ze en maakte de gootsteen met schuurmiddel schoon. 'Verveel je je?' vroeg hij, terwijl hij een ketel water opzette.

'Ja, eigenlijk wel.'

'Kun je geen boek lezen?'

'Dat doe ik vaak genoeg,' zei ik een beetje scherp – hij kon je binnen de kortste keren op de kast jagen! – 'maar ik werk nu op Spoedeisende Hulp, en daarom ben ik na werktijd niet meer in staat een boek te lezen. Wat ben jij een hufter, zeg!'

Hij draaide zich om en grijnsde naar me, met opgetrokken wenkbrauwen – heel aantrekkelijk! 'Je praat alsof je boeken leest,' zei hij, en hij vouwde een stukje filtreerpapier op, schoof dit in een glazen trechter en schepte er gemalen koffie in. Ik keek vol belangstelling toe, ik had hem nooit eerder koffie zien zetten. Het scherm was voor deze keer weggeschoven – er zat zeker een vlek op.

De koffie was geweldig, maar ik bedacht dat ik het liever bij mijn nieuwe elektrische percolator hield. Veel gemakkelijker, minder ingewikkeld. Uiteraard doet hij wel ingewikkeld, dat zit in zijn karakter.

'Wat lees je zoal?' vroeg hij, terwijl hij ging zitten en één been over de armleuning van zijn stoel legde.

Ik vertelde dat ik van alles las, van *Gejaagd door de wind* tot *Lord Jim* en *Schuld en boete*, waarna hij zei dat hij zijn eigen lectuur beperkte tot sensatiekranten en boeken over het schilderen met olieverf. Hij leed, ontdekte ik, aan een enorm minderwaardigheidscomplex over zijn gebrek aan opleiding, maar hij was me te lichtgeraakt om te proberen hier ook maar iets aan te verhelpen.

Kunstenaars gingen meestal als landlopers gekleed, had ik gedacht, maar hij kleedt zich heel netjes. De sintelberg bij onweer had zijn aandacht gekregen in kleren waar het Kingston Trio in had kunnen optreden – een mohair trui met ronde hals, de keurig gestreken kraag van zijn overhemd eroverheen gevouwen, een broek met messcherpe vouwen, en blinkend gepoetste zwartleren schoenen. Geen spikkeltje verf op zijn kleren, en toen hij zich over me heen boog om mijn mok neer te zetten, kon ik niets anders ruiken dan een dure zeep met een kruidige dennengeur. Kennelijk werd het aandraaien van bouten in een fabriek goed betaald. Nu ik hem een beetje kende, vermoedde ik dat hij goed was met bouten. Toen ik dat tegen hem zei, begon hij te lachen tot de tranen hem over het gezicht stroomden, maar hij wilde niet zeggen wat er nu wel zo grappig was.

'Heb je Harold al ontmoet?' vroeg hij later.

'Je bent vanavond al de tweede die dat aan me vraagt,' zei ik. 'Nee, en ik heb Klaus ook nog niet ontmoet, maar er is niemand die vraagt of ik hem al heb ontmoet. Wat is er zo belangrijk aan die Harold?'

Hij haalde zijn schouders op, maar nam niet de moeite antwoord te geven. 'Vroeg Pappy dat?'

'Ze ziet er slecht uit.'

'Weet ik. De een of andere rotzak is een beetje al te enthousiast geweest.'

'Gebeurt dat vaak?'

Hij zei van niet, ogenschijnlijk zonder iets te merken van de doordringende blik waarmee ik hem aankeek. Zijn gezicht en ogen stonden bezorgd maar niet gekweld. Wat kon hij toch goed toneelspelen! En wat moet het hem verdriet hebben gedaan om zo'n afwijzing te verdragen. Ik wilde hem troosten, maar mijn tong heeft de laatste tijd de gewoonte wel eens in de knoop te raken, dus zei ik niets.

Daarna hadden we het over zijn leven in het binnenland, toen hij zijn vader overal was gevolgd, van de ene veefokkerij naar de andere, waar de graslanden zich uitstrekken tot in de oneindigheid 'als een zilvergouden oceaan', zei hij. Ik kon het me voorstellen, ook al heb ik het nooit in het echt gezien. Waarom kennen wij Australiërs ons eigen land niet? Waarom hebben we wel allemaal de behoefte om naar Engeland te gaan? Ik zit hier met allerlei uitzonderlijke mensen in één huis, en ik voel me zo nietig als een worm. Ik weet gewoon níéts! Hoe kan ik ooit genoeg groeien om hen als hun gelijke in de ogen te kunnen zien?

Woensdag 17 februari 1960
Lieve help, wat was ik gisteravond in een zelfverloochenende bui toen ik bovenstaande opschreef! Dat komt door Toby, hij heeft dat effect op mij. Ik zou echt graag met hem naar bed willen! Wat mankeert Pappy toch dat ze niet ziet wat er pal voor haar neus te vinden is?

Zaterdag 20 februari 1960
Nou, dat is dan ook gebeurd. Ik heb de familie te eten gehad in mijn nieuwe huis. Ik had Merle ook uitgenodigd, maar die was niet gekomen. Ze heeft me in januari gebeld, toen ik nog bij thorax zat, en toen moest ik een leerling laten zeggen dat ik niet aan de telefoon kon komen, dat het personeel geen privé-gesprekken mag ontvangen. Merle heeft dit kennelijk als een persoonlijke belediging opgevat, want iedere keer dat ik haar daarna thuis opbelde, zei haar moeder dat ze er niet was. Het probleem is dat zij kapster is, en die schijnen de helft van hun

leven aan de telefoon te hangen om privé-gesprekken te voeren. In Ryde waren ze niet zo streng, maar Queens is een heel andere instelling. Niets aan te doen.

Ik had mevrouw Delvecchio Schwartz en Flo ook bij het eten willen hebben, maar ze grijnsde slechts en zei dat ze later beneden zou komen om gedag te zeggen.

Het was geen knallend succes, ook al verliep oppervlakkig bekeken alles heel soepel. Aan tafel was het een beetje krap, maar ik had wat extra stoelen uit de benedenflat aan de voorkant gehaald. De flat staat weer leeg – hij was gehuurd door twee vrouwen en een man die zeiden dat ze broer en zussen waren, maar ik kan je verzekeren dat mannen het niet zo nauw nemen wanneer ze wat willen. Vergeleken bij de knapste van de twee zussen leek Chris Hamilton op Ava Gardner, en ze stonken allebei naar een akelig goedkoop verschaald parfum boven hun zweetlucht uit. De 'broer' rook alleen maar naar zweet. De zaken floreerden geweldig, tot mevrouw Delvecchio Schwartz de zedenpolitie belde en die met een busje arriveerde. Er ligt een Amerikaans vliegdekschip in de haven en toen ik donderdagavond de voordeur opendeed, zag ik overal matrozen – ze zaten op de trap, leunden tegen Flo's krabbels in de hal, liepen naar Pappy's hal en sjouwden bij tientallen naar de wc boven, die zo vaak werd doorgetrokken dat het ding begon te gorgelen en niet alles kon verwerken. Mevrouw Delvecchio Schwartz was er absoluut niet over te spreken. De 'broer' en zijn 'zusters' werden met het busje afgevoerd naar de nor, en de matrozen maakten haastig dat ze wegkwamen bij het zien van de Mannen in Blauw, achter Norm en zijn brigadier, een enorme, vlezige kerel die Merv heet. Goeie ouwe Norm en Merv, de sterren van de zedenpolitie van Kings Cross!

Doodzonde, dat ik dit verhaal niet aan mijn familie durfde te vertellen.

Omdat ik Klaus nog niet heb ontmoet, laat staan ben begonnen met leren koken, moest ik smokkelen en haalde al het heerlijks bij mijn favoriete delicatessenwinkel. Maar ze vonden het niet lekker, van de macaronisalade tot de dolma's en de plakken ham. Ik had als toetje een verrukkelijke gateau met sinaasappellikeur gekocht – flinterdunne laagjes cake met een geurige roomvulling ertussen. Ze namen er slechts een klein hapje van. Nou ja. Ik denk dat biefstuk met frites, gevolgd door rozijnenpudding of ijs met chocoladesaus eerder is waar ze van dromen als hun maag midden in de nacht begint te rommelen.

Ze liepen rond als katten in een vreemd pakhuis, en ze waren niet van plan ook maar íéts leuk te vinden. De broers liepen door het kralengordijn om mijn slaapkamer een beetje smalend te inspecteren, maar mama en papa negeerden die, en oma werd te veel geobsedeerd door het feit dat ze om het halfuur moest plassen. De arme mama moest met haar naar buiten, naar het washok, omdat mijn wc met blauwe vogeltjes te hoog voor oma is om er zonder hulp op te kunnen klimmen. Ik excuseerde me voor hoe de wc en de badkamer eruitzagen, legde uit dat ik, als ik tijd had, alles met fietsemail zou verven, zodat het er allemaal keurig uit zou komen te zien. Kobaltblauw, wit, met een vuurrode badkuip, ratelde ik koortsachtig. Het merendeel van de conversatie moest van mij komen.

Toen ik vroeg of iemand Merle had gesproken, vertelde mama me dat ze ervan overtuigd was dat ik niets meer met haar te maken wilde hebben nu ik verhuisd was. Ze wilde niet geloven dat je in het Queens geen persoonlijke telefoongesprekken mocht ontvangen. Mama vertelde dit op de vriendelijke toon die moeders gebruiken wanneer ze denken dat hun kinderen zwaar teleurgesteld zullen zijn, maar ik haalde alleen maar mijn schouders op. Dag Merle.

Ze hadden meer nieuws over David dan over Merle, hoewel hij niet bij hen op bezoek was geweest – dat durfde hij vast niet, tot dat blauwe oog dat ik hem had bezorgd was verdwenen.

'Hij heeft een nieuw meisje,' merkte mama terloops op.

'Ik hoop dat ze katholiek is,' zei ik achteloos.

'Ja, ze is katholiek. En ze is pas zeventien.'

'Dat is mooi,' zei ik, en ik slaakte een zucht van opluchting. Geen David Murchison meer! Hij heeft een nieuw stuk klei gevonden om er een vrouw van te vormen.

Toen ik de onopgegeten taart had afgeruimd en een pot thee had gezet, kwamen mevrouw Delvecchio Schwartz en Flo te voorschijn. O lieve help. De familie wist echt niet wat ze daar nu wel van moest denken! De ene praatte niet, de andere had een grammatica die rammelde, en van hun ongestreken jurken viel niet veel beters te zeggen dan dat ze schoon waren. Flo, die als altijd op blote voeten liep, was gehuld in haar gebruikelijke vaalbruine schortje, terwijl haar moeder oranje margrieten op een lichtpaarse ondergrond liet zien.

Na een onmiskenbaar belangstellende blik op mijn lange, sportief uitziende vader te hebben geworpen, ging mijn hospita zitten en eiste hem volledig voor zich op, zeer tot ergernis van mama. Bij wijze van excuus voerde mevrouw Delvecchio Schwartz de Harriet Purcells ten tonele en wilde van hem weten waarom hij, terwijl er geen van zijn generatie was geweest, die vreselijke naam aan zijn enige dochter had gegeven. Papa is gewoonlijk ongevoelig voor de avances van een vrouw, maar hij genoot van al die aandacht – hij flírtte zelfs! Hij mag dan tegen de tachtig lopen, maar hij lijkt niet ouder dan vijfenzestig. Toen ik die twee zo samen zag, vond ik dat ze het goed met elkaar konden vinden. Tegen de tijd dat ze opstond om te vertrekken, was mama zo woest dat de arme oma, met een schele blik in de ogen en de benen over elkaar, ook het liefst meteen was vertrokken. Pas toen mevrouw Delvecchio Schwartz goed en wel weg was, gaf mama oma haar zin. Ik had mam nooit eerder jaloers gezien.

'Ik kreeg helemaal kippenvel van dat kind,' zei Gavin. 'Het lijkt wel of God van plan was haar achterlijk te maken, hier vervolgens niet meer aan dacht en haar toen toch maar wel een verstand heeft gegeven.'

Ik werd al even nijdig als mama. Ik staarde hem woedend aan, de bijziende sukkel! 'Flo is heel bijzonder!' snauwde ik. 'Volgens mij krijgt ze bij lange na niet genoeg te eten,' was oma's oordeel toen ze met mama terugkwam van de wc. 'Wat een kolossale vrouw is die moeder van haar! Heel ordinair.' Dat is het meest vernietigende dat oma over iemand kan zeggen. Ordinair. Mama was het helemaal met haar eens.

O lieve help. Om tien uur liet ik hen uit en zwaaide hen na toen papa met de nieuwe Ford Customline wegreed. Ik hoopte dat ze nooit meer zouden komen. Ik kon slechts raden wat ze onderweg over mij te zeggen hadden, maar ik had sterk de indruk dat papa's mening over mijn hospita een beetje anders was dan die van mama. Volgens mij is het mallotige mens net ondeugend genoeg geweest om ervoor te zorgen dat de familie Purcell niet vaak in Het Huis langs zal komen.

Waar ik nou zo verdrietig om ben is dat ik boordevol meningen en indrukken en conclusies zat over alles wat me de afgelopen vier weken is overkomen, maar dat ik, zodra ik hun gezichten zag toen ze de krabbels van Flo in de vestibule bekeken, besefte dat ik er daar niet één van zou kunnen uiten. Hoe kan dat toch, terwijl ik nog steeds zielsveel van hen houd? Echt waar, hoor! Maar het is net als wanneer je naar de haven gaat om iemand uit te zwaaien die met de oude *Himalaya* naar Engeland vertrekt. Je staat daar omhoog te kijken naar de honderden gezichten aan de reling, je houdt je felgekleurde serpentines vast, en de sleepboten trekken het schip weg, het maakt zich los van de kade, en alle serpentines knappen, ook die van jou, en ze drijven in het vieze water, zonder enig ander doel dan bij te dragen aan de vervuiling.

In het vervolg ga ik wel naar Bronte als ik hen wil zien. Ik weet dat ik hier een keer heb gezegd dat ik nooit meer naar Bronte terug wil, maar toen bedoelde ik met mijn ziel. Mijn lichaam zal echter zijn plicht moeten doen.

Zondag 28 februari 1960

Morgen kan ik een vent ten huwelijk vragen als ik dat wil, want het is een schrikkeljaar, februari heeft negenentwintig dagen. Had je gedacht.

Vandaag kennisgemaakt met Klaus, die dit weekend niet naar Bowral ging. Hij is een gezet kereltje van halverwege de vijftig, met grote ronde blauwe ogen, en hij heeft me verteld dat hij in de oorlog als soldaat in het Duitse leger heeft gediend, als ambtenaar in een depot bij Bremen. Daarom hadden de Britten hem in een kamp in Denemarken geïnterneerd. Ze boden hem de keuze aan van Australië, Canada of Schotland. Hij koos Australië, omdat het zo ver weg was, werkte twee jaar op het kantoor van een overheidsinstelling en keerde daarna terug naar het werk waarvoor hij was opgeleid, dat van goudsmid. Toen ik hem vroeg of hij me wilde leren koken, straalde zijn hele gezicht en zei hij dat hij dat dolgraag wilde. Zijn Engels is zo goed dat zijn accent bijna Amerikaans is, en hij heeft geen ss-tatoeage in zijn oksels, want ik heb hem in zijn hemd de was zien ophangen. Dus dat kun jij in je zak steken, David Murchison, met al je kleinzielige vooroordelen over Nieuwe Australiërs. Klaus en ik hebben een afspraak gemaakt voor volgende week woensdag, 's avonds om negen uur, en hij verzekerde me dat dat tijdstip echt niet te laat was voor iemand uit Europa. Ik was er vrij zeker van dat ik dan thuis kon zijn, zelfs als het een gekkenhuis was geweest bij Spoedeisende Hulp.

Op vrijdagavond had ik bij Joe Dwyer in de Piccadilly Pub een klein flesje medicinale cognac gekocht. Ik had hem inmiddels aardig leren kennen, nu dat spul niet meer zo smerig smaakt. Vanmiddag ben ik boven geweest bij mevrouw zelf, die de cognac en mij met veel enthousiasme begroette.

Terwijl Flo haar vele tientallen krijtjes pakte en allerlei krabbels op een pas geverfd deel van de binnenmuur tekende, zaten wij in de warme, vochtige, zilte lucht op het balkon met onze Kraft-glaasjes, een bord gerookte paling, een brood, een pond boter en alle tijd van de wereld naar het scheen. Ze gaf me niet één keer de indruk dat er misschien iemand anders op bezoek zou komen, laat staan dat ze me snel de deur uit werkte. Ik constateerde echter wel dat ze voortdurend een oogje hield op Flo, dat ze zo ging zitten dat ze Flo kon zien krabbelen, en dat ze knikte en gromde wanneer het kind haar hoofd draaide om haar vragend aan te kijken.

Ik kwebbelde maar door over mijn voortdurende maagdelijkheid, over David, over Norms teleurstellende natte kus. Ze luisterde alsof dit belangrijk was, en ze verzekerde me dat mijn maagdenvlies beslist binnenkort zou worden verbroken, want dat had in de kaarten gestaan.

'Nog een koning van pentakels, alweer een medicus,' zei ze, terwijl ze een snee brood beboterde en met paling belegde. 'Hij zit vlak naast jouw koningin van zwaarden.'

'Koningin van zwaarden?'

'Jawel, koningin van zwaarden. Behalve Bob zijn we hier in Het Huis allemaal een koningin van zwaarden, prinses. Sterk!' Ze weidde uit over die koning van pentakels, naast me. 'Maar hij is van tijdelijke aard. En dat is wel het beste, prinses. Je zult niet verliefd op hem worden. Het is levensgevaarlijk om het voor het eerst te doen met iemand op wie je verliefd bent.' Haar gezicht vertoonde een mengeling van boosaardigheid, leedvermaak en zelfvoldaanheid. 'De meeste mannen,' zei ze terloops, 'zijn er helemaal niet goed in, weet je. O, ze scheppen er onder elkaar altijd over op, maar neem maar van mij aan dat het opschepperij is. Weet je, mannen zijn anders dan wij, in meer opzichten dan dat ze alleen maar een dinges hebben, huh-huh-huh. Ze móéten klaarkomen – ze moeten dat jachtgeweer afschieten, anders worden ze gek. En dat jaagt die arme drommels op, als lemmingen naar de afgrond.' Ze zuchtte. 'Jawel, als lemmingen naar de afgrond! Maar wij hoeven niet klaar te komen, dus voor ons is het eigenlijk – hoe zal ik het zeggen, gewoon minder belangrijk.' Ze pufte geïrriteerd. 'Nee, dat is niet het goede woord, belangrijk.'

'Dringend?' opperde ik.

'Helemaal goed, prinses! Dringend. Dus als je de eerste keer iemand neemt op wie je stapelverliefd bent, zal het een grote teleurstelling worden. Neem een echt ervaren kerel die net zoveel plezier beleeft aan het vrouwen naar de zin maken als dat hij zelf zin heeft in een nummertje. En hij staat voor jou in de kaarten, dat beloof ik je.'

Uiteindelijk kwam ik ertoe haar te vertellen over de ontsteltenis van mijn familie, ook al speelde ze daar zelf een grote rol in – ze kan dat soort dingen best hebben – en over het schip met de verbroken serpentines.

Terwijl we praatten betastte ze de kaarten vol liefde, draaide er af en toe een om en schoof die dan weer terug in de stapel, zo te zien op een afwezige manier. Toen vroeg ze me of ik het schip of de kust was, en ik zei de kust, beslist de kust.

'Mooi zo,' zei ze voldaan. 'Jij bent niet degene die vaste grond heeft verloren, prinses. En je zult ook nooit je vaste grond kwijtraken. Je hebt je voeten stevig geplant, net als een echte grote gomboom. Zelfs een bijl kan jou niet omhakken. Je bent niet iemand die zich willoos laat meesleuren, zoals Pappy. Als een stuk zeewier op de stroming. Je bent de brenger van het licht in Het Huis, Harriet Purcell, de brenger van het licht.' Ze goot haar laatste beetje cognac naar binnen en schonk zich nog eens in. Daarna schudde ze de kaarten grondig en begon ze uit te leggen.

'Zit ik er nog steeds in?' vroeg ik egoïstisch.

'Levensgroot, en twee keer zo mooi, prinses.'

'Zal ik ooit verliefd worden?'

'Jawel, maar nu nog niet, dus hou je nog even gedeisd. D'r zijn massa's mannen op de wereld, meid. Aha, daar hebben we die andere medicijnman! Zie je wel? Dat is 'm, de koning van pentakels. Ik zie 'm elke keer voor jou. Huh-huh-huh.'

Wacht en u zult antwoord krijgen. Ik had me afgevraagd wat ze toch met die koning van pentakels wilde, maar nu hoorde ik het.

81

'Dit is echt een chique kerel, praat nog bekakter dan Harold. Een meter letters achter zijn naam. Niet meer in de eerste bloei van zijn leven, om zo te zeggen.'

Mijn hart sloeg even over toen ik aan dokter Duncan Forsythe, de orthopeed, dacht. Nee, dat kon echt niet. Een beroemde specialist en een onbenullige röntgenassistente? Dat ging niet. Maar ik luisterde net zo aandachtig als Chris Hamilton zou luisteren naar een dominee die haar in de echt verbond.

'Er is een vrouw en er zijn twee zonen in de tienerleeftijd. Hoop geld in de familie – hij zou helemaal niet hoeven werken, maar hij werkt zich uit de naad omdat zijn werk alles voor hem is. Die vrouw is een kouwe kip, dus hij krijgt thuis niet veel meer dan een bord warm eten. Hij is geen rokkenjager, maar hij is smoorverkikkerd op jou, de arme stumper.'

Wat de kaarten ook zeiden, dat was natuurlijk onzin. Ik had dokter Forsythe pas één keer gezien. Mevrouw Delvecchio Schwartz grijnsde me ondeugend toe, maar ze bleef kaarten leggen.

'Tot zover wat jou betreft. Laten we nu de rest eens bekijken. Aha! Ik zie ook een man voor Pappy! Deze is ook al geen jonkie, en hij heeft net zoveel titels als die vent van jou. Jeez...! Wat is dat? O, verdomme!'

Ze stopte, fronste haar wenkbrauwen en bekeek de kaarten, trok een nieuwe, gromde en schudde haar hoofd, een beetje treurig, dacht ik. Maar ze ging er niet verder op door. 'Toby zit verstrikt in een net dat hij niet zelf heeft gemaakt,' zei ze, toen ze weer kaarten begon uit te leggen, 'maar hij zal er na een tijdje uit los weten te breken. Goeie knul, die Toby.' Ze grinnikte even toen ze de volgende kaart zag. 'Daar heb je mij, de koningin van de zwaarden! Heel goed geplaatst. Ja, ja, die schuif ik steeds weer terug.'

Ik begon me een beetje te vervelen, misschien omdat ze me niet steeds vertelde wat iedere kaart betekende, of hoe die in het totaalbeeld paste. Maar zo'n vier of vijf kaarten na de koningin van de zwaarden legde ze een kaart neer met daarop een liggende gestalte met wel tien zwaarden in de rug gestoken – je kon niet zien van welk geslacht de gestalte was. Zodra ze de kaart zag, schrok ze, huiverde, nam een slok cognac. 'Verdomme!' siste ze. 'Daar heb je die kloterige tien van zwaarden weer, met Harold er vlak naast.'

Ik bezwijmde bijna van vreugde, waardoor ik nauwelijks hoorde wat ze zei – ze had zomaar het woord kloterige gebruikt! Misschien zou ik eens de moed bijeenrapen dat ook te gebruiken. Maar omdat ik dat moeilijk kon zeggen, vroeg ik naar de tien van zwaarden, wat die betekende.

'Als je de koningin van zwaarden bent, prinses, is dat de doodskaart. Als je de koningin van een ander teken bent – van staven, pentakels of bekers – dan betekent het eerder ondergang dan dood. En Harold ligt er vlak naast. Harold ligt er altijd vlak naast.'

Ik voelde hoe ik een droge mond kreeg, en ik keek haar verschrikt aan. 'Ziet u uw eigen dood?' vroeg ik.

Ze lachte schaterend. 'Nee, nee! Zo zit het niet, prinses! Je kunt nooit je eigen dood en zo zien! Waar het de ziener betreft, zwijgen de kaarten als mummies in een graf. Ik ben gewoon de kluts kwijt omdat ik niet weet wat Harold en die tien van zwaarden betekenen. En ik krijg die twee steeds weer boven, al sinds oudejaarsavond.'

Harold lag ondersteboven. 'De koning van staven gekeerd,' noemde mevrouw Delvecchio dat. Ik vermoedde dat als een kaart ondersteboven werd gelegd, dit betekende dat deze een tegenovergestelde betekenis had dan wanneer de kaart met de goede kant naar boven lag. Maar waarom was die Harold toch zo belangrijk? Ik durfde het niet te vragen.

Flo liet haar krijtjes vallen en kwam weer naar buiten. Toen ze langs me liep, streek ze met een satijnzachte wang langs mijn arm, maar in plaats van op schoot te klimmen voor wat moedermelk, greep ze haar moeders cognacglas en dronk eruit. Ik zat als verlamd van schrik.

'Ach, laat d'r toch,' zei mevrouw Delvecchio Schwartz, voor wie ik een open boek scheen te zijn. 'Het is zondag, en ze weet wat er gaat gebeuren.'

'Maar zo raakt ze misschien aan de drank!' kreet ik. Dit werd afgedaan als grote onzin. 'Wie, Flo? Nee hoor!' zei ze met een schitterend gebrek aan bezorgdheid. 'Dat staat gewoon niet in haar horoscoop, prinses. Cognac is niet zomaar sterke drank, het is goed voor de ziel.' Ze grijnsde scheef. 'Maakt dat een man 'm omhoog kan houden. Als hij andere sterke drank drinkt – of bier! – wordt 't ding zo slap als een natte sok aan de waslijn.'

Wat er daarna gebeurde verliep zo snel dat ik het nauwelijks kon zien. Flo schrok op, smeet het halflege glas weg in een regen van cognacspetters en vluchtte toen weg alsof de duivel haar op de hielen zat. Ze dook de zitkamer in, regelrecht onder de bank.

'Ach, verdomme, daar heb je Harold.' Mevrouw Delvecchio Schwartz kwam zuchtend overeind om het glas – dat nog heel was – op te rapen. Nog steeds geschokt over het gedrag van Flo liep ik achter haar aan van het balkon naar de woonkamer.

Hij kwam binnen, heel bevallig, een beetje als een stramme oude balletdanser. Iedere stap was weloverwogen, als volgens een vast patroon van bewegingen. Hij was een verlept, verschrompeld mannetje van achter in de vijftig, en hij keek ons aan over de leesbril die op het puntje van zijn dunne, scherpe neus stond. Zijn blik bestond uit louter boosaardigheid. Maar die bleek volledig voor mij bedoeld te zijn, niet voor mevrouw Delvecchio Schwartz. Ik weet niet goed hoe ik iets moet beschrijven wat ik nooit eerder heb meegemaakt, zelfs niet van een gestoorde patiënt met moordzuchtige neigingen. Hij keek me aan, vervuld van haat en venijn! En ik herinnerde me opeens dat mevrouw Delvecchio Schwartz had gezegd dat ik ook een koningin van zwaarden was. Ik vroeg me af of ze soms míjn dood in de kaarten had gezien. Of die van Pappy. Of van Jim.

Ze leek niet te merken dat er iets aan de hand was, en ze bulderde slechts: 'Dit is Harold Warner, Harriet. Hij is mijn inwonende minnaar.'

Ik blaatte iets beleefds, wat hij beantwoordde met een ijzige hoofdknik, waarna hij zich omdraaide, alsof hij het niet kon verdragen nog langer naar mij te moeten kijken. Als ik geen gezonde volwassen meid was geweest, was ik het liefst bij Flo onder de bank gedoken. Het arme kleine ding! Harold had op haar kennelijk net zo'n effect als op mij.

'Hij is mijn inwonende minnaar.' Dus daarom wilde iedereen weten of ik Harold al had ontmoet!

Ze verlieten met zijn tweeën de kamer, hij voor haar uit, zij in zijn kielzog, als een schaapshond die een afgedwaald lam voortdrijft. Ze vertrokken vermoedelijk naar haar slaapkamer. Of misschien naar Harolds kamers, pal boven mijn zitkamer. Toen ik besefte dat ze niet terug zouden komen, ging ik plat op de vloer liggen, tilde de gerafelde strook langs de onderkant van de bank op en staarde naar een stel grote ogen die in het schemerlicht opgloeiden als de glazen reflectoren die in een weg worden aangebracht. Het duurde even voor ik Flo kon overhalen te voorschijn te komen, maar ten slotte bewoog ze zich als een krab over het linoleum en bleef daarmee doorgaan tot ze aan haar armen om mijn nek hing. Ik zette haar op mijn heupen en keek haar aan.

'Nou, poezenkopje,' zei ik, terwijl ik haar verwarde haren streelde, 'wat dacht je ervan als we eens naar mijn kamers gingen om daar je krijtjes te sorteren?'

Dus raapten zij en ik alle krijtjes van de vloer – het moeten er meer dan honderd zijn geweest, en het waren geen goedkope kinderkrijtjes maar dure Duitse kunstenaarskrijtjes in allerlei tinten. Flo had elke dag van de week een mooie nieuwe jurk aan kunnen hebben van het geld dat die krijtjes haar moeder moesten hebben gekost.

Ik kwam deze middag veel over Flo te weten. Dat ze niet spreekt – in elk geval niet waar ik bij ben – maar dat haar geest

helder, alert, intelligent is. We vouwden stukken karton tot ge-
ribbelde bakjes, en daarna vroeg ik haar alle groene krijtjes uit
te zoeken, wat ze deed. Vervolgens zei ik dat ze die in opvolgen-
de tinten in een bakje moest leggen, en ik zag haar aarzelen of
een groenachtig gele wel bij de groene hoorde. We sorteerden de
rode, de roze, de gele, de blauwe, de bruine, de grijze, de paarse
en de oranje krijtjes, en ze vergiste zich niet één keer. Het was
duidelijk dat ze het geweldig leuk vond, want na een tijdje begon ze binnensmonds te neuriën, een mooie melodie die niet
door lippen of tong werd gevormd. Ze deed geen enkele poging
iets op mijn muren te krabbelen, hoewel ik me dat wel had afgevraagd. We gingen allebei op een stoel zitten om aardappelsalade en coleslaw met plakjes ham te eten, we dronken limo-
nade, en daarna gingen we samen op mijn bed liggen om een
dutje te doen. Wanneer ik bezig was, klampte ze zich aan mijn
been vast en liep met me mee. Ik ben nog nooit zo gelukkig geweest als vanmiddag, zoals ik daar samen met Flo was en een
idee van haar wereldje kreeg. Terwijl haar moeder, die verbijs-
terende massa tegenstellingen, boven in bed lag met een zwaar
gestoorde man. Wat deed Flo op andere zondagmiddagen?
Want dit rendez-vous met Harold was een wekelijkse gebeurtenis, zoveel had mevrouw Delvecchio Schwartz laten doorschemeren. De tien van zwaarden, de koningin van hetzelfde teken,
de dood.

Ik bracht Flo terug toen ik haar moeder om haar poezenkopje hoorde schreeuwen. Het kleine kind draafde mee, met haar
hand in de mijne, en ze begroette haar moeder zonder enig
zichtbaar teken van wrok omdat ze twee uur alleen was gelaten.
Ik liet hen achter met een hoofd dat tolde en een hart dat bonsde. Toen ik hun deur dichtdeed, keek ik door de schemerige
gang die naar de achterkant loopt, terwijl ik een steek van angst
voelde. En daar stond Harold in het donker, zonder zich op enigerlei wijze kenbaar te maken. Ik kreeg even het gevoel dat hij
in de muur had weten op te gaan, met allerlei gekrabbel op zijn

onderste helft en een smoezelige roomkleur op zijn bovenste. Onze blikken kruisten elkaar en mijn mond werd kurkdroog. Zijn haat was echt tastbaar. Ik wist niet hoe snel ik die trap af moest komen, ook al hadden die ogen me alleen maar aangekeken.

En nu, hoewel het hoog tijd is om naar bed te gaan, zit ik hier nog met kippenvel aan mijn tafel. Wat heb ik dat akelige mannetje misdaan om zoveel haat te verdienen? En wie is hier de betreffende koningin van de zwaarden? Mevrouw Delvecchio Schwartz, Pappy, Jim of ik?

Woensdag 2 maart 1960

Het mooiste aan het gebruik van een gewoon schrift als dagboek is dat je geen blanco pagina's hebt die je verwijtend aankijken omdat je er niet trouw in hebt geschreven. Het enige dat ik doe is de datum erin zetten en meteen verder schrijven na de vorige keer, ook al was dat twee weken geleden. Ik ben nu al met mijn tweede dikke schrift bezig. Ook al zit er een veiligheidsslot op mijn deur, toch kan ik die met een ijzerdraadje open krijgen als ik mijn sleutel ben vergeten, dus iedere andere slimmerik kan dat ook. Daarom verstop ik mijn volle dagboek(en) achter in de kast, waar ik mijn stuk tilsiter bewaar. Mijn theorie is dat niemand, zelfs Harold niet, het zou wagen zijn of haar hoofd in die kast te steken om daar iets te zoeken. De stank is onvoorstelbaar! Ik houd die stank binnen de kast doordat ik de deur met plasticine dichtkit, en op de deur staat een waarschuwing, onder een radioactief symbool en een doodshoofd – met beenderen: HOED U VOOR DE KAAS! Hiermee bereik ik twee dingen. In de eerste plaats is het lospeuteren van de plasticine heel moeizaam, zodat ik niet meer dan één keer per week tilsiter eet – als ik eenmaal begin te eten, kan ik er niet meer mee ophouden. In de tweede plaats zijn mijn volle schriften dan veilig. Ik stop voor de zekerheid altijd een haar in de plasticine, een list die ik in een detectivefilm heb gezien. Het schrift dat in gebruik is, gaat overal met me mee, of het nu naar het Queens is, of met boodschappen doen. Je kunt niet voorzichtig genoeg zijn met iets wat geheimen bevat.

Er is vandaag op mijn werk iets wonderlijks gebeurd. Er was paniek op de Spoedeisende Hulp: er was een vliegtuig voor twintig personen op de startbaan van Mascot neergestort, dus de helft ging naar het St. George en de andere helft kwam hier, zowel de levenden als de doden. Ik vind brandwonden iets vreselijks. Dat vindt iedereen. Zes passagiers en de twee piloten konden rechtstreeks door naar het mortuarium, maar toen ik wegging waren er nog twee passagiers in leven. Een vreselijke lucht is dat! Als aangebrand vlees uit de keuken, en je raakt het gewoon niet kwijt. Wat betekent dat de andere patiënten onrustig en bang worden. De ziekenverzorgsters waren erg geschrokken – iets wat zelden gebeurt – en de zusters konden niet overal tegelijk zijn.

Chris was naar een bespreking die zuster Agatha had georganiseerd, en de leerling was bezig de donkere kamer op te ruimen terwijl ik zandzakjes zat te verstellen – we hadden het bij wijze van uitzondering nu eens niet druk. En daar kwam dokter Duncan Forsythe binnengelopen! Ik zat in de wachtkamer met naald en draad achter onze eenzame balie en keek niet één keer op. Toen ik ten slotte opkeek, viel mijn mond open. Wat een glimlach schonk hij mij! Hij is echt heel knap om te zien. Ik wist een beleefde glimlach te produceren en kwam overeind, met mijn handen op mijn rug, als een gehoorzame dienaar in de aanwezigheid van God. Kin en buik ingehouden, voeten in de houding. Als je een aantal jaren in een ziekenhuis hebt gewerkt, doe je dat automatisch.

Het enige dat hij wilde was even de telefoon gebruiken – die van de Spoedeisende Hulp stonden roodgloeiend vanwege het ongeluk, verklaarde hij. Ik wees naar ons toestel en bleef nog steeds in de houding staan terwijl hij de centrale opdroeg zijn loopjongens op te roepen om hem in Chichester Vier te ontmoeten. Toen hij de hoorn had neergelegd, verwachtte ik dat hij zou vertrekken, maar dat deed hij niet. In plaats daarvan ging hij op een hoek van de balie zitten en liet een been bungelen terwijl hij me aankeek. Vervolgens vroeg hij hoe ik heette, en toen ik hem dat vertelde, herhaalde hij het. 'Harriet Purcell. Die naam heeft een leuke, ouderwetse klank.'

'Ja, dokter,' antwoordde ik, star en stijf.

Groene ogen zijn geheimzinnig. In romannetjes heben ze altijd de kleur van smaragden, maar naar mijn ervaring zijn ze eerder moerasachtig groen, wisselend. Mijn ogen zijn zwart, je kunt de pupil niet gemakkelijk van de iris onderscheiden, en dat zal wel de reden zijn waarom ik zijn ogen zo mooi vind – anders dan de mijne, maar niet het tegenovergestelde. Hij bleef me rustig glimlachend aan zitten kijken, net zolang tot mijn gezicht begon te gloeien, en daarna gleed hij van de balie en liep naar de deur, op die prachtig afwezige manier zoals chirurgen dat kunnen, alsof er een uitwendige kracht is die hen van de ene plek naar de andere drijft.

'Tot ziens, Harriet,' zei hij toen hij naar buiten liep.

Oef! Hij moet minstens één meter vijfentachtig zijn, want ik moet naar hem opkijken. O, wat een mooie man! Maar mevrouw Delvecchio Schwartz moet niet denken dat ze mij met die stomme kaarten wat wijs kan maken!

En toen had ik vanavond mijn eerste kookles. Klaus had alle ingrediënten klaarstaan toen ik kort na acht uur op zijn deur klopte. Ik had het geluid van zijn viool gehoord, en ik wist dat dit betekende dat hij het niet erg zou vinden als ik te vroeg was. Hij speelt heel virtuoos, klassiek spul vol verlangen. Ik weet niet veel van klassieke muziek, maar als ik Klaus zo hoor spelen, ben ik bereid elke cd die hij voorstelt te gaan kopen. Daar is Billy Vaughan niets bij.

We hebben Boeuf Stroganoff met *spaetzle* gemaakt (ik heb

Klaus gevraagd dat voor me te spellen – en dat was nodig ook, want het staat niet in mijn *Oxford*), en het was alsof ik in de hemel was beland. Hij liet me zien hoe je de halfbevroren ossenhaas heel dun moet snijden, hoe je champignons en de uien moet snijden, en hij hield een verhandeling over het slijpen van mijn messen. De spaetzle heeft dezelfde samenstelling als oma's meelballetjes, alleen perst hij het deeg door een vergiet in kokend zout water, en snijdt het regelmatig af, zodat het op korte, dikke macaroni lijkt.

'Bak het vlees licht en kort, doe het in je pan, bak de uien goudbruin, doe ze ook in de pan, bak de champignons tot ze zacht zijn, doe ze eveneens in de pan. Verhit de koekenpan tot de boter bruin wordt, en voeg dan een scheutje cognac toe.'

Toen hij de cognac erin deed (Franse cognac, hij moet niets van het goedkope Australische namaaksel hebben), siste die en verdampte. 'Doe wat verse room in de pan voordat je met de zure room begint, Harriet. Als je dat niet doet, gaat je saus schiften wanneer die het kookpunt nadert. Ik wil mijn eten altijd graag goed warm hebben, dus neem ik eerst verse room, om te zorgen dat de zure room niet schift. Voeg de zure room beetje bij beetje toe en klop met een garde terwijl je de saus verwarmt – alle klontjes verdwijnen. Daarna giet je de saus in de pan, je roert alles door elkaar, en *voilà!* Boeuf Stroganoff.'

Het hele maal nam minder dan een halfuur om te bereiden, en ik heb nog nooit zoiets lekkers geproefd. 'Doe er geen tomatenpuree of zoetzuur in,' zei hij vermanend, alsof ik deze misdrijven onmiddellijk zou plegen. 'De manier waarop ik Stroganoff maak is de juiste manier, de enige manier.' Hij dacht even na en zei toen: 'Met uitzondering van de cognac, maar cognac is toegestaan. Houd je smaken eenvoudig en zorg ervoor dat wat je in een saus doet, de hoofdingrediënten niet verdoezelt. Met ossenhaas, paddenstoelen en uien heb je toch zeker geen verhullende smaken nodig?'

Einde van de les. Volgende week gaan we paprika-kip maken

– met Hongaarse paprika! We kibbelden even over wie de ingrediënten zou betalen – hij wilde betalen, maar dat vond ik niet goed. Uiteindelijk spraken we af de kosten te delen.

Volgende zaterdag ga ik op zoek naar messen, een wetstaal en een garde. Ik popel om mama te vertellen hoe je jus zonder klontjes kunt maken! Gewoon kloppen met een garde.

Vrijdag 11 maart 1960
Ik weiger die kaarten te geloven!

Vandaag hadden we een dag met hoofdwonden. Ik begrijp niet hoe de dingen zo kunnen lopen, maar zo gaat het nu eenmaal. Op de ene dag krijgen we meer patiënten van een bepaald soort dan op de andere. En vandaag waren het hoofdwonden, hoofdwonden en nog eens hoofdwonden.

Chris was er nog toen Demetrios, de Nieuw-Australische broeder van de Spoedeisende Hulp de zoveelste hoofdwond op een brancard naar binnen reed. Demetrios is een Griek en hij heeft een tolkdienst opgezet voor de nationaliteiten die we tegenwoordig met alle immigranten binnenkrijgen. Ik mag deze Nieuwe Australiërs graag en ik denk dat ze goed zijn voor het land – minder biefstuk-met-frites, meer Boeuf Stroganoff. Maar mijn familie kijkt op hen neer, net als juffrouw Christine Hamilton. Heel jammer, want Demetrios vindt Chris best leuk. Hij is vrijgezel, vrij lang, en hij ziet er helemaal niet gek uit, op een wat buitenlandse manier. Hij vertelde me dat zijn baantje als ziekenvervoerder maar tijdelijk is. Hij gaat 's avonds naar de autoschool omdat hij eens een eigen garage wil hebben. Net als alle immigranten werkt hij heel hard en spaart hij iedere penny. Ik denk dat dat de reden is waarom de meeste Oude Australiërs zo'n hekel hebben aan de Nieuwe Australiërs. N.A.'s beschouwen een baan als een voorrecht, niet als iets waar ze automatisch recht op hebben. Ze zijn erg blij dat ze ergens zijn waar ze genoeg te eten hebben en waar ze een beetje kunnen sparen. Hoe dan ook, na een smachtende blik op Chris te hebben geworpen en een boze blik terug te hebben gekregen, vertrok Demetrios weer en liet ons met de patiënt achter. Voornoemde patiënt was stomdronken, stonk naar bier, wilde niet stil blijven liggen, weigerde mee te werken. Toen ik me vervolgens over hem heen boog om een zandzakje aan weerszijden van zijn nek neer te leggen, kotste hij me helemaal onder. Lieve help, wat een viezigheid! Ik moest een vloekende Chris alleen laten met een leerling die de vloer dweilde, terwijl ikzelf naar de kleedkamer verdween om mijn uniform, schoenen, kousen, jarretelgordel, beha, onderbroek, alles uit te trekken. Ik had een schoon uniform in mijn kastje, maar geen ondergoed en geen extra paar schoenen, dus moest ik alles in de wasbak wassen, zo droog mogelijk wringen en daarna weer aantrekken, zelfs mijn kousen. Het is ten strengste verboden met blote benen te lopen. Mijn heerlijke oude schoenen zijn voor altijd bedorven, een tragedie. Drie jaar lang hebben ze mijn voeten verwend, maar nu zal ik nieuwe moeten kopen en moeten inlopen – een ramp, als je de hele dag op de been bent. Aangezien je schoenen niet uit kunt wringen, heb ik ze drijfnat weer aangetrokken en ben soppend naar de afdeling teruggelopen, met een spoor van natte voetstappen achter me aan. De directrice kwam langs en nam me van top tot teen op.

'Juffrouw Purcell, u maakt de vloer nat en dat is heel gevaarlijk voor andere mensen,' zei ze ijzig.

'Ja, zuster. Dat weet ik, zuster. Mijn excuses, zuster,' zei ik, en ik schoot onze deur binnen. Tegenover de directrice of zuster Agatha probeer je niet je te rechtvaardigen, je maakt gewoon dat je zo snel mogelijk wegkomt. Maar is het niet opmerkelijk? Ze heeft me pas één keer gezien, en ze weet wie ik ben en hoe ik heet.

Zo ging het de hele dag verder – een echte rotdag. Maar ik stuurde de leerling om vier uur weg en zwoegde alleen verder, dus was het ruimschoots over achten toen ik de vuile was naar de stortkoker bracht en iemand opspoorde om een verzoek voor een extra schoonmaakbeurt van onze vloer in te dienen. Na het register te hebben ingevuld en de cassettes voor morgen te hebben klaargelegd, was ik vrij om te gaan.

Toen ik buiten kwam ontdekte ik dat er een flinke onweersbui op komst was. Ik had natuurlijk wel een paraplu bij me, maar een blik naar links en naar rechts in South Dowling Street onthulde dat alle taxi's waren vertrokken voordat de zondvloed losbarstte. Ik moest óf lopen, óf op een plastic bank op de afdeling slapen, en ik dacht niet dat de directrice dit laatste zou goedkeuren.

Er kwam iemand uit de loopdeur van de afdeling, juist toen een enorme windvlaag bladeren, stukken papier en lege blikjes deed opwaaien. Ik nam niet de moeite op te kijken, tot degene die naar buiten was gekomen zo dicht naast me stond dat ik me realiseerde dat het iemand moest zijn die ik kende. Dokter Forsythe, in hoogsteigen persoon! Hij wierp me zijn betoverende glimlach toe en wees met de punt van zijn grote zwarte paraplu met ebbenhouten handvat naar het parkeerterrein van de specialisten. Alle Rolls-Royces en Bentley's waren vertrokken, met achterlating van een Mercedes uit de jaren dertig en een glanzende zwarte Jaguar. Ik sloot een weddenschap met mezelf af dat de Jaguar van hem was.

'Het kan elk moment gaan plenzen, Harriet,' zei hij. 'Laat me je naar huis brengen.'

Ik durfde hem bij wijze van antwoord een echte glimlach te schenken, maar ik schudde nadrukkelijk mijn hoofd. 'Dank u, dokter, ik red me wel.'

'Het is echt geen enkele moeite,' hield hij aan, om vervolgens een triomfkreet te slaken toen de bui met veel geweld losbrak. 'Je kunt in dit weer echt niet op een bus staan wachten, Harriet, en er is nergens in de wijde omtrek een taxi te bekennen. Laat mij je naar huis brengen.'

Maar ik was niet van mijn stuk te brengen. Ziekenhuizen zijn broeinesten van roddelpraatjes, en we stonden op een heel zichtbare plaats, met voortdurend komende en gaande mensen. 'Dank u, dokter,' zei ik resoluut, 'maar ik stink naar braaksel. Ik ga liever lopen.'

Mijn kin ging omhoog, mijn mond ging omlaag. Hij keek me even aan, haalde toen zijn schouders op en stak zijn paraplu op – de paraplu had rond het handvat een zilveren band waarin een uitspraak van Geoffrey en Mark was gegraveerd. Hij rende weg, naar de zwarte Jaguar. Goed geraden, Harriet! Een Mercedes uit de jaren dertig was meer iets voor een psychiater of een patholoog. Orthopeden waren orthodox. Toen de zwarte Jaguar voorbijzoefde, zag ik wazig zijn gezicht achter het beslagen raam en een hand die naar me zwaaide. Ik zwaaide niet terug. In plaats daarvan wachtte ik nog wat langer, stak toen mijn paraplu op en begon aan de wandeling van vijf kilometer naar huis. Het was maar beter zo. Veel beter.

Maandag 28 maart 1960

Ik heb lange tijd niet de energie gehad om tussen mijn werk en het koken in mijn schrift te schrijven. Maar vanavond is er iets gebeurd wat ik maar niet uit mijn gedachten kan zetten. Als ik het nu opschrijf kan ik misschien de spoken verjagen en wat hoognodige slaap krijgen.

Jim riep me naar een spoedvergadering boven, in hun flat, die een wonderlijk mengsel is van frutsels van Bob en kale, rechte dingen van Jim. Ik wist allang dat de Harley-Davidson die in Victoria Street aan de plataan voor Het Huis is vastgemaakt, van Jim is, dus verbaasde het me niets dat ik Harley-Davidson-posters aan de muren zag hangen. Ze vragen altijd of ik op een van hun vergaderingen kom, maar ik had tot vanavond steeds nee gezegd – gewoon lafheid, moet ik bekennen. Ik denk dat ik geen zin had te veel betrokken te raken bij een groep vrouwen die voornamelijk mannennamen hadden: Frankie, Billie, Joe, Robbo, Ron, Bert, enzovoort. Ik ben erg op Jim en Bob gesteld omdat ze deel uitmaken van Het Huis, en mevrouw Delvecchio Schwartz heeft me streng verteld dat lesbo's een harde dobber hebben om zich in dit leven staande te houden (haar metaforen zijn altijd prachtig, maar ik weet nooit wanneer ze me voor de gek houdt, het rare mens). Toen Jim me smeekte vanavond te komen, begreep ik dat ik op de proef werd gesteld, dus ging ik.

Zeer tot mijn verbazing was Toby er ook. En Klaus. Mevrouw Delvecchio Schwartz was echter nergens te bekennen. Er waren zes vrouwen die ik niet kende. Een van hen, die me werd voorgesteld als Joe, is advocaat. Het is wel heel indrukwekkend als iemand zo'n positie bereikt in een rok. Of liever gezegd, in een chic mantelpak. Hou eens op, Harriet! Dit is geen moment om af te dwalen. Ik denk dat ik over allerlei bijzaken begin omdat ik het onderwerp van de vergadering niet op papier wil zetten.

De spelers in het drama waren niet aanwezig – Frankie en Olivia. Ik begreep dat Frankie een beetje een lesbisch idool is, heel dynamisch en aantrekkelijk, ook heel mannelijk. Ze had het net aangelegd met Olivia, die negentien is, heel knap om te zien, en afkomstig uit een stinkend rijke familie. Toen Olivia's vader de seksuele geaardheid van zijn dochter ontdekte, zat hij van schrik niet alleen tegen het plafond, maar nam zich ook voor haar een lesje te leren. Dus regelde hij dat Frankie en Olivia van het wandelpad, waar ze hun hond uitlieten, werden gesleurd en naar de cellen van een politiebureau, ergens aan de rand van Sydney, werden overgebracht. Daar werden ze afgelopen nacht non-stop door een tiental agenten verkracht, en vanmorgen bij het aanbreken van de dag werden ze op straat gesmeten, samen met hun dode hond. Ze liggen allebei in het Mater Hospital, zwaar mishandeld.

Ik voelde me zo onpasselijk worden dat ik dacht dat ik naar

de wc moest om over te geven, maar mijn trots wist mijn maag te bedwingen, en ik bleef. Na één blik op mijn gezicht verhuisde Toby van de andere kant van de kamer naar mij, waar hij naast mij op de grond ging zitten. Hij stak zijn hand uit en greep de mijne stevig beet. Ik klampte me grimmig aan hem vast. Joe, de advocaat, sprak over het nemen van juridische stappen, maar Robbo zei dat Frankie weigerde een verklaring af te leggen en dat de arme kleine Olivia naar een psychiatrische inrichting in Rozelle zou worden overgeplaatst zodra ze fysiek voldoende was opgeknapt om uit het Mater te worden ontslagen.

Toen alle woede en opwinding tot bedaren was gekomen, begonnen ze te praten over hoe het was een lesbo te zijn – waarschijnlijk omdat ik erbij was. Robbo vertelde dat ze ooit getrouwd was geweest en een paar kinderen had, maar dat haar man zich wegens haar ontrouw met een andere vrouw van haar had laten scheiden, en dat ze haar kinderen niet mag zien, tenzij ze kan bewijzen dat ze geen 'verderfelijke invloed' op hen heeft. Twee van de anderen waren als jonge kinderen seksueel misbruikt door hun vader, een van hen was door haar moeder 'verkocht' aan een rijke oude man met een voorliefde voor anale seks met kleine meisjes. Ze droegen allen iets van littekens, fysiek of psychisch. Jim en Bob waren niets vergeleken bij de rest. Het enige dat Jim had moeten doorstaan was dat ze door haar ouders het huis was uitgezet omdat ze graag mannenkleren aantrok. Bobs ouders, die ergens in het binnenland wonen, hebben geen idee dat Jim een vrouw is.

Na afloop nam Toby me mee naar zijn zolder en voerde me daar koffie met cognac, terwijl ik zat te huiveren als een oude soldaat met een malaria-aanval.

'Ik wist niet dat het een misdrijf was om lesbisch te zijn,' zei ik, toen de warme vloeistof in mijn maag was beland en mijn bonzende hart tot bedaren was gebracht. 'Ik weet dat het voor een man strafbaar is homoseksueel te zijn, maar ik heb me laten vertellen dat koningin Victoria, toen ze haar handtekening onder deze wet moest zetten, de paragraaf over vrouwen heeft geschrapt, omdat ze weigerde te geloven dat vrouwen homoseksueel konden zijn. Maar als Frankie en Olivia zijn gearresteerd, is het misschien toch strafbaar.'

'Nee, je hebt gelijk,' zei hij, en hij schonk mijn mok nog eens vol. 'Het is niet strafbaar om lesbisch te zijn.'

'Hoe heeft het dan kunnen gebeuren?' vroeg ik.

'In het geniep, Harriet. Stiekem. Je zult Frankie en Olivia niet in de politieverslagen terug kunnen vinden. Er zal een hoge piet van de politie zijn die Olivia's vader een dienst wilde bewijzen. Ik denk dat het de bedoeling was Olivia te laten merken wat een goeie vent kon doen, maar dat alles uit de hand is gelopen. Waarschijnlijk toen Frankie die verkrachters te lijf ging. Ze is niet van het soort dat zich laat afschrikken, zelfs niet in zo'n situatie.'

Hij kan heel afstandelijk doen, die Toby. Ik denk dat alle goede schilders dat zijn, want ze kijken in de wereld om zich heen op zoek naar onderwerpen.

Ik ben niet onwetend over de meer weerzinwekkende kant van het leven. Niemand die meer dan drie jaar in een ziekenhuis heeft gewerkt kan nog onnozel zijn. Maar je hoort nooit het hele verhaal, zeker niet op een afdeling als de röntgen, waar de patiënten binnenkomen voor hun onderzoek en daarna ergens anders naartoe gaan, en wij hebben het zelden zo rustig dat we tijd hebben om naar het verhaal van een patiënt te luisteren. Als we elkaar bij de lunch of op een feestje zien, of een moment hebben om met elkaar te praten, gaat het altijd over de laatste roddels en nieuwtjes. Het afschuwelijkste is te moeten zien wat er binnenkomt, wat iemand door een ander menselijk wezen is aangedaan. Nee, ik ben niet onwetend. Maar ik heb wel een beschermd leven geleid. Tot ik naar Kings Cross verhuisde, naar Het Huis.

Deze avond heeft me een verblindend inzicht gegeven. Ik zal

nooit meer hetzelfde over mensen kunnen denken. In het openbaar lijkt het zus, maar achter gesloten deuren is het zo. In alle opzichten Dorian Gray. Ik heb geen idee wie Olivia's vader is, maar ik ben vanavond volwassen genoeg geworden om te denken dat hij uiterst zelfvoldaan is, dat hij Frankie en zijn dochter alle schuld geeft. En ik vind de gedachte dat mensen zich aan kleine kinderen vergrijpen al helemaal afschuwelijk! Het is een vreselijke wereld.

Vrijdag 1 april 1960
Ik was vanavond vrij vroeg thuis, en voor deze keer had Pappy niets te doen. Ik weet niet waar ze afgelopen maandagavond was, toen Jim en Bob die vergadering hadden. Ik zie haar nauwelijks, nu ik in de röntgenkamer van Spoed zit. Toby nodigde ons uit om naar Lorenzini's te gaan, een wijnbar aan het eind van Elizabeth Street, in de binnenstad.

'Ik kreeg vanmiddag op mijn werk twee nieuwtjes te horen,' zei Toby toen we over de McElhone-trap naar Woolloomooloo liepen, wat de kortste weg naar Lorenzini's is. 'Goed nieuws en slecht nieuws.'

'Wat is het goede nieuws?'

'Ik heb een flinke loonsverhoging gekregen.'

'Wat is dan wel het slechte nieuws?'

'De boekhouders van het bedrijf hebben eens goed zitten rekenen,' zei hij, en hij trok een zuur gezicht. 'Het resultaat is dat ik vanaf begin volgend jaar zonder werk zit, samen met bijna iedereen. Met alle loonsverhogingen, stakingen, langzaamaan-acties en aandeelhouders die veel winst voor hun geld verwachten, heeft het bedrijf besloten de mensen door robots te vervangen. De robots kunnen vierentwintig uur per dag bouten aandraaien en onderdelen in elkaar schuiven, zonder behoefte aan etenspauzes of een bezoek aan de plee.'

'Maar robots zijn duur,' wierp ik tegen.

'Dat is waar, maar de accountants hebben uitgerekend dat ze vrij snel winstgevend zullen zijn en dat de aandeelhouders tevreden kunnen zijn.'

'Wat vreselijk!' kreet Pappy. Ze was altijd heel strijdbaar ten aanzien van wandaden jegens arbeiders. 'Dat is schandelijk!'

'Zo gaat het nu eenmaal in de wereld, Pappy, dat zou je zo langzamerhand moeten weten,' las Toby haar de les. 'Iedere kant heeft altijd wel een beetje gelijk. De bazen proberen ons uit te buiten, en wij proberen de bazen uit te buiten. Als je iemand de schuld wilt geven, moet je bij de slimme jongens die robots uitvinden zijn.'

'Dat is het hem nou net!' snauwde ze. 'De techniek heeft de schuld van alles!'

Ik deed ook een duit in het zakje door te zeggen dat ik dacht dat het lag aan de slechtheid van de mensen, die echt alles kunnen bederven.

Bij Lorenzini's zijn altijd meer jongemannen dan beschikbare vrouwen, dus weldra verloren we Pappy, die waarschijnlijk toch al met het voltallige mannelijke deel naar bed is geweest, uit het oog. Toby vond achterin een tafeltje met twee stoelen en we zaten in gemoedelijk stilzwijgen te kijken naar al het gekrioel en gedoe van mensen die van het ene naar het andere tafeltje wipten. Arme Toby! Het moest vreselijk zijn om verliefd te zijn op iemand als Pappy.

We zaten er nog niet lang toen er tumult bij de deur ontstond en er een stuk of tien mensen binnenkwamen, allemaal jonge meisjes. Pappy kwam naar ons toe gestormd, met grote ogen van opwinding.

'Harriet! Toby! Hebben jullie gezien wie er binnen is gekomen? Dat is professor Ezra Mar-huppeldepup, de wereldberoemde filosoof!'

Ik wilde haar die vreemde naam laten herhalen, maar ze was alweer verdwenen, naar de menigte rond professor Ezra Mar...

sepein? Ja, Marsepein klinkt goed. Een beetje te gecompliceerd voor Lorenzini's leek me zo, toen de menigte uiteenweek en de prof te voorschijn kwam, als de zon vanachter een wolk.

Hij zal geen schoonheidswedstrijd winnen, dat is een ding dat zeker is. Zijn gezicht was lelijk, hij was een mager, slap mannetje, hij had heel lang haar dat hij opzij kamde om zijn kaalheid te verbergen, en hij droeg het soort kleren dat je bij auteurs van belangrijke non-fictie boeken ziet, als er een foto van hen op de binnenkant van het omslag staat: tweedjasje met leren stukken op de ellebogen, gebreide trui, corduroy broek, een pijp in de hand. Aangezien het een benauwde, warme avond was, moet hij het wel smoorheet hebben gehad.

Ik heb geen idee hoe Pappy zulke dingen weet te regelen. De prof was drie rijen dik omringd door studentes die allemaal minstens tien jaar jonger waren dan Pappy, en sommigen van hen waren zo knap als filmsterren. Toch had Pappy binnen twee minuten de meisjes weggewerkt en zat ze aan zijn rechterhand, met haar bewonderende gezicht naar hem opgeheven, waarbij iets van haar dikke, glanzende haar op zijn hand viel. Misschien komt het door het haar. Ze is de enige vrouw met lang haar die ik ken, en ze zeggen dat mannen er dol op zijn.

Ik snoof. 'Dat,' zei ik tegen Toby, terwijl ik met mijn hand naar de prof wees, 'is de ridder van bekers, op z'n kop.'

Toby staarde me verbaasd aan. 'Heb jij les van die vrouw?'

Ik zei nee, maar dat ze hem in Pappy's kaarten had gezien. 'Ze is ook een ouwe schobbejak om tegen mij te doen alsof de ridder van bekers op zijn kop precies is wat Pappy nodig heeft. Ik weet dat het plaatje slechts de persoon onthult, dat juist de andere kaarten de persoon bepalen en laten zien hoe de persoon in relatie staat tot iemand anders, maar mevrouw Delvecchio Schwartz heeft me voorgelogen. Ze kon glashelder zien wat voor kerel de nieuwe man van Pappy is, en ze zag iets wat haar echt overstuur maakte. Maar ze wilde mij daar niets over vertellen. Ik weet niet meer wat voor kaarten er na de ridder van bekers kwamen, maar ik heb een boek over tarot gekocht en hem opgezocht, ook al kon ik het hele plaatje niet in elkaar passen.'

'Ik dacht dat ridders jongemannen waren. Hij is in de vijftig.'

'Niet noodzakelijkerwijs,' zei ik, pronkend met mijn pasverworven kennis. 'Ze kunnen zowel boer als ridder genoemd worden.'

Hij leunde achterover en bekeek me met halfdichte ogen. 'Weet je, prinses, er zijn momenten dat jij me vreselijk aan onze hospita doet denken.'

Ik beschouwde dat als een compliment.

Toen Pappy en de professor opstonden en vertrokken, met achterlating van zijn studentes die een gezicht trokken alsof ze zelfmoord wilden plegen, besloten Toby en ik ook naar huis te gaan. We waren niet ver na hen, maar toen we in Elizabeth Street stonden, waren ze nergens te bekennen. Ik wilde niet dat Toby met mij naar mijn kamers liep, voor het geval Pappy en de prof in haar kamer waren, maar hij stond erop me te vergezellen.

O mooi! Geen licht onder Pappy's deur, geen geluiden van vleselijke lusten. Misschien had de prof een eigen onderkomen, gezien zijn voorliefde voor aantrekkelijke studentes.

Toby en ik dronken koffie en praatten over de bordelen aan weerszijden van 17c. Hij had namen voor alle hoeren – Kuisheid, Geduld, Voorzichtigheid, Matigheid, Eer, Gelijkmatigheid, Waarheid, Columbia – en hij had de bewoonster van 17d madame Fuga en de bewoonster van 17b madame Toccata genoemd. Eigenlijk – zeker gezien het feit dat zijn grote liefde waarschijnlijk met een kale ouwe knar met te veel eigendunk in bed lag, was Toby uitstekend in vorm en kreeg me aan het lachen tot de tranen over mijn gezicht liepen. Hij keurde al dat roze af en verklaarde dat mijn kralengordijn blijk gaf van een onbewuste wens om in een harem te worden opgesloten, maar ik had veel plezier.

'Het verbaast me dat je mij geen draai om de oren hebt verkocht zoals David,' zei hij, en hij keek me scherp aan. 'Ik kan niet goed met vrouwen overweg.'

'Tenzij het lesbo's zijn.'

'Lesbo's denken niet meteen aan trouwen als ze een vent zien. Nee, ik denk dat ik niet goed met vrouwen overweg kan omdat ik zeg wat ik denk.' Hij zuchtte en rekte zich uit, terwijl hij me nog eens van top tot teen opnam. 'Je zult eens een knappe, slanke vrouw zijn, en ik vind nog steeds dat je een geweldig stel borsten hebt.'

Tijd om op een ander onderwerp over te gaan. 'Wat vind je van Harold?'

Toby trok zijn lip op. 'Ik vind niets. Hoe dat zo?'

'Hij haat me.'

'Dat is wel een beetje erg sterk uitgedrukt, Harriet.'

'Maar het is waar!' hield ik aan. 'Ik heb hem inmiddels een paar keer ontmoet, en ik ben doodsbang voor hem. Die haat in zijn ogen als hij me aankijkt! En ik heb echt geen idee wat ik hem heb misdaan.'

'Ik denk dat het is omdat je in een goed blaadje bent komen te staan bij mevrouw Delvecchio Schwartz,' zei hij, en hij stond op. 'Maar maak je over hem geen zorgen, hij vliegt er toch uit. Het ouwe mens begint genoeg te krijgen van al zijn flauwekul.'

Ik liep samen met hem naar de deur, waar hij op de stoep bleef staan.

'Zou je het erg vinden om even op het pad te stappen?' vroeg hij.

Ik gehoorzaamde. Dit maakte dat hij iets boven me uitstak.

'Zo is het beter. Ik heb een beetje hoogteverschil nodig.' Hij greep me stevig maar teder bij de schouders. 'Welterusten, prinses,' zei hij, en hij kuste me.

Ik dacht dat hij na de traumatische avond die hij had gehad op zoek was naar enige hartelijkheid en troost. Maar zo was het helemaal niet. Hij schoof zijn handen onder mijn armen en over mijn rug, trok me tegen zich aan, en kuste me écht. Mijn ogen gingen van schrik open toen er een rilling van emotie over mijn kaken naar mijn lippen kroop. Toen deed ik mijn ogen dicht en kwam in de stemming. O, dit was geweldig! Na David en Norm kon ik gewoon niet geloven wat ik voelde. Ik weet dat zijn handen op mijn rug niet één keer bewogen, maar ik had het gevoel dat ze recht tot in mijn botten brandden. Het was geweldig voor mij; hij hield zich rustig aan mijn tempo, en wanneer ik even lucht moest happen, duwde hij zijn gezicht in de zijkant van mijn hals en kuste die heftig. Oei-oei! Dat bracht allerlei reacties teweeg! Kom op, Toby, dacht ik, tast eens naar die geweldige borsten!

De rotzak liet me los! Ik deed mijn ogen verontwaardigd open en zag dat hij me ondeugend toelachte.

'Welterusten,' zei ik, in een uiterste poging het initiatief te herwinnen.

Zijn ogen twinkelden van het lachen, hij tikte me nonchalant op de wang en liep het pad op zonder één keer om te zien.

'Eén april!' riep hij.

Ik schoot naar binnen en smeet de deur achter me dicht, waarna ik even tandenknarsend bleef staan, om vervolgens tot bedaren te komen. Eén april of niet, ik had net mijn eerste fatsoenlijke kus gehad en ik vond het heerlijk. Ik had eindelijk enig vermoeden van het genot dat een man kan schenken. Ik ben er helemaal licht van in mijn hoofd.

Maandag 4 april 1960
Pappy kwam net lang genoeg thuis om koffie met me te drinken voor ze naar haar werk vertrok, ook al betekende dit dat ze me twee uur eerder dan nodig uit bed sleurde. Ik was zo benieuwd te weten wat er gaande was, dat het me niet kon schelen dat het ten koste ging van twee uur slaap. Ze was stralend – echt heel mooi!

'Waar ben je geweest?' vroeg ik.

Ze verklaarde dat hij een heel klein flatje in Glebe heeft, vlak bij de universiteit. 'Daar zijn we naartoe gegaan, we hebben de grendel op de deur gedaan, de telefoon van de haak gelegd, en we zijn tot vanmorgen zes uur niet meer naar buiten geweest. O Harriet, hij is geweldig, volmaakt – een koning, een god! Zoiets als dit is me nog nooit overkomen! Kun je geloven dat we zés uur lang naakt naast elkaar hebben gelegen en met elkaar hebben gespeeld voordat hij me voor het eerst nam?' Haar ogen werden dromerig bij de gedachte. 'We hebben elkaar gekweld – gelikt en gesabbeld tot we bijna klaarkwamen, om vervolgens op te houden en dan weer opnieuw te beginnen – ons hoogtepunt kwam gelijktijdig, is dat niet ongelooflijk? Op hetzelfde moment! En daarna werden we allebei zo intens bedroefd dat we moesten huilen.'

Deze confidenties waren zo gênant dat ik haar smeekte die intieme details voor zich te houden, maar Pappy kent totaal geen remmingen, echt niet.

'Je maakt het alleen maar gênant voor jezelf, Harriet,' zei ze op afkeurende toon. 'Het wordt hoog tijd dat jij je lichaam leert kennen.'

Ik stak mijn kin in de lucht. 'Ik heb niemand op het oog,' jokte ik. Toby, Toby, Toby.

'Je bent bang.'

'Om zwanger te worden, natuurlijk.'

'Mevrouw Delvecchio Schwartz zegt dat als een vrouw tot in het diepst van haar ziel geen baby wil, ze ook niet zwanger zal worden.'

Ik snoof smalend. 'Dankjewel, ik heb niet de minste behoefte de Delvecchio Schwartz-theorie te onderzoeken, Pappy, en daar blijft het bij. Dus jij hebt het gezellig gehad met de prof. Was het alleen maar seks of hebben jullie ook gepraat?'

'We hebben eindeloos gepraat! We hebben een beetje hasj gerookt, in elkaars armen gelegen, een beetje cocaïne gesnoven –

ik heb nooit geweten hoe sommige stoffen het genot bijna on-draaglijk kunnen verhogen!'

Ik wist dat we ruzie zouden krijgen als ik haar op dat punt terecht zou wijzen, dus vroeg ik in plaats daarvan of de prof getrouwd was.

'Ja,' zei ze heel opgewekt, 'met een saaie, chagrijnige vrouw die hij verafschuwt. Ze hebben zeven kinderen.'

'Dan kan hij haar nou ook weer niet zó verafschuwen. Waar wonen ze?'

'Ergens in de buurt van de Blue Mountains. Hij rijdt er af en toe naartoe, omwille van de kinderen, maar zijn vrouw en hij slapen apart.'

'In elk geval een goede methode van geboortebeperking,' zei ik, een beetje venijnig.

'Ezra vertelde me dat hij verliefd op me is geworden vanaf het eerste moment dat hij me zag. Hij zegt dat ik hem een vreugde heb gebracht zoals geen enkele andere vrouw hem ooit heeft bezorgd.'

'Betekent Ezra dat jouw weekendparade van mannen nu tot het verleden behoort?' vroeg ik.

Pappy keek oprecht geschokt. 'Uiteraard, Harriet! Mijn zoektocht is voorbij, ik heb Ezra gevonden. Andere mannen hebben geen enkele betekenis meer voor me.'

Nou, ik weet echt niet hoeveel ik daarvan moet geloven. Pappy gelooft het stellig, dus ik hoop voor haar dat mijn twijfels ongefundeerd zijn. Hasj en cocaïne. De prof weet het ultieme genot in elk geval wel te versieren. Getrouwd, dat ook nog. Er zijn massa's mannen die een ongelukkig huwelijk hebben, dus er is geen reden te denken dat Ezra Marsepein – hoe heet-ie nou eigenlijk? – daar niet een van is. Maar wat mij echt doet tandenknarsen is de manier waarop die lieve Ezra zijn leven weet in te richten. Hij houdt zijn vrouw en kinderen ver genoeg bij zijn werk vandaan om geen last van hen te hebben, en hij heeft dit flatje in Glebe. Heel handig, zo'n flatje pal naast een onuitputtelijke voorraad schone jonge maagden. Ik kan met de beste wil van de wereld niet inzien waarom deze kwibus zo aantrekkelijk is voor die idiote meisjes, maar hij heeft kennelijk toch iets, hoewel ik betwijfel of hij nou zo'n held in bed is. Ik denk dat het de hasj en de cocaïne zijn.

Hij gebruikt Pappy alleen maar, dat voel ik aan mijn water. Maar waarom heeft hij haar uitgekozen, terwijl al die anderen hem met open mond aanstaren. Waarom is Pappy trouwens zo aantrekkelijk voor veel mannen? Wanneer een man vooral aan seks denkt, is de schoonheid van het karakter van een vrouw niet het belangrijkste punt. Dit is een raadsel dat ik moet oplossen. Ik ben erg op Pappy gesteld, en ik vind dat ze heel mooi en knap is. Maar er moet nog iets anders zijn.

Harriet Purcell, je bent een groentje op het gebied van de liefde, wat geeft jou het recht te oordelen? Schiet op, koning van pentakels nummer één! Ik heb behoefte aan een referentiekader.

Donderdag 7 april 1960
Oei-oei! Dat uilskuiken van een Chris Hamilton heeft vandaag een echte puinhoop gemaakt van ons bedrijvige maar vredige wereldje. Ik wou dat ze eens beter naar Demetrios had gekeken in plaats van die arme kerel af te blaffen iedere keer dat hij een patiënt naar binnen rijdt.

We hadden vanmorgen bijna een sterfgeval bij de hand, en dat is het ergste dat kan gebeuren. Een vermoedelijke schedelbasisfractuur ontwikkelde een acute zwelling van de hersenen terwijl wij bezig waren een röntgenfoto van hem te maken. Ik werd opeens opzij geduwd door een onbekende arts-assistent, die heel snel handelde en de patiënt binnen de kortste keren naar neurochirurgie had overgebracht. Maar tien minuten later was hij terug en keek Chris en mij zelfs nog ijziger aan dan de directrice.

'Jullie stomme geiten, waarom zagen jullie niet wat er gebeurde?' grauwde hij. 'Die man kreeg een hersenbloeding omdat jullie te lang hebben gewacht met hulp in te roepen! Stelletje stomme idiote geiten!'

Chris duwde mij de cassettes die ze vasthield in de hand en stevende naar de deur. 'Dokter, wilt u zo vriendelijk zijn met mij naar het kantoor van zuster Toppingham te gaan,' zei ze op ijskoude toon. 'Ik zou u zeer erkentelijk zijn wanneer u uw opmerkingen in haar bijzijn wilt herhalen.'

Even later kwam zuster Marie O'Callaghan binnengehold, met ogen op steeltjes. 'Ik heb het gehoord!' riep ze. 'O, wat is hij toch een rotzak, die Michael Dobkins!'

De leerling was met de röntgenfoto's naar de operatiekamer van neurochirurgie gerend en ik had even geen patiënt onder handen, dus staarde ik haar aan, terwijl er allerlei gedachten in me begonnen op te komen. 'Kennen die twee elkaar soms?' vroeg ik. 'Chris en dokter Dobkins, bedoel ik.' Aangezien Chris en zij in hetzelfde huis woonden, vermoedde ik dat zij het een en ander moest weten.

'Reken maar,' zei ze grimmig. 'Acht jaar geleden, toen Dobkins co-assistent was, waren Chris en hij zo dik met elkaar dat Chris ervan uitging dat ze verloofd waren. Toen liet hij haar opeens zitten, zonder enige verklaring. Een halfjaar later trouwde hij met een fysiotherapeute, met een vader die directeur van een groot bedrijf was en een moeder die in allerlei culturele commissies zit. Aangezien Chris nog steeds maagd was, kon ze zelfs niet dreigen met juridische stappen wegens het verbreken van een trouwbelofte.'

Nou, dat was dus wel duidelijk.

Chris kwam terug met zuster Agatha en dokter Michael Dobkins, en ik moest mijn versie van het incident geven, die met Chris' versie bleek te kloppen. Als gevolg van mijn verklaring verschenen de geneesheer-directeur en de directrice, en moest ik mijn verhaal nogmaals vertellen. Chris had Dobkins van onprofessioneel gedrag, te weten het uitschelden van vrouwelijk personeel, beschuldigd. In de operatiekamer doen chirurgen dat voortdurend, maar chirurgen mogen zo hun zwakheden hebben. Dokter Dobkins, als simpele arts-assistent, hoort zijn gevoelens in bedwang te houden.

Het ergst van alles is nog dat dit helemaal niet had hoeven gebeuren. Als Chris haar mond had gehouden en de ruzie binnen onze muren had uitgevochten – desnoods Dobkins onder vier ogen de huid had vol gescholden – had de directie zich er niet mee hoeven bemoeien. Maar nu heeft ze onze afdeling in de schijnwerpers gezet, zodat ons werk werd bemoeilijkt en onze integriteit in twijfel werd getrokken.

Tegen het eind van de middag werd Dobkins op het matje geroepen. De patiënt had inderdaad een hersenbloeding gehad – zijn hersenen waren plotseling gezwollen tot de vitale centra in de hersenstam tegen de omringende beenderen werden gedrukt – maar er was in de operatiekamer met succes een gigantisch subduraal hematoom verwijderd, en de patiënt had het zonder schade overleefd, dankzij de nabijheid van de Spoedeisende Hulp en de reanimatieapparatuur. Het oordeel dat de directie velde en dat ons door zuster Agatha werd overgebracht, was dat wij niet nalatig waren geweest in het doen van onze plicht.

Chris vertrok naar huis met het gezicht van een martelares, zodat ik de laatste klussen van een vreselijke dag kon afhandelen.

Het was bijna negen uur toen ik South Dowling Street afzocht naar een taxi. Nergens iets te bekennen. Dus begon ik te lopen. Bij de stoplichten van Cleveland Street gleed er een chique zwarte Jaguar langs de stoeprand en het portier van de passagiersplaats ging open terwijl dokter Forsythe zei: 'Je ziet er erg moe uit, Harriet. Wil je misschien een lift naar huis?'

Ik wierp alle voorzichtigheid overboord en wipte de auto in. 'Wat heerlijk dat u voorbijkwam,' zei ik, terwijl ik me in de leren stoel nestelde.

Hij wierp me een stralende glimlach toe, maar zei niets. Bij de volgende kruising draaide hij echter automatisch Flinders Street in, en ik besefte dat hij geen idee had waar ik woonde. Dus moest ik me verontschuldigen en hem vertellen dat ik in Victoria Street woonde, aan de kant van Potts Point. Schande, Harriet Purcell! Wat is er mis met Kings Cross? Hij excuseerde zich omdat hij niet had gevraagd waar ik woonde, reed William Street uit en keerde.

Toen we die visuele kakofonie van neonlichten binnenreden, zei ik: 'Eh, ik woon eigenlijk in Kings Cross. De marine is tegenwoordig heer en meester in Potts Point.'

Hij trok zijn wenkbrauwen op en grinnikte. 'Ik had niet gedacht dat iemand als jij in Kings Cross zou wonen,' zei hij.

'En wat voor soort mensen woont er dan wel in Kings Cross?' gromde ik.

Daar schrok hij van. Hij nam me lang genoeg op om te zien dat ik er strijdlustig uitzag en probeerde terug te krabbelen. 'Ik weet het eigenlijk niet,' zei hij op verzoenende toon. 'Ik vermoed dat ik alle verkeerde ideeën van de roddelpers heb overgenomen over Kings Cross.'

'Nou, de postbode vertelde me dat de hoeren van de buren hun post aan Potts Point laten adresseren, maar voor zover ik weet, *meneer*, is Victoria Street Kings Cross, van begin tot eind.'

Waarom werd ik nou toch zo kwaad? Ik was degene die Potts Point als eerste had genoemd! Maar hij was kennelijk wel wat gewend, want hij probeerde niet zich te verdedigen, hij zweeg alleen maar en reed volgens mijn aanwijzingen verder.

Hij parkeerde op het gedeelte dat de parkeerwachters gereserveerd houden voor doorluchtige klanten van 17b en 17d; de aesculaap op het raam van de Jaguar biedt werkelijk overal bescherming tegen parkeerbonnen.

Toen stond hij naast de auto en maakte mijn portier open voordat ik de juiste hendel had gevonden. 'Dank u wel voor de lift,' mompelde ik, terwijl ik popelde om zo snel mogelijk weg te komen.

Maar hij stond te kijken alsof hij totaal niet van plan was te vertrekken. 'Woon je hier?' vroeg hij, en hij gebaarde naar het doodlopende straatje.

'Het middelste huis. Ik heb daar een paar kamers.'

'Heel charmant,' zei hij, en hij gebaarde nogmaals met zijn hand.

Ik stond naast hem en deed wanhopig mijn best iets te bedenken om te zeggen dat ik hem hartelijk dankte, maar ik wilde hem niet binnen vragen. Wat eruit kwam was echter: 'Kan ik u een kopje koffie aanbieden?'

'Heel graag.'

O verdorie! Ik hoopte vurig dat er niemand thuis was, terwijl ik de voordeur openduwde en door de gang liep, me er akelig van bewust dat hij de volgekrabbelde muren, het versleten linoleum, de vliegenpoep op de gloeilampen zou zien. Toen we buiten kwamen, was bij de buren op 17d alles in volle gang: het vage geluid van hoeren die hard aan het werk waren was even hoorbaar als madame Fuga die in de keuken een knallende ruzie met Voorzichtigheid had, met als onderwerp een levendige beschrijving van wat een meisje moest doen om een heer met nogal vreemde voorliefdes het naar de zin te maken.

'Ga verdomme niet pissen voordat je daar naar binnen gaat, terwijl je weet dat ze willen dat je op ze pist, en drink eerst een paar liter water!' luidde de crux van het betoog.

'Een interessante woordenwisseling,' zei hij, terwijl ik met het oude hangslot stond te worstelen.

'Het is een heel chic bordeel, net als dat aan de andere kant,' zei ik, en ik wierp de deur open. 'De clientèle is uit de hoogste kringen van Sydney afkomstig.'

Hij beperkte zijn volgende opmerkingen tot mijn kamers, die hij leuk, charmant, gezellig noemde.

'Ga zitten,' zei ik, een beetje bot. 'Hoe wilt u uw koffie?'

'Zwart, zonder suiker, graag.'

Op dat moment klonk het geluid van een viool, die iets speelde wat ik nu als Bruch kon identificeren.

'Wie is dat?' vroeg hij.

'Klaus, hierboven. Goed hè?'

'Geweldig.'

Toen ik met twee bekers achter mijn scherm vandaan kwam, trof ik hem aan in een gemakkelijke stoel waar hij heel ontspannen naar Klaus zat te luisteren. Toen keek hij op en pakte de beker aan met zo'n glimlach van oprecht genoegen dat ik slap werd in mijn knieën. Ik was niet meer zo bang voor hem en ik kon redelijk beheerst gaan zitten. In ziekenhuizen wordt het lagere personeel geconditioneerd om specialisten als wezens van een andere planeet te zien, wezens die niet naar Kings Cross komen, tenzij ze de dames Fuga en Toccata willen bezoeken.

'Het moet heel leuk zijn om hier te wonen,' zei hij. 'Van alles door elkaar.'

Nou, hij was in elk geval niet bevooroordeeld. 'Ja, het is heel leuk,' zei ik.

'Vertel er eens wat over.'

O, lieve help! Hoe kon ik dat nou doen? Seks is hier de drijfveer achter alles wat er gebeurt. Had hij die boodschap niet van madame Fuga doorgekregen? Ik besloot hem te vertellen over de benedenflat aan de voorkant.

'Op dit moment,' zo beëindigde ik mijn verhaal, 'woont er geloof ik een ouder echtpaar dat niet in het leven zit.'

'Te oud, bedoel je?'

'Nou, daar zou u nog raar van opkijken,' kwebbelde ik. 'De vrouwen op straat zijn al behoorlijk oud. De jonge en mooie vrouwen werken in de betere bordelen, ze worden daar goed betaald, ze wonen beter, en ze hebben geen pooier die hen in elkaar kan slaan.'

Zijn diepgroene ogen bevatten een mengeling van vrolijkheid en treurnis. Ik dacht dat de vrolijkheid door mij kwam, maar die treurnis kon ik niet goed plaatsen. Misschien was die er wel permanent.

Hij keek op zijn heel dure gouden horloge en stond op. 'Ik moet nu gaan, Harriet. Bedankt voor de koffie en de gezelligheid – en de les over hoe een deel van de mensheid leeft. Ik heb erg genoten.'

'Dank u wel voor de lift,' zei ik, terwijl ik met hem naar de voordeur liep. Toen ik die achter hem had dichtgedaan, leunde ik ertegenaan en probeerde te verwerken wat er zojuist was gebeurd. Ik leek een nieuwe vriendschap te hebben gesloten. Goddank had hij geen avances gemaakt! Maar ik moet aldoor aan die treurige blik in zijn ogen denken, en ik vraag me af of het niet alleen maar een behoefte is om met iemand te kunnen praten. Wat vreemd. Je kunt je toch niet voorstellen dat zo'n hoge piet als een specialist iemand zoekt om mee te praten?

Maandag 11 april 1960
Ik heb Pappy vanmorgen weer gesproken, maar ditmaal hoefde ze me niet wakker te maken. Ik wachtte haar op toen ze terugkwam van haar weekend in Glebe, en ik sleurde haar naar binnen voor een fatsoenlijk ontbijt. Ze is, ondanks of dankzij haar verliefdheid, nog magerder geworden.

Magerder, maar idyllisch gelukkig.

'Was het een goed weekend?' vroeg ik, terwijl ik haar wat roerei gaf.

'Geweldig, geweldig, geweldig! Harriet, ik kan het gewoon niet geloven!' riep ze uit terwijl ze haar hoofd achterover wierp en verrukt lachte. 'Ezra wil met me trouwen! Hij gaat het het volgende weekend tegen zijn vrouw zeggen.'

Waarom geloof ik dat nou niet? Maar ik hield mijn gezicht belangstellend en vriendelijk. 'Dat is geweldig nieuws, Pappy.'

Ze geeuwde, fronste haar wenkbrauwen naar haar bord en schoof het weg.

'Eet dat op!' snauwde ik. 'Je kunt niet alleen op hasjiesj en cocaïne leven!'

Gehoorzaam trok ze het bord terug en werkte met haar vork lusteloos een hap naar binnen. Toen begon ze enthousiast te eten: mijn lessen bij Klaus werpen resultaat af. Ik ging tegenover haar zitten en boog me naar voren, niet op mijn gemak, maar vastbesloten te zeggen wat ik op mijn hart had. 'Eh, ik ben me er terdege van bewust dat wat ik je ga vragen heel onbeleefd en indiscreet is, maar...' Ik zweeg even, niet zeker wetend hoe ik verder moest gaan. Maar wie A heeft gezegd moet ook B zeggen, Harriet, zet 'm op! 'Pappy, je kent Ezra nauwelijks, en hij kent jou nauwelijks. Ik heb zelfs de indruk dat geen van jullie beiden van vrijdagavond tot maandagmorgen tot veel logisch denken in staat is. Twee weekends samen, en hij wil met je trouwen? Op wat voor basis? Dat jij geen spier vertrekt over zijn kleine farmaceutische genoegens? Ik begrijp waarom hij jou veiliger vindt dan al zijn knappe jonge studentes – je bent in alle opzichten een vrouw van de wereld. Je zult hem niet bij de politie verlinken, zelfs niet per ongeluk. Maar trouwen? Is dat niet een beetje te gortig na twee weekends?'

Mijn sceptische reactie deed haar niets. Ik betwijfel of alles wel tot haar doordrong. 'Het is de seks,' zei ze. 'Mannen hebben seks nodig om echt van iemand te kunnen houden.'

'Nu draai je eromheen,' protesteerde ik. 'Je hebt het niet over liefde, je hebt het over trouwen. Je zegt dat hij een wereldberoemde filosoof is. Dat betekent dat hij status heeft in zijn hoek van het intellectuele domein, dus kan hij onmogelijk alle verplichtingen van zijn ambt en van de universiteit verzaken. Ik ben geen academicus, maar ik ken de academische wereld wel, en die is heel behoudend. Als hij zijn vrouw en kinderen voor jou laat zitten...' Ik strandde in mijn eigen moeras en keek haar hulpeloos aan.

Ze schudde langzaam haar hoofd. 'Lieve Harriet,' zei ze, 'je weet er helemaal niets van. Je hebt seks, en je hebt seks.'

'Waarom zit je toch zo over seks te zeuren?' snauwde ik. 'Speciale kunstjes gaan niet samen met een huwelijk, als je dat met seks bedoelt.'

'Jij bent nog zo onnozel!'

Ik deed mijn oma na en begon te schreeuwen. 'Allemachtig, Pappy, ik krijg er genoeg van te worden afgedaan als een onnozel groentje! Ik zit jou hier niet een beetje te ondervragen omdat ik stik van nieuwsgierigheid! Ik wil alleen maar precies weten waarom Ezra met jou wil trouwen in plaats van een geweldige weekendrelatie met jou te hebben! Ik weet dat jij niet het type bent dat op een trouwring jaagt, dus waarom wil hij zo nodig? Het klopt niet, het klopt gewoon niet!'

'Fellatio,' zei ze.

'Fell... watte?' vroeg ik, niet-begrijpend.

'Fellatio. Ik zuig op zijn penis tot hij in mijn mond klaarkomt. Dat is de droom van iedere seksueel actieve man,' zei ze. 'Maar er zijn maar weinig vrouwen die daar zin in hebben. Vooral getrouwde, die er net als jij, nog nooit van hebben gehoord tot hun man erom vraagt. Dan zijn ze woedend, denken dat hij een soort perverseling is. Terwijl ik het héérlijk vind om Ezra af te zuigen. Zijn penis is perfect voor mij, klein en altijd een beetje slap. En daarom wil hij met me trouwen. Als ik zijn vrouw ben, kan hij iedere dag een fellatio krijgen.' Ze zuchtte. 'O Harriet, het zou heerlijk zijn om met Ezra getrouwd te zijn!'

Mijn mond hing open, maar ik wist toch een grijns op te brengen. 'Nou, het lijkt me in elk geval een efficiënte methode van geboortebeperking,' zei ik.

'O, we doen het ook op de gewone manieren, hoor,' zei Pappy. Dus zo zit dat. Het recept voor huwelijksgeluk.

Dinsdag 12 april 1960

Chris voert een vendetta tegen dokter Michael Dobkins, daarin geholpen en bijgestaan door de hoofdzuster van Spoed. Het blijkt dat hij hier de nieuwe arts-assistent is, maar heeft de directie hem overgeplaatst na alle heisa met ons? Welnee! De veren vliegen hier regelmatig in het rond, en ik voorspel dat dokter Dobkins binnenkort zal besluiten dat hij veel liever naar het Hornsby Hospital gaat, want dat is een stuk dichter bij zijn huis in Pymble dan het Queens. Het Royal North Shore zou heel geschikt zijn, chic en groot genoeg, maar daar zijn ze erg op zichzelf. Afgezien van fellatio zijn mannen die vrouwen op machtsposities irriteren heel stom. Dobkins had geen ongelijk toen hij ons krengen noemde. Maar stom? Híj is hier degene die stom doet.

Chris gaf me er in het bijzijn van de leerling van langs omdat ik vriendelijk deed tegen Demetrios. Ik zag sterretjes en viel tegen haar uit met mijn klauwen in de aanslag.

'Luister eens even goed, jij schijnheilige trut, dat is een verdomd goeie vent met een stel hersens in zijn hoofd en een prima toekomst! Hij heeft een oogje op je, ook al mag de hemel weten waarom, maar jij keurt hem geen blik waardig, alleen maar omdat hij patiënten rijdt en omdat hij een donkere huidskleur heeft! Als ik Demetrios als een normaal menselijk wezen wil behandelen, dan doe ik dat, en dan laat ik me daar niet door jou of door zuster Agatha van weerhouden! Wat jij nodig hebt, Christine Leigh Hamilton, is eens flink door een man te worden geneukt!'

Ik had het gezegd, ik had het zomaar gezegd! De leerling viel bijna flauw en snelde toen uit eigen beweging naar de donkere kamer, en Chris stond me aan te gapen alsof ze door een Guinees biggetje was verkracht.

Ik verwachtte dat ze direct met mij naar zuster Agatha zou stappen, maar deze keer besloot ze dat discretie de voorkeur verdiende, en ze zei niets, zelfs niet tegen mij. De volgende keer echter dat Demetrios ons een patiënt bracht, staarde Chris hem aan alsof de schellen haar van de ogen waren gevallen. Ze glimlachte zelfs naar hem. Ik wed dat hij morgen een kop thee en een koekje krijgt aangeboden.

Cupido is mijn naam.

Maandag 25 april 1960 (Anzac-dag)
Ik heb al in bijna twee weken mijn schrift niet meer uit mijn tas gehaald. We moesten vandaag werken, ook al was het een officiële feestdag, maar er was niet veel te doen en ik ging bijtijds naar huis.

Toen ik binnenkwam kon ik de kruiden nog ruiken: foelie, koenjit, kardamom, fenegriek, komijn. Wat een exotische woorden. Dus ging ik aan de tafel zitten, jankte een potje om de stilte en om die geuren, en haalde toen mijn dagboek te voorschijn.

De vrijdag nadat Pappy me haar theorie over een gelukkig huwelijk had gegeven en ik Chris Hamilton had verteld dat ze eens goed moest worden geneukt, was het Goede Vrijdag, maar in Kings Cross is Goede Vrijdag bijna net zo'n dag als iedere andere vrijdag. De zaken gaan door. Toby, Pappy en ik zijn naar het Apollyon geweest, een koffiesalon in een souterrain. Het is er een beetje te intellectueel naar mijn smaak – iedereen zit er te schaken – maar Pappy vindt het geweldig en Toby dacht dat zijn vriend Martin daar misschien zou komen opdagen. Rosaleen Norton kwam de trap af, met haar vriend, de dichter Gavin Greenless – de eerste keer dat ik de Heks van de Cross heb gezien. Naar mijn mening niet echt angstaanjagend. Ze doet haar best er een beetje satanisch uit te zien – puntige zwarte wenkbrauwen, vuurrode lippenstift, zwart haar en zwarte ogen en spierwitte make-up – maar ik voel geen satanische uitstralingen, zoals mevrouw Delvecchio Schwartz het wellicht zou stellen.

Toen arriveerde Martin arm in arm met een geweldige bink van een kerel. Zelfs de fanatiekste schakers staakten hun spel om hem aan te gapen, evenals Rosaleen Norton en Gavin Greenless. Ik was volledig geobsedeerd, en voelde me buitengewoon vereerd toen de nieuwkomers zich naar ons nederige tafeltje bewogen.

'Hebben jullie er bezwaar tegen als we hier komen zitten?' sliste Martin.

Bezwaar? Ik wist niet hoe gauw ik mijn stoel opzij moest schuiven om ruimte te maken. Hoewel Martin een onbeschaamd en luidruchtig lid van het homoseksuele contingent van de Cross is, slist hij niet omdat hij nichterig doet. Hij slist omdat hij geen tanden of kiezen meer heeft. Hij is een van die merkwaardige mensen die weigeren naar de tandarts te gaan.

'Dit,' zei hij, terwijl hij sierlijk gebaarde in de richting van de glimlachende adonis, 'is Nal. Hij is uitzonderlijk moeilijk te verleiden – ik ben volledig uitgeput van het proberen.'

'Hoe maakt u het?' vroeg de weerspannige aanbedene met een Oxford-accent voor hij tegenover me ging zitten. 'Mijn volledige naam is Nal Prarahandra, ik ben arts en voor een week in Sydney om een congres van de Wereld Gezondheids Organisatie bij te wonen.'

Hij was echt heel mooi! Ik heb bij mannen nooit aan het woord mooi gedacht, maar er is geen ander woord dat hem passend kan beschrijven. Zijn wimpers waren even lang en dicht en verward als die van Flo, de wenkbrauwen boven zijn volmaakt gevormde oogkassen waren getekend als met houtskoolkrijt, en de ogen waren zwart, vloeibaar, loom. Zijn huid had ook dezelfde tint als die van Flo. De neus had een hoge rug en was enigszins gebogen, de mond was vol maar niet te vol. En hij was lang, breed in de schouders, smal in de heupen. Adonis. Ik zat hem aan te kijken zoals een boerenkinkel naar de koningin.

Toen reikte hij over het tafeltje heen, pakte mijn hand en

draaide die om, om in de palm te kijken. 'Je bent nog maagd,' zei hij, maar niet luid. Ik moest zijn lippen lezen.

'Ja,' zei ik.

Toby zat met één oor naar een verhaal van Martin te luisteren, maar hij hield zijn ogen op mij gericht, en hij keek kwaad. Toen legde Pappy haar hand op zijn arm en hij keek haar aan. De boosheid verdween, en hij glimlachte naar haar. Arme, arme Toby!

'Woon je op een geschikte plek?' fluisterde hij, Nal.

'Ja,' zei ik.

Mijn hand lag nog steeds in de zijne toen hij opstond. 'Laten we dan maar gaan.'

En we gingen, gewoon, zomaar. Ik kwam op geen enkele manier in de verleiding hem een dreun te verkopen, maar ik vermoed dat Toby dat wel wilde. Ik neem aan dat Toby zich ongerust maakte omdat ik met een vreemde vertrok.

'Hoe heet je?' vroeg hij toen we in de lichten en het lawaai van Kings Cross belandden.

Ik vertelde het hem, met mijn hand nog steeds in de zijne.

'Hoe ben je Martin in 's hemelsnaam tegen het lijf gelopen?' vroeg ik, toen we William Street overstaken.

'Dit is mijn eerste dag in Sydney, en iedereen zei dat ik Kings Cross moest zien. Toen Martin me aansprak, stond ik net een interessante etalage te bekijken, en omdat ik hem amusant vond, stemde ik ermee in hem te vergezellen. Ik wist dat hij me naar iemand zou brengen die ik aardig vond, en dat klopte,' zei hij, en hij schonk me een glimlach die net niet helemaal zo geweldig is als die van dokter Forsythe, ik denk omdat zoveel schoonheid niet geschikt is om te glimlachen.

'Waarom ik, in 's hemelsnaam?' vroeg ik.

'Waarom jij in 's hemelsnaam niet, Harriet? Je bent nog niet helemaal ontwaakt, maar je biedt veel mogelijkheden. En je bent heel leuk om te zien. Het zal mij heel gelukkig maken als ik jou een beetje over de liefde kan leren, en jij zult mijn week in Sydney van heel plezierige herinneringen voorzien. We zullen elkaar niet lang genoeg kennen om echte liefde te voelen, dus wanneer we uiteengaan, zal dat als goede vrienden zijn.'

Ik geloof niet dat er veel van Pappy in me zit, want ik merk dat ik geen zin heb om alle intieme details op te schrijven. Behalve dat hij de eerste keer de liefde met me in de badkuip bij het washok bedreef – gelukkig had ik inmiddels tijd gehad om die met fietsenlak vuurrood te verven! En dat hij heel goed, teder, attent was, allemaal eigenschappen waarvan ze zeggen dat een eerste minnaar die moet hebben. Hij hield van mijn borsten, en ik genoot van zijn aandacht daarvoor, maar ik denk dat zijn sensualiteit het allerbeste was. Hij gaf me echt het gevoel dat hij genoot, en toch waren zijn liefkozingen op mij en op mijn gevoelens gericht. Aangezien ik niet onwetend was over enig aspect van de daad – zeker na vier maanden in Het Huis te hebben gewoond – denk ik dat ik veel meer van de daad en van hem genoot dan vroeger bij maagden het geval was. Wat een schok moet het voor hen zijn geweest!

Hij trok die nacht bij me in en bleef de hele week in mijn flat, met instemming van mevrouw Delvecchio Schwartz. De enige hospita in Sydney die zo ruimdenkend is, lijkt me. Toen Flo zondagmiddag beneden kwam, was hij vol belangstelling voor haar zwijgen. Ik verzekerde hem dat haar moeder zegt dat ze tegen haar praat, maar hij betwijfelt dat ten zeerste.

'Misschien communiceren ze op een ander niveau,' zei hij, na zijn ontmoeting met mevrouw Delvecchio Schwartz, toen ze Flo kwam ophalen na haar herdersuurtje met Harold. 'Die moeder is een uitzonderlijke vrouw. Erg sterk, en een heel oude ziel. Gedachten zijn als vogels die recht door massieve voorwerpen heen kunnen vliegen. Ik denk dat Flo en haar moeder zonder woorden met elkaar kunnen spreken.'

Spreken zonder woorden. Nou, Nal, die psychiater is, en ik deden dat zelf ook veel. Ondanks de wonderlijke manier waarop hij tegen veel dingen aankeek, vond ik hem bijzonder aardig, en ik denk dat hij mij om meer dingen mocht dan alleen om de seks. Maar we hebben ook veel met woorden met elkaar gepraat.

Hij leerde me twee Indiase gerechten te koken: een korma en een vegetarische curry, waarbij hij me uitvoerig uitlegde dat een echte curry niet met ons 'kerriepoeder' wordt gemaakt, omdat ieder gerecht een andere verzameling kruiden en specerijen vergt. Op zondagmorgen gingen we naar Paddy's Markets om daar de foelie, koenjit, kardamom, komijn, fenegriek en knoflook te kopen. Ik geloof niet dat de Indiase keuken het op kan nemen tegen Klaus' Boeuf Stroganoff of Vitello Piccata, maar ik denk dat je wat tijd nodig hebt om je smaakpapillen aan zulke vreemde sensaties te laten wennen.

Het enige waar we het niet over eens waren is Pappy. Is dat niet vreemd? Het enige wat hij wilde zeggen was dat ze een typische halfkaste was. Indiërs kunnen blijkbaar evenveel vooroordelen hebben als Oude Australiërs. Hij is natuurlijk van een heel hoge kaste, zijn vader is een soort maharadja. Hij vertelde me dat er al een bruid voor hem is uitgezocht, maar dat ze nu nog te jong is om te trouwen. Ik kende toen al het antwoord op de vraag die ik niet eens heb gesteld: of hij, na zijn huwelijk, nog steeds vrouwen als ik zou opzoeken wanneer hij in het buitenland was. Ach, 's lands wijs, 's lands eer. Wij doen dat meestal anders. Zijn vrouw zal er ongetwijfeld geen bezwaar tegen hebben, dus waarom ik dan wel?

Elke avond wachtte hij me bij Spoed op en liep met me mee naar huis. Hij zat dan op een van die afschuwelijke plastic banken de *Mirror* te lezen tot ik naar buiten kwam en de deur op slot deed. Dan nam hij mijn tas over en vertrokken we, achtervolgd door een stroom van zalig geroddel. Zuster Marie heeft een vroege dienst, net als Chris, maar ik weet zeker dat zuster Herbert, die de leiding over de avondploeg heeft, alles over ons rapporteert. Chris keek me wat bevreemd aan, maar die kleine uitbarsting van mij heeft onze relatie aanzienlijk verbeterd. Bovendien begint Chris iets met Demetrios te krijgen. Ze zullen waarschijnlijk heel leuke kinderen krijgen, haar stevige Engelse achtergrond met zijn zuidelijke temperament. Míts ze zich niet bedenkt. Zuster Marie kijkt smalend op hen neer en maakt subtiele valse opmerkingen tegen Chris. Als Chris gaat trouwen, zal zij iemand anders moeten zoeken om bij haar in huis te wonen.

Nal is afgelopen zaterdag in alle vroegte teruggevlogen naar New Delhi. Op de een of andere manier kon ik de gedachte aan een weekend in mijn eentje in Het Huis niet verdragen, dus heb ik tot vanmorgen in Bronte en op de bank van de zitkamer doorgebracht. Mama keek me onderzoekend aan, maar ze zei niets. En ik zei ook niets.

Koriander. Ik vergat de koriander. Er kwam net nog een vleugje achter mijn kamerscherm vandaan. Maar Nal had gelijk. We hebben elkaar niet lang genoeg gekend om een grootse passie te ontwikkelen, maar we zijn inderdaad als goede vrienden uiteengegaan, mijn heer van pentakels en ik.

Dinsdag 26 april 1960
Ik had vanavond een kleine aanvaring met Toby, de eerste keer dat ik hem zag sinds ik samen met Nal uit de Apollyon was vertrokken.

Hij zit al twee maanden op een portret van Flo te zwoegen, waar hij heel gefrustreerd door raakt. Dus toen ik hem in de vestibule zag, vroeg ik hem hoe het ging.

'O, duizendmaal dank voor de belangstelling van uwe hoogheid!' snauwde hij. 'Moet ik nu soms op de knieën gaan om te laten zien hoe vreselijk dankbaar ik ben voor deze belangstelling?'

Mijn hoofd ging met een ruk naar achteren, alsof hij me had geslagen. Wat bezielde hem in 's hemelsnaam? 'Nee,' antwoordde ik beleefd, 'natuurlijk niet. De vorige keer dat we elkaar spraken was je niet tevreden over het portret, en daarom was je op zoek naar je mentor Martin.'

Dit beleefde antwoord maakte dat hij zich schaamde. Hij stak een hand uit. 'Sorry, Harriet. Hand erop?'

Ik schudde zijn hand.

'Kom zelf maar kijken,' zei hij toen.

In mijn ongetwijfeld ongeschoolde ogen was het portret prachtig – en ook ondraaglijk droevig. Mijn kleine poezenkopje! Toby was erin geslaagd Flo's huid doorschijnend dun te maken zonder een slechte verzorging te suggereren. Haar gezicht was slechts een omlijsting voor die enorme amberkleurige ogen, en de hele achtergrond werd bevolkt door schaduwen als spookverschijningen die uit een grijze nevel opstegen. Toby en ik hadden nooit veel over Flo gepraat, dus het zien van die achtergrond kwam als een schok. Was haar onaardsheid zo zichtbaar voor iedereen? Of alleen voor Toby, met het scherpe oog van de kunstenaar?

'Het is schitterend,' zei ik oprecht. 'De vorige keer dat ik het heb gezien zag Flo eruit alsof ze in een concentratiekamp zat. Nu heb je de essentie weten te behouden zonder dat ze eruitziet als een mishandeld kind.'

'Bedankt,' zei hij nors, maar hij bood me geen stoel of een kopje koffie aan. 'Is de liefde ervandoor?' vroeg hij opeens.

'Ja, zaterdag.'

'Gebroken hart? Behoefte om uit te huilen op de schouder van oom Toby?'

Ik schoot in de lach. 'Nee, malloot! Zo was het echt niet.'

'Hoe was het dan wel?'

Toby, om zoiets persoonlijks te vragen! 'Heel plezierig,' zei ik.

Zijn ogen werden rood, zijn gezicht vertrok woest. 'Je hebt geen verdriet?'

Dus dat was het! Geprezen zij Toby, die altijd de vrouwen van Het Huis in bescherming nam. Ik schudde mijn hoofd. 'Helemaal niet, met de hand op mijn hart. Het was gewoon een niemendalletje. Maar ik had wel behoefte aan zoiets, na al die jaren met David.'

De woede steeg nog, en hij ontblootte zijn tanden. 'Hoe durf je dát een niemendalletje te noemen?' wilde hij weten.

'Nou zeg! Je klinkt als iemand uit een Victoriaanse roman!' zei ik, nu ook kwaad. 'Ik had je beter ingeschat, Toby Evans, dan te denken dat jij er een dubbele moraal op na zou houden! Mannen kunnen vanaf hun tienerjaren hun gang gaan, maar vrouwen moeten braaf wachten tot ze getrouwd zijn! Nou, je kunt de pot op!' schreeuwde ik.

'Koest maar, koest maar!' zei hij. Zijn woede zakte weg, maar hij wist niet goed hoe zijn bui nu zou worden. Of dat vermoedde ik. Misschien heb ik het bij het verkeerde eind, ik weet het niet, het was allemaal zo vreemd, hij deed zo anders.

'Ik ben je hondje niet, meneer Evans!' snauwde ik. 'En als ik een slippertje met iemand maak, dan gaat dat alleen mijzelf aan, hoor!'

'Vrede, vrede!' riep hij, en hij stak beide handen op met de palmen naar buiten.

Ik liep nog steeds te mokken, maar ruzie met Toby was wel het laatste wat ik wilde, zijn vriendschap is me veel te dierbaar. Dus veranderde ik van onderwerp. 'Ik weet dat Ezra twee weekends geleden zijn vrouw om een scheiding wilde vragen,' zei ik, 'maar ik heb Pappy niet meer gezien, dus ik weet niet wat zijn vrouw heeft gezegd.'

Zijn stemming was van rood naar bruin gegaan, maar nu werd deze min of meer zwart. 'Ezra is vorig weekend niet komen opdagen, dus ze weet niet hoe het ervoor staat. Behalve dat hij vrijdag heeft gebeld om te zeggen dat zijn vrouw heel moeilijk deed, dus dat hij weer naar haar toe moest.'

'Misschien is zijn vrouw wel zo wanhopig geworden dat zij hem ook een fellatio aanbiedt,' zei ik zonder na te denken.

Toby staarde me aan alsof hij aan de grond was genageld.

Toen draaide hij zich abrupt om, pakte de fles Australische cognac van de tafel en schonk zich een flink glas in. Pas toen ik naar beneden liep, besefte ik dat hij moet hebben gedacht dat Nal me die term had bijgebracht, en waarschijnlijk ook in praktijk had gebracht. Ik had al een tijdje begrepen dat Toby, ondanks al zijn ruimhartige opvattingen, heel ouderwets was op het punt van vrouwen en hun activiteiten. Volgens zijn catalogus was ik een vrouw. Jim, Bob en mevrouw Delvecchio Schwartz waren dat niet. Wat kunnen mannen toch vreemd doen.

Vrijdag 29 april 1960
Ik ben erg gesteld op Joe Dwyer, van de flessenverkoop in de Piccadilly Pub. Vandaag ging ik erheen om een klein flesje Australische cognac te kopen voor mijn zondagmiddagsessie bij mevrouw Delvecchio Schwartz. Hij deed de fles in een bruinpapieren zak en gaf die met een brede grijns aan mij. 'Voor de helderziende tijgerin van boven,' zei hij.

Ik merkte op dat dit klonk alsof hij de helderziende tijgerin van boven goed kende, en hij schoot daarop in de lach. 'Ach, ze is een van die bijzondere persoonlijkheden van de Cross,' zei hij. 'Je zou kunnen zeggen dat ik haar minstens een aantal levens lang heb gekend.'

Iets in zijn stem wees op 'kennen' in de bijbelse zin van 'bekennen', en ik vroeg me onwillekeurig af of de oudere – en niet zo oude – mannen die mevrouw Delvecchio Schwartz kent ooit haar minnaar zijn geweest. Iedere keer dat ik de verlegen, schimmige Lerner Chusovich zie, die onze paling rookt en soms bij Klaus eet, spreekt hij vol teder verlangen over onze hospita. Het valt absoluut niet in te schatten waarom ze ooit een man koos. Ze heeft zo haar eigen ideeën.

Aangezien de wc boven in een andere ruimte zit dan de bad-

kamer boven, gebruik ik vaak die badkamer omdat die een douchekop boven het bad heeft, en ik ga graag iedere dag in bad.
Mijn wonderlijke werktijden maken dat als ik onder de douche
wil, de rest van Het Huis óf weg is óf bezig is met andere dingen, dus ben ik niemand tot last. Eén badkamer is eerlijk gezegd
te weinig voor een huis van vier verdiepingen. Niemand gaat
naar het washok.

Kom terzake, Harriet! *Harold*. Die badkamer en de wc liggen
tussen Harolds domein, vlak boven mijn zitkamer, en mevrouw
Delvecchio Schwartz' slaapkamer en keuken, die ik nog nooit
heb gezien omdat de deuren ervan altijd dicht zijn. Hij schijnt
te weten wanneer ik kom, hoewel ik zweer dat ik heel zachtjes
doe, en ik kom ook nooit op dezelfde tijd, dankzij de onregel-
matige toestanden op Spoed. Maar hij staat daar steevast in de
gang, die altijd in duisternis is gehuld. De lamp schijnt elke dag
kapot te gaan, hoewel mevrouw Delvecchio Schwartz, toen ik
dit tegen haar zei, heel verbaasd keek en zei dat hij het volgens
haar altijd deed. Betekent dit dat Harold hem losdraait wanneer
zijn instinct hem vertelt dat ik eraan kom? Je kunt er toch nog
zien, want het licht in de wc brandt altijd en de deur staat op
een kier, maar de gang zelf heeft pikzwarte hoeken, en daar
staat hij in als ik de trap op kom. Hij zegt nooit iets, hij staat
daar maar tegen de muur aan gedrukt, en kijkt me woedend
aan. Ik moet bekennen dat ik heel behoedzaam verder loop,
klaar om opzij te springen als hij me met een mes of een stuk
waslijn te lijf wil gaan.

Waarom ik niet gewoon beneden in bad ga? Omdat ik ook
heel koppig kan zijn, of liever gezegd, misschien wel omdat ik
zelfs nog banger ben voor mijn eigen lafheid dan voor Harold.
Als ik zwicht en niet meer onder de douche ga, vertel ik Harold
daarmee dat ik te bang voor hem ben om me op zijn territorium te begeven, en dat geeft hem een voordeel op mij. Het geeft
hem macht over mij. Dat mag niet, dat kan ik niet laten gebeuren. Dus ga ik naar boven om te douchen en doe alsof Harold

daar niet in het donker staat, alsof ik niet het enige mikpunt ben van het kwaad in hem.

Zondag 1 mei 1960

De kristallen bol stond open en bloot op de tafel van de zitkamer toen ik binnenkwam. De zomer is nu echt voorbij en het wordt fris, en dat is denk ik de reden waarom mevrouw Delvecchio Schwartz niet meer op haar balkon zit. Vandaag regent het ook nog eens.

Flo holde naar me toe, met een stralend gezicht, en toen ik ging zitten koos ze mijn knie. Waarom heb ik toch het gevoel alsof ze vlees van mijn vlees is? Ik begin steeds meer van haar te houden. Mijn poezenkopje.

'Het Glas moet wel heel kostbaar zijn als het duizend jaar oud is,' zei ik tegen mevrouw Delvecchio Schwartz, die de tafel had gedekt voor onze gebruikelijke lunch.

'Als ik hem zou verkopen, zou ik van de opbrengst waarschijnlijk Hotel Australia kunnen kopen, maar je verkoopt een kristallen bol niet, prinses. En zeker niet een die het doet.'

'Hoe bent u eraan gekomen?'

'De vorige eigenaar heeft hem aan mij gegeven. In haar testament. Ze gaan over van de ene ziener op de andere. Wanneer ik heenga, zal ik hem doorgeven.'

Opeens sprong Flo met een schok overeind, vloog van mijn schoot en dook onder de bank.

Nog geen halve minuut later schoof Harold door de openstaande deur naar binnen. Hoe wist Flo dat hij eraan kwam? Er mankeert niets aan mijn oren, maar ik heb absoluut niets gehoord.

Mevrouw Delvecchio Schwartz keek hem aan met een gezicht als een donderwolk. 'Wat kom jij hier verdomme doen?' gromde ze. 'Het is nog geen vier uur, het is pas één uur. Je bent niet welkom, Harold, dus hoepel op.'

Zijn ogen waren eerst op mij gericht, vol haat, maar hij richtte ze nu op haar en hield stand. 'Delvecchio, het is een schande!'

Delvecchio? Was dat haar voornaam?

Ze zette de fles cognac met een klap neer en keek hem aan, hoewel ik van waar ik zat niet kon zien met wat voor blik ze hem aankeek. 'Een schande?' vroeg ze.

'Die twee seksuele aberraties op de verdieping boven ons hebben het geld uit de gasmeter in de badkamer gestolen!'

'Kun je dat bewijzen?' vroeg ze, en ze stak haar onderlip uit.

'Bewijzen? Moet ik dat bewijzen? Wie anders zou hier in huis zoiets doen? Jij was degene die me vroeg iedere zondag de gasmeters te controleren!' Zijn gezicht verkrampte. 'Jij bent te lang om zo ver te bukken, zei je, maar ík heb spit!'

Ze keek mij grinnikend aan. 'Dat klopt, prinses. Weet je hoe een mens spit krijgt?'

'Nee,' zei ik, en ik wenste dat ze geen grapjes ten koste van Harold maakte.

'Als hij overal te diep in zit te graven.' Ze hees zich moeizaam overeind. 'Kom mee, Harold, dan gaan we kijken.'

Ik wist dat het geen zin had te proberen Flo uit haar schuilplaats te lokken. Het leek waarschijnlijk dat Harold terug zou komen, en Flo zou dat weten. Buitenzintuiglijke waarneming. Ik had ergens gelezen dat daar onderzoek naar werd gedaan. Die rotzak van een Harold! Dit was gewoon een list om mijn tijd met mevrouw Delvecchio Schwartz te bederven. Jim en Bob, die muntjes uit de gasmeter zouden stelen? Belachelijk.

Er waren allerlei dingen die me zeiden dat deze gefrustreerde en van haat vervulde man een vat vol negatieve emoties was. Ik herinnerde me opeens een lezing van een psychiater. Hij had het over 'mama-jongetjes' gehad: de vrijgezel die onder de plak van zijn moeder bleef tot ze stierf en hij, gedoemd door zijn eigen onvermogen, vervolgens in de klauwen van een volgende dominante vrouw viel. Was Harold een mama's jongetje? Hij paste wel in dat beeld. Alleen verklaarde dat zijn haat jegens mij niet. Het waren meestal volstrekt onschuldige mensen, en als zo iemand toch gewelddadig werd, was dat geweld soms op de dominante vrouw gericht, maar vaker op hemzelf. Aldus de figuur die die lezing gaf. De gebeurtenissen van vandaag wezen erop dat Harolds haat niet alleen op mij gericht was. Vandaag waren Jim en Bob zijn doelwitten. En Jim was ook een koningin van zwaarden.

Ik kon mevrouw Delvecchio Schwartz terug horen komen, want ze bulderde van het lachen. 'Bingo!' riep ze toen ze de kamer binnenkwam, op de hielen gevolgd door Harold, met een onverzettelijk gezicht. 'O, dit is te gek voor woorden!'

'Wat?' vroeg ik plichtsgetrouw.

'Die rotzakken hebben inderdaad de muntjes uit de gasmeter gepikt, maar niet door het slot door te knippen, o nee! Ze hebben een ijzerzaag gebruikt en zijn dwars door de scharnieren aan de achterkant van het gelddeurtje gegaan. Zag er perfect uit! Waar ik nou werkelijk niets van begrijp is dat die rotzakken zoveel moeite hebben gedaan voor die paar onnozele penny's.'

'Delvecchio, ik stá erop dat je die vrouwen eruit zet!' schreeuwde Harold.

'Nou moet je eens goed luisteren, man,' zei mevrouw Delvecchio Schwartz met opeengeklemde kaken. 'Dit is niet door Jim en Bob gedaan. Het moeten Chikker en Marge van de benedenflat aan de voorkant zijn. Dat kan niet anders.'

'Dat zijn fatsoenlijke mensen,' zei Harold stijfjes.

'Word eens volwassen, sloompie! Hoor je dan niet dat hij haar iedere vrijdagavond in elkaar slaat als hij stomdronken thuiskomt? Fatsoenlijk? M'n reet!' Ze haalde haar schouders op. 'De gedachte dat ze zoveel moeite doen voor een paar penny's! Kan ook niet bewijzen dat zij het gedaan hebben. Bovendien wíl ik het niet kunnen bewijzen. Zij zitten tenminste niet in het leven, en afgezien van de vrijdagavonden zijn het goede huurders.'

'Dat moet ik dan maar van jou aannemen,' zei Harold, die zich kennelijk geen lor voor Chikker en Marge interesseerde. 'Maar ik sta erop dat je dat stel lesbische vrouwen de deur uit zet! En dan rijden ze ook nog eens op een motor! Ze zijn walgelijk, en jij bent een onnozele hals!'

'En jij,' zei mevrouw Delvecchio Schwartz op normale gesprekstoon, 'zou op 17d nog geen gratis potje neuken kunnen regelen! Rot op! Vooruit, oprotten! En denk niet dat je om vier uur terug kunt komen. Ik ben er niet voor in de stemming.'

Het leek niet tot hem door te dringen dat hij werd weggestuurd. Hij had het te druk met me kwaad aankijken. En ik zat, omdat ik me er op ongemakkelijke wijze van bewust was dat dit alles niet voor mijn oren bestemd was, aandachtig in de enorme kristallen bol te kijken, naar het omgekeerde beeld van de kamer erin.

'Bezig de volgende oplichtster in te werken?' zei Harold smalend.

Mevrouw Delvecchio Schwartz gaf geen antwoord. Ze greep hem gewoon bij kop en kont en smeet hem de deur uit, alsof hij niets woog. Ik hoorde de klap op de overloop en sprong bijna overeind om te zien of hij gewond was, maar ik bedacht me. Als hij gewond was, zou dat hem misschien een beetje kalmeren.

'Rot op, flapdrol die je bent!' schreeuwde ze de gang in, om vervolgens stralend van tevredenheid te gaan zitten. Daarna riep ze naar de bank: 'Je kunt nu wel weer te voorschijn komen, Flo, Harold is weg.'

'Waarom is ze zo bang voor hem?' vroeg ik. Ik nam een slokje cognac terwijl Flo, op haar moeders schoot, uit de borst dronk.

'Weet ik niet, prinses.'

'Kunt u haar niet zover krijgen dat ze u dat vertelt?'

'Dat wil ze niet. En ik weet ook niet zeker of ik het wel wil weten.'

'Hij... hij doet toch zeker niets met haar, hè?' vroeg ik.

'Nee, Harriet, dat doet-ie niet. Ik ben niet gek. Het is iets spiritueels.'

'Ik wist niet dat iemand in Het Huis bezwaar had tegen Jim en Bob.'

'Harold heeft bezwaar tegen iedereen.'

'Is hij een mama's jongetje?'

De priemende blik kwam onmiddellijk in actie. 'Ben jij niet een beetje snel met je conclusies? Ja, eigenlijk wel. Zij was wat je noemt een beroepsinvalide – lag op bed terwijl Harold haar op haar wenken bediende. Maar toen ze doodging, was hij als een kip zonder kop, wist niet wat hij moest beginnen. En wat nog erger was, ze liet alles wat ze bezat na aan een nicht die ze sinds haar kinderjaren niet meer had gezien. De nicht verkocht het huis, en Harold had geen plek om naartoe te gaan. Hij had iedere penny die hij verdiende uitgegeven aan die egoïstische ouwe trut. Dus toen hij hier om een kamer kwam vragen, had ik met hem te doen. Een van de leraren die lesgeven op zijn chique school had hier ooit kamers gehuurd – daardoor wist Harold van Het Huis. Ik heb kaarten gelegd, en die zeiden dat hij een belangrijke rol voor Het Huis zou spelen, dus heb ik hem in huis genomen. Toen,' zei ze gnuivend, 'kwam ik erachter dat hij in meerdere opzichten een ouwe vrijster was – jawel, hij was nog maagd! Neem nou maar van mij aan, prinses, dat je één keer in je leven een maagd moet hebben gehad.'

Ik wilde haar heel graag zeggen dat Harold naar mijn mening een ernstig gestoorde man was, maar mijn bijdehante opmerkingen brengen me tegenwoordig wel eens in de problemen, dus slikte ik alles in en zei niets, zelfs niet over de manier waarop hij me begluurde. In plaats daarvan zei ik: 'U hebt helemaal genoeg van hem.'

'Hij komt me zwaar de neus uit, prinses.'

'Waarom stuurt u hem dan niet weg?'

'Gaat niet. Volgens de kaarten heeft hij nog steeds een belangrijke rol voor Het Huis te spelen, en kaarten moet je gehoorzamen.' Ze schonk haar glas nog eens bij, nam een hap brood-met-paling, en vroeg met volle mond: 'Dus de koning van pentakels is weer terug naar kerry-land?'

'Een goede week geleden. Ik ben vorig weekend naar Bronte geweest.'

'Knappe kerel om te zien! Deed me aan meneer Delvecchio denken, alleen was meneer Delvecchio een spaghettivreter en geen roetmop, zoals die bink van jou. Maar trots en knap! Overal heer en meester, dat was meneer Delvecchio.' Ze zuchtte en snoof even. 'Dan lag ik in mijn bed naar hem te kijken, hoe hij rondstapte als een haan.' Het ene oog keek me uitdagend aan, het andere ging nadenkend dicht. 'Was jouw eerste koning van pentakels een lekker harige man?'

'Nee. Hij was eerder een ivoren beeldhouwwerk.'

'Jammer. Meneer Delvecchio was zwaar behaard. Ik kamde zijn borsthaar vaak, en zijn haar je-weet-wel-waar' – ze lachte uitbundig. 'Allemaal knopen en klitten, prinses, allemaal knopen en klitten. Een regelrechte jungle. Ik vond het héérlijk om daarin te grasduinen. Ik kamde het met mijn tong.'

Op de een of andere manier wist ik mijn gezicht in de plooi te houden. 'Hoe lang is dat geleden?'

'O, het lijkt wel honderd jaar! Het is in werkelijkheid ongeveer dertig jaar. Maar ach, ik herinner me hem als de dag van gisteren! Zulke mannen blijven je altijd bij, dat zul je wel merken als je er een paar hebt gehad. Jawel, als de dag van gisteren. Dat houdt je jong.'

'Waren er geen kinderen?' vroeg ik.

'Nee. Is dat niet vreemd? Zo'n lekker harige man, en geen kinderen. Het zal wel aan mij hebben gelegen. Ik heb Flo gekregen toen ik aan die hormonen was.'

'Wat is er met meneer Delvecchio gebeurd?'

Ze haalde haar schouders op. 'Weet ik niet. Hij is op een dag gewoon verdwenen. Zelfs geen tas gepakt! Ik heb een paar dagen gewacht, maar hij kwam echt niet terug. Dus heb ik de kaarten gelegd, en die zeiden dat hij voorgoed weg was. De toren. De geliefden ondersteboven. De gehangene. De negen van zwaarden. De vier van staven ondersteboven. Ramp voor het huis, weet je. Maar de koningin van zwaarden – ik – lag goed, dus ik ben het weer te boven gekomen. Ik heb hem één keer in de bol gezien, heel lang daarna. Hij zag er heel goed en gelukkig uit en hij had kinderen om zich heen. Toen we nog maar pas bij elkaar waren, heeft hij me een blauw dekentje met konijntjes gegeven, voor de zoon die we nooit hebben gekregen. Ach ja!'

Ik vond het een intens droevig verhaal, hoewel zij het zonder een greintje spijt of zelfmedelijden vertelde. 'Wat jammer!' zei ik.

'Geeft niet, prinses. Er is een tijd van komen en er is een tijd van gaan, zo zit dat. Dat moet jij ook weten na je week met het ivoren standbeeld.'

'Ja, ik denk het wel.'

'Heb je er een gebroken hart aan overgehouden?'

'Nee, er zit zelfs geen deuk in.'

'Nou, kijk eens aan. De zee zit vol vis, mijn jonge Harriet Purcell. Jij bent niet van het soort dat een gebroken hart krijgt, jij breekt het hart van anderen. Je lijkt echt niet op mij, maar op dat punt wel. Het leven is gewoon te mooi en de zee zit te vol vis voor vrouwen als wij, Harriet Purcell. Wij zijn onbreekbaar.'

Willies neutje smaakte allang niet meer vies, maar de waarheid is dat hoe meer ik ervan drink, hoe lekkerder ik het ga vinden. Dus was ik inmiddels ver genoeg heen om vragen te blijven stellen. 'Zijn meneer Delvecchio en u gescheiden?'

'Was niet nodig.'

'U was niet officieel getrouwd, bedoelt u?'

'Zo zou je het eventueel kunnen zeggen.' Mevrouw Delvecchio schonk onze glazen nog eens vol.

'Maar u was wel met meneer Schwartz getrouwd.'

'Ja. Gek hè? En ruimschoots op tijd voor Flo. Ik had die leef-

tijd gekregen. Je weet wel, je begint ouder te worden en je vindt
't opeens een beetje kil zonder een man om je voeten te war-
men.'

'Leek meneer Schwartz op meneer Delvecchio?'

'Hij was het volslagen tegendeel, prinses, het volslagen tegendeel. Zo hoort het ook. Je moet nooit dezelfde vergissing maken. Nooit twee keer dezelfde kerel uitzoeken. Verandering van
spijs doet eten.'

'Was meneer Schwartz knap?'

'Ja, op een beetje romantische manier. Donkere ogen maar
blond haar. Een leuk gezicht, fris en jong. Flo lijkt wel een
beetje op haar vader.'

Ik begon een heerlijk wazig gevoel over me te krijgen en misschien wel daardoor zag ik opeens, toen ik schuin naar mevrouw Delvecchio Schwartz tuurde, hoe ze er dertig of veertig
jaar geleden moest hebben uitgezien. Niet echt knap of mooi,
maar wel heel aantrekkelijk. De mannen moesten zich als sir
Edmund Hillary boven op de Mount Everest hebben gevoeld als
ze haar hoogte hadden bedwongen.

'U was bijzonder op meneer Schwartz gesteld,' zei ik.

'Jawel. Dat ben je altijd op mensen die niet oud zullen worden,' zei ze teder. 'Meneer Schwartz is niet oud geworden. Hij
was vijfentwintig jaar jonger dan ik. Een hele knappe joodse
heer.'

Mijn mond viel open. 'Is hij gestórven?'

'Jawel. Is gewoon op een morgen niet meer wakker geworden. Een droevige manier om te gaan. Een zwak hart, zeiden ze
bij de lijkschouwing. Misschien was het dat. Maar de kaarten
zeiden dat als het dat niet was geweest, het wel wat anders was
geweest. Een autobus of een bijensteek. Je kunt de man met de
zeis niet ontlopen als het je tijd is om te gaan.'

Ik schoof mijn glas weg. 'Als ik nu niet ga, mevrouw Delvecchio Schwartz, ga ik straks ladderzat de deur uit.' Toen schoot
me nog één vraag te binnen. 'Harold noemde u Delvecchio.

Maar dat is niet uw voornaam. Mag ik vragen wat die is?'
'Dat mag je wel, maar ik heb mijn voornaam al ik-weet-niet-
hoeveel jaren geleden laten vallen. Mijn kracht schuilt in Delvecchio Schwartz.'
'Schuilt mijn kracht in Harriet Purcell?' vroeg ik.
Ze kneep me in de wang. 'Weet ik nog niet, prinses.' Ze rekte
zich uit. 'O, wat een opluchting! Vanmiddag geen Harold!'
Ik ging naar beneden, liet me op mijn bed vallen en sliep twee
uur. Toen ik net wakker werd, voelde ik me geweldig. Ik ben
vandaag veel over mijn hospita te weten gekomen. Flo? Hormonen? Verdorie, daar heb ik niet naar gevraagd!

Woensdag 11 mei 1960
Vanmiddag werd er een arme oude man binnengebracht met
twee benen die vlak onder het bekken waren verbrijzeld. Een van
die idiote ongelukken die helemaal niet hadden mógen gebeuren.
Hij had alleen maar op straat gelopen toen er een blok beton van
de daklijst van een oude fabriek was afgebroken. Als dat blok
hem had geraakt, was er niet genoeg van hem overgebleven om
hem bij elkaar te schrapen, maar hij werd geraakt door een ijzeren plaat die eraan vastzat en die hem net ver genoeg van de
grond raakte om zijn benen te verbrijzelen, om daarna terug te
schieten en hem los te laten, zodat het ambulancepersoneel hem
in razende vaart naar het Queens kon brengen. Er was natuurlijk geen enkele hoop voor hem, niet op zijn leeftijd. Tachtig.
Ik was op de terugweg van de personeelskamer voor vrouwen
naar mijn eigen domein, toen zuster Herbert, die avonddienst
had, me vastgreep en vroeg of ik het druk had. Ik zei van niet.
'Hoor eens, het is hier een puinhoop en ik kan elk moment
meer ziekenverzorgsters krijgen, maar ik heb een ervaren iemand nodig om te zien wat er met die arme oude man op zeven
aan de hand is. Hij is erg onrustig, hij wil niet stil blijven liggen,

en ik wil niet dat hij er verdrietig tussenuit knijpt. We hebben gedaan wat we kunnen. Hij zal de ochtend niet halen, dat is zeker, maar hij ligt steeds om een zekere Marceline te roepen. Ik vind het een vreselijk idee dat we zijn laatste ogenblikken niet kunnen verlichten, maar ik heb niemand over om met hem te praten. Hij beweert dat hij geen familie of vrienden heeft – o, hij is volledig bij bewustzijn, zo'n soort shock is het. Zou jij even met hem willen praten, voor mij?' Weg was ze alweer, het was er echt een heksenketel.

Het was een lieve oude man, en hij was brandschoon. Ze hadden zijn gebit uitgedaan, dus glimlachte hij me met een mummelmondje toe, en greep mijn hand vast. Het infuus, de dekenboog, de monitoren, niets leek tot hem door te dringen. Het enige waar hij aan kon denken was Marceline. Zijn kat.

'Ik kan niet naar huis om haar te voeren,' zei hij. 'Marceline! Wie zal er nu voor mijn poezenkopje zorgen?'

Die woorden raakten me als een ton bakstenen. Zijn poezenkopje.

Mijn hart gaat altijd uit naar de ouden en de vergetenen – er zijn er zoveel van in de binnenstad, waar ze in van die naargeestige, verwaarloosde rijtjeshuizen tussen Royal Queens en Kings Cross wonen. KAMERS TE HUUR. ALLEEN MANNEN staat er op handgeschreven kartonnen bordjes, en mannen zoals deze arme oude man zitten daar bij honderden in een kamertje te verpieteren. Proberen hun laatste beetje waardigheid te behouden of drinken zich een stuk in de kraag. Ze eten in de gaarkeukens en berusten in hun eenzaamheid. En hier was een van hen; hij kon elk moment overlijden zonder dat er iemand voor zijn poezenkopje zou zorgen.

Nog geen vijf minuten na mij kwam er een ervaren ziekenverzorgster, en samen wisten we hem ervan te overtuigen dat ik zijn kat te eten zou geven, voor het dier zou zorgen tot hij weer thuiskwam. Toen hij ons eenmaal geloofde, deed hij zijn ogen dicht en liet zich tevreden wegdrijven.

Ik leende de canvas boodschappentas van Chris en een voorraad veiligheidsspelden en liep naar Flinders Street, vond het huis, klopte aan. Toen niemand antwoord gaf, duwde ik de voordeur open en begon te kloppen op iedere deur die ik zag. Een nalatige huisbaas, want er was niemand die vroeg wat ik kwam doen. Een oude man die hevig bibberde en een bedwelmende alcoholkegel had, wees naar de achtertuin, als je dat zo wilde noemen. Een rechthoekje voor rommel. En daar zat, boven op het skelet van een gasfornuis, het poezenkopje van de arme oude man. Een magere lapjeskat die opstond en klaaglijk naar me miauwde.

Ik stak een hand uit. 'Marceline? Ben jij Marceline?'

Ze sprong omlaag en begon luid spinnend langs mijn benen te schurken. Toen ik de tas van Chris plat op de grond legde en één kant optilde om er een hok van te maken, liep de kat er langzaam in, en toen ik hem rechtop zette en hem met veiligheidsspelden dichtmaakte, bleef de kat gewoon spinnen. Dus bracht ik mijn last zonder problemen naar huis, met alleen maar de angst dat mevrouw Delvecchio Schwartz het niet goed zou vinden als ik Marceline poezenkopje wilde houden. Niemand anders heeft een huisdier, behalve Klaus, die in een kooi twee pietjes heeft die hij door zijn kamer laat vliegen.

Ze wist wat er in de boodschappentas zat, ook al bewoog het niet en miauwde het ook niet. Hoe wéét ze zoiets? Omdat ze het in de kaarten ziet, of in de bol.

'Hou d'r maar, prinses,' zei ze, en ze zwaaide afwerend.

Ik heb haar niet verteld dat Marceline een poezenkopje is. Dat ik het dier als voorteken mee naar huis heb genomen.

Toen ik de boodschappentas openmaakte lag Marceline op de bodem te dutten, met haar pootjes onder zich. Misschien had de oude man wel groot gelijk gehad om zo gehecht te raken aan dit enige andere levende wezen in zijn bestaan. Marceline was heel bijzonder. Ik gaf haar gerookte paling, die ze gulzig verslond, en toen ik naar het open raam wees, staarde ze me plechtig aan en waggelde er met haar nu goedgevulde buik naartoe, sprong op de vensterbank, en verdween.

Ik vraag me af of ik morgenochtend nog steeds een kat zal hebben.

Donderdag 12 mei 1960

Ja, ik heb nog steeds een kat. Toen ik wakker werd, lag Marceline opgekruld op het voeteneind van mijn bed. Ik pakte haar op en bekeek haar uitvoerig op vlooien, zweren, schurft, maar ze was net zo keurig schoon als haar baasje. Ze was alleen wat mager, waarschijnlijk omdat hij geen overvloedig eten voor haar kon betalen. We ontbeten samen met roerei en toast – ze is geen lastige eter. Maar ze is wel dol op een beetje room. Daar zal ze vast wat van aankomen. Het is in Het Huis geen probleem om een raam open te laten staan; om op ons achtererf te komen moet je een rotswand van twintig meter hoog beklimmen. Maar waarom zou je die moeite doen als de voordeur altijd openstaat?

De arme oude man had het tijdelijke voor het eeuwige verwisseld rond ongeveer dezelfde tijd als ik zijn poezenkopje uit het huis in Flinders Street meenam.

Aangezien ik nog met Marceline naar de dierenarts moet voor ontwormen en misschien steriliseren, hield ik Chris' boodschappentas en gaf haar een nieuwe en mooiere die ik op weg naar mijn werk had gekocht.

Zaterdag 14 mei 1960

Niet te geloven! Ik was nog maar net van de dierenarts terug of wie stond er op de stoep? David Murchison! De arme oude man had waarschijnlijk alles wat hij kon missen aan zijn poezenkopje besteed, want de dierenarts vertelde me dat het dier al was gesteriliseerd. Het enige waarvoor ik moest betalen waren worm- en gisttabletten, plus wat injecties tegen kattenziekte. Vijf pond, verdorie! Dus toen David voor de deur stond, had ik mijn hoofd bij mijn dure kat en het lucratieve bestaan van dierenartsen.

Toen David Marceline opgerold bij mij op schoot zag liggen, huiverde hij en maakte geen aanstalten dichterbij te komen dan de andere kant van de haard, waar ik (alweer een meter, met nog meer penny's) een gaskachel had branden. De winter staat voor de deur.

'Waar heb je die vandaan?' vroeg hij met een blik vol afgrijzen.

'Uit de hemel, vermoed ik,' antwoordde ik. 'Ik ben net terug van de dierenarts, en ik kan je zeggen dat ze Marceline heet, dat ze gesteriliseerd is, en dat ze ongeveer drie jaar oud is.'

Zijn enige reactie was een geluid van afkeer, maar hij bleef in de andere gemakkelijke stoel tegenover me zitten. Hij staarde me aan met die blauwe ogen die ik ooit zo hemels vond, en hij zette zijn vingertoppen tegen elkaar.

'Ik hoor dat je een nieuw vriendinnetje hebt,' babbelde ik.

Hij bloosde, en keek nijdig. 'Nee, dat heb ik niet!' zei hij kortaf.

'Zij was eens iets heel anders, hè?'

'Ik ben hier,' zei hij stijfjes, 'om te vragen of jij van gedachten wilt veranderen en weer bij me terug wilt komen. Rosemary was gewoon een reactie van me, dat is alles.'

'David,' zei ik geduldig, 'jij maakt geen deel meer uit van mijn leven. Ik wil je niet meer zien, laat staan verkering met je hebben.'

'Je bent heel wreed,' protesteerde hij. 'Je bent veranderd.'

'Nee, ik ben niet veranderd, in elk geval niet wat jou betreft. Maar ik ben een ander iemand geworden. Ik heb de moed weten te vinden om direct te zijn en de hardheid niet te zwichten wanneer mensen me op mijn gemoed willen werken. Je kunt maar beter meteen ophoepelen, want ik wil je niet.'

'Het is niet eerlijk!' riep hij, terwijl hij zijn handen uiteen deed. 'Ik houd van je! En ik accepteer geen nee.'

Oké, Harriet Purcell, breng het zware geschut in stelling. 'Ik ben geen maagd,' zei ik.

'Wát?'

'Je hebt me gehoord. Ik ben geen maagd.'

'Je houdt me voor de gek! Je zegt maar wat!'

Ik schoot in de lach. 'David, waarom kun jij de waarheid niet geloven?'

'Omdat jij dat nooit zou doen. Dat zou je niet kúnnen!'

'Dat kon ik verdomme wel, en ik héb het ook gedaan. Bovendien heb ik er bijzonder van genoten.' Vuur nu je tientons granaat af, Harriet! 'En verder was hij niet echt een blanke man, hoewel hij een prachtige kleur had.'

David stond op en vertrok zonder verder ook nog maar iets te zeggen.

'Dus,' zei ik later tegen Toby, 'ben ik David nu eindelijk voorgoed kwijt, hoewel ik vermoed dat dit eerder was omdat mijn minnaar een Indiër was dan omdat ik een minnaar heb gehad.'

'Nee, van allebei een beetje,' zei Toby grijnzend. 'De slome duikelaar! Hij had dit al jaren geleden moeten inzien. Het zijn de vrouwen die hun vent kiezen. Als een man belangstelling heeft, moet hij gewoon met de pet in de hand staan wachten tot zij een beslissing heeft genomen. En als ze besluit hem aan de dijk te zetten, dan heeft-ie pech gehad. Ik heb dat aan alle kanten zien gebeuren, van honden tot kanariepietjes. En wat de spinnen betreft,' – hij huiverde – 'daar eten de vrouwtjes het mannetje op.'

'Verdorie zeg, ik ben geen loopse teef!' viel ik uit.

Hij lachte. 'Misschien niet, Harriet, maar je hebt wel effect op ons, arme honden.' Hij kneep zijn ogen een eindje dicht, als een sluipschutter die naar zijn doelwit kijkt. 'Je bent sexy. Het valt moeilijk te beschrijven hoe of wat, het is gewoon iets wat in je zit.'

'Ik loop niet te pruilen, met mijn achterste te wiebelen of mijn tong uit te steken!'

'Nu verwar je uitdagen en essentie met elkaar. Als een man zegt dat een vrouw sexy is, bedoelt hij dat hij denkt dat ze gezellig zal zijn in bed. Sommige vrouwen zijn helemaal niet knap, en toch sexy. Neem nou mevrouw Delvecchio Schwartz. Het is een lelijk, grof mens, maar ik wed dat mannen over haar heen gebuiteld zijn vanaf dat ze twaalf was. Ik heb zelf eigenlijk ook een oogje op haar. Dat heb ik wel vaker met vrouwen die langer zijn dan ik. Dat zal mijn sherpabloed wel zijn.'

Hij slenterde naar mijn stoel en legde een hand op de rugleuning. Daarna liet hij zich op een armleuning zakken en drukte zijn knie tegen me aan. 'Het is mijn ervaring met echt sexy vrouwen dat ze héél gezellig zijn in bed.'

Ik kreeg achterdocht. 'Is dat een hint of een uitnodiging?'

'Geen van beide. Ik ben in dit stadium niet van plan me door jou bij de lurven te laten grijpen, dank je zeer. Maar dat betekent niet dat ik je niet wil kussen, hoor.'

Dat deed hij, en wel met zoveel kracht dat het pijn deed, tot ik mijn hoofd van de rugleuning losmaakte en opzij draaide om het hem gemakkelijker te maken. En toen legde hij zijn mond vol op de mijne en speelde met mijn tong.

'Dat is hoe ver ik van plan ben te gaan,' zei hij, terwijl hij me losliet.

'Dat is hoe ver ik van plan ben jou te laten gaan,' zei ik.

Interessante man, die Toby Evans. Verliefd op Pappy, maar voelt zich toch aangetrokken tot mij. Nou, ik voel me ook aangetrokken tot hem, hoewel ik niet verliefd op hem ben. Waarom schijnt alles in dit leven toch weer op seks neer te moeten komen?

Pappy is dit weekend weer thuis. Ezra's vrouw, vertelde ze toen ik haar uitnodigde iets te komen eten en kennis te maken met Marceline, doet afgrijselijk moeilijk.

'Dat verbaast me niks, met zeven kinderen,' zei ik, terwijl ik de stoofschotel met rundvlees op tafel zette, zodat we net zoveel konden nemen als we wilden. Ik zag dat Pappy haar neus ophaalde en de stukjes wortel en aardappel eruit begon te vissen, terwijl ze het vlees liet liggen. 'Wat heeft dit te betekenen?' wilde ik weten.

'Ezra verwerpt het eten van vlees. De dieren van het veld zijn onschuldige wezens die we in slachthuizen aan afschuwelijke martelingen onderwerpen,' verklaarde ze. 'De mens is niet bedoeld om vlees te eten.'

'Wat een ongelooflijke flauwekul! De mens is als jager begonnen en we hebben tanden en kiezen om zowel vlees te verscheuren als om planten fijn te malen!' snauwde ik. 'Slachthuizen worden gecontroleerd door regeringsambtenaren, en alle dieren die erheen gaan zouden helemaal niet hebben bestaan als we ze niet wilden opeten. Wie zegt dat het worteltje dat je nu met je omnivore kiezen zit te kanen geen gruwelijke martelingen heeft moeten doorstaan toen het uit de grond werd gerukt, werd onthoofd, zo hard werd geboend dat zijn huid kapotging, wreed in stukken werd gehakt en daarna gloeiendheet werd gestoofd? En dat is nog niets vergeleken bij het lot van de aardappel die je nu eet. Ik heb hem niet alleen gevild, ik heb hem ook met een scherp mes de ogen uitgestoken! Die runderborst is goed voor je, je bent zo mager dat je vast spierweefsel zult verbranden. *Eet dit op!*'

O lieve help, ik begin een echte haaibaai te worden. Toch werkte het. Pappy nam een flinke portie vlees en liet het zich goed smaken, genoeg om die oen van een Ezra even te vergeten.

Gelukkig vond ze Marceline aardig en vond Marceline haar aardig genoeg om op haar schoot te klimmen en te gaan spinnen. Toen begon ik een beetje naar Ezra te vissen, en ik kwam enkele interessante dingen te weten, zoals hoe hij zich een vrouw en zeven kinderen kan veroorloven, benevens een flat in de Glebe en een aantal uiterst kostbare substanties die hij volgens de wet niet in huis mag hebben. Hij is hoogleraar, maar academici krijgen niet betaald wat directeuren betaald krijgen, omdat intellect en ontwikkeling niet op één lijn staan met geld verdienen. Zijn salaris, zegt Pappy, gaat naar zijn gezin. Maar hij heeft een paar boeken geschreven die goed op de populaire markt worden verkocht, en dat inkomen houdt hij voor zichzelf. O, hoe meer ik over Ezra hoor, hoe minder ik hem mag! Volslagen, volstrekt, totaal egoïstisch.

Aan de andere kant is Pappy erg gelukkig, en elke dag dat ze gelukkig is, is ze er één niet ongelukkig. Ze is voor geen greintje praktisch, maar ik denk dat we niet allemaal zo kunnen zijn als ik.

Zaterdag 28 mei 1960
Een dier is goed gezelschap. Het was vandaag een heel rustige zaterdag: Jim en Bob waren naar de Blue Mountains voor een ritje op de Harley-Davidson, Klaus was naar Bowral, Chikker en Marge van de benedenflat aan de voorkant lagen hun roes uit te slapen. Toby was met zijn schetsboek en zijn tubes waterverf naar een plekje in Iron Cove gegaan, waar hij graag kwam, mevrouw Delvecchio Schwartz had een hele stoet blauwgespoelde dames op bezoek (die blijken graag op zaterdag te komen) en Pappy was ergens in dromenland in Glebe. Harold was natuurlijk thuis. Ik weet niet wat hij doet als hij geen les geeft, maar uitgaan doet hij in elk geval niet. Mevrouw Delvecchio Schwartz doet zijn was tegelijk met de hare, dus het enige deel van Het Huis waar ik zeker kan zijn dat ik hem niet zal vinden is het washok en de achtertuin. Er komt nooit enig geluid uit zijn kamer, hoewel die pal boven de mijne is: geen muziek, geen krakende planken. En als ik buiten ben en omhoog kijk naar zijn raam, zijn de luiken dicht. Toch ben ik me, ergens in mijn achterhoofd, voortdurend van hem bewust. Eerst was het alleen

wanneer ik naar boven ging om een douche te nemen, maar de afgelopen weken heb ik gemerkt dat als ik ergens naar boven ga, naar iemand toe, en ook wanneer ik weer naar beneden ga, ik steeds iemand op kousenvoeten achter me hoor. Ik draai me om, maar er is niemand. En als ik naar mevrouw Delvecchio Schwartz ga, staat hij als ik wegga altijd op de overloop te wachten, zonder zich te verroeren, terwijl hij me alleen maar aanstaart.

Het moet ongeveer zes uur zijn geweest toen er op mijn deur werd geklopt. De dagen zijn een stuk korter geworden, dus is het nu om zes uur donker, en ik schuif altijd de grendel op mijn deur als het achterste deel van Het Huis verlaten is, op Harold en mij na. Een nog ergere indicatie voor mijn toenemende paranoia is dat ik lange spijkers in mijn raamkozijnen heb geslagen, zodat ik de schuiframen boven en onder op een kier kan houden, maar niet zo ver dat er iemand door naar binnen kan. Sydney is 's winters niet zo koud dat je de ramen helemaal dicht moet hebben, de wind en de regen staan er niet op omdat ik in het steegje woon en 's zomers staat de zon er niet op. Als ik binnen zit en de grote grendel is voor de deur, ben ik veilig. Als ik daarover nadenk, krijg ik de bibbers. Dat akelige mannetje van boven voert een soort zenuwenoorlog tegen me, en ondanks mijn afschuw van lafheid heeft hij op een aantal punten gewonnen. Toch kan ik er tegen niemand iets over zeggen. Ik begon er een keer tegen Toby over, maar hij deed het lachend af. Ik moest me niet zulke rare dingen in mijn hoofd halen.

Dus toen er op mijn deur werd geklopt, schrok ik. Ik zat net een detective te lezen die door een bekakte Engelse vrouw was geschreven, en op Peters installatie draaide de suite *De Planeten*, de gaskachel brandde, en Marceline lag opgerold in de andere gemakkelijke stoel, diep in slaap. Het liefst had ik geroepen wie er was, maar dat is laf, Harriet Purcell. Dus liep ik naar de deur, schoof de grendel opzij en deed snel open, klaar om te vechten maar niet om te vluchten.

Dokter Forsythe stond voor de deur. Ik werd slap in mijn knieën.

'Hallo,' zei ik opgewekt, en ik deed de deur verder open.

'Eh... komt u binnen.' Slapjes.

'Ik hoop dat ik niet inopportuun ben?' vroeg hij, terwijl hij naar binnen stapte.

Wat een ongelooflijke uitdrukking! De Heer spreekt met verheven tong. Niks 'Stoor ik misschien?'

'U bent volmaakt opportuun,' zei ik. 'Gaat u zitten.'

Marceline was echter niet van plan te verhuizen. Ze vindt de kachel veel te lekker. Hij pakte haar op, nestelde zich in de stoel, legde haar op zijn schoot en begon haar weer in slaap te aaien.

'Ik kan koffie of medicinale cognac aanbieden,' zei ik.

'Koffie graag.'

Ik verdween achter het scherm en stond naar het aanrecht te kijken alsof daar het antwoord op de zin van het leven te vinden was. Het geluid van zijn stem spoorde me aan tot actie, en ik vulde de percolator, deed er koffie in en zette hem aan.

'Ik ben bij een bejaarde patiënt in het Elizabeth Bay geweest,' vertelde hij, 'en ik moet vanavond nog even komen kijken. Het is helaas meer dan een uur rijden naar mijn huis, daarom vroeg ik me af of jij misschien vrij was om met mij hier ergens in de buurt te gaan eten.'

O hemel! Het is bijna twee maanden geleden dat ik hem voor het laatst heb gezien, die avond dat hij me een lift naar huis gaf en koffie bij me heeft gedronken. Daarna was hij in geen velden of wegen te bekennen geweest.

'Ik kom er zo aan,' riep ik, terwijl ik me afvroeg waarom percolators zoveel tijd nodig hebben om te doen waarvoor ze bedoeld zijn.

Waarom was hij hier? Waarom?

'Zwart, zonder suiker,' zei ik, toen ik ten slotte weer te voorschijn kwam. Daarna ging ik tegenover hem zitten en bekeek hem zoals Chris Hamilton Demetrios had bekeken, op die beroemde dag dat ik zo tegen haar was uitgevallen. De schellen vielen me van de ogen. Die verhipte kaarten hebben gelijk, dokter Forsythe begeert me. Hij begeert me! Dus zat ik hem stompzinnig aan te staren, te verbijsterd om iets uit te brengen.

Ik geloof niet dat hij de beker koffie of de kat op zijn schoot zag, hij keek te veel naar mij, met zijn kin omhoog, een rustige blik in de ogen. Een beetje als een filmster die de rol speelt van een spion die zal worden terechtgesteld. Bereid te lijden, te sterven voor dat waarin hij gelooft. Ik besefte opeens dat ik in de verste verte geen idee had wat mannen als Duncan Forsythe kon bezielen om dit te doen. Het enige dat ik wel wist was dat als ik deze uitnodiging accepteerde, ik een keten van gebeurtenissen in gang zou zetten die ons beiden zou kunnen ruïneren.

Hoe snel gaan gedachten? Hoe lang had ik nodig om daar zwijgend te zitten en tot een besluit te komen? Afgezien van Harold ben ik heel tevreden met mijn lot – met mezelf, met mijn seksualiteit, mijn gedrag, mijn leven. Maar hij, de arme man, weet niet eens wie of wat hij is. Ik heb geen flauw idee waarom hij mij begeert, alleen dat hij zich zover heeft vermand dat hij naar me toe is gekomen om me mee uit te vragen. Op basis van drie korte ontmoetingen.

'Dank u,' zei ik. 'Het lijkt me heel aangenaam met u te dineren.'

Gedurende één moment keek hij heel onthutst, en toen spreidde zich die glimlach, die mij slap in de knieën maakt, over zijn gezicht uit. 'Ik heb in het Chelsea een tafel geboekt voor zeven uur,' zei hij, en zag toen eindelijk de koffie en pakte die op om er een slok van te nemen.

Het Chelsea. Allemachtig! De ziekenhuistamtam heeft beslist gelijk, hij is geen geroutineerde rokkenjager. Hij was van plan in het chicste restaurant tussen de City en Prunier's te gaan eten, waar de helft van de gasten hem onmiddellijk zou herkennen.

'Liever niet het Chelsea,' zei ik vriendelijk. 'Ik bezit daar de kleding niet voor. Heeft u bezwaar tegen de Bohemian, verderop in de straat? Russisch ei en Rostbraten Esterhazy voor tien shilling.'

'Net wat je wilt,' zei hij, en hij keek alsof hem een grote last van de schouders was genomen. Toen zette hij zijn beker neer en stond op, waarna hij Marceline weer in haar stoel legde. 'Ik weet zeker dat je graag even wat tijd voor jezelf zult willen hebben,' zei hij, met de hoffelijkheid waar hij zo beroemd om was, 'dus ga ik buiten in mijn auto zitten wachten tot jij naar buiten komt.' Bij de deur bleef hij staan. 'Moet ik misschien vooruitgaan om te reserveren?'

'Dat is niet nodig. Ik kom zo naar buiten,' zei ik, en ik deed de deur achter hem dicht.

Nal was een slippertje, een bevlieging geweest, maar waar ik nu aan zou beginnen kon onmogelijk een tijdelijk niemendalletje worden. Dat lag niet in Duncan Forsythe's karakter, dat kon ik zo wel zien, zonder eerst mevrouw Delvecchio Schwartz te raadplegen. O, verdorie! Waarom maken we toch af en toe zo'n puinhoop van ons leven? Ik had hem eigenlijk met een beleefd kluitje in het riet moeten sturen. Maar daar had ik de kracht noch het karakter voor. Dus trok ik mijn nieuwe wintermantelpak van roze bobbeltjestweed aan, schoof mijn voeten in de hoogste hakken die ik bezit – ik hoef niet bang te zijn om boven hém uit te steken – en ging op zoek naar mijn enige paar handschoenen. Witte katoenen dingen, geen bijpassende zeemleren handschoenen. Hoeden kan ik niks mee, ze zijn volstrekt nutteloos, vooral op springerig haar.

We aten Russisch ei en Rostbraten Esterhazy en we zeiden nauwelijks iets tegen elkaar. Maar hij stond er wel op een fles bourgogne te kopen, die bijna even duur was als het eten. Meneer Czerny bediende ons zelf, en toen Duncan Forsythe een knisperend biljet van vijf pond op de tafel legde en zei dat hij het wisselgeld mocht houden, bezwijmde Czerny bijna.

We waren erheen gelopen, en we liepen weer terug. Toen de contouren van de St. Vincent's meisjesschool verrezen, stak ik pardoes schuin de weg over, zonder aan het verkeer te denken, en hij greep me bij mijn arm om me tegen te houden. Deze aanraking maakte dat ik in paniek raakte, en ik botste tegen een plataan en werd opeens door hem met mijn rug tegen de stam gedrukt. Ik hoorde hem een gesmoorde kreet slaken, en toen voelde ik zijn mond over mijn wang glijden. Ik deed mijn ogen dicht, vond zijn lippen en klampte me eraan vast met een woeste vreugde die nog werd versterkt door mijn angst voor de toekomst.

Daarna wist ik hem door blik en aanraking over te halen mee naar binnen te gaan. De lampen brandden nog, en Marceline keek op van haar stoel en geeuwde rozig.

Hij hield zijn hoofd achterover, zijn pupillen waren nog steeds verwijd door het donker buiten, en hij haalde adem alsof hij hard had gelopen. O, hij zag er zo lévend uit! En ik wist dat hij hier zo zwaar voor zou moeten boeten, dat ik alles moest doen wat in mijn vermogen lag om het de prijs waard te maken.

Dus beminde ik hem met huid en mond en vingertoppen, verfijnd en glad, sterk en hartstochtelijk. Het was heerlijk om weer met een man samen te zijn, vooral met deze man. Nal was een ervaring geweest om kennis op te doen, zonder zorg of verdriet, een middel en een doel tegelijk. Maar Duncan Forsythe is wél belangrijk. Ik zou hem echt niet uit mijn leven kunnen bannen. De emotie! Ik kuste zijn handen en voeten, bereed hem tot hij zijn rug tussen mijn glibberige dijen welfde, sloeg mijn armen en benen om hem heen en vocht met hem, spieren tegen spieren, tot hij me met zijn grotere kracht overwon en meevoerde.

Hij bleef tot kort na elf uur, dacht ik, zonder enig benul te hebben van de tijd die verstreek. Toen stond hij opeens naast mijn bed en keek op me neer.

'Ik moet nu gaan,' zei hij alleen maar. Maar nadat hij zich had aangekleed en zijn haren voor de spiegel had gekamd, kwam hij terug, boog zich over me heen en legde zijn wang tegen de mijne. 'Mag ik morgen om vier uur terugkomen?'

'Ja, graag,' zei ik.

Ja, graag. Ik denk dat ik verliefd ben. Waarom zou ik dit anders laten gebeuren?

Zondag 29 mei 1960

Toen ik om één uur naar boven ging voor mijn gebruikelijke bezoek aan mevrouw Delvecchio Schwartz, had ik al een ontmoeting met Toby gehad. Ik heb geen idee hoe nieuws zo snel de ronde kan doen, want Toby wist het. Maar hoe kon hij het weten?

'Je bent niet wijs,' snauwde hij, met ogen die eerder rood dan bruin leken. 'Je bent nog stommer dan Pappy, als dat al mogelijk is.'

Ik nam niet de moeite antwoord te geven, ik duwde me langs hem heen en ging naar de zitkamer van mevrouw Delvecchio Schwartz.

'De koning van pentakels is gekomen,' zei ze toen ik ging zitten en mijn Kraft-glaasje met cognac pakte.

'Het is echt onvoorstelbaar,' zei ik, terwijl ik een heel klein slokje nam – ik kon maar beter rustig aan doen, over een paar uur stond dokter Forsythe weer op de stoep. 'Hoe weet iedereen hier alles zo snel?'

'Flo,' zei ze alleen maar, en ze liet ons poezenkopje op haar knie dansen. Flo glimlachte naar me – op een treurige manier – en klom toen van haar moeders schoot en begon op de muur te krabbelen.

'Vind je het niet vervelend dat hij getrouwd is?' vroeg mijn hospita, terwijl ze gerookte paling en brood neerzette.

Ik dacht even na en haalde toen mijn schouders op. 'Ik geloof dat ik het eigenlijk wel prettig vind dat hij getrouwd is. Ik weet niet precies wat ik wil, maar ik weet wel wat ik niet wil.'

'En wat wil je dan niet?'

'In een chic huis wonen en mevrouw de doktersvrouw spelen.'

'Dat is dan maar goed ook,' zei ze met een grijns. 'De kaarten bieden niet veel hoop op een leven in een buitenwijk voor jou, Harriet Purcell.'

'Is er wel een leven voor mij in Kings Cross?' vroeg ik.

Maar ze bleef vaag en wilde verder niets zeggen. 'Het hangt er allemaal van af wat dáármee gebeurt.' Ze wees naar de kristallen bol.

Ik bekeek hem met meer belangstelling en aandacht dan ik ooit eerder had gedaan. Hij was niet helemaal vlekkeloos, hoewel er geen barsten of belletjes in zaten. Alleen maar wat vage wolkjes, net zo dun als de sterrennevels aan onze zuidelijke hemel. Hij rustte op een zwarte ebbenhouten voet die hol moet zijn geweest om die enorme bol stevig te omvatten – hij was minstens twintig centimeter in doorsnee – en ik zag dat er een stukje zwarte stof over de rand van de voet lag. Ja, ze moest hem natuurlijk beschermen tegen krassen van het ebbenhout. Ik had in de bibliotheek van Queens in de *Merck* kwartskristal opgezocht, en ik had gelezen dat dit een 'zachte' hardheid bezat. Niet geschikt als edelsteen, maar wel om bewerkt en goed gepolijst te worden. Waarom zei ze dat? Dit betekende iets, maar wat?

'Het hangt er allemaal van af wat er met de bol gebeurt,' zei ik.

'Precies.' Dus ze was van plan cryptisch te blijven.

Ik probeerde te vissen door langs mijn neus weg op te merken: 'Ik vraag me af wie er als eerste op de gedachte is gekomen een stuk kristal tot een bol te slijpen, en die dan te gebruiken om de toekomst te zien?'

'O, misschien is het wel niet de toekomst. Misschien is het wel het verleden. Ik weet het niet, maar hij was al oud toen Merlijn nog een kind was,' zei ze, zonder zich uit de tent te laten lokken.

Ik vertrok een beetje vroeg, omdat ik beneden wilde zijn als dokter Forsythe kwam, maar sommige dingen zouden niet veranderen, alleen maar omdat hij bestond. Flo zou voor haar twee uur naar mij toe komen, en hij moest dat maar accepteren, en anders pech gehad. Mevrouw Delvecchio Schwartz protesteerde, maar ik won. Wanneer Harold arriveerde, zou mijn poezenkopje naar mij toe komen.

Hij stond daar in de gang, in het donker, Harold. Te wachten. Met ogen vervuld van haat. Ik negeerde hem, begon naar beneden te lopen.

'Hoer!' fluisterde hij. 'Hoer!'

Dokter Forsythe kwam op tijd. Ik zat met Flo en haar krijtjes op de grond, want ze weigert met iets anders te spelen. Ik had wat oud speelgoed van mezelf uit Bronte meegebracht, een pop met een hele verzameling kleren, een driewieler, blokken met op elke zijde een letter van het alfabet. Maar ze wilde er niet eens naar kijken. Ze wilde altijd de krijtjes.

'De deur staat open!' riep ik.

Dus het eerste wat de arme man zag was zijn vriendinnetje op de gevlochten mat, waar ze met een kind van vier met krijtjes zat te spelen. Zijn gezicht was een studie waard, dus ik schoot onwillekeurig in de lach.

'Nee, ze is niet van mij,' zei ik, en ik stond op en liep naar hem toe. Ik legde mijn handen aan weerszijden van zijn hals en trok zijn gezicht omlaag zodat ik mijn lippen en mijn neus tegen het sneeuwwitte haar van zijn slaap kon leggen. Hij rook lekker, naar dure zeep, en hij verprutste dat prachtige haar niet met olie. Toen nam ik hem bij de hand en liep met hem naar Flo, die zonder een spoortje angst naar hem opkeek en meteen glimlachte.

'Dit is Flo, de dochter van mijn hospita. Ik pas iedere zondagmiddag van vier tot zes op haar, dus als je haast hebt, vrees ik dat je alleen maar met me kunt praten.'

Hij hurkte neer en streelde Flo over haar haar, glimlachte

naar haar. 'Hoe gaat het met jou, Flo?' Orthopeden waren altijd goed met kinderen, omdat een groot deel van hun patiënten uit kinderen bestond, maar hoezeer hij ook zijn best deed, hij kreeg Flo niet aan het praten.

'Ze schijnt stom te zijn,' zei ik, 'hoewel haar moeder zegt dat ze wel praat. Misschien sta jij er wat sceptisch tegenover, maar een vriend van mij en ik geloven dat ze zonder woorden met haar moeder communiceert, door middel van een soort telepathie.'

Hij reageerde sceptisch – nou ja, daar is hij chirurg voor. Zij hebben niet zo'n ongebreidelde fantasie, in elk geval niet met betrekking tot telepathie of buitenzintuiglijke waarneming. Daar moet je een psychiater voor hebben, en dan ook misschien nog wel eentje ergens uit Azië.

Met Harold werd vandaag echter korte metten gemaakt. Flo was nog geen halfuur bij me geweest of mevrouw Delvecchio Schwartz daverde naar binnen, door de deur die nog steeds openstond.

'O, zit je híér, poezenkopje van me!' piepte ze met een aanstellerige stem, net of ze overal in Het Huis had gezocht. Toen bleef ze opeens staan, als een overdreven komiek, en deed alsof ze tot dat moment helemaal niemand had gezien. 'Oho! De koning van pentakels!' loeide ze, en ze greep de verbijsterde Flo vast. 'Kom mee, poezenkopje, je moet niet lastig zijn. Gun die mensen een beetje privacy, huh-huh-huh.'

Ik wierp haar een blik toe om haar te zeggen dat dit de slechtste vertoning was die ik ooit had gezien, en ik zei: 'Mevrouw Delvecchio Schwartz, dit is dokter Duncan Forsythe. Hij is een van mijn bazen in het Queens. Dokter, dit is Flo's moeder en mijn hospita.'

Het akelige mens zakte nota bene even door haar knie. 'Hartstikke leuk om u te ontmoeten, dokter.' Ze stopte Flo onder een arm en marcheerde met nog een huh-huh-huh de kamer uit.

'Allemachtig!' zei dokter Forsythe, en hij keek me verbaasd aan. 'Is zij Flo's biologische moeder?'

'Ze zegt dat ze dat is, en ik geloof haar.'

'Ze moet al in haar overgang zijn geweest toen ze dat kind kreeg.'

'Ze had niet eens in de gaten dat ze in verwachting was, heeft ze me verteld.'

En dat waren de laatste woorden die er in minstens een uur werden gesproken. O, hij is een heerlijke man! We passen heel goed bij elkaar.

'Je moet nu eens ophouden met mij dokter Forsythe te noemen,' waren de eerste woorden die er na dat uur werden gesproken. 'Ik heet Duncan, en dat weet je al. Ik zou die naam heel graag eens uit jouw mond willen horen, Harriet.'

'Duncan,' zei ik. 'Duncan, Duncan, Duncan.'

Dat leidde tot een volgend tussenspel, en daarna warmde ik de stoofschotel met lamsvlees, die ik vanmorgen had gemaakt, op en kookte er wat aardappels bij. Hij at alsof hij uitgehongerd was.

'Vind je het erg dat ik getrouwd ben?' vroeg hij, terwijl hij de resten jus met een stuk brood opsopte.

'Nee, Duncan. Ik besefte gisteren dat jij het allemaal had overwogen voor je hierheen kwam. Het maakt mij niets uit dat je getrouwd bent, zolang het jou niets uitmaakt.'

Maar het maakt hem natuurlijk wel iets uit dat hij getrouwd is, zoals hij me uitvoeriger begon uit te leggen dan me lief was. Wat kunnen schuldgevoelens toch een zware last zijn. De waarheid is dat hij op mij af is gekomen – zijn vrouw is een koude kikker, en hij is voor haar alleen maar haar broodwinning. Dat zijn veel dokters voor de vrouwen die met hen trouwen. Ik had uit gesprekken tussen Chris en zuster Marie opgemaakt dat hij met een klasgenoot van zuster Marie was getrouwd – de knapste en levendigste verpleegster van haar jaar, net zoals Duncan in die tijd de aantrekkelijkste vrijgezel van het Queens was.

Daar komt nog bij dat zijn familie schandalig rijk is. Oud geld, verklaarde zuster Marie, vol ontzag. Oud geld is nu eenmaal heel indrukwekkend in een land dat nog maar net bestaat, hoewel ik denk dat de Australische definitie van oud geld niet dezelfde is als die in Engeland.

Cathy en hij waren de eerste jaren heel gelukkig geweest, toen hij zijn specialistenpraktijk opbouwde en zij hun twee zonen kreeg. Mark is dertien, Geoffrey elf. Hij houdt veel van hen, maar hij ziet ze nauwelijks tussen de vele kilometers die zijn Jaguar verslindt en de lange uren in de operatiekamers, spreekkamers, en patiëntenvisites. Het lag op het puntje van mijn tong te vragen waarom ze in 's hemelsnaam allemaal aan de North Shore wonen terwijl hun ziekenhuis zo vaak aan de andere kant van Sydney staat, en waarom hun praktijk in Macquarie Street is gevestigd, wat helemaal niet handig is ten opzichte van ziekenhuizen en woonplek. De specialisten van Vinnie's Hospital, dat handig dichtbij is, zijn meestal katholieken of joden die zo verstandig zijn om in de oostelijke buitenwijken te wonen.

Maar ik zei niets, want Duncan zou me een andere reden geven dan ik denk. Ik denk dat hun vrouwen het allemaal heerlijk vinden in de verste uithoeken van de North Shore. Ze zitten vooral tussen Lindfield en Wahroonga, waar ze met hun mooie Engelse autootjes veilig rond kunnen rijden zonder door het zware stadsverkeer te worden gehinderd, waar ze elkaar kunnen treffen om te bridgen, te whisten, in comités te zitten en te tennissen. Hun kinderen gaan naar dure scholen in de buurt en er staan daar veel bomen, echt hele stukken bos. De North Shore is voor de welgestelden heel idyllisch om te wonen.

Cathy Forsythe leek me trouwens een behoorlijk kreng, hoewel Duncan haar trouwhartig verdedigde en zijn ontrouw aan zichzelf weet. En misschien – geheel onbewust! – ook wel een beetje aan mij.

'Je bent een echte heks, mijn donkere lieverd,' zei hij, en hij greep over de tafel mijn hand vast. 'Je hebt me betoverd.'

Hoe moest ik daar nou op antwoorden? Ik probeerde het maar niet.

Hij bracht mijn hand naar zijn lippen en kuste die. 'Je hebt geen idee hoe het is om succesvol te zijn,' zei hij, 'dus zal ik je dat vertellen. Het allerlaatste dat de mensen die van je houden willen inzien, is dat je eenvoudigweg plezier hebt in je werk. Je zit gevangen in een beeld dat van iedereen is, behalve van jou. Zelfs in het werk ben je de helft van de tijd bezig anderen gelukkig te houden, geen ongewenste rimpelingen in de grote ziekenhuisvijver te veroorzaken. Mijn oom is voorzitter van de raad van bestuur van het ziekenhuis, en dat is in de loop der jaren verdomd vervelend geweest. Ik was heel tevreden als gewoon specialist, ik had toen meer tijd voor onderzoek en meer tijd voor mijn patiënten. Maar nu ik hoofd orthopedie ben, moet ik een onevenredige hoeveelheid tijd aan vergaderingen spenderen. Het is je reinste politiek.'

'Dat lijkt me stomvervelend,' zei ik meelevend, blij dat hij oompje toch niet als kruiwagen had gebruikt. Duncan Forsythe is precies wat hij lijkt: een heel aardige, fatsoenlijke, ontwikkelde, briljante man. 'Maar wind je niet op, Duncan. Je bent welkom op Victoria Street 17c wanneer je maar tijd hebt.'

Dat was natuurlijk niet het antwoord dat hij wilde horen. Hij wilde dat ik tegen hem zei dat ik waanzinnig veel van hem hield, dat ik alles voor hem zou doen: zijn sokken wassen, hem fellatio geven. Nou, ik wilde best zijn sokken wassen en ik doe aan een halve fellatio, als dat de juiste term is voor niet helemaal. Maar ik weet niet zeker of ik hem de sleutel tot mijn ziel wil geven. Ik heb erg met hem te doen en ik mag hem heel graag en ik geniet geweldig als we de liefde bedrijven en we hebben een extra band: onze beroepsmatige band. Maar liefde? Als dat de sleutel tot mijn ziel moet zijn: geen liefde.

Toen hij vanavond rond negen uur was vertrokken, heb ik een uur lang alleen maar over ons zitten nadenken, en ik kwam ten slotte tot de conclusie dat ik niet zeker wist of ik waanzinnig veel van hem houd. Want ik verdom het om mijn vrijheid voor hem op te geven. Het is zoals ik tegen mevrouw Delvecchio Schwartz heb gezegd: ik wil niet in een chic huis wonen en mevrouw de doktersvrouw spelen.

Als ik mijn verslag van zaterdagavond herlees, besef ik hoe snel mijn houding is veranderd. Toen zag ik het als liefde. Nu zie ik het als van alles behalve liefde. Wat heeft me binnen vierentwintig uur van gedachten doen veranderen? Ik denk dat het komt door zijn gepraat over zijn leven en zijn vrouw. Zíj heeft hem die positie bezorgd!

Maandag 30 mei 1960
Hij pikte me vanavond bij de stoplichten van Cleveland Street op, toen ik in het donker naar huis liep, maar hoewel hij me die smeltende glimlach toewierp en zijn ogen straalden, zag ik direct dat hij aan andere dingen dacht dan aan het bedrijven van de liefde. En dat maakte dat ik me wat beter voelde over ons: ik betekende kennelijk meer voor hem dan een vrouwelijk lichaam dat toevallig zijn oog had getrokken.

'Ik heb niet veel tijd,' zei hij tijdens het rijden, 'maar ik besefte vandaag dat ik geen moeite heb gedaan me om jou te bekommeren, Harriet.'

Wat een vreemde opmerking! 'Je om mij te bekommeren?'

'Ja, me om jou te bekommeren. Of misschien kan ik beter vragen hoe jij jezelf beschermt.'

Het muntje viel, het lampje ging branden. 'O!' zei ik. 'O, bedoel je dat! Ik vrees dat ik daar geen moment aan heb gedacht. Mijn loopbaan als maîtresse is nog maar net begonnen, weet je. Maar ik denk dat ik voor dit moment veilig ben. Ik moet morgen ongesteld worden en ik ben zo regelmatig als wat.'

Ik hoorde zijn zucht van opluchting, maar nu hij gerustgesteld was, zei hij verder niets tot ik hem in mijn kamers binnenliet. Daar pakte hij Marceline op, aaide haar even en zette toen zijn zwarte tas op mijn tafel. Tot dat moment had ik niet eens gezien dat hij die bij zich had, zo trekt hijzelf mijn aandacht.

Hij haalde zijn stethoscoop en bloeddrukmeter te voorschijn, luisterde naar mijn longen en hart, nam mijn bloeddruk en pols- slag op, inspecteerde mijn benen op spataderen, trok mijn on- derste ooglid omlaag en bekeek zorgvuldig mijn vingertoppen en de kleur van mijn oorlelletjes. Toen haalde hij zijn recepten- blok uit zijn tas en schreef er snel iets op, scheurde het velletje eraf en gaf dit aan mij.

'Dit is het beste orale voorbehoedsmiddel dat er is, mijn lieve Harriet,' zei hij, en hij stopte alles weer in zijn tas. 'Begin dit te slikken aan het eind van je volgende menstruatie.'

'De Pil?' piepte ik.

'Zo noemen ze dit, ja. Ik denk niet dat jij er problemen mee zult krijgen, je verkeert in een uitstekende gezondheid, maar mocht je pijn in je benen krijgen, kortademig, duizelig, misselijk worden, of last van dikke enkels of hoofdpijn krijgen, dan moet je het gebruik direct stoppen en mij dezelfde dag waarschuwen,' beval hij.

Ik keek naar het onleesbare handschrift en daarna weer naar hem. 'Wat weet een orthopeed nou van de pil?' vroeg ik grijn- zend.

Hij lachte. 'Iedere medicus, van psychiater tot gerontoloog, weet alles van de pil, Harriet. Aangezien iedere specialiteit wel eens met ongewenste zwangerschappen te maken krijgt, slaken we allemaal een zucht van verlichting over deze kleine schoon- heid.' Hij nam mijn kin in zijn hand en keek me heel ernstig aan. 'Ik wil je niet meer problemen bezorgen dan nodig is, lief- ste. Als ik niet meer voor je kan doen dan jou het meest effec- tieve voorbehoedsmiddel voor te schrijven dat er tot nu toe is ontworpen, heb ik tenminste toch íéts gedaan.'

Toen kuste hij me, vertelde me dat hij zaterdag tussen de mid- dag langs zou komen, en vertrok.

Wat ben ik toch een geluksvogel! Er zijn alleenstaande vrouwen die heel Sydney afstropen op zoek naar een dokter die bereid zou zijn de pil voor te schrijven. Die is op zich wel verkrijgbaar, maar alleen als je keurig getrouwd bent. Deze man wil zich echter terdege om mij bekommeren. Ik geloof dat ik op een bepaalde manier toch wel een beetje van hem houd.

Maandag 6 juni 1960
Het zat er dik in dat dit een keer moest gebeuren. Hoewel Pappy wist dat ik een vriend had, was zijn identiteit tot vanmorgen vroeg nog onbekend gebleven. Ze kwam tegen zes uur de voordeur binnen, net toen Duncan vertrok. Hij herkende haar uiteraard niet en glimlachte alleen maar en liet haar hoffelijk voorgaan, maar zij wist precies wie hij was en ze kwam rechtstreeks naar mijn kamer.
'Ik kan het gewoon niet geloven!' riep ze.
'Ik ook niet.'
'Hoe lang is dit al aan de gang?'
'Twee weekends achter elkaar.'
'Ik wist niet dat je hem kende.'
'Ik ken hem ook amper.'
Een raar gesprek voor twee goede vriendinnen, dacht ik terwijl ik een ontbijt voor ons beiden ging klaarmaken.
'Mevrouw Delvecchio Schwartz vertelde me dat je koning van pentakels was gekomen, en Toby zei dat je een minnaar had versierd, maar ik had niet verwacht dat het dokter Forsythe zou zijn,' zei ze.
'Dat had ik ook niet verwacht. Het is echter leuk om te weten dat de tamtam hier in huis toch niet zo efficiënt is als ik dacht. Toby zei dat ik stom bezig was, en daarna heb ik niets meer van hem gezien, en mevrouw Delvecchio Schwartz heeft hem goedgekeurd nadat ze eerst met een smoes was binnengevallen om

hem te zien,' zei ik, terwijl ik Marceline wat room van de melk gaf.

'Is alles wel goed met je?' vroeg Pappy, terwijl ze me onderzoekend opnam. 'Je klinkt zo afstandelijk.'

Ik ging zitten, haalde mijn schouders op en keek lusteloos naar mijn gekookte ei. 'Ik voel me prima, maar bén ik ook goed? Dát is eigenlijk de vraag. Ik weet niet waarom ik het heb gedaan, Pappy! Ik weet waarom hij het deed – hij is eenzaam en bang, en hij is met een koude kikker getrouwd.'

'Het lijkt Ezra wel,' zei ze, terwijl ze haar ei verslond.

Die vergelijking beviel me niet, maar ik begreep waarom ze hem maakte, dus liet ik het daarbij. Een donkere wintermorgen, halfzeven, is geen moment om ruzie te maken, vooral niet wanneer we allebei net twee dagen van verboden liefde met een uitermate getrouwde man achter de rug hadden.

'Hij heeft nooit eerder zoiets gedaan, dus het is me een raadsel waarom hij mij heeft uitgekozen. Hij is verliefd op me – of hij denkt dat hij dat is – en toen hij zomaar bij me op de stoep stond, kon ik het niet over mijn hart verkrijgen hem af te poeieren,' zei ik.

'Je bedoelt dat jij niet op hem verliefd bent?' vroeg ze, alsof dat een ergere zonde was dan Sodom en Gomorra bij elkaar.

'Hoe kun je verliefd zijn op iemand die je amper kent?' ging ik ertegenin, maar dat was een verkeerde opmerking tegen Pappy, die Ezra al helemaal niet kende.

'Eén blik is daarvoor al genoeg,' zei ze afgemeten.

'O ja? Of is het dat wat mijn broers kalverliefde noemen? Ik heb alleen mijn vader en moeder als vergelijkingsmateriaal, en die houden heel veel van elkaar. Maar mama zegt dat zij die liefde hebben opgebouwd, dat ze er jaren over hebben gedaan, en dat het steeds beter wordt.' Ik keek haar aan, met een hulpeloos gevoel. 'Ik kan echt wel voor mezelf zorgen, Pappy, maar ik maak me zorgen over hem. Ben ik iets begonnen waarvoor hij het gelag zal moeten betalen?'

Haar mooie gezicht werd opeens hard. 'Heb niet te veel met hem te doen, Harriet. Mannen zijn altijd in het voordeel.'

'Je bedoelt dat Ezra nog steeds met zijn vrouw zit te hakketakken.'

'Er zit maar geen schot in.' Ze haalde haar schouders op en keek naar mijn ei. 'Zal ik je eens wat zeggen? Eieren vormen een volmaakte proteïnebron.'

Ik schoof het over de tafel naar haar toe. 'Neem jij het maar, je hebt het harder nodig dan ik. Je klinkt een beetje gedesillusioneerd.'

'Nee, ik ben niet gedesillusioneerd,' verzuchtte ze, terwijl ze een stukje toast in het zachte eigeel doopte alsof dit haar veel meer interesseerde dan ons gesprek. 'Ik heb waarschijnlijk verwacht dat Ezra zich geheel en al aan mij zou kunnen wijden. Ik houd zoveel van hem! In oktober word ik vierendertig – ach, het zou heel fijn zijn om getrouwd te zijn!'

Ik had me niet gerealiseerd dat ze al zo oud was, maar het feit dat ze halverwege de dertig was, maakte veel duidelijk. Pappy heeft last van het Ouwe Vrijster Syndroom. Haar overstap van veel mannen naar één man heeft haar niet de veiligheid en geborgenheid opgeleverd waar ze zo naar verlangt. O, alstublieft, Heer, laat mij niet het Ouwe Vrijster Syndroom krijgen!

Donderdag 23 juni 1960

Toen ik vanavond naar de badkamer boven ging om een douche te nemen, besloot ik dat ik het me niet verbeeldde maar dat het echt zo is. Sinds Duncan in mijn leven is, sluipt Harold niet meer achter me aan. Het licht in de gang brandt nu de hele tijd en hij valt nergens te bekennen. Ik hoor niet meer het geluid van zijn kousenvoeten achter me op de trap, en hij staat niet bij de deur wanneer ik de woonkamer van mevrouw Delvecchio Schwartz uit kom. De laatste keer dat ik hem daadwerkelijk heb gezien was die dag dat hij me een hoer noemde. Is dat soms de remedie om dit soort psychopathische figuren te ontmoedigen? De komst van een machtige man?

Dinsdag 5 juli 1960

Ik verwaarloos mijn schrift. Dit is nummer drie, maar het raakt niet snel vol sinds Duncan in mijn leven is gekomen. Ik heb nooit geweten dat een man zoveel tijd kost, ook al heb je hem maar parttime. Hij heeft bedacht hoe hij me zo vaak mogelijk kan zien. Op zaterdag ben ik een partijtje golf dat ver genoeg uitloopt om na achttien holes nog 'iets met de jongens in de club te drinken'. Op zondag komt hij 's ochtends, en hij blijft dan tot Flo beneden komt – ja, ze beperkt hem een beetje in zijn moge-lijkheden, maar ik weiger zijn behoeften voor die van Flo te stel-len. Ik ben dan gedeeltelijk het bijhouden van zijn administratie of ik ben een spoedoperatie of de een of andere bespreking.

Ik kan me niet voorstellen dat zijn vrouw niets in de gaten heeft, maar hij verzekert me dat ze geen flauw idee heeft dat er iets gaande is. Het schijnt dat ze zelf een vrij hectisch leven leidt. Ze speelt fanatiek bridge, en Duncan heeft daar een gruwelijke hekel aan, wil daar absoluut zijn tijd niet mee verdoen. Als je wederhelft zoveel begrip voor jouw belangen weet op te bren-gen, is het kennelijk heel gemakkelijk om je achterdocht te smo-ren. Maar ze lijkt me niet bijster intelligent, die Cathy. Of is ze misschien gewoon vreselijk egocentrisch? Er zijn enkele onthul-lende confidenties, zoals de gescheiden slaapkamers (zodat hij haar niet wakker maakt als hij midden in de nacht wordt opge-roepen) en het feit dat ze hem heeft verwezen naar wat zij de 'badkamer van de jongens' noemt. Hij gruwt van 'haar' badka-mer, die in verbinding staat met 'haar' slaapkamer – wanden vol spiegels. Ze schijnt een van de best geklede vrouwen van Syd-ney te zijn, en nu ze tegen de veertig loopt houdt ze alles nauwlettend in de gaten, van kraaienpootjes tot een mogelijk uitdijend middel. Ze is bijna even verslaafd aan tennis als aan bridge, omdat dit haar figuur slank houdt. En als haar foto in het weekend op de societypagina's van een krant staat, is ze in de zevende hemel. Daarom kan hij zaterdagavond nooit bij me zijn, ze heeft hem dan nodig om haar te vergezellen naar het een of andere deftige feest, het liefst eentje waar de fotografen en journalisten van die societypagina's ook rondhangen.

Wat een leeg bestaan. Maar dat is wat ik ervan vind. Voor haar is het precies het soort leven waar ze sinds haar schooltijd van heeft gedroomd, denk ik. Een hoop geld, twee knappe zonen van wie ik de indruk heb dat ze ze lang klein heeft proberen te houden, een schitterend huis ergens in een uithoek van Wahroonga, op een terrein van een hectare, met een zwembad, waar ze de buren niet kan zien. Ze heeft een tuinman, een werkster om de vloeren te dweilen, te stofzuigen, de was en het strijken te doen, een vrouw die komt koken op de avonden dat ze Duncan thuis verwacht, een Hillman Minx, een ongelimiteerd krediet in de beste warenhuizen en bij de twee modesalons van Sydney. Hoe ik dit alles weet? Niet van Duncan, maar van Chris en zuster Marie, die Cathy Forsythe intens bewonderen. Ze heeft alles wat een vrouw kan begeren.

Wat mij betreft denk ik dat je zou kunnen zeggen dat ik blij ben met de restjes die Cathy overlaat. Het deel van Duncan dat ze duidelijk niet wil, is het deel van hem dat ik juist waardeer. We praten veel, hij en ik, over van alles en nog wat, van zijn belangstelling voor sarcoma tot de secretaresse van zijn praktijk in Macquarie Street, juffrouw Augustine. Ze is in de vijftig, ongehuwd, en ze behandelt Duncan als haar eniggeboren zoon. Een toonbeeld van efficiency, tact, enthousiasme, noem maar op. Ze heeft zelfs een speciaal soort archiefsysteem bedacht, iets waar ik inwendig om moest glimlachen toen hij me erover vertelde. Wat een manier om je eigen onmisbaarheid veilig te stellen! Zonder haar kan de arme man niets vinden.

Het is nu iets meer dan vijf weken geleden dat hij bij mij op de stoep stond met die uitnodiging om in het Chelsea te gaan eten, en hij is veranderd. In positieve zin, denk ik graag. Hij lacht nu gemakkelijker en die donkergroene ogen staan niet meer zo treurig als eerst. Hij is er eigenlijk zo op vooruitgegaan, dat zuster Marie steeds opmerkingen maakt over dat ze altijd al had geweten dat dokter Forsythe een knappe man was, maar dat het haar nooit was opgevallen hóé knap. Hij bloeit echt op, alleen maar omdat iemand hem als man weet te waarderen. In tegenstelling tot de meeste Don Juans is hij zich niet bewust van zijn aantrekkingskracht op vrouwen, dus vindt hij het wonderbaarlijk dat hij mij heeft kunnen veroveren.

Maar zolang Cathy Forsythe geen vermoeden van mijn bestaan heeft, hoop ik dat alles blijft zoals het is. Het enige dat eronder te lijden heeft is mijn dagboek, en dat is een geringe prijs voor de liefde en het gezelschap van een heel begerenswaardige, buitengewoon aardige man.

Vrijdag 22 juli 1960
Ik heb Toby eindelijk weer gezien. Het baarde me zorgen dat hij zich zo volstrekt onzichtbaar had gemaakt. Als ik naar boven ging, naar de verdieping van Jim en Bob en Klaus, was zijn ladder altijd naar het plafond opgetrokken en zijn bel niet aangesloten. Jim en Bob zijn niet anders tegen me gaan doen, hoewel ze een zekere spijt uitstralen over mijn domheid een man te kiezen, en Klaus blijft me iedere woensdagavond lesgeven in de keuken. Ik kan nu bakken en roosteren en braden en stoven, maar hij wil me niet leren hoe ik toetjes moet maken.

'De maag heeft een speciaal compartiment voor desserts,' zei hij ernstig, 'maar als je dat vakje nu leert afsluiten, lieve Harriet, zul je er profijt van hebben als je mijn leeftijd hebt bereikt.'

Ik vermoed echter dat hij zijn eigen dessertcompartiment niet heeft weten af te sluiten, naar zijn figuur te oordelen.

Ik ben vanavond niet naar boven gegaan om met Jim en Bob of Klaus te praten, ik ging kijken of Toby's ladder soms omlaag was. En dat was zo! Bovendien zat de bel weer aan het touw.

'Kom maar boven!' riep hij.

Hij worstelde met een groot landschap dat niet op zijn ezel paste en daarom zwoegde hij op een geïmproviseerd frame – uiteraard witgeschilderd – dat boven op de ezel was bevestigd. Ik had hem nog nooit zoiets zien schilderen. Als hij een landschap deed, was het altijd een hoogoven of een vervallen krachtcentrale of een rokende sintelberg. Maar dit was adembenemend mooi. Een prachtig dal, vol zachte schaduwen, zandstenen rotswanden die rood kleurden in het laatste licht van de zon, een vermoeden van bergen die steeds verder doorliepen, eindeloze stille wouden.

'Waar heb je dat gezien?' vroeg ik, gefascineerd.

'Aan de andere kant van Lithgow. Het is een dal dat het Wolgan heet, en het is aan alle kanten ingesloten, op een klein pad voor terreinwagens na, dat langs de rotsen naar beneden slingert en eindigt bij een pub als een relikwie. Newnes. Ze hebben er olieschalie gedolven tijdens de oorlog, toen Australië een groot tekort aan brandstof had. Ik heb daar ieder weekend gezeten om schetsen en aquarellen te maken.'

'Het is beeldschoon, Toby, maar vanwaar deze verandering in stijl?'

'Er zal een contract worden verleend voor schilderijen in de foyer van een nieuw hotel in de city, en dit is het soort spul dat de directie wil hebben, als ik Martin moet geloven.' Hij gromde even. 'Meestal hebben de binnenhuisarchitecten van het hotel een vast lijntje met de een of andere galeriehouder, maar Martin heeft me deze kans bezorgd. Hij doet geen landschappen, hij is zuiver iemand voor portretten, als hij niet met kubisme bezig is.'

'Nou, ik vind dat dit in het Louvre hoort te hangen,' zei ik oprecht.

Hij bloosde, keek echt absurd blij, en legde zijn penselen neer. 'Zin in koffie?'

'Ja, graag. Maar ik kwam eigenlijk vragen of we een afspraak konden maken om jou mijn nieuw verworven culinaire vaardigheden te laten proeven,' zei ik.

'En jou storen als je vriendje misschien komt? Nee, dank je, Harriet,' zei hij kortaf.

Ik werd woest. 'Nou moet je eens goed luisteren, Toby Evans, dat vriendje is geen spelbreker, tenzij ik wil dat hij spelbreker is! Ik kan me niet herinneren dat jij veel commentaar had op Nal, afgezien van een intolerante houding ten aanzien van mijn lichtzinnigheid, maar aan de manier waarop je mij hebt buitengesloten sinds Duncan in mijn leven is, zou je denken dat ik een verhouding met de hertog van Edinburgh had!'

'Kom nou, Harriet,' zei hij vanachter het scherm. 'Je weet best waarom! Volgens de tamtam hier in huis is hij niet het soort kerel dat bij meisjes uit Kings Cross op bezoek gaat. Dat wil zeggen, tenzij ze hier hun beroep uitoefenen, zoals Kuisheid en Geduld.'

'Toby, hou toch op! Ik zou geen man aanraken die klant is bij de dames Fuga en Toccata!'

'Het is allemaal één pot nat.'

'Doe niet zo grof! En het slaat echt helemaal nergens op. Wat dacht je dan van die aardige professor Ezra Marsepein?'

'Ezra verwaardigt zich niet hier te komen. Pappy gaat naar zijn huis. En wie is die deftige vent van jou trouwens?'

'Bedoel je dat Het Huis jou dat stuk informatie heeft onthouden?' vroeg ik sarcastisch. 'Hij is orthopeed in het Queens.'

'Hij is wát?' vroeg hij, toen hij met de koffie kwam.

'Een orthopeed is een orthopedisch chirurg.'

'Maar mevrouw Delvecchio Schwartz noemde hem meneer, niet dokter.'

'Ik heb Duncan anders wel als dokter aan haar voorgesteld.'
'Hij trok zijn wenkbrauwen op. 'Dan heb ik het zeker van Harold gehoord,' zei hij, terwijl hij ging zitten.
'Harold?'
'Wat is daar zo vreemd aan?' vroeg hij verbaasd. 'Ik maak vaak een praatje met Harold, we komen meestal op hetzelfde moment thuis. En hij is de grootste kletskous van Het Huis, hij weet alles.'
'Dat zal best,' mompelde ik.

Omdat ik graag een goede indruk op Toby wil maken, probeerde ik hem uit te leggen waarom ik me met Duncan had ingelaten, probeerde ik hem te laten inzien dat het niet immoreel is, ook al is het dan onwettig. Maar hij bleef sceptisch, daar viel niets aan te veranderen. Die verdomde mannen ook, met hun dubbele maatstaven! Ongetwijfeld aangestoken door het venijn van een slang als Harold Warner. Dat is echt iemand die geen kans voorbij laat gaan om voor mij problemen te maken bij degenen van wie ik houd. Maar het doet me veel verdriet als Toby me onjuist beoordeelt! Hij is zelf heel fatsoenlijk en openhartig, totaal niet tot achterbaks gedrag in staat. Waarom wilde hij niet inzien dat mijn openhartigheid over mijn verhouding met Duncan het bewijs vormt dat ik ook niet achterbaks ben? Wat mij betreft mag de hele wereld het weten. Maar Duncan wil alles geheim houden, opdat zijn dierbare Cathy niet in verlegenheid wordt gebracht.

Ik bracht het gesprek weer op het schilderij op de ezel, heel blij dat zijn afwezigheid niet om mij was geweest. In werkelijkheid is het het gedoe met Pappy dat hem naar de andere kant van Lithgow heeft gedreven. Toen deed hij me steil achteroverslaan door me te vertellen dat hij een stuk land helemaal in de rimboe, bij Wentworth Falls heeft gekocht, en dat hij bezig is er een huis op te bouwen.
'Bedoel je dat je weggaat uit Het Huis?' vroeg ik.
'Ik zal volgend jaar wel moeten,' zei hij. 'Als de robots een-

maal mijn werk hebben overgenomen, zal ik van de hand in de tand moeten leven als ik in de stad blijf, maar als ik in de Blue Mountains woon, kan ik mijn eigen groenten verbouwen, fruitbomen kweken, goedkoper boodschappen doen omdat de prijzen daar veel lager zijn. En als ik het contract van het hotel krijg, ben ik in staat een fatsoenlijk huis te bouwen, mijn eigen onderkomen te hebben, vrij en wel.'

Ik was het liefst een potje gaan huilen, maar ik wist een glimlach te produceren en hem te zeggen hoe blij ik voor hem was. Die verdomde Pappy ook! Dit is allemaal haar schuld.

Woensdag 24 augustus 1960
O, lieve help. Alweer een hele maand geleden sinds ik voor het laatst heb geschreven. Maar wat valt er te schrijven wanneer het leven tot een routine is geworden en er niets schokkends gebeurt? Ik denk dat ik een echte Cross-bewoner ben geworden en dat dingen die me vroeger danig schokten, dat nu niet meer doen. Duncan en ik hebben zo onze vaste gewoontes gekregen, als een al lang getrouwd echtpaar, hoewel we ons enthousiasme in bed nog niet zijn kwijtgeraakt. Hij heeft een poosje geprobeerd me over te halen om ook voor dinsdag- en donderdagavond af te spreken, maar ik heb daarin voet bij stuk gehouden. Zelfs onnozele sukkels als Cathy F. hebben ogen in hun hoofd. Als hij in de week structureel vaker van huis is dan vroeger, zou ze zich wel eens kunnen afvragen hoe het zit met Duncans plotselinge voorliefde voor golf bij The Lakes, een stuk dichter bij het Queens dan Wahroonga – zijn excuus om te willen spelen op een baan waar ze hem niet kennen.

Misschien heb ik gewoon een beetje genoeg van al dat heimelijke gedoe, maar mijn instinct voor zelfbehoud zegt me dat zolang Cathy F. in zalige onwetendheid verkeert, ik geen keuzes hoef te maken over chique huizen en een toekomst waarin ik de doktersvrouw moet spelen. Het zit hem ook wel dwars, maar hij wil haar geen verdriet doen door alles te bekennen. Ze is tenslotte de moeder van zijn zonen, en de suikeroom in het bestuur van het ziekenhuis heeft haar hoog in het vaandel staan. Wat had Duncan ook alweer gezegd? Probeer geen woeste rimpelingen in de grote ziekenhuisvijver te veroorzaken. Nou, ik wil geen rimpelingen in mijn Kings Cross-vijver, dankjewel.

Vandaag was er een complete vloedgolf in de röntgenvijver. Chris en Demetrios gaan trouwen, en ze is volstrekt buiten zinnen. De hele afdeling heeft haar verlovingsring moeten bewonderen – een heel aardige combinatie van diamanten, robijnen en smaragden – die van de moeder van de bruidegom is geweest. Dankzij alle ziekenhuissnobisme wordt onze nederige Griekse drager, nu hij een ervaren röntgenassistente heeft versierd, als 'veelbelovend' omschreven. Daarbij geholpen door Chris' mooie verhalen over de cursus motoronderhoud en de garage waarvoor Demetrios een aanbetaling heeft gedaan. Hij heeft die slim uitgekozen, want hij staat aan de Princess Highway in Sutherland, waar hij geen concurrentie te duchten heeft. Hij zal het ongetwijfeld ver weten te schoppen. De arme zuster Marie heeft de bittere pil dapper geslikt, en dat is heel verstandig van haar. Ze heeft het erover dat ze naar het zusterhuis wil verhuizen tot ze de juiste persoon heeft gevonden om een flat mee te delen. En dan is er het aangename vooruitzicht Chris' bruidsmeisje te mogen zijn. Chris heeft mij ook als bruidsmeisje gevraagd, maar ik heb daar tactvol voor bedankt, zeggend dat ik wel naar de trouwerij zou komen. Daarna plaagde ik zuster Marie door te zeggen dat ik vroeger kampioen basketbal ben geweest, dus dat ik van plan was iedereen de loef af te steken en het bruidsboeket op te vangen. Dokter Michael Dobkins blijft in het Queens. Zodra Demetrios op het toneel was verschenen, vergat Chris haar vete en zuster Marie heeft besloten dat hij het waard is om aan te houden, omdat hij zo alert en bekwaam is.

Nou, nou. Chris vindt het leven weer de moeite waard. Demetrios stapt rond als een kalkoense haan, en Chris heeft een nieuwe uitdrukking op haar gezicht: de 'ik weet hoe het is om eens flink te hebben geneukt'-blik. Ik had gelijk, het heeft haar veel goed gedaan.

De trouwerij is volgende maand en het wordt een Grieks-orthodoxe plechtigheid. Chris heeft het druk met lessen bij de priester, en ik denk dat ze uiteindelijk orthodoxer dan orthodox zal worden. Bekeerlingen zijn meestal stomvervelend.

Zondag 11 september 1960

Vanmiddag bracht ik Duncan naar de deur, met Flo die zich aan mijn been vastklampte, toen Toby de trap af kwam hollen. Zodra hij ons zag bleef hij staan, met een gezicht vol tweestrijd – tot dusver heeft hij Duncan weten te ontwijken. Maar toen haalde hij zijn schouders op en liep verder naar beneden. Het is voor een kleine man altijd moeilijk om zo ver omhoog te moeten kijken als hij zijn hand uitsteekt om met iemand kennis te maken, maar Toby deed zijn best en probeerde eruit te zien als de gelijke van een heel lange man.

Toen hij de deur uit vluchtte, wierp hij een vraag in mijn richting. 'Wat mankeert Pappy toch? Ze ziet er heel akelig uit.' Daarna was hij verdwenen.

Ik zie haar niet vaak, dat is het probleem. Maar morgenochtend zal ik vroeg opstaan en dan grijp ik haar.

Maandag 12 september 1960

Toby had gelijk, Pappy ziet er vreselijk slecht uit. Ik geloof niet dat ze magerder is geworden, dat zou moeilijk kunnen, dan was ze compleet vel over been geworden. Maar het is net of er iets wezenlijks is verdwenen. Haar mooie mond hangt bij de hoeken omlaag en haar ogen schieten nerveus heen en weer, blijven nergens op rusten. Ook niet op mij.

'Wat is er aan de hand, Pappy?' vroeg ik.

Ze deed paniekerig. 'Harriet, ik kom te laat voor mijn werk en ik heb de laatste tijd toch al zoveel problemen met zuster Agatha – ik zie er moe uit, ik doe mijn werk niet goed, ik kom op maandag vaak te laat of helemaal niet – als ik nu niet snel ga, kom ik vies in de problemen!'

'Pappy, ik zal vanmorgen naar zuster Agatha gaan en haar elk verhaal vertellen dat maar in me opkomt – je bent overreden door de bus of je bent ontvoerd voor de slavenhandel, of je had een man die je maandenlang heeft gestalkt en dat heeft effect op je werk – ik regel het wel bij zuster Agatha, neem dat maar van mij aan. Maar je komt deze kamer niet uit voor je me hebt verteld wat er aan de hand is, en daar blijf ik bij!' zei ik heftig.

Opeens boog Pappy haar hoofd, sloeg haar handen voor haar gezicht en begon zo wanhopig te huilen dat ik onwillekeurig meehuilde.

Het kostte veel tijd om haar tot bedaren te brengen. Ik gaf haar wat cognac, hielp haar in een gemakkelijke stoel en legde haar een eindje onderuit, met haar voeten op een krukje. Tot dit moment had ik altijd enig ontzag voor Pappy gehad, die zoveel ouder, intelligenter, ervarener, liefdevoller en hartelijker was. Te liefdevol en te hartelijk, besefte ik nu. Ik voelde me opeens haar gelijke, omdat ik begreep dat ik heel veel bezat van iets waar het haar totaal aan ontbrak: gezond verstand.

'Wat is het?' vroeg ik vriendelijk, terwijl ik naast haar ging zitten en haar hand stevig vasthield.

Ze staarde me aan met wazige, betraande ogen. 'O Harriet, wat moet ik doen? Ik ben zwanger!'

Gek is dat. Als een vrouw heel blij is, zegt ze dat ze een baby gaat krijgen. Maar als ze het vreselijk vindt, zegt ze dat ze zwanger is. Alsof de bewoordingen die ze kiest een emotioneel en cerebraal onderscheid maken tussen iets heel moois in dit leven en een uiterst gevreesde ziekte. Ik keek haar heel treurig aan: als ik niet zo'n zorgzame minnaar had gehad, had mij dit ook kunnen overkomen.

'Weet Ezra het?' vroeg ik.

Ze gaf geen antwoord.

'Weet Ezra het?' herhaalde ik.

Ze slikte moeizaam, schudde haar hoofd, probeerde de nieuwe tranen met haar hand weg te vegen.

'Hier,' zei ik, en ik gaf haar nog een zakdoek.

'Ik heb alles geprobeerd,' fluisterde ze dof. 'Ik heb me van de trap laten vallen. Ik heb met mijn buik tegen de hoek van de tafel geduwd. Ik heb een douche met ammonia genomen, daarna heb ik geprobeerd een douche met water en zeep helemaal naar binnen te duwen. Ik heb van iemand op de afdeling wat moederkoren gekocht, maar ik ging er alleen maar van overgeven. Ik nam zelfs mijn toevlucht tot toast met gesmolten hasj en kaas, maar daar werd ik ook misselijk van. Ik heb alles geprobeerd, Harriet, alles! Maar ik ben nog steeds zwanger.'

Haar gezicht vertrok tot een masker van ontzetting. 'Wat moet ik doen?'

'Liefje, het allereerste wat jij zult moeten doen is het aan Ezra vertellen. Het is ook zijn kind. Vind je niet dat hij het recht heeft dit te weten?'

'Harriet, ik was zo gelukkig! Wat moet ik doen?'

'Het aan Ezra vertellen,' drong ik aan.

'Ik was zo gelukkig! Dit gaat het bederven. Hij wil een geëmancipeerde seksuele partner, niet nog meer baby's.'

'Hoe ver ben je heen?' vroeg ik.

'Vier maanden, denk ik.'

'Allemachtig! Dan ben je al bijna halverwege!'

'En niets hielp, helemaal niets!'

'Je wilt het kennelijk niet houden.'

Pappy begon te rillen, en toen ging het rillen over in beven. 'Ja, ja, ik wil het wel! Maar hoe kan ik het houden, vertel me dat eens! Ezra kan me niet helpen, hij heeft al zeven kinderen! Zijn vrouw weigert van hem te scheiden, ook al weet ze alles van mij. Hoe moet ik hem dit vertellen?'

'Er zijn twee mensen voor nodig om een baby te maken, Pappy. Je móét het hem vertellen! Het maakt niet uit hoeveel kinderen hij al heeft, hij is ook verantwoordelijk voor dit kind.' Ik gaf haar nog wat koffie met cognac erin. 'Waarom heb je dit zo lang voor je gehouden? Je weet toch zeker dat wij je allemaal zouden helpen?'

'Ik... Ik kon het gewoon niet over mijn lippen krijgen, zelfs niet tegenover mevrouw Delvecchio Schwartz,' fluisterde ze, terwijl ze haar tranen wegveegde. 'Ik moet minstens twee menstruaties hebben overgeslagen voor ik zelfs maar iets begon te vermoeden. Ik heb toen geteld, maar ik moet al te ver heen zijn geweest om iets als moederkoren nog te kunnen laten werken. O Harriet, wat moet ik toch doen?' riep ze uit.

'Om te beginnen moet je Ezra op de universiteit bellen om hem te zeggen dat je vandaag hier met hem moet praten. Als hij het eenmaal weet, zien we wel hoe we verder gaan,' zei ik, optimistischer dan ik me voelde.

Toen ze dit weigerde, liep ik naar de telefoon in mijn slaapkamer, die op aandringen van Duncan was geïnstalleerd, belde zuster Agatha om te zeggen dat Pappy zo ziek was dat geen van ons beiden vandaag kon komen werken. Daarna spoorde ik Ezra op en beval hem zich binnen een uur hier te melden. Als het Pappy was geweest, had hij misschien tegengestribbeld, maar toen hij mijn onbekende en onvermurwbare stem hoorde, zei hij dat hij zou komen.

Pappy viel in slaap terwijl ik probeerde een boek te lezen, hoewel mijn geest te onrustig was om ook maar één woord tot me door te laten dringen. De Pil betekent de ware emancipatie van de vrouw, besefte ik. En dat is de reden waarom het ding zo moeilijk te krijgen is. Het zijn vooral mannen die erover gaan. Sommige religieuze organisaties noemen het slecht, en allerlei schijnheilige politici schreeuwen moord en brand. Maar de mannen zullen het voorschrijven ervan niet veel langer kunnen beheersen. De Pil zal het initiatief bij de vrouwen gaan leggen. De Pil is macht.

Ik begreep echter dat Ezra geen tegenstander van de pil is. Aangezien Pappy in een ziekenhuis werkt, heeft hij vermoedelijk gedacht dat zij er wel aan zou weten te komen. Hij zit niet in de gezondheidszorg, dus hoe kon hij weten hoe ziekenhuizen werken? Maar hij had het haar moeten vragen. Misschien had hij dat ook wel gedaan. Ze vertelde me ooit dat ze altijd een pessarium gebruikte. Maar die twee besteedden ieder weekend dat ze samen waren aan het uitbreiden van hun emoties, met behulp van hasj en cocaïne. Kennelijk waren ze tijdens een gewone geslachtsgemeenschap toch niet zo voorzichtig geweest als ze hadden gedacht. O Pappy, had het toch bij je fellatio gehouden!

Ik liet haar een halfuur slapen en maakte haar toen wakker. Ik zei dat ze onder de douche moest gaan om zich klaar te maken voor Ezra.

'Ik heb een vreselijk opgezet gezicht van het huilen,' protesteerde ze.

'Daar heeft de slaap voor geholpen. Nu moet jij Ezra aanpakken,' zei ik, vastbesloten.

'Het spijt me dat ik jou niet in vertrouwen heb genomen, Harriet, maar de woorden bleven me telkens in de keel steken. Ik kon ze niet over mijn lippen krijgen. En ik dacht steeds maar: als ik tegen niemand iets zeg, dan gaat het wel weer over – als ik nog even wacht, bestaat het gewoon niet. Is dat niet vreemd? Je zou toch denken dat iets wat je zo duidelijk niet wilt, van louter wanhoop zou verdwijnen. Maar dít niet. Dít niet.'

'Dan wil je deze zwangerschap dus echt niet uitdragen,' zei ik, terwijl ik haar door de gang hielp.

'Ik wou dat dat kon! O, wat wou ik dat dat kon!' riep ze. 'Ik wil het omdat ik zoveel van hem houd, en dit is zijn kind. Ik wil het omdat ik graag een kind wil hebben om voor te leven. Maar het is volstrekt onmogelijk. Waar zou ik van moeten leven? Ze geven ongehuwde moeders niets, Harriet, dat weet jij ook.'

'Volgens mij is er een klein beetje steun, maar dat is veel te weinig om van rond te komen zonder te werken. Wat dacht je ervan om het kind te krijgen en het dan voor adoptie af te staan?'

'Nee, nee, nee! Ik dood het nog liever als embryo, dan dat ik het weg moet geven! Om op te groeien met de gedachte aan een moeder die het kind niet wilde? Wel alles moeten doorstaan is net als een uitgehongerde bakker die een brood voor een ander bakt. Nee, abortus is de enige oplossing.' Er kwamen weer tranen in haar ogen. 'O Harriet, het is echt hopeloos! Ik zal nooit meer dezelfde zijn. Maar wat kan ik anders doen?'

'Ezra zal je helpen,' zei ik, met een stelligheid die ik niet voelde.

'Hij heeft geen geld om te helpen,' zei ze.

'Onzin! Hij heeft een huis dat groot genoeg is voor een vrouw en zeven kinderen, een flat in Glebe, en het inkomen om verboden drugs te kopen,' zei ik. 'Ga je nu klaarmaken, Pappy, Ezra is over vijfentwintig minuten hier.'

Hij bleef niet lang. Ik hoorde de voordeur dichtslaan en bleef op Pappy zitten wachten. Toen ze na tien minuten nog niet was gekomen, ging ik naar haar toe.

'Hij is weg!' zei ze, op verbaasde toon.

'Voorgoed weg?'

'Ja, beslist voorgoed. Hij kan het niet helpen, Harriet, hij heeft er echt het geld niet voor.'

'Hij had anders wel het geld om jou in deze narigheid te brengen,' zei ik fel. De klootzak! Als hij ook maar enigszins in de buurt was geweest, had ik een scherpe scalpel op zijn scrotum gezet. De wereldberoemde filosoof zou van beroep moeten wisselen en bij de Wiener Sängerknaben gaan zingen.

Toen begon het gevecht echt, en ik verloor. Waarom laten mensen zich soms toch zo door hun gevoelens leiden dat het laatste greintje gezond verstand wordt buitengesloten? Pappy wil deze baby heel graag, maar ze peinst er niet over haar geweldige Ezra voor de rechter te slepen of zelfs naar zijn vrouw te gaan en haar om hulp te vragen. Nee, nee, nee, Ezra mocht er niet onder lijden! Ezra's carrière en positie moesten tot elke prijs worden veiliggesteld! Ze zei steeds maar weer dat abortus het enige antwoord was, dat het kind vervloekt was omdat de vader het niet wilde, en ze beweerde telkens opnieuw dat ze geen kind ter wereld wilde brengen met een vader die het niet wilde. Enzovoort, enzovoort, enzovoort. Ten slotte vroeg ze of ze het geld voor een abortus van mij mocht lenen. Het bleek dat ze die lieve Ezra had geholpen die dure verboden drugs te kopen, dus ze was blut.

Uiteindelijk liet ik haar alleen en ging naar boven om met mevrouw Delvecchio Schwartz te praten, omdat zij het toch moest weten. Deze keer was ik degene die afknapte en huilde en huilde, terwijl mevrouw Delvecchio Schwartz suste en cognac inschonk.

'Maar waag het niet te zeggen dat het allemaal in de kaarten stond!' riep ik toen ik weer iets kon uitbrengen. 'Als dat zo was, had u iets moeten doen!'

'Kletskoek, prinses,' zei ze. 'Je kunt de levens van anderen niet voor hen beïnvloeden, en als zij niet vragen wat er in de kaarten staat, kun jij niet achter hen aan hollen om het hun te vertellen. Zo werken de kaarten niet. Of de kristallen bol of een horoscoop.'

'Ze is om te beginnen al vier maanden heen,' zei ik, toen ik iets kalmer werd. 'Ik weet dat ze deze baby heel graag wil, hoezeer ze ook over abortus praat. Zouden we niet met z'n allen botje bij botje kunnen leggen om haar te helpen de baby te houden?'

'Nee, dat kunnen we niet,' zei de vrouw die ik altijd voor heel vriendelijk, heel ruimhartig, heel vergevensgezind had gehouden. 'Denk na, Harriet Purcell, denk eens na! Ja, we zouden dat voor een poosje kunnen doen, maar Toby gaat binnenkort weg, Jim en Bob zullen hun beetje spaargeld aan de vrouwenzaak willen geven in plaats van aan Pappy en een baby, en wat dacht je van jou, hè? Wat gebeurt er met jou als je besluit toch wel in een mooie buitenwijk te willen wonen, en je stapt ook op? Denk je soms dat ik er dan zal zijn om de verantwoording op me te nemen?'

Ze stond op, liep om de tafel heen en boog zich naar me toe. Ze keek me doordringend aan met die angstaanjagende ogen van haar. 'Dacht je nou echt dat ik niet weet dat er iets mis is met mij?' vroeg ze scherp. 'Ik heb een tumor in mijn hersens, en ik ben daar al veel langer mee in leven gebleven dan iedereen had gedacht. Misschien leef ik er nog wel een stuk langer mee, maar ik heb geen enkele garantie. Ik ben bij de grote Gilbert Phillips in eigen persoon geweest, en hij zei dat ik een tumor in mijn hersens heb. Hij vergist zich nooit – als hij zegt dat je een hersentumor hebt, dan heb je een hersentumor. Het ding is niet kwaadaardig, maar het zit er wel, en ik denk dat het af en toe een beetje groeit. De een of andere stomme dokter in het Vinnie's heeft me bijna vijf jaar geleden op een nieuwerwets hormoon gezet, en bam! daar kreeg ik Flo. Dus heb ik dat spul maar niet meer genomen. Het enige dat ik kan doen is verdergaan met leven. Dat moeten we allemaal doen. Dus laat jij Pappy met rust zodat ze zelf een besluit kan nemen, hoor je, prinses?'

Ik zat als verlamd en staarde mevrouw Delvecchio Schwartz aan alsof ik haar nooit eerder had gezien.

Toen ik weer op adem was gekomen, deed ik een laatste poging en zei dat ik het me kon veroorloven Pappy te steunen. Maar wat, vroeg ze, zou mijn man daarvan zeggen als ik ging trouwen? Enzovoort.

'Goed,' zei ik, verslagen. 'Ik laat de beslissing aan Pappy over. Maar ik weet dat ze de baby zou willen houden, als ze maar lang genoeg kon wachten om tot inkeer te komen. Met vier maanden gaat dat natuurlijk niet meer. Maar wie zou zo'n late abortus willen doen?'

'Vraag dat maar aan je dokter Forsythe,' zei ze.

Ik kan echt niet meer schrijven, ik ben helemaal afgepeigerd. Hoeveel schokken kan een mens op één dag verdragen zonder gek te worden? Ik voel me alsof er zo'n aardverschuiving onder me heeft plaatsgevonden dat ik reddeloos verloren in een vreemd land ben komen te staan. Maar als ik me al zo voel, hoe moet de arme Pappy zich dan niet voelen? En anders wel die reuzin hierboven, met dat ding in haar hoofd?

Dinsdag 13 september 1960

Duncan en ik hebben een systeem opgezet waarbij ik hem kan laten weten dat ik hem dringend moet spreken, en hij kan het mij van zijn kant laten weten. Dus pikte hij me kort na acht uur op bij de stoplichten van Cleveland Street en reed met me naar huis, waarbij hij onderweg over koetjes en kalfjes praatte. Dat vind ik erg prettig aan hem. Hij is heel onverstoorbaar, heel attent, hij beseft terdege wat de goede omstandigheden en het juiste moment voor een ernstig gesprek zijn.

De arme man, ik bezorgde hem een geweldige dreun door zodra we binnen waren te vragen: 'Duncan, weet jij iemand die bereid zou zijn bij vier maanden een abortus uit te voeren?'

'Waarom?' vroeg hij, kalm maar op zijn hoede.

'Voor Pappy?' zei ik.

'Ik begrijp dat die verwaande prof van haar ertussenuit is geknepen?' vroeg hij, terwijl hij naar de kast liep waar de cognac wordt bewaard.

De rest van mijn verhaal kwam er in één keer uit, inclusief mevrouw Delvecchio Schwartz en haar hersentumor.

'Ik vind het heel verdrietig voor Pappy,' zei hij, terwijl hij me een vol glas gaf. 'Heeft ze niet overwogen de baby te krijgen en dan ter adoptie af te staan? Dat is de gebruikelijke oplossing.'

'Ze ging geweldig tegen me tekeer toen ik dat voorstelde.'

Hij nam een slok van zijn cognac en huiverde. 'Ik denk dat ik gewend begin te raken aan deze kattenpis. Over katten gesproken, waar is de schitterende Marceline?'

Enkele minuten lang hield hij zich bezig met haar een beetje op te vrijen – ze is als was in zijn handen, de slet. Toen zei hij: 'Als wijlen Gilbert Phillips een hersentumor als diagnose heeft gesteld, dan moet mevrouw Delvecchio Schwartz er een hebben. Hij zal op een gewone röntgenfoto een ondubbelzinnige calcificatie van de schedel hebben gevonden.'

Mijn tanden klapperden tegen de rand van het glas. 'O Duncan, wat zou er van Flo worden als ze... als ze dood zou gaan? Het Huis wordt dan een puinhoop. Ik kan de gedachte niet verdragen.'

Hij zette Marceline neer en ging op de armleuning van mijn stoel zitten. 'Dat is voor de toekomst, Harriet, en de aanwezigheid van een tumor wil niet zeggen dat ze geen zeventig, of misschien nog wel ouder kan worden. Ons huidige probleem is Pappy, niet mevrouw Delvecchio Schwartz. Zou Pappy ook overwegen de baby ter wereld te brengen en te houden?'

'Ik denk dat ze dat dolgraag zou willen, maar ze kan dat niet betalen. Als ze niet kan werken, kan ze niet eten of de huur betalen. Verdomme, Duncan, waarom moet die mythe van de Gevallen Vrouw tot in de tweede helft van de twintigste eeuw voortduren? Worden we dan nooit redelijk? God heeft zwangerschappen geschapen, geen huwelijken! Het huwelijk is uitgevonden om mannen te helpen zich ervan te verzekeren dat hun nageslacht van hen is; het bestempelt vrouwen tot tweederangs burgers!'

'Hou es op om net zo te praten als die verwaande prof, Harriet. Laten we het even over de harde werkelijkheid hebben,' zei hij, en hij keek me ernstig aan.

'Ze wil een abortus, en ik kan haar dat niet uit het hoofd praten.'

'En je wilt dat ik haar naar een geschikte persoon verwijs,' zei hij, heel ernstig. 'Begrijp je wel dat je me vraagt de wet te overtreden?'

Ik snoof smalend. 'Doe niet zo gek, Duncan! Ik vraag je niet het zelf te doen, ik wil alleen maar iemand kennen die dat kan doen. Geef me een naam, geef me alleen maar een naam! Ik doe de rest wel.'

'Ik betwijfel of de tuchtcommissie ook geneigd is tot dit soort haarkloverijen, Harriet. Zodra ik je een naam geef, ben ik ook strafbaar.'

Ja, natuurlijk is hij dat! 'Maar wat kan ik anders doen?' wilde ik weten. 'Het alternatief is iemand in een achterafstraatje met een breinaald, als die al een vrouw wil aanraken die al zo ver heen is. Ik denk dat ik het de dames van hiernaast zou kunnen vragen, maar ik heb zo'n idee dat eventuele ongelukjes daar met zes weken met moederkoren worden behandeld.'

'Stil maar, lieverd,' zei hij, en hij kuste me. 'Ik heb je eindelijk waar ik je hebben wil. Ieder cadeau dat ik je heb aangeboden sinds we bij elkaar zijn, is afgewezen. Nu kan ik je eindelijk iets geven wat je zult aannemen. Ik weet een heel aardig en afgelegen sanatorium op het land dat is gespecialiseerd in gevallen als dat van Pappy. De chirurgie is van het hoogste niveau, net als de medicijnen en de verpleging. Ik zal die man hiervandaan bellen om af te spreken dat ze morgenochtend meteen wordt opgenomen.' Hij stond op. 'Maar eerst wil ik zelf met Pappy spreken, onder vier ogen.'

'Hoeveel gaat dat kosten?' vroeg ik, intens dankbaar. 'Ik heb duizend pond op mijn spaarbankboekje staan.'

'Beroepsmatige gunsten kosten niets, Harriet.'

Hij bleef meer dan een halfuur bij Pappy en kwam terug met een erg treurig gezicht. 'Kan ik je telefoon gebruiken om die man te bellen?' vroeg hij.

Ik liep achter hem aan naar de slaapkamer, trok mijn kleren uit en kroop in bed, waar hij van schrok. Ik denk niet dat hij had verwacht dat ik hem deze vreselijke avond fysieke troost zou bieden, maar ik wil mijn schulden graag voldoen. Vreemd is dat, dacht ik, terwijl ik keek hoe hij zich uitkleedde. Meestal kleden we ons snel tegelijk uit, dus krijg ik nooit een kans om hem goed te bekijken. Voor iemand van tweeënveertig is hij een vreugde voor iedere kleermaker, geen probleem.

'Je hebt echt een prachtig lichaam,' zei ik tegen hem.

Dat vloerde hem volledig. Zijn adem stokte en hij bleef roerloos staan. Geven vrouwen een man nooit een compliment? Zijn vrouw kennelijk niet, en ik weet nu dat toen hij trouwde zijn seksuele ervaring had bestaan uit een paar dronken, halfvergeten ontmoetingen.

Woensdag 14 september 1960

Ik werd om zes uur wakker doordat iemand op mijn deur bonsde op een manier die erop wees dat hij niet zou ophouden voordat ik opendeed.

Toby stapte woest naar binnen en keek me grimmig aan. 'Mevrouw Delvecchio Schwartz heeft me naar beneden gestuurd,' zei hij. 'Ik wilde weten wat er met Pappy aan de hand is, maar dat wilde zij me niet vertellen, en Pappy is niet thuis.'

Ik ging koffie zetten en keek hem chagrijnig aan.

'Hier, laat mij dat doen,' zei hij, en hij duwde me opzij. 'Ik wil weten wat Pappy mankeert, concentreer je daar maar op.'

Dus vertelde ik het hem. Hij luisterde met een verkrampt gezicht, knarste met zijn tanden en sloeg met zijn vuist op het aanrecht.

'Ik ga die klootzak opsporen om hem verrot te slaan!'

'Voordat je dat doet moet je eerst maar horen wat mevrouw Delvecchio Schwartz over dat onderwerp te zeggen heeft,' zei ik, terwijl ik mijn gezicht over mijn beker boog. 'Pappy wil niet dat Ezra ook maar één haar gekrenkt wordt, ze is vastbesloten hem te beschermen, ten koste van alles, inclusief haar baby. Ze weigert hem financiële steun voor het kind te eisen of zijn vrouw op de hoogte te stellen – álles wat professor Marsepein maar in de problemen kan brengen! En mevrouw Delvecchio Schwartz zal zout in die wonde wrijven door jou te vertellen dat jij niet Pappy's man, vader, broer, oom of neef bent, dus dat je absoluut geen enkel recht hebt zoiets te zeggen of te doen.'

'Is liefde dan geen geldig excuus?' vroeg hij. 'Pappy heeft helemaal geen familie meer over. Als wij niet voor haar zorgen, wie doet het dan wel?'

'Wij zorgen ook voor haar, Toby, op de manier die zij wil,' zei ik rustig. 'De schade is aangericht, en goddank dat er iemand als Duncan Forsythe bestaat. Als ze niet hiernaast is, dan is ze al naar het sanatorium – en nee, ik weet niet hoe dat heet of waar het staat, want Duncan wilde me dat niet vertellen. En je mag hier ook niets over zeggen, tegen wie dan ook, dus pas op je woorden! En als je ook maar iets tegen Harold Warner doorkletst, wanneer jullie elkaar tegen het lijf lopen – zelfs als je denkt hem zand in de ogen te strooien – dan zweer ik, Toby Evans, dat ik je zal castreren! Dat valse kereltje is zo sluw als wat, en hij is gevaarlijk.'

Maar ik betwijfel of hij ook maar iets heeft gehoord van wat ik zei, hij was echt overstuur. Bovendien was hij heel wrokkig over het feit dat Duncan meer kon helpen dan hij. Ik had erg met hem te doen. Hij moet vreselijk hebben geleden onder dat gedoe van Pappy met Ezra.

De tweede beker koffie bracht hem een beetje tot bedaren, hij knapte net genoeg op om mij van top tot teen te bekijken met... minachting?

'Je ziet er heel voldaan uit,' zei hij scherp.

'Voldaan? Hoe bedoel je?'

'Ondanks Pappy's narigheid zie je eruit alsof nadat de grote chirurg Pappy's toekomst keurig had geregeld, jij en hij het er eens goed van hebben genomen,' sneerde hij.

Ik gaf hem met de vlakke hand zo'n klap dat hij achterover tuimelde. 'Waag het niet mij te oordelen!' fluisterde ik. 'Waag het verdomme niet! Of Duncan Forsythe te oordelen! Jouw hele probleem is dat jij het niet kunt hebben dat andere mensen in staat zijn meer voor Pappy te doen dan jij! Nou, jammer dan! Daar moet je dan mee leren leven, maar probeer dat niet op mij te verhalen!'

Hij zag zo bleek dat de afdruk van mijn hand als een wijnvlek op zijn huid afstak. 'Het spijt me,' zei hij stijfjes. 'Je hebt gelijk. Maak je geen zorgen, ik zal ermee leren leven.'

Ik sloeg een arm om zijn schouders en gaf hem een snelle knuffel. Hij gaf een knuffel terug, glipte onder mijn arm vandaan, grijnsde naar me, en was verdwenen.

Geen goed begin van de dag. Ik moest naar het kantoortje van zuster Agatha om uit te leggen dat Pappy twee weken weg zou zijn.

'Dit is uitermate onreglementair, juffrouw Purcell!' zei ze. 'Waarom heeft ziekenverzorgster Sutama zich niet in de ziekenboeg gemeld?'

'Ze is bij haar eigen huisarts geweest,' loog ik. 'Ik denk dat hij zijn patiënten naar het Vinnie's en naar privé-klinieken ten oosten van de stad verwijst.' O, waarom moet iedereen dit zo ingewikkeld maken?

'Dat is niet van belang, juffrouw Purcell. Ziekenverzorgster Sutama hoort bij het personeel en heeft daarom recht op een bed in het Queens, wie haar arts ook mag zijn. Ze zou gewoon onder de hoede zijn geplaatst van een van onze specialisten – en ik weet zeker dat ik u niet hoef te vertellen dat die de allerbesten zijn.'

Ik hield stand. 'Zuster Toppingham, ik kan u echt geen verdere inlichtingen verstrekken. Het enige dat ik weet is dat ziekenverzorgster Sutama er de voorkeur aan gaf onder de hoede van haar eigen huisarts te blijven.'

'Uiterst onreglementair!' kakelde zuster Agatha, en ze keek

me afschuwelijk scherp aan met die lichtblauwe ogen van haar. Ze ruikt onraad, dat weet ik zeker. Ze mag dan een stijve ouwe taart zijn, maar je staat niet dertig jaar lang aan het hoofd van een klein leger jonge vrouwen zonder te beseffen dat één plus één soms een totaal van drie geeft.

'Ik bied u mijn verontschuldigingen aan, zuster,' zei ik, waarmee ik het standaardantwoord gaf.

'Het is wel goed, juffrouw Purcell, het is wel goed.' Ze boog zich over de papieren op haar bureau. 'U kunt nu gaan.'

Ik kwam daarna in de volgende catastrofe terecht, hoewel dat er een van het gewone soort was. Verwarde patiënt, behoefte aan de kalmerende vaardigheden van Harriet Purcell.

Gelukkig werd het een uur later een stuk rustiger, en we gingen even zitten voor een kopje thee. Zuster Marie voegde zich bij ons – de trouwerij komt steeds dichterbij. Maar Chris had eerst een appeltje met mij te schillen.

'Waarom was je zo laat?' wilde ze weten.

'Ik moest verslag uitbrengen bij zuster Agatha. Pappy is nog steeds ziek.'

'Wat is er aan de hand?'

'Niet veel bijzonders, maar haar huisarts heeft haar in het ziekenhuis laten opnemen.'

'Het arme kind! In welk ziekenhuis ligt ze, in het Vinnie's of in het Sydney? Dan gaan Marie en ik er op weg naar huis wel even langs.'

'Dat gaat een beetje moeilijk. Ze ligt in een kliniek buiten de stad.'

Chris en Marie wisselden een veelbetekenende blik met elkaar, veranderden toen van onderwerp en begonnen over de trouwerij.

De hemel zij dank heeft Pappy zich niet ingelaten met iemand van het personeel! Chris en zuster Marie zijn twee lieve zielen, maar het nieuws van Pappy's plotselinge ziekte zou razendsnel de ronde doen! Iedereen kent haar, ze werkt al dertien jaar op de röntgenafdeling. Chris en zuster Marie bezorgden me anders wel de rilbibbers, dat kan ik je verzekeren. Het is tot daar aan toe vaag over de mogelijkheid van ontdekking na te denken, zelfs te besluiten dat je je van een ontdekking niets aan zult trekken, maar als je opeens de mogelijkheid van een ontdekking onder ogen moet zien, omdat het probleem van een geliefde vriendin publiekelijk bekend dreigt te raken – nou, dan zie je de wereld wel even in een ander perspectief!

Stel dat mama en papa erachter kwamen. Allemachtig, ik zou doodgaan als zij ontdekten dat hun dochter het met een getrouwde man had aangelegd. Want als Cathy F. erachter komt, zal het zo worden genoemd.

Zaterdag 17 september 1960

Toen Duncan vandaag om twaalf uur kwam, heb ik het uitgemaakt.

'Ik kan de spanning niet langer verdragen,' probeerde ik uit te leggen, zonder in details te treden over geklets in het ziekenhuis of de klap die ik Toby had gegeven omdat hij vervelende dingen had gezegd. 'Ik weet dat ik een vreselijk moment heb gekozen, vlak na alles wat jij voor Pappy hebt gedaan – ik moet wel heel ondankbaar lijken! Maar het gaat om mama en papa, snap je. Duncan, wat ik met mezelf en met mijn leven doe, is mijn zaak, maar dat ligt anders als er een getrouwde man bij betrokken is. Dan gaat het opeens iedereen aan. Hoe zou ik mijn ouders nog onder ogen durven komen? Als we doorgaan, komt het beslist eens uit. Dus moet het ophouden.'

Zijn gezicht! Zijn ogen! De arme man keek alsof ik hem wilde vermoorden. 'Je hebt uiteraard gelijk,' zei hij met schorre stem. 'Maar ik heb een andere oplossing. Harriet, zonder jou kan ik niet leven, echt niet. Wat jij zegt valt niet te ontkennen, liefste. Het laatste dat ik zou willen is dat jij het gevoel hebt dat je zelfs je vader en moeder niet in de ogen durft te kijken. Dus is het het beste als ik Cathy onmiddellijk om een scheiding vraag. Als die scheiding erdoor is, kunnen wij trouwen.'

O lieve hemel! Dat was nou het enige antwoord waarop ik niet had gerekend, en het laatste wat ik wilde horen. 'Nee, nee, nee!' schreeuwde ik, en ik timmerde woest met mijn handen op de tafel. 'Nee, dat niet, dat nooit!'

'Je wilt geen schandaal, bedoel je,' zei hij, nog steeds met een grijsbleek gezicht. 'Maar ik zal jou erbuiten houden, Harriet. Ik zal een vrouw inhuren die als medeplichtige zal dienen, en we zullen elkaar niet meer zien tot ik vrij ben. Laat Cathy haar gekwetstheid maar aan de roddelpers ventileren, laat de roddelpers naar hartenlust vuil spuiten, het maakt niet uit zolang jij er maar niet bij wordt betrokken.' Hij pakte mijn handen en wreef ze warm. 'Liefste, Cathy mag hebben wat ze wil, maar dat betekent nog niet dat jij iets tekort zult komen. Er is geld genoeg, geloof me.'

O hemel! Hij begreep niet wat ik bedoelde omdat het niet in hem op was gekomen dat ik niet mevrouw de doktersvrouw wilde spelen. Dat ik geen mevrouw de doktersvrouw kón spelen, zelfs niet voor hem. Als ik nog wat meer van hem zou houden, zou ik me misschien tot zo'n zelfopoffering kunnen brengen. Maar het probleem is dat ik slechts op bepaalde manieren van hem houd, niet op álle manieren.

'Duncan, luister goed,' zei ik met een stalen stem. 'Ik ben niet klaar om met iemand te trouwen, ik ben er nog niet aan toe om me vast te leggen. Ik betwijfel eerlijk gezegd of ik ooit toe zal zijn aan het soort leven dat ik met David zou hebben gehad, dat ik met jou zou hebben.'

Jaloezie, zelfs op dit moment! 'Wie is David?' vroeg hij.

'Mijn ex-verloofde – hij stelt niets voor,' zei ik. 'Ga terug naar je vrouw, Duncan, of zoek een vrouw die in jouw wereld kan leven, als je het met Cathy niet vol kunt houden. Maar vergeet mij. Ik wil geen relaties met getrouwde mannen, en ik wil niet dat jij van mij droomt als de tweede mevrouw Forsythe. Het is voorbij, ik zeg het zo duidelijk als ik het maar kan zeggen.'

'Je houdt niet van me,' zei hij dof.

'Jawel, ik houd wel van je. Maar ik wil geen nestje in een villawijk bouwen, en ik wil me niet groezelig moeten voelen.'

'Maar... kinderen! Je wilt toch zeker wel kinderen!' stamelde hij.

'Ik ontken niet dat ik graag minstens één kind zou willen krijgen, maar dat zou dan wel op mijn voorwaarden moeten zijn, en ik krijg liever geen kind als dat betekent dat ik een man moet vragen verantwoordelijkheid voor mij te dragen. Je bent geen Ezra, Duncan, maar je komt uit dezelfde wereld, je verwacht dezelfde betrokkenheid, je deelt de vrouwen op identieke wijze in. Sommigen voor de lol, sommigen voor het nageslacht. Ik beschouw het als een groot compliment dat jij mij liever als je vrouw dan als je maîtresse hebt, maar ik wil geen van beiden zijn.'

'Ik begrijp je niet,' zei hij, totaal verbijsterd.

'Nee, en dat zal ook wel nooit gebeuren.' Ik liep naar de deur en hield die open. 'Vaarwel. Ik meen het.'

'Vaarwel dan, mijn liefste,' zei hij, en hij vertrok.

O, wat was dat vreselijk! Ik moet wel van hem houden, want het deed me heel veel verdriet. Maar ik ben erg blij dat het voorbij is voor het nog erger kon worden.

Zaterdag 24 september 1960
Christine Leigh Hamilton is vandaag mevrouw Demetrios Papadopoulos geworden. Het was een geweldig feest, hoewel een beetje wonderlijk. Ik vermoed dat er veel diplomatiek geharrewar heeft plaatsgevonden, waarbij het ene gebruik aan de bruid werd toegekend en het andere aan de bruidegom, tot bruid en bruidegom overeenstemming hadden bereikt. De familie van de bruidegom zat aan de ene kant van de kerk, en die

van de bruid aan de andere. Zijn kant zat tjokvol, en haar kant was voor een derde gevuld, voornamelijk met ongehuwde vrouwen, met uitzondering van een paar artsen en hun vrouwen. Dokter Michael Dobkins was er met zijn fysio-vrouw, wat meteen een raadsel oploste. Zij leek sprekend op Chris, tot aan de plompe benen als de poten van een vleugel, behalve dat zij, omdat ze geld had, zich contactlenzen kon veroorloven. Hoe ik dat weet? Ze heeft zo'n zonder-bril-zo-blind-als-een-mol-blik. Hoe goed hun lenzen ook zijn, ze blijven zo'n kippige blik houden.

De laatste die ik had verwacht te zien was Duncan, maar hij was er, compleet met zijn vrouw. Maar ik besefte dat Chris hem natuurlijk goed moest hebben gekend uit haar dagen van de grote röntgenafdeling – orthopeden bekijken veel foto's van botten. Ik hield me achter in de kerk schuil, met een roze kanten sjaaltje over mijn hoofd omdat ik weiger een hoed te dragen, zelfs voor de trouwerij van Chris. Tot ik mevrouw Duncan Forsythe zag, was ik heel tevreden geweest over mijn soepele roze jersey jurk. Maar die vrouw – oef! Jacques Fath, naar de snit van haar strakzittende beige geval te oordelen. Beige zeemleren handschoenen met zeven knoopjes, beige zeemleren schoenen van Charles Jourdan, een beige hoed waarmee je geen enkel lid van de koninklijke familie ooit zou zien lopen, zó elegant. Te midden van alle opgedirkte Nieuwe en Oude Australische pummels viel zij gigantisch op, ook al waren haar haren, huid en ogen net zo beige als haar kleding. Ze had eigenlijk tussen alle kleuren moeten verbleken, maar dat was echt niet het geval. Haar sieraden bestonden uit parels die te vaal en te dof waren om nep te kunnen zijn.

Duncan zag er vreselijk uit, hoewel zijn vrouw had gezorgd dat hij perfect gekleed was voor een gelegenheid waarvan ik wel zeker weet dat hij die afschuwelijk vond. Pas één weekje, en hij is al verbleekt. Niet tot haar beige, maar tot diverse tinten grijs. Grijze huid en grijs haar – kan er in één week zoveel grijs verschijnen? Ik denk van wel als haar in één nacht zilvergrijs kan worden. Voor mij leek het alsof hij een hartkwaal had gekregen, maar daar is hij veel te gezond voor. *Nee, Harriet Purcell, hij heeft gewoon veel verdriet, en dat is allemaal jouw schuld, jij egoïstisch kreng!* Hoewel ik blij was dat ik zijn vrouw eens had gezien; die kans krijg ik waarschijnlijk nooit weer.

Het blijkt dat Chris geen naaste familie heeft, dus zuster Agatha bracht de bruid de kerk binnen! De bruid droeg een Scarlett O'Hara-crinoline van witte tule, overdekt met miljoenen kanten roesjes, en met een rug die uitliep in een indrukwekkend lange sleep die werd gedragen door twee kleine Griekse meisjes die schattig liepen te struikelen, en iedereen riep 'O!' en 'Ah!' toen ze aan de arm van zuster Agatha door het middenpad liep. Zuster Agatha droeg een pastelblauwe jurk van guipurekant en een hoed waarvoor de koningin-moeder een moord zou hebben begaan – een enorme mand van bijpassend lichtblauw stro met stijve plukjes mauve gaas en een paar violetpaarse orchideeën zoals ook in haar corsage zaten. Zuster Marie – vandaag Marie O'Callaghan, mag ik aannemen – was het enige bruidsmeisje, in roomkleurige kant over narcisgeel satijn. De bruid droeg het soort boeket dat je alleen op trouwfoto's uit de jaren twintig en dertig ziet: een complete waterval van witte lelies en orchideeën. Het bruidsmeisje droeg eveneens een gevaarte, vol roomkleurige rozen. Aangezien het de taak van de bruidegom is om de bloemen te kopen, nam ik mijn petje af voor Demetrios.

De receptie werd gehouden in een Grieks restaurant in Kensington, en het was naar mijn mening een schitterend feest. Demetrios' ouders waren erg trots op hem! Hij was erin geslaagd een 'Oude Australische' te bemachtigen, de reis van tien pond aan boord van een akelig wrak van een schip uit Griekenland had resultaat gehad. De Papadopoulossen zijn de betere kringen van Australië binnengegaan. De Forsythes, zag ik, volstonden met een bezoek aan de kerk, drukten buiten de bruidegom de hand en gaven de bruid een kus, te midden van grote vrachten confetti, en daarna zoefden ze weg in een enorme zwarte Rolls, ongetwijfeld om een chiquere bijeenkomst bij te wonen. Ik denk niet dat een van hen me opmerkte omdat ik me in de kerk achter een pilaar had verstopt en me in het voorportaal schuilhield tot de Rolls was verdwenen.

Dus kon ik me op de receptie ontspannen, ik danste met een tiental Griekse knullen die me met hun donkere ogen allemaal uitkleedden, ik smeet met de beste van hen met bordjes, en ik probeerde dat *Nooit op zondag*-gedoe, maar vond dat het leuker was om te gaan zitten kijken hoe de mannen het op de juiste manier deden. Ze waren sierlijk en hartstochtelijk, de muziek was wonderbaarlijk. Ik geloof niet dat er onder het contingent van de bruid veel enthousiasme voor het eten was, maar ik deed me er met veel smaak aan te goed. Moussaka, dolmas, piepkleine gehaktballetjes, tabouli, gebraden ham aan het spit, aubergines, olijven, artisjokken, inktvis. De rijstpudding was hemels, een zoete, romige brij met bruine streepjes nootmuskaat en kaneel. Ik at er schandalig veel van.

Ondanks het verrukkelijke eten en de bewonderende menigte mannen die allemaal met me wilden dansen of met me naar bed wilden, vond ik de tijd om naar de tafel op het podium te kijken. Chris en Demetrios zaten als verdwaasd en aten niets, maar zuster Marie en de getuige van de bruidegom, Constantin, zaten elkaar in de ogen te kijken en voerden elkaar schalks hapjes, als ze niet zaten te giechelen door de retsina. Dit wordt het volgende ziekenhuishuwelijk, let op mijn woorden! Toen het voor Demetrios en Chris tijd werd om te vertrekken en Chris al haar door zandzakjes geoefende krachten bijeenraapte om dat kolossale boeket in de richting van een krijsende menigte begerige vrouwen te gooien, maakte ik inderdaad gebruik van mijn oude basketbalvaardigheden, alleen niet op de manier zoals ik had gedreigd. Ik manoeuvreerde zuster Marie op de juiste plaats, mepte met mijn knokkels tegen de juiste bloem toen het ding regelrecht op mij afkwam, en stuurde hem in de verrukte handen van zuster Marie.

Cupido schiet weer raak.

Zondag 25 september 1960

Vorige week zondag heeft noch Harold noch ik mevrouw Delvecchio Schwartz gezien doordat ze haar belangrijkste cliënt, mevrouw Desmond Dinges – ik vergeet die namen altijd – op bezoek had. Misschien had ze dat wel met boosaardige opzet zo geregeld, dankzij de crisis met Pappy. Pappy is trouwens nog steeds niet terug. Ik maak me daar echt ongerust over, maar ik weet zeker dat als er iets was misgegaan, het sanatorium contact met ons had opgenomen. Duncan zou dat niet anders hebben gewild. Misschien is haar algehele gezondheidstoestand zo slecht dat ze nog een paar dagen wilden wachten voor ze ingrepen, en dat ze haar na de ingreep ook nog wat langer wilden houden.

Dat heb ik tenminste tegen mevrouw Delvecchio Schwartz gezegd, en zij is verstandig genoeg om het eens te zijn met mijn theorie.

Ze wist natuurlijk al dat ik Duncan de bons had gegeven, hoewel er absoluut niemand in de buurt was geweest en ik haar vorige week zondag niet had gezien. Ik had niemand over Duncan verteld, maar zij wist het. *Het stond in de kaarten.* Het staat altijd in de kaarten. Maakt haar tumor dat ze in de toekomst kan zien? Ze zeggen dat er delen van onze hersenen zijn die we niet gebruiken, dat er krachten zijn waarvan we niet weten dat we ze bezitten. Of kunnen sommige mensen echt de elementen oproepen? Kunnen ze de gebeurtenissen naar hun hand zetten? In de nevels van de tijd zien? Ik wou dat ik het wist, maar ik weet het niet. Het enige dat ik weet is dat mevrouw Delvecchio Schwartz óf het beste spionagesysteem ter wereld heeft, óf dat ze echt door het leggen van haar kaarten kan zien wat er gebeurt.

Ik moest tot in detail verslag uitbrengen van de trouwerij, van de zes kristallen wijnglazen die ik het gelukkige paar had gegeven, tot hoe zuster Agatha urenlang had gedanst. Wie had dat gedacht? Retsina heeft veel effect.

Flo zag er uitgeput uit, maar haar moeder zegt dat ze dit weekend geen cliënten heeft gehad. Toen ik binnenkwam keek Flo me aan alsof ze precies wist wat ik doormaakte, hoewel ik heb geprobeerd dat voor de hele wereld verborgen te houden, zelfs in dit schrift niets over mijn emoties heb gezegd. Dat gaat niemand iets aan, inclusief degene die de haar op mijn tilsiterkast heeft verbroken toen de plasticine eraf werd gepeuterd om in mijn spullen te snuffelen. Er is in mijn oude schriften gelezen, ze stonden niet meer netjes rechtop, zoals eerst. Ze lagen plat, en ze waren ook niet zomaar omgevallen. Er is iemand die alles van me weet, bijna tot op de dag van vandaag, want ik ben net aan een nieuw schrift begonnen. Ik heb er een vieze smaak van in mijn mond gekregen, hoewel ik weet wie de schuldige moet zijn. Harold. Dus moest ik hem te slim af zijn en ik deed alle gordijnen dicht, ging op mijn bed staan en stopte de schriften achter het luik in het plafond. Hij zou een ladder nodig hebben, als hij al op de gedachte kwam in de kruipruimte te zoeken. Ik wou dat er iemand was met wie ik over Harold kon praten. Zal hij, nu Duncan weg is, opnieuw beginnen met dat afschuwelijke gedoe van hem?

Maar Flo weet of bespeurt of voelt iets van wat ik heb doorgemaakt, dat zweer ik. Ik zie het in haar ogen, mijn poezenkopje. Dus kwam ze naar me toe zodra ik ging zitten, klom op mijn schoot, kuste me over mijn hele gezicht, nestelde zich tegen me aan en begon met haar vingers te spelen. Toen gleed haar hand naar mijn cognacglas.

'Niet van mij, lieve Flo,' zei ik. 'Als je wat wilt, vraag het dan maar aan je moeder.'

'Ach, geef haar maar een slokje,' baste mevrouw Delvecchio Schwartz. 'Ik heb haar eindelijk van de borst, dus ze heeft wel iets verdiend.'

'Wat heeft u zover gebracht?' vroeg ik verbaasd.

'Ik las het in de kaarten, prinses.' Ze greep mijn rechterhand, draaide die om, bekeek mijn palm, balde hem toen tot een vuist en grinnikte. 'Het komt wel goed met jou, Harriet Purcell. Jíj laat je hier niet door op je kop zitten. Je hebt hem teruggestuurd naar zijn vrouw, hè?'

'Ja. Hij begon steeds bezitteriger te worden en toen zei hij dat hij van zijn vrouw wilde scheiden zodat hij met mij kon trouwen en wij in deugd konden leven. Maar ik moest er echt niet aan denken.' Ik zuchtte. 'Ik heb echt geprobeerd hem zo voorzichtig mogelijk de laan uit te sturen.'

'Mannen hebben zoveel trots dat er niet zoiets bestaat als voorzichtig de laan uit sturen, als de vrouw dit zetje moet geven. Het is een echte goeie vent, hoor – een geleerde heer, zoals ze dat vroeger zeiden. Jullie zouden parttime goed bij elkaar passen, maar permanent? Dat zit er gewoon niet in. Al dat water en al dat vuur – vroeg of laat zou het bij jullie tot een uitbarsting komen, als bij een vulkaan die in de zee stort.'

'Heeft u zijn horoscoop getrokken?' vroeg ik verbaasd.

'Ja. Duidelijk Leeuw, Ram, Boogschutter. Ziet eruit en gedraagt zich als een Maagd, met wat Weegschaal en Boogschutter, maar onderhuids gloeit hij lang door – een scheef carré tussen Venus en Saturnus, hoewel hij daar niet het egoïstische trekje van heeft – maar dat speelt hem wel vreselijk parten. Jammer dat ik zijn ascendant niet ken.'

'Hoe bent u zijn geboortedatum te weten gekomen? Die weet ik zelfs niet!'

'Ik heb 'm opgezocht in de *Who's Who in Australia*,' zei ze voldaan.

'Bent u naar een bibliotheek geweest?'

'Nee prinses! Ik heb mijn eigen bibliotheek.'

Als dat zo is, dan bewaart ze die niet in deze kamer. Haar manier van doen heeft me veel geholpen – dit gaat weer over, er zit nog veel meer vis in de zee, mijn koningin van zwaarden ligt op een goede plek, ik ben niet kapot te krijgen. Hoewel Flo me meer heeft geholpen. Ze wilde niet van mijn schoot, tot Harold arriveerde en ze als een haas onder de bank schoot.

Hij ziet er vreselijk uit. Ziek, onverzorgd. Hij begint in te storten, zijn zelfrespect is danig ondermijnd. Hij was altijd onberispelijk verzorgd: een pietluttig mannetje in een ouderwets driedelig pak met een gouden horloge met ketting over zijn vest. Nu ziet hij eruit als een zwerver. De boord van zijn overhemd is rafelig, zijn broek is verkreukeld, zijn dunne grijze haar zit vol roos. O, mevrouw Delvecchio Schwartz, probeer alstublieft aardig voor hem te zijn!

Dat zit er bij haar echter niet in. Ze heeft een hekel aan hem, ze wil hem kwijt, maar de kaarten zeggen dat hij een rol voor Het Huis moet spelen, en ze gaat nooit tegen de kaarten in. Dus zit ze aan hem te pikken als een kraai aan een karkas, waarbij ze de zachtste en gevoeligste plekjes het eerst neemt.

'Je bent te vroeg,' snauwde ze.

Zelfs zijn stem is afgestompt, zijn aanstellerige, bekakte manier van praten is nu nasaler, vlakker, Australischer geworden. 'Op mijn horloge is het anders precies vier uur,' zei hij, met zijn ogen op mij gericht. Haat, haat, haat.

'De tijd kan me niks verdommen!' bulderde ze. 'Je bent te vroeg, dus hoepel op.'

Harold begon nu echt tegen haar tekeer te gaan. 'Hou je mond!' schreeuwde hij schel. 'Hou je mond, hou je mond!'

O Flo, je zou niet naar zulke dingen moeten hoeven luisteren, maar je zit onder de bank! Ik liet me in mijn stoel zakken en bad in stilte dat de kaarten Flo's moeder uit deze afschuwelijke, zelfverkozen dwang zouden verlossen.

Mevrouw Delvecchio Schwartz lachte hem gewoon uit. 'Allemachtig, Harold, je bent zelfs geen gevaar meer voor al die jongetjes op school!' zei ze minachtend. 'Denk niet dat ik ook maar een klein beetje onder de indruk ben van al jouw geschreeuw. Of van dat dingetje in je broek.' Ze knipoogde vet naar mij, maar ze zorgde ervoor dat hij haar dit kon zien doen. 'De waarheid is, prinses, dat als het ding een centimeter korter was, het een gaatje zou zijn.'

'Hou je mond, hou je mond, hou je mond!' schreeuwde hij weer. Hij keek mij opeens woest aan, waarbij de haat als vurige vlammen uit zijn ogen sloeg. 'Het is jouw schuld, Harriet Purcell! Het is allemaal jouw schuld! Sinds jij hier bent gekomen is alles veranderd!'

Als ik antwoord had kunnen geven, zou ze me in de rede zijn gevallen. 'Laat Harriet erbuiten!' bulderde ze. 'Wat heeft Harriet jou ooit misdaan?'

'Ze heeft de dingen veranderd! Ze heeft de dingen veranderd!'

'Onzin!' spotte ze. 'Het Huis heeft Harriet nodig.'

Dit maakte dat hij door de kamer begon te ijsberen, zijn schouders optrok en huiverde en beefde. Grote hemel, dacht ik, hij is echt buiten zinnen! 'Het huis, het huis, het verrekte huis!' riep hij. 'Weet je wat ík denk, Delvecchio? Volgens mij heb jij een ongezonde band met dit – dit vrouwspersoon! Wat Harriet wil, dat gebeurt. Er zit geen enkel verschil tussen jullie en dat smerige stel van boven! O, waarom ben je toch zo wreed!'

'Hoepel op, Harold,' zei ze, op gevaarlijk rustige toon. 'Hoepel nu heel snel op. De kaarten zeggen dat ik jou nog een tijdje hier moet houden, maar van nu af aan is het afgelopen met het gefoepjanfiedel, man. Van nu af aan kun je met je pik in het zand zitten. Wégwezen!'

Nog één vernietigende blik in mijn richting, en hij vertrok.

'Sorry voor dit alles, prinses,' zei ze tegen mij en toen, tegen de bank: 'Kom er maar uit, poezenkopje, Harold komt nooit meer in deze kamer terug.'

'Mevrouw Delvecchio Schwartz, er is iets ernstig mis met de mentale gesteldheid van Harold,' zei ik met alle autoriteit die ik

kon opbrengen. 'Als u erop staat hem in Het Huis aan te houden, dan smeek ik u, behandel hem wat vriendelijker! Hij takelt
snel af, dat kunt u toch zeker ook wel zien? En hij sluipt steeds
achter mij aan – of dat deed hij tot Duncan kwam. Nu Duncan
weg is, gaat hij misschien weer achter me aan sluipen.'
O, hoe kan ze zo intelligent en wijs zijn, en ook zo dom?
Haar reactie was grenzeloos luchthartig. 'Maak jij je nou maar
geen zorgen over Harold, prinses,' zei ze. 'De kaarten zeggen
dat jij geen enkel gevaar te duchten hebt van zo'n kleine flapdrol als Harold.'
De kaarten, de kaarten, die stomme rótkaarten!
Toch had ik Flo twee uur voor mij alleen en daar was ik heel
blij mee. De scène tussen die twee onwaarschijnlijke geliefden
was vreselijk geweest om getuige van te zijn, maar zelfs tijdens
het tumult was mijn hart als van lood geworden bij de gedachte dat de breuk tussen hen zou betekenen dat Flo niet meer op
zondagmiddag zou komen. Ik denk dat Flo er net zo over dacht
toen ze zich schuilhield onder de bank, want toen haar moeder
haar aan mij gaf, lichtte haar gezichtje zo hevig op dat ik op dezelfde manier smolt als wanneer Duncan vroeger naar me glimlachte. Vroeger. Het is verleden tijd, Harriet. O, ik mis hem zo!
Goddank hoef ik niet ook mijn poezenkopje te missen.
Ze houdt veel van dat andere poezenkopje, Marceline. Als
Flo nou ook maar eens wat aan wilde komen, net als Marceline! Mijn kat van twee kilo weegt nu vier kilo en ze dijt nog
steeds uit. Het is een groot genoegen die twee over de vloer te
zien rollen! Maar ik heb me voorgenomen dat Flo moet leren
spelen met de alfabetblokken. Ik heb geprobeerd mijn gedachten naar haar toe te sturen, maar ze komen niet door. Dus als ik
haar leer lezen en schrijven, zullen we kunnen communiceren.
Ze luisterde aandachtig terwijl ik haar een A en een B en een
K en een T en nog een paar andere letters liet zien, en ze leek het
volledig te begrijpen toen ik KAT en KIP bouwde. Maar als ik
haar de blokken geef, komt er KTB of PIB uit. Ze kan me zelfs

geen A of B geven. Het heeft voor haar geen enkele betekenis. Het leescentrum in haar hersens moet zijn beschadigd of helemaal afwezig zijn. O Flo!

Maandag 26 september 1960

Pappy moet gisteravond heel laat zijn thuisgekomen, toen Marceline en ik al sliepen. Toch moet er een soort bovennatuurlijke kracht in Het Huis aanwezig zijn, want ik werd twee uur vroeger wakker en wist dat ze thuis was. Toen ik met de koffiepercolator in de hand naar haar kamer liep, stond de deur wijd open. Ze zat aan de tafel. Ze keek op toen ze me zag en glimlachte. Ze zag er veel beter uit dan toen ze was weggegaan! Ik omhelsde en kuste haar, schonk koffie voor ons in, ging zitten. Er lagen vellen papier op de tafel uitgespreid, sommige blanco, sommige met een paar woorden in paarse inkt erop geschreven.

'Ezra Pound – alweer een Ezra! – had een heel groot handschrift,' zei ze. 'Ik heb hem geschreven toen hij in de gevangenis zat en hij heeft me geantwoord. Is dat niet geweldig? Ik zal je zijn brief laten zien – die is in potlood geschreven op een uit een schrift gescheurd blaadje. Zijn geweldige poëzie! Ik heb geprobeerd een gedicht te schrijven, maar ik kan de juiste woorden niet vinden.'

'Dat komt later nog wel. Hoe was het?'

Ze ontweek het antwoord niet. 'Niet zo erg. Ik had een postoperatieve bloeding, waardoor ik langer moest blijven dan was voorzien. Ze behandelden me alsof ik een goedaardige tumor had – dat was de diagnose op mijn kaart. Het is een heel goed georganiseerde instelling. Ik had een kamer alleen, en ze zorgen dat je de andere patiënten niet te zien krijgt – heel voorzichtig. Het eten was goed, en ze hadden er begrip voor dat ik geen vlees meer wilde. Er kwam een diëtiste die me uitlegde dat ik heel evenwichtig moest eten om alle benodigde aminozuren binnen te krijgen: eieren, kaas, noten. Dus in de toekomst zul je niet meer op me kunnen mopperen, Harriet, ik zal verstandig eten.'

Dit alles werd gezegd met een zachte stem waaraan elke vitaliteit ontbrak.

'Harriet,' zei ze opeens, 'heb jij ooit wel eens het gevoel alsof je met één voet aan de grond bent vastgespijkerd en alleen maar rondjes draait?'

'De laatste tijd maar al te vaak,' zei ik droogjes.

'Ik ben zo moe van het rondjes draaien.'

Ik slikte moeizaam en probeerde iets te bedenken om te zeggen, iets waardoor haar wonden niet weer open zouden gaan, maar wat haar wel zou troosten. Uiteindelijk keek ik haar alleen maar aan, met ogen vol tranen.

'Kun jij lesgeven?' vroeg ze.

'Lesgeven? Ik? Hoezo, lesgeven?'

'Ik wil toelatingsexamen voor de verpleegstersopleiding doen, maar het ontbreekt me aan de meest elementaire schoolopleiding. Het is gek, maar ik kan lezen en schrijven als een echte auteur, maar ik kan een zin niet analyseren of ontleden, ik kan niet optellen, aftrekken, vermenigvuldigen of delen boven het niveau van een kleuterschool. Maar ik begin er genoeg van te krijgen alleen maar verpleeghulp te zijn. Ik wil echt verplegen,' zei ze.

Wat een opluchting! Haar woorden wezen niet op een terugkeer naar die hectische weekends met rissen mannen. Ezra had haar misschien wel in één opzicht bijna vermoord, in een ander opzicht leek hij haar te hebben bevrijd.

Ik zei tegen haar dat ik het zou proberen, en ik stelde voor dat ze in het Queens met het hoofd van de opleiding ging praten, om te horen wat de exameneisen waren.

'Denk je dat Duncan me een aanbeveling zou willen meegeven?' vroeg ze.

'Ik weet zeker dat hij dat maar al te graag zou willen, Pappy.'

Ze haalde diep adem en zuchtte. 'Wist je dat hij heeft aange-boden mij en mijn kind te onderhouden? Me genoeg geld te geven zodat ik niet hoefde te werken, om het goed te kunnen opvoeden?'

O Duncan! Wat ben jij toch goed en vriendelijk, en wat ben ik wreed! 'Nee,' zei ik, 'dat heeft hij me niet verteld.'

'Hij was vreselijk geschokt toen ik weigerde. Hij leek het niet te begrijpen.'

'Ik begrijp het ook niet,' zei ik.

'Het is aan de vader om voor zijn kind en de moeder van zijn kind te zorgen. Als hij niet bereid is aan zijn morele en ethische verplichtingen te voldoen, kan geen enkele andere man zijn plaats innemen. Als een andere man dat deed, dan zouden ad-vocaten voor de rechtbank kunnen bewijzen dat die man de vader is.'

'Die wet deugt niet,' zei ik vol afkeer.

'Ik moet Duncan bedanken voor alles wat hij heeft gedaan. Wil je hem alsjeblieft de volgende keer dat hij hier is vragen naar mij toe te komen, Harriet?'

'Dan zul je een briefje in zijn postvak in het Queens moeten stoppen. Ik heb het uitgemaakt met Duncan,' zei ik.

Dat leek haar meer aan te grijpen dan het verwijderen van haar gezwel. Ze kon evenmin bevatten waarom ik hem de laan uit had gestuurd. In haar ogen had ik hem bedrogen, Duncan, de beste man van de hele wereld. Ik deed geen poging mijn kant van het verhaal toe te lichten. Waarom zou ik haar nog meer overstuur maken?

Woensdag 19 oktober 1960

Ik begin mijn enthousiasme voor alles te verliezen, inclusief voor het schrijven in dit schrift, hoewel de volle schriften ach-ter het plafond veilig lijken te zijn.

Harold haalt zijn oude kunstjes weer uit, en nu ik Duncan zo mis, heeft die ouwe rotzak misschien wel minstens één gevecht gewonnen, zo niet de hele oorlog. Ik ga niet meer naar boven om onder de douche te gaan, ik gebruik nu de badkamer bij het washok. O, ik was echt zover gekomen dat mijn haar recht overeind stond en dat ik aan alle kanten kippenvel had tegen de tijd dat ik boven aan de trap was. Als ik om de hoek keek, was de lamp steeds uit en was de deur van de wc dicht. Pikkedonker, en angstaanjagend.

'Hoer!' fluisterde hij dan. 'Hoer!'

Dus ga ik een douchekop kopen, een stuk leiding en een paar verbindingsstukken, om te zien of ik niet zelf een douche kan installeren. Ik heb mevrouw Delvecchio Schwartz gevraagd of ze er een wilde laten installeren, maar zij is de laatste tijd ook al in zo'n vreemde stemming. Ik geloof dat ze niet eens heeft gehoord wat ik zei. Er zijn schadelijke krachten aan het werk, was alles wat ze wilde zeggen, en dan nog gemompeld. Daaruit blijkt dat lunchen op zondag niet aan de orde is. Ik krijg Flo nog wel, en dat is het belangrijkste. Maar Flo schijnt maar niet te kunnen leren lezen.

Toby is in de weekends nooit hier, hij is veel te druk met het bouwen van zijn huis bij Wentworth Falls, en gedurende de week maakt hij veel werk van het helpen van Pappy, die vastbesloten is dit jaar aan het eind van november toelatingsexamen te doen. Ik heb echt geprobeerd haar les te geven, maar ik ben zo goed in wiskunde dat ik helemaal niets begrijp van iemand die moeite heeft met een simpel rekensommetje. Duidelijk géén geboren docent, helaas. Toby daarentegen blijkt geweldig geduldig en zorgzaam te zijn. Tot mijn grote vreugde. Het tweetal zit van maandag tot vrijdag urenlang bij elkaar. Ze ziet er nog steeds goed uit, hoogstens een beetje mat.

Dankzij Klaus ben ik nu heel goed in het koken van Europese gerechten en ik kan ook wat Indische en Chinese gerechten maken, dankzij Nal en Pappy. Maar is het niet gek dat ik geen zin heb om voor mezelf te koken? Ik bewaar mijn talenten voor etensgasten, en die komen niet vaak. Eigenlijk alleen Jim en Bob. Ze komen altijd op dinsdagavond, soms met Joe, de advocaat, en haar vriendin Bert. Ik ben hun ware naam te weten gekomen. Jim heet Jemina, en ik kan me goed voorstellen dat ze daar een hekel aan heeft. Dat ouders zo stom kunnen zijn om een baby dat aan te doen! Bob en Bert heten allebei Roberta, en Joe heet Joanna. Na dat afschuwelijke gedoe met de politie is Frankie (Frances) uit Kings Cross vertrokken en woont tegenwoordig ergens in Drummoyne. Dat komt doordat de arme kleine Olivia uit Rozelle is ontslagen en overgebracht naar Callan Park – ze is echt krankzinnig geworden, de arme ziel, en ze zweeft voortdurend in een andere wereld rond. Maar Frankie wil haar niet in de steek laten, hoewel haar familie dat wel heeft gedaan. Zielig, hè?

Toen ik Norm te eten had – gebakken kip, gebakken aardappels, stevige ouderwetse Australische kost voor Norm – ontdekte ik dat het verhaal over het Frankie-Olivia-schandaal tot ver in de gelederen van onze Kings Cross-dienders is doorgedrongen en dat zij daar witheet over zijn. Ach, dienders zijn net als iedere andere grote groep mensen, je hebt er goeie en slechte bij, en lieden die het helemaal niets interesseert. Onze eigen jongens laten de lesbo's met rust, denken net zomin slecht over een vrouw die lesbisch is als over een vrouw die in het leven zit. Ze houden alleen de godsdienstfanaten op een afstand. Volgens mij zijn dat de ergste mensen die er bestaan, alleen al omdat ze mensen opstoken tegen dingen die onvermijdelijk zijn, terwijl de politie hun eigen belangen proberen te dienen door die fanaten erbij te halen. Hoed je voor mensen die verslaafd zijn aan macht. Bij politici geeft dat ambitie zonder talent. Het zijn altijd mislukte juristen of gesjeesde onderwijzers, met een enkele vakbondsman ertussen.

Kom van die zeepkist, Harriet Purcell!

Ik heb Jim en Bob over Harold verteld, en zij geloven me.

'Jullie denken toch niet dat hij ook bij het washok rond zal sluipen, hè?' vroeg ik huiverend.

Jim dacht even na en schudde toen haar hoofd. 'Nee, dat denk ik niet, Harry. Hij schijnt het op de verdieping van mevrouw Delvecchio Schwartz te houden, alsof daar het centrum van zijn wereld ligt. Hij wil jou van het oude mens losweken, dat is alles. Als hij je echt wilde vermoorden, had hij dat volgens mij allang geprobeerd.'

'Hij haat jullie ook,' zei ik somber.

'Ja, maar dat is het conservatieve mannetje in hem. O, hij is jaloers op ons, maar hij weet dat wij voor het oude mens niet zo van belang zijn als jij.'

Wat is Jim toch een geweldig iemand! Ze zat daar kaarsrecht, slank en gespierd, met een scherp getekend gezicht dat duidelijk meer mannelijk dan vrouwelijk is. Geen wonder dat iedereen denkt dat ze een man is als ze op haar Harley-Davidson voorbij davert met Bob op haar duozitting, een ruige kerel die een rit maakt met zijn liefje. Ik kan zelfs begrijpen waarom Bobs ouders, oude mensen die echt midden op het land wonen, nooit oog hebben gehad voor het feit dat Jim een vrouw is. Heel verstandig van hen!

Jim bood aan te helpen bij het installeren van mijn douche.

Maandag 7 november 1960
Tja, nu heb ik officieel de leiding over de röntgenafdeling van de Spoedeisende Hulp. Chris is afgelopen vrijdag vertrokken, na een feestje dat was georganiseerd door zuster Marie, die in vroeger tijden huilerig en nors zou hebben gedaan, maar die nu een vrolijk gezicht had omdat ze goede hoop heeft volgend jaar Chris' voorbeeld te zullen volgen. Constantin (die kok is in Romano's restaurant) is nog steeds erg gek op haar. Toen Chris aankondigde dat er een Blijde Gebeurtenis onderweg was, begon het groep-

je röntgenassistenten en verpleegsters te giechelen en kreetjes van vreugde te slaken. Gelukkig kwamen er snel een paar spoedgevallen binnen, zodat we allemaal weer aan het werk konden.

Ik heb een nieuwe assistente om mijn plaats in te nemen – ouder en ervarener dan ik, maar verloofd met een arts-assistent, dus volmaakt tevreden met haar plaats. Ze heet Ann Smith en ze zal nog lang verloofd moeten blijven omdat dokter Alan Smith (handig, ze hoeft niet van naam te veranderen!) zich eerst verder moet specialiseren voor ze in het huwelijksbootje kunnen stappen. Maar waarom werd ík gevraagd om de leiding op me te nemen?

'Uw werk is uitstekend, juffrouw Purcell,' zei zuster Agatha tegen me toen ik voor haar bureau in de houding stond. 'Ik heb besloten juffrouw Hamilton door u te laten vervangen omdat u efficiënt en heel goed georganiseerd bent, en omdat u snel en doordacht kunt handelen, een uiterst belangrijke eigenschap voor het werken bij Spoedeisende Hulp.'

'Ja zuster, dank u, zuster,' zei ik automatisch.

'Tenzij...', waarna ze onheilspellend zweeg.

'Tenzij wat, zuster?' vroeg ik.

'Tenzij u trouwplannen heeft, juffrouw Purcell.'

Ik moest onwillekeurig grinniken. 'Nee zuster, ik kan u verzekeren dat ik geen trouwplannen heb.'

'Uitstekend, uitstekend!' Ze glimlachte zelfs. 'U kunt wel gaan, juffrouw Purcell.'

Het is echt anders om zelf de leiding te hebben. Chris was heel goed in haar werk, maar ze leidde de röntgenkamer op een manier die ik voor verbetering vatbaar acht. Nu kan ik het op mijn manier doen, mits noch de directrice noch zuster Agatha daar bezwaar tegen heeft.

Het betekent in elk geval dat ik nu om zes uur 's ochtends met mijn werk begin, terwijl de leerling tussen acht en vier komt en Ann vanaf tien uur mijn oude dienst heeft. Ik geloof niet dat Ann dat leuk vond, maar dat is dan jammer. Als haar uren betekenen dat ze Alan minder kan zien, dan moet ze zich daar maar bij neerleggen. Zo zie je maar wat het hebben van macht kan doen. Ik ben veranderd in een meedogenloos kreng.

Vrijdag 11 november 1960 (Mijn Verjaardag)
Ik hoorde vanmorgen vroeg, kort na zes uur, een wonderlijk gesprek tussen de directrice en de geneesheer-directeur. De hemel mag weten wat de grote baas op zo'n tijdstip hier moet, maar de directrice heeft de woorden 'geen dienst' natuurlijk niet in haar vocabulaire staan.

'Ik had dit nooit van dokter Bloodworthy gedacht,' zei ze stijfjes, vlak buiten mijn deur.

Wat zou dokter Bloodworthy in 's hemelsnaam hebben uitgehaald? Hij is patholoog, met als specialiteit bloed – is het niet vreemd hoe mensen soms een suggestieve naam hebben die helemaal bij hen past? Net als lord Brain, de neuroloog.

'Het is volslagen geschift!' antwoordde de baas, kennelijk stikkend van het lachen. 'Misschien zal dit die kippen zonder kop in de eetzaal van de zusters eens duidelijk maken dat ze zich niet altijd met andermans zaken moeten bemoeien.'

'Als ik het mij goed herinner,' zei de directrice op een toon die mij kippenvel bezorgde, 'zitten er in de eetzaal van de dokters net zoveel kippen zonder kop. Ik geloof zelfs dat dokter Naseby-Morton echt een ei heeft gelegd, waarmee u haastig op een lepel naar beneden bent gehold.'

Het bleef even stil, en toen zei de baas: 'Binnenkort zal ik u eens met de mond vol tanden zetten! En als ik dat doe, ben ik geen kip zonder kop! Dan ben ik de háán van het hok! Een goedendag, mevrouw.'

Oei-oei! En alle verjaardagen konden de pot op. Ik ben vanavond naar Bronte geweest.

Woensdag 23 november 1960
Vandaag heb ik Duncan gezien. Professor Sjögren is over uit
Zweden en hij gaf een lezing over hypothermische technieken
voor de behandeling van vaatafwijkingen in de hersenen. Het
hele Queens boven het niveau van het huishoudelijke personeel
wilde ernaartoe, maar onze collegezaal biedt slechts plaats aan
vijfhonderd personen, dus werd er hevig gevochten om een
plaats. De oude Zweed is een geweldige neurochirurg met een
wereldwijde reputatie in zijn onderzoek naar het afkoelen van
de patiënt om hartslag en bloedsomloop te vertragen alvorens
het aneurysma of de shunt of wat dan ook door te knippen. Als
hoofd van de röntgenkamer van Spoedeisende Hulp had ik
recht op een plaats en ik kwam terecht tussen zuster Marie en
niemand minder dan dokter Duncan Forsythe. O, wat was dat
een kwelling! We hadden een gedwongen lichamelijk contact en
mijn hele rechterzijkant gloeide uren later nog steeds. Hij begroette me met een korte knik maar zonder glimlach, waarna
hij stug naar het podium keek wanneer hij niet met dokter Naseby-Morton, aan zijn andere kant, praatte.
   Zuster Tesoriero, die de leiding heeft over kinderorthopedie,
zat aan de andere kant van zuster Marie, en ze kibbelden op
hun gebruikelijke manier.
   'Ik werk echt,' zei Marie O'Callaghan, 'terwijl jij je een beetje
voor de dokters loopt uit te sloven en de specialisten tomaten-
sandwiches bij de thee geeft in plaats van met pindakaas, zoals
andere stervelingen krijgen.'
   'Sst!' siste ik. 'Ik zit hier pal naast je-weet-wel-wie!'
   Zuster Marie snoof smalend, maar zuster Tesoriero wierp een
verschrikte blik opzij en zweeg. Haar geliefde dokter Forsythe,
hoofd van kinderorthopedie, zou het eten van sandwiches met
tomaten wel eens niet goed kunnen keuren wanneer hij besefte
dat andere stervelingen pindakaas op hun brood kregen. Hij
was zo buitengewoon goedhartig.
   Ik zat een tijdje in dubio of ik mijn hand tegen mijn mond

zou slaan en weg zou hollen, alsof ik misselijk was geworden. Maar omdat we in het midden van een heel lange bank zaten, zou ik meer aandacht trekken dan wanneer ik gewoon bleef zitten.

Ik geloof niet dat ik één woord van die lezing heb gehoord, en zodra het was afgelopen stond ik op om me bij de massale uittocht te voegen. Hij zou gelukkig met dokter Naseby-Morton naar de andere kant lopen. Maar dat deed hij niet. Hij liep achter mij aan, met het hoofd van hartchirurgie weer achter hem aan, zodat ze hun gesprek konden voortzetten. Toen plaatste hij zijn handen op mijn heupen, de idioot! Beseft hij dan niet dat in iedere menigte de helft van alle vrouwenogen op hem zijn gericht? De aanraking was een liefkozing, niet zomaar een gebaar, en het kwam allemaal weer bij me boven, die grote, goedverzorgde handen die in één beweging door een bot konden gaan maar die zo eerbiedig waren wanneer ze over mijn huid gleden, zo huiveringwekkend. Mijn hoofd tolde, ik struikelde. En achteraf bekeken was dat het beste dat ik had kunnen doen. Hij kon zijn handen daar plaatsen, mij in evenwicht houden, me zelfs omdraaien zodat hij me aan kon kijken.

'Dank u, dank u wel, dokter!' stamelde ik, en ik rukte me los en snelde naar de zusters Marie en Tesoriero, die ver voor me uit liepen.

'Wat had dat allemaal te betekenen?' vroeg zuster Marie toen ik weer bij hen was.

'Ik struikelde,' zei ik, 'en dokter Forsythe ving me op.'

'Wat een bofkont ben jij!' zuchtte zuster Tesoriero.

Niks bofkont. Die rotzak deed het met opzet, om te zien hoe ik zou reageren, en ik trapte er verdorie met beide voeten in.

Zuster Marie, die me veel beter kent, keek me alleen maar nadenkend aan. *Wat mankeerde er aan mijn gezicht?*

Donderdag 1 december 1960

Onvoorstelbaar dat 1960 al bijna voorbij is. Vorig jaar om deze tijd zat ik nog in het Ryde Hospital, had ik net mijn examens achter de rug, had ik nog niet het kraampje van het Royal Queens op Sydney Tech gezien, laat staan dat ik had overwogen daar te gaan werken. Toen kende ik Pappy nog niet, wist ik niets van mevrouw Delvecchio Schwartz of Het Huis. Wist niet dat mijn poezenkopje bestond. Onwetendheid is een zegen, zeggen ze, maar dat geloof ik niet. Onwetendheid is een valkuil die maakt dat mensen de verkeerde beslissingen nemen. Ik ben blij dat ik nu op eigen benen sta en heel goed in staat blijk mijn eigen leven te kunnen leiden, ondanks Harold en Duncan.

Het is vandaag een vrij redelijke dag geweest en ik kon om vier uur of half vijf afsluiten. Toen ik na vijf uur naar huis kon, liep ik terug met Pappy, die net haar examens heeft afgelegd. Ze denkt dat ze het met de hakken over de sloot heeft gehaald, en dat zal vast wel zo zijn. Er zijn nooit genoeg verpleegsters, een gevolg van de zware discipline en de verplichting in het zusterhuis te wonen. Dit laatste punt houdt me het meeste bezig, als verpleeghulp is ze tenslotte wel wat gewend, een verpleeghulp wordt als het laagste van het laagste beschouwd en wordt aan een nog strengere discipline onderworpen. Maar hoe moet zij in een klein kamertje wonen, als ze in een groot ziekenhuis zit, of misschien zelfs een kamertje delen, zoals bij kleinere ziekenhuizen vaak het geval is?

'Ik neem aan dat jij je kamer in Het Huis aanhoudt,' zei ik toen we naar buiten liepen.

'Nee, dat kan ik me niet veroorloven,' zei ze. 'En ik weet eerlijk gezegd ook niet of ik dat wil.'

O, wat gebéúrt er toch allemaal? Toby zegt dat hij weggaat, en nu Pappy ook nog! Ik blijf hier achter met Jim, Bob, Klaus en Harold. En twee nieuwe bewoners van wie er één naast mij zal komen te wonen. Zonder die boeken van vloer tot plafond zal ik alles kunnen horen als ik in bed lig – er zit een dichtgetimmerde deur tussen ons, met flinterdunne Victoriaanse panelen. Dit klinkt egoïstisch, en het zal ook wel egoïstisch zijn, maar ik moet er niet aan denken dat er geen Pappy meer naast me zal wonen. Die verdomde professor Ezra Marsepein ook! Toen ze zijn kind doodde, doodde ze ook iets in haarzelf, iets wat niets met foetussen te maken heeft.

'Volgens mij moet je proberen een toevluchtsoord in Het Huis te houden,' zei ik toen we Oxford Street overstaken. 'Om te beginnen zul je nog geen twintigste van je boeken mee kunnen nemen, en verder ben je te oud voor dat soort jolig, giechelig gedoe met andere meiden. Pappy, dat zijn nog baby's!

O, wat een stomme opmerking! Ze negeerde het.

'Ik zal waarschijnlijk in Stockton iets tussen een schuurtje en een huisje kunnen huren,' zei ze. 'Ik kan daar mijn boeken bewaren en mijn vrije dagen doorbrengen.'

Ik verstond alleen maar 'Stockton'. '*Stockton?*' kreet ik verbijsterd.

'Ja, ik wil psychiatrische verpleging in Stockton doen,' zei ze.

'Allemachtig Pappy, dat meen je niet!' riep ik uit, en ik bleef voor Vinnie's Hospital staan. 'Psychiatrie is al erg genoeg – iedereen weet dat de zusters en de dokters nog gekker zijn dan de patiënten, maar Stockton is het absolute afvoerputje van alle afvoerputjes! Daar in de duinen, aan de andere kant van de Hunter, met alle gestoorden, dementen en biologische nachtmerries – dat wordt je dood!'

'Ik hoop dat het mijn genezing zal worden,' zei ze.

Ja natuurlijk. Dit is precies iets voor Pappy. Voor katholieken is het heel gemakkelijk, die kunnen de wereld de rug toekeren, een sluier over hun hoofd doen en in het klooster gaan. Maar wat kunnen niet-katholieken doen? Antwoord: een verpleegsterskapje opzetten en psychiatrische patiënten in Stockton verplegen, dik honderdvijftig kilometer naar Newcastle en dan met de veerpont naar niemandsland. Ze wil boeten voor haar zonden op de enige manier die ze kent.

'Ik begrijp het helemaal,' zei ik, en ik begon weer te lopen. Mevrouw Delvecchio Schwartz wachtte ons op in de vestibule en begroette ons op een heel bijzondere manier. 'O, jullie heb ik net nodig!' riep ze uit. Ze keek heel geagiteerd en bezorgd, en moest toen haar lachen bedwingen.

Die lach stelde me onmiddellijk gerust: met Flo was kennelijk alles goed. Als er iets met Flo was gebeurd, zou ze niet hebben gelachen.

'Hoe dat zo?' vroeg ik.

'Het gaat om Harold,' zei mevrouw Delvecchio Schwartz. 'Kun jij even naar hem kijken, Harriet?'

Naar Harold kijken was wel het laatste waar ik zin in had, maar dit was kennelijk een medisch verzoek. Op medisch gebied sta ik in de ogen van onze hospita boven Pappy.

'Natuurlijk. Wat is er aan de hand?' vroeg ik terwijl we naar boven liepen.

Ze sloeg een hand voor haar mond om een grinnik te smoren en zwaaide toen met die hand en schaterde het uit. 'Ik weet dat het niet grappig is, prinses, maar allemachtig, wat moet ik lachen!' zei ze toen ze wat uit kon brengen. 'Ik heb in geen jaren zoiets geks meegemaakt! O Heer, ik kan me gewoon niet inhouden! Het is zo vreselijk gra... hap... pig!' En ze barstte weer in lachen uit.

'Hou toch op, mens!' snauwde ik. 'Wat is er met Harold!'

'Hij kan niet pissen!' riep ze, en ze lag opnieuw in een deuk.

'Wát zegt u?'

'Hij kan niet pissen! Hij... kan... niet... pissen! O jemig, wat grappig!'

Haar vrolijkheid was zo aanstekelijk dat ik de grootste moeite had mijn gezicht in de plooi te houden, maar het lukte me. Arme Harold. 'Sinds wanneer is dit zo?'

'Weet ik niet, prinses,' zei ze, en ze veegde haar ogen af aan haar jurk, waardoor ze een idiote roze onderbroek, die bijna tot op haar knieën hing, onthulde. 'Het enige dat ik weet is dat hij de laatste tijd voortdurend op de plee zat. Ik dacht dat hij last van verstopping had – hij kropt het allemaal op, die Harold. En Jim en Bob klaagden erover, Klaus klaagde erover, en Toby draaft iedere keer naar beneden, naar de plee bij het washok. Ik zei tegen Harold dat hij wat zuiveringszout of cascara moest innemen, en toen werd-ie goed kwaad. Dit duurt al dágen! Vanmiddag vergat-ie de deur van de plee dicht te doen, dus toen ben ik naar binnen gelopen om hem eens flink de waarheid te vertellen.' Ze barstte bijna weer in lachen uit, maar wist dit heldhaftig te onderdrukken. 'En toen stond-ie daar voor de pot met zijn slappe piemel te zwaaien en heel zielig te huilen. Het duurde een eeuwigheid voordat-ie vertelde wat er aan de hand was – je weet hoe preuts hij is. Hij... kan... niet... pissen!' Opnieuw schaterde ze het uit.

Nu had ik er echt genoeg van. 'Nou, u kunt daar nu wel hartelijk om lachen, maar ik ga bij Harold kijken,' zei ik, en ik liep snel naar zijn kamer.

Ik had die kamer natuurlijk nog nooit gezien. Net als de bewoner ervan was hij grauw, netjes en onvoorstelbaar saai. Op zijn schoorsteenmantel stond een zilveren lijstje met een foto van een oude en hooghartige vrouw met een wraakzuchtige blik in de ogen. Aan weerszijden hiervan stonden twee gelijke vaasjes met een bosje bloemen. Veel boeken! *Beau Geste. The Scarlet Pimpernel. The Prisoner of Zenda. The Dam Busters. The Wooden Horse. The Count of Monte Cristo. Tap Roots. These Old Shades. The Foxes of Harrow.* Alle Hornblower-romans. Een uitzonderlijke verzameling van heldenromans, ridderverhalen en het soort romannetjes waar ik met twaalf jaar al genoeg van had gehad.

Ik glimlachte naar hem en zei zacht gedag. De arme man zat ineengedoken op de rand van zijn eenpersoonsbed. Toen ik sprak keek hij me aan met een van pijn vertrokken gezicht. Zodra hij besefte wie ik was, maakte de uitdrukking van pijn plaats voor die van woede.

'Je hebt het aan haar verteld!' krijste hij tegen mevrouw Delvecchio Schwartz, die in de deuropening stond. 'Hoe kon je dat aan háár vertellen?'

'Harold, ik werk in een ziekenhuis, daarom heeft mevrouw Delvecchio Schwartz het aan mij verteld. Ik ben hier om je te helpen, dus kom op, doe alsjeblieft niet zo moeilijk! Je kunt niet meer plassen, klopt dat?'

Zijn gezicht was verkrampt, zijn armen lagen beschermend over zijn buik, zijn rug was gebogen en hij bibberde licht, wiegde heen en weer. Toen knikte hij.

'Hoe lang heb je dit al?' vroeg ik.

'Drie weken,' fluisterde hij.

'Drie weken! O Harold! Waarom heb je niets gezegd? Waarom ben je niet naar een dokter geweest?'

Bij wijze van antwoord begon hij te huilen – de dam brak door en de tranen rolden langzaam onder zijn bril vandaan, als sap dat uit een uitgedroogde citroen werd geknepen.

Ik keek Pappy aan. 'We moeten hem meteen naar de Spoedeisende Hulp van het Vinnie's brengen,' zei ik tegen haar.

Ondanks alle pijn schoot hij als een cobra omhoog. 'Ik wil niet naar het St. Vincent's, dat is een katholiek ziekenhuis!' siste hij.

'Dan brengen we je wel naar het Sydney Hospital,' siste ik terug. 'Zodra ze je gekatheteriseerd hebben, zul je je zoveel beter voelen dat je je afvraagt waarom je niet veel eerder hulp hebt gezocht.'

Het visioen van Harold die werd gekatheteriseerd deed mevrouw Delvecchio Schwartz opnieuw bulderen van het lachen. Ik viel tegen haar uit. 'Wilt u snel maken dat u wegkomt?' blafte ik. 'Doe liever iets nuttigs! Pak een paar oude handdoeken voor het geval hij het laat lopen, en bestel dan een taxi – snel!'

We wisten hem over te halen zijn voeten stevig op de vloer te zetten, maar Pappy en ik moesten hem verder omhoog hijsen om hem min of meer overeind te krijgen. Hij had zoveel pijn dat hij niet rechtop kon staan, en hij bleef zijn handen tegen zijn onderlijf gedrukt houden. Toen we hem eindelijk beneden hadden, stond de taxi al te wachten.

De arts-assistent en de hoofdzuster van de Spoedeisende Hulp van het Sydney Hospital staarden Harold aan toen hij zijn klacht vertelde.

'Drie weken!' riep de arts-assistent tactloos uit, om vervolgens te verstarren onder de woedende blikken van zuster Marie, Pappy en mij.

Harold werd in een rolstoel gezet en snel afgevoerd, waarna wij naar buiten liepen en de tram naar Bellevue Hill namen.

'Ze zullen hem door de hele medische molen halen,' zei Pappy toen we instapten. 'We zien hem niet meer terug voordat hij een cystoscopie, een IVP, en de hemel mag weten wat nog meer heeft gehad.'

'Dus jij denkt ook niet dat het fysiek is,' zei ik.

'Nee, daarvoor ziet hij er veel te goed uit. Zijn kleur is goed, en zijn uitgerekte blaas is de oorzaak van de pijn. Je weet hoe iemand met een niersteenaanval eruitziet, of iemand met blaasstenen of met kanker in de onderbuik. Hij zal een elektrolytische onbalans hebben, maar als je hem zo ziet? Het is geen organische afwijking.'

O Pappy, ik wou dat je algemene verpleging ging doen! Maar ik durfde die gedachte niet te uiten.

Dus voorlopig ben ik even van Harold verlost, hoewel mijn ongerustheid alleen maar is toegenomen. Het een of andere klinische instinct zegt me dat deze man met zijn gruwelijk verkrampte geest op een grote crisis afstevent. Het ophouden van zijn ontlasting is voor hem niet meer voldoende, de pijn en de vernedering daarvan doen hem niets meer, dus is hij nu zijn urine gaan ophouden. Maar na het ophouden van de urine rest hem nog slechts het afsluiten van het leven zelf. O hemel, waarom moest die verdomde mevrouw Delvecchio Schwartz hem ook zo uitlachen? Als ze niet leert zich te beheersen, zal hij een dezer dagen de hand aan zichzelf slaan. Laten we dan bidden dat hij het daarbij laat, en dat hij niet Jim of Pappy of mij met zich meeneemt. Maar hoe kan iemand van ons een natuurverschijnsel als mevrouw Delvecchio Schwartz op andere gedachten brengen? Ze heeft zo haar eigen wetten. Verbluffend wijs, afgrondelijk dwaas. En als hij inderdaad de hand aan zichzelf zou slaan, zal zij wanhopig, berouwvol, ontroostbaar zijn. Waarom heeft ze dat niet in de kaarten gezien? Het staat er allemaal! Harold en de tien van zwaarden. De ondergang van Het Huis.

Zaterdag 10 december 1960

Ik had Toby vandaag voor de lunch uitgenodigd en hij kwam. Hij had zaterdagmorgen allerlei ijzerwaren voor zijn huis moeten kopen, dus had hij in Sydney moeten blijven omdat Nock & Kirby's de enige plek is waar hij zulke gespecialiseerde dingen kan kopen.

'Die zaterdag ben je toch al kwijt, dus kom dan bij me lunchen voor je op de trein stapt,' zei ik overredend.

Op het menu stond een ovenschotel van tonijn met paddenstoelen in een saus met verse marjolein, afgedekt met aardappelpuree waarin veel boter en paprikapoeder, en ik serveerde hierbij een salade met een dressing van notenolie en oude, milde azijn.

'Als je zo blijft koken, moet ik misschien maar met jou trouwen zodra ik beroemd ben,' zei hij met volle mond. 'Dit is verrukkelijk!'

'Aangezien jij pas na je dood beroemd zult worden, ben ik veilig,' zei ik glimlachend tegen hem. 'Het is heel leuk om te koken, maar ik denk dat ik anders zou piepen als ik het iedere dag moest doen, zoals mijn moeder.'

'Zij vindt het vast leuk,' zei hij, terwijl hij ging zitten in de gemakkelijke stoel tegenover Marceline, die slechts een grijns van hem kreeg.

'Als dat zo is, komt het doordat ze haar mannen graag ziet eten,' zei ik een beetje scherp. 'Het menu is vrij beperkt – biefstuk met frites, vis met frites, gebraden lamsbout, gestoofde lamskoteletjes, kerrieworstjes, gekookte garnalen van de visman, en dan weer van voren af aan. Waarom mag jij mijn mooie Marceline niet?'

'Dieren,' zei hij, 'horen niet binnen te leven.'

'Wat een typische boerenjongen ben jij! Als een hond zijn werk bij het vee niet goed doet, schiet je 'm dood.'

'Terminale loodvergiftiging in het linkeroor is een goeie manier om dood te gaan,' protesteerde hij. 'Geen gedoe, alles binnen één seconde achter de rug.'

'Je bent een echte einzelgänger,' zei ik, terwijl ik in de stoel met de kat ging zitten.

'Dat word je vanzelf als je niet altijd je zin krijgt, en met altijd bedoel ik ook altijd, niet af en toe.'

'Ze gaat vast wel van je houden, Toby, dat weet ik zeker,' zei ik hartelijk.

'Waar heb je het over?' vroeg hij niet-begrijpend.

Ik keek hem verbaasd aan. 'Dat weet je zelf toch ook wel?'

'Nee, dat weet ik niet. Leg uit.'

'Pappy.'

Zijn mond viel open. 'Pappy?'

'Ja natuurlijk, sufkop, Pappy!'

'Waarom zou Pappy van mij moeten gaan houden?' vroeg hij, zijn wenkbrauwen fronsend.

'Ach, toe nou toch! Jij mag je gevoelens dan met succes weten te verbergen, Toby, maar er is weinig voor nodig om te zien dat jij van Pappy houdt.'

'Natuurlijk hou ik van Pappy,' zei hij, 'maar ik ben niet verlíéfd op haar! Dit meen je niet, Harriet.'

'Je bent echt wél verliefd op haar!' zei ik verward.

Zijn ogen schoten vuur. 'Dit is onzin.'

'Ach, toe nou toch, Toby! Ik heb het verdriet in je ogen gezien, je houdt mij echt niet voor de gek,' stamelde ik.

'Zal ik jou eens wat zeggen, juffrouw Purcell?' zei hij, uit zijn stoel opspringend. 'Je denkt misschien dat je een vrouw van de wereld bent, maar eigenlijk ben je een blind, stom, onredelijk en zelfingenomen mens!'

Met die woorden liep hij de deur uit, en ik bleef achter met Marceline op schoot, terwijl ik me afvroeg wat me nu weer overkwam.

Er gebeurt iets met Het Huis, dan kan ik voelen, en Toby is gewoon het zoveelste symptoom. Uit mevrouw Delvecchio Schwartz kan ik geen verstandig woord over haar of over Het Huis krijgen, en Harold staat sinds zijn thuiskomst weer in een goed blaadje bij haar. Ik denk dat hij misschien niet eens in de gaten heeft gehad hoe ze hem heeft uitgelachen, zoveel pijn had hij. Toen het Sydney Hospital hem naar een psychiater verwees, was hij daar zo kwaad over dat hij zich meteen liet ontslaan en naar huis kwam.

O Duncan, ik mis je zo!

Zondag 25 december 1960 (eerste kerstdag)
Ik ging terug naar Bronte en heb op de slaapbank in de woonkamer geslapen. Morgen, tweede kerstdag, heb ik dienst want er zijn allerlei sportevenementen georganiseerd en we verwachten slachtoffers van verkeersongevallen en uit de hand gelopen vechtpartijen. Op nieuwjaarsdag moet ik ook werken, en Ann Smith heeft zich opgegeven om oudejaarsavond te komen omdat haar verloofde die nacht op Spoed moet werken. Oudejaarsavond is een janboel in elk ziekenhuis, maar het ergst in Vinnie's omdat half Sydney naar Cross komt om daar dronken te worden, de straten te bevuilen en onder te kotsen, en Norm,

Merv, Bumper Farell en de rest van de jongens verschrikkelijk bezig te houden.

Ik gaf Willie een goede fles drank, oma een prachtige Spaanse sjaal, Gavin en Peter een macrolens voor hun Zeiss-camera, papa een doos Cubaanse sigaren en mama een prachtig setje ondergoed (sexy, maar toch gedistingeerd). De familie had geld bij elkaar gelegd en mij bonnen gegeven om stapels platen te kunnen kopen bij Nicholson, wat ik zeer op prijs stelde.

Woensdag 28 december 1960
Mevrouw Delvecchio Schwartz heeft me vanmiddag in mijn lurven gegrepen en me een Kraft-glaasje cognac aangeboden. En daar werd ik nijdig om.

'Waarom gebruikt u deze dingen nog steeds?' wilde ik weten. 'Ik heb u met Kerstmis zeven prachtig geslepen glazen gegeven!'

De röntgenblik is tegenwoordig niet meer zo scherp, ze heeft een wat afweziger blik, dus mijn vraag riep geen felle gloed van haar innerlijke vuurtoren op. 'O, maar die ga ik echt niet zomaar gebrúíken!' riep ze uit. 'Die wil ik voor mooi houden, prinses.'

'Voor mooi houden? Maar ik heb ze niet aan u gegeven om in de kast te zetten!' zei ik wanhopig.

'Als ik ze gebruik, breek ik er misschien een.'

'Maar dat geeft niet, mevrouw Delvecchio Schwartz! Als er een breekt, krijgt u een nieuwe van me.'

'Je kunt iets wat gebroken is niet vervangen,' zei ze. 'De aura's op het origineel, prinses, dat zijn er zeven – heel verstandig om er zeven van te maken, niet zes – die jij hebt aangeraakt en zo mooi hebt ingepakt.'

'Ik zal een eventuele vervanging ook aanraken en netjes inpakken,' zei ik.

'Dat is niet hetzelfde. Nee, ik bewaar ze voor mooi.'

Ik gaf het op en vertelde haar in plaats daarvan over mijn

wonderlijke gesprek met Toby. 'Ik had er een eed op durven doen dat hij verliefd was op Pappy!'

'Nee hoor, en nooit geweest ook. Ze nam hem vijf jaar geleden mee naar huis voor een snelle wip, en hoorde toen dat ik hem zocht, dat ik hem in de kaarten had gezien. De koning van zwaarden. Ik moet een koning van zwaarden in Het Huis hebben, prinses, maar die is veel moeilijker te vinden dan een koningin. Mannen zijn vaak slapjanussen, lang niet zo sterk als vrouwen. Maar Toby is wel sterk. Goeie kerel, die Toby,' zei ze, en ze knikte nadrukkelijk.

'Dat weet ik ook wel!' snauwde ik.

'Dat weet je, prinses, maar je weet het niet genoeg.'

'Weet ik het niet genoeg?' vroeg ik.

Maar ze veranderde van onderwerp en vertelde dat ze op oudejaarsavond altijd een feestje geeft. Of in haar eigen woorden: een knots van een fuif. Dit feest is in Kings Cross een traditie geworden, en iedereen die er iets voorstelt moet minstens een deel van de festiviteiten hebben bijgewoond. Zelfs Norm, Merv, madame Fuga, madame Toccata, Kuisheid Wiggins en een paar andere 'permanente' meisjes maken tijd vrij om het oudejaarsavondfeest van mevrouw Delvecchio Schwartz bij te wonen. Ik zei dat ik zou komen, maar dat ik, omdat ik op nieuwjaarsdag moet werken, niet in staat zou zijn voluit mee te doen.

'Jij hebt helemaal geen werk op nieuwjaarsdag,' zei ze, 'dat kan ik je wel zeggen.'

'Het staat in de kaarten,' zei ik berustend.

'Jij snapt 'm, prinses!'

Maar het blijkt dat ze hulp in de keuken wil, uiteraard. De mannen krijgen opdracht voor drank te zorgen, de meisjes in Het Huis (plus Klaus) zorgen voor het eten. Mevrouw Delvecchio Schwartz braadt zelf een kalkoen – die wordt vast droog en taai, dacht ik huiverend. Klaus moet voor gebraden speenvarken zorgen, Jim en Bob zorgen voor salades, kleine cervelaatworstjes en worstenbroodjes. Pappy moet loempia's en kroepoek meebrengen en ik de desserts, die allemaal uit de hand te eten moeten zijn. Roomsoesjes, cakejes, kokoskoekjes met chocola en vruchtentaartjes staan er op mijn lijstje. 'En doe er ook nog maar wat van die droge biscuitjes bij,' voegde het malle mens eraan toe. 'Ik ben niet zo gek op toetjes, maar ik heb graag een knapperig biscuitje om in mijn kop thee te soppen.'

Ik schoot in de lach. 'Maak het nou gauw! Sinds wanneer drinkt u thee?'

'Ik drink iedere oudejaarsavond twee koppen thee,' zei ze plechtig.

'Hoe is het met Harold?' vroeg ik.

'Harold is Harold,' zei ze, en ze trok een zuur gezicht. 'Gelukkig komt het werk dat hij voor Het Huis moet doen er snel aan, als ik de kaarten moet geloven. Zodra dat gebeurd is, vliegt-ie eruit.'

'Ik hoef u niet te vertellen dat we zowel Pappy als Toby kwijt zullen raken,' zei ik zuchtend. 'Het Huis valt uiteen.'

Het zoeklicht in haar ogen ging weer aan. 'Dat mag je nooit zeggen, Harriet Purcell!' zei ze streng. 'Het Huis is eeuwig.'

Flo kwam binnen. Ze geeuwde en wreef in haar ogen, en toen ze mij zag, sprong ze gauw op mijn schoot. 'Ik heb haar nooit eerder slaperig gezien,' zei ik.

'Toch slaapt ze wel.'

'En ik heb haar ook nog nooit horen praten.'

'Toch praat ze wel.'

Dus liep ik naar beneden, met Flo aan de hand, voor een avond die uitsluitend draaglijk was omdat mevrouw Delvecchio Schwartz me haar poezenkopje had geleend. Toen ik haar tegen negen uur terugbracht (Flo houdt er geen normale kinderbedtijd op na, ze schijnt op te blijven tot haar moeder naar bed gaat – wat zou mijn moeder daar wel op te zeggen hebben?) zat mevrouw Delvecchio Schwartz in haar kamer in het donker, niet buiten op het balkon, waar ze 's zomers meestal zit. De kristallen bol stond op de tafel voor haar en leek alle deeltjes licht te vangen van de straatlantaarn buiten, het peertje in de hal, een enkele koplamp van een auto wanneer een Rolls met chauffeur een cliënt op 17b of 17d afleverde. Zodra Flo haar moeder zag, bleef ze roerloos staan, terwijl ze met de druk van haar hand in de mijne mij zwijgend beval me niet te verroeren. Zo bleven we daar in het donker staan, misschien wel een halfuur lang, terwijl die enorme gestalte volmaakt bewegingloos bleef zitten, met haar beschaduwde gezicht op zo'n dertig centimeter van de bol.

Ten slotte leunde mevrouw Delvecchio Schwartz met een zucht in haar stoel achterover en veegde met een vermoeide hand over haar gezicht. Ik liep langzaam met Flo naar voren, tot we bij de tafel waren.

'Bedankt dat je op haar hebt gepast, prinses. Ik moest eens uitvoerig in mijn bol kijken.'

'Zal ik het licht voor u aandoen?'

'Graag. En kom daarna nog even bij me zitten.'

Toen ik terugkwam zat Flo op haar schoot, ze keek heel sip naar de dichtgeknoopte jurk.

'Het is jammer dat u haar hebt gespeend,' hoorde ik mezelf zeggen.

'Dat moest wel,' antwoordde ze kortaf. Toen pakte ze mijn beide handen en legde die op de bol, terwijl Flo er als betoverd naar keek en toen haar blik op mijn gezicht richtte – vol ontzag? Ik weet het niet. Maar ik stond daar met mijn handen om de bol, wachtend tot er iets zou gebeuren. Maar er gebeurde niets. Het oppervlak is koel en glad, dat is alles.

'Onthoud goed,' zei mevrouw Delvecchio Schwartz, 'onthoud goed dat het lot van Het Huis in het Glas ligt.' Ze haalde mijn handen weg en legde ze tegen elkaar, palm tegen palm, met de vingers verstrengeld, ongeveer zoals bij de handen van engelen op een schilderij. 'Het ligt in het Glas.'

Vrijdag 30 december 1960

Die verdomde kaarten ook! Ik hoef nieuwjaarsdag toch niet te werken. Dokter Alan Smith heeft de hele dag dienst op de Spoedeisende Hulp, dus wil Ann ook werken. Dat verbaast me niets. Als hij een dubbele dienst op Spoed wil draaien, zal hij maar al te blij zijn met Ann op de röntgen. Onze leerling heeft verlof, dus hebben we in haar plaats een tijdelijke kracht, een goed meisje. Ik zou niet hebben toegestemd als Ann het werk niet aankon, maar ze doet het prima en ik bewijs het tweetal een gunst, want ze hebben hierna allebei twee dagen vrij.

Zondag 1 januari 1961 (nieuwjaarsdag)

1961 is bijna vierentwintig uur oud, en de duisternis is neergedaald. Ik houd nu al een jaar lang een dagboek bij, en ook al ben ik zo afgepeigerd dat ik nauwelijks het ene been voor het andere kan zetten, ik moet toch alles wat er vandaag is gebeurd in mijn schrift schrijven voordat de emoties zijn verbleekt. Ik heb ontdekt dat het schrijven in mijn dagboek een soort afreageren is, vooral omdat je met schrijven niet steeds van die rondjes draait, zoals bij het nadenken over gebeurtenissen.

Het oudejaarsavondfeest barstte los als een bom – een mieterse knalfuif, zoals mevrouw Delvecchio Schwartz het noemde, met één arm om Merv, haar gezicht vuurrood. Hoewel ze niet dronken was, kon je ook niet zeggen dat ze echt nuchter was. Gewoon een beetje aangeschoten. Duidelijk gelukkig, weet ik nog dat ik dacht.

Het hele Kings Cross kwam, sommigen voor maar enkele minuten, anderen om een eeuwigheid te blijven, of zo leek het toen ik om drie uur 's nachts vertrok, naar beneden geholpen door Toby. Mijn herinneringen eraan zijn nog steeds wazig, ik zie slechts flarden, zoals de binnenkomst van lady Richard, met een peroxideblonde pruik, hakken van minstens twaalf centimeter hoog en een rode met lovertjes bestikte strakke jurk met aan weerszijden een lang split dat een gladde, haarloze huid boven dunne zwartzijden kousen onthulde. Zijn borsten waren duidelijk geen neptietjes en er viel ook geen bobbel te bekennen op de plek waar een man een bobbel hoort te hebben. Pappy vertelde me fluisterend dat hij volgens de geruchten naar Scandinavië was geweest om zich te laten 'verbouwen'. Als dat zo is, fluisterde ik terug, dan moet het plassen een ramp voor hem zijn. De arme Norm kon net lang genoeg blijven om mij een natte zoen te geven, maar Merv maakte van zijn hogere rang gebruik door langer te blijven plakken en schandalig met mevrouw Delvecchio Schwartz te flirten. Lerner Chusovich was daar niet blij mee. En Klaus ook niet, zag ik. Hij staarde zijn hospita met onverholen wellust aan. Jim gaf me een behendige kus waarvoor ik beschonken genoeg was om ervan te genieten, maar Bob werd woest toen ze dit zag, dus duwde ik Jim weg en concentreerde me de rest van de tijd op Toby. Ons gekibbel was vergeten en zijn kussen, herinner ik me, konden wedijveren met die van Duncan, hoewel ik niet aan Duncan dacht toen Toby me kuste. Toby is helemaal Toby.

Ik plofte met al mijn feestkleren nog aan bewusteloos op mijn bed en werd vanmorgen om acht uur wakker gemaakt door Marceline, wier maag haar mollige leventje beheerst. Toby had kennelijk mijn gordijnen dichtgetrokken en daar was ik hem dankbaar voor. Ik krabbelde mijn bed uit om koffie te zetten, nam een flinke dosis zuiveringszout om mijn opstandige maag te bedwingen, en sloot Marceline op met wat room en een bakje sardines die zo stonken dat ik boven de gootsteen stond te kokhalzen. Er kwam niets, maar ik verdween naar de slaapkamer tot Marceline haar sardines had opgegeten.

Flo lag in de schemering op mijn bed opgerold te slapen. Poezenkopje, o mijn poezenkopje! Ik had haar niet gezien of gevoeld. Het was boven kennelijk zo'n wilde boel geweest dat ze haar toevlucht tot mijn kamers had gezocht. Of misschien lag

Harold in het bed van haar moeder. Ja, hij was ook op het feest geweest en had op een afstand cognac zitten drinken en gekeken hoe mevrouw Delvecchio Schwartz zich met Merv had misdragen, waarbij hij van alles had gemompeld en mij woest had aangekeken, vooral toen ik Jim kuste. 'Hoer,' hadden zijn lippen gevormd.

Zodra ik dacht dat mijn misselijkheid echt was verdwenen, liep ik terug naar de woonkamer en zette mijn deur wijd open om de frisse lucht binnen te laten en die diep in te ademen. Het was buiten volmaakt stil. Er wapperde geen wasgoed aan de lijnen, vanachter de lila vitrages van 17d klonk geen gekibbel of frivool gesnater, en in Het Huis was het doodstil. Ik had half en half verwacht mevrouw Delvecchio Schwartz om haar poezenkopje te horen roepen, maar ik hoorde niets. Vroeg in de morgen op nieuwjaarsdag moet in Kings Cross wel het rustigste moment zijn dat er is, dacht ik. Alle inwoners zijn uitgeteld.

Maar ik moest Flo weer naar boven brengen, voor het geval haar moeder wakker werd en zich ongerust maakte. Dus liep ik naar mijn slaapkamer, ging op de rand van het bed zitten en nam Flo in mijn armen, legde mijn wang op haar flossige haar, streelde en kuste haar. Toen ik klein was, was dat de manier waarop mama me altijd wakker had gemaakt, en ik weet nog hoe heerlijk het was om met knuffels en kusjes uit dromenland te komen.

Ze was nat. O poezenkopje, nee! Hoe moet ik mijn kapokmatras over de waslijn zien te krijgen, was mijn eerste reactie. Maar Flo rook niet naar urine en het voelde ook niet als urine, dat droogt niet stijf en hard op, zoals Flo's schortje. Ze had zich niet verroerd, ondanks de knuffels en kusjes. Noch zij noch haar moeder had zich opgedoft voor het feest, en toen ik die vaalbruine stof zag, kon ik niet zien waarvan ze nat was. Maar ik kende die opmerkelijke geur. O God! Snel! Doe de gordijnen open!

Bloed. Ze zat onder het bloed. Mijn haren gingen recht overeind staan en ik kreeg overal kippenvel. Maar ik bleef kalm en bukte me voorzichtig over haar heen. Langzaam tilde ik haar jurkje op en trok haar armoedige onderbroekje omlaag om haar van onderen te inspecteren. Alstublieft, God, dat niet! Mijn handen beefden. Nee, niets. Het was niet haar eigen bloed waarmee Flo vanaf haar zolen tot aan haar handen was bedekt – haar handen zaten helemaal onder. Op dat moment werd ze wakker, gaf mij een slaperige glimlach en sloeg haar armen om mijn hals. Ik tilde haar van het bed en droeg haar naar de woonkamer, waar Marceline, die haar bakje helemaal leeg had gegeten, zich zat te wassen.

'Lieverd, ga jij maar met Marceline spelen,' zei ik, door mijn verdoving heen, en ik zette Flo naast de kat neer. 'Ik moet even naar buiten, dus dan moet jij hier op de arme Marceline passen. Zorg dat ze braaf is.'

Ik rende met drie treden tegelijk de trap op, nam de hal in één sprong en stormde de kamer binnen, waar ik prompt verstijfd stil bleef staan. Het bloed lag in een grote plas onder en rond de tafel, het was geleiachtig waar het linoleum deuken vertoonde en het bedekte als een dunne laag de bobbels. Iemand had opgeruimd, de rommel van het feest was allemaal in de verste hoek gelegd, hoewel de tafel hoog stond volgestapeld met lege borden en het karkas van die oneetbare kalkoen. Mijn ogen namen alles op, ik miste niets. Het bloed had niet zo hard gespoten dat er spetters op de muren zaten, maar op één plek zat wel veel bloed op de muur: de muur die Flo op dit moment voor haar krabbels gebruikte. Er zaten grote, bruine vegen bloed op de muur, met hier en daar de afdruk van een kleine hand. Over het linoleum tussen de rand van de bloedplas en dat deel van de muur liepen voetafdrukken die weer terugkeerden naar de plas. Krijtjes waren niet voldoende geweest om uitdrukking te geven aan haar gevoelens. Flo had gevingerverfd met bloed.

Mevrouw Delvecchio Schwartz lag met haar gezicht omlaag naast de tafel, dood. Niet ver bij haar vandaan zat Harold Warner, op zijn hurken ineengezakt, met zijn handen rond het heft van het voorsnijmes van de kalkoen, zijn hoofd naar voren gezakt, met de kin op de borst, alsof hij bekeek hoe hij het mes in zijn buik had gestoken.

Mijn mond ging open en ik begon te brullen. Ik bedoel niet dat ik huilde of riep of gilde: ik maakte zo hard mogelijk dierlijke geluiden van afschuw en wanhoop, en ik bleef dit doen. Toby was er als eerste, en hij nam de leiding. Ik vermoed dat hij iemand opdracht gaf de politie te waarschuwen, want ik hoorde hem vaag bevelen schreeuwen naar mensen in de deuropening, maar hij liet me geen seconde alleen. Toen ik niet langer kon brullen nam hij me mee de kamer uit en deed de deur achter ons dicht. Pappy, Klaus, Jim en Bob stonden in de gang bij elkaar, maar Chikker en Marge van de benedenflat aan de voorkant waren nergens te bekennen.

'Ik heb de politie gebeld – Toby, wat is er aan de hand?' riep Pappy.

'De ineenstorting van Het Huis,' zei ik klappertandend. 'De tien van zwaarden, en Harold. Hij was hier om Het Huis ten onder te laten gaan. Dat was zijn taak en als ze het al niet uit de kaarten heeft gelezen, dan zag ze het in het Glas, want ik was erbij toen ze dat ontdekte. Ze wist het, ze wist het! Maar ze gaf zich eraan over.'

'Mevrouw Delvecchio Schwartz en Harold zijn dood,' zei Toby.

Tegen de tijd dat hij me buiten op het pad had, stonden alle ramen van 17d wijd open en stak er overal een hoofd uit.

'Mevrouw Delvecchio Schwartz is dood,' moest hij een paar keer zeggen voor hij me in mijn flat had.

Flo zat ineengedoken op de vloer, met de spinnende Marceline in haar armen. Toby wierp een blik op haar, keek mij ontzet aan, en wilde toen de cognacfles pakken.

'Nee!' kreet ik. 'Ik wil dat spul nooit meer zien. Het gaat nu wel met me, Toby, echt, het gaat wel.'

De ochtend ging voorbij in een parade van mensen, te beginnen met de politie. Niet mijn vrienden van de zedenpolitie, dit waren vreemdelingen in burger. Omdat Toby de leiding had genomen en weigerde mij alleen te laten, vonden alle activiteiten in mijn zitkamer plaats. Maar voor ze kwamen had Pappy Flo meegenomen om haar in bad te doen en schone kleren aan te trekken, terwijl ik naar het washok ging om een douche te nemen en mijn feestkledij door iets soberders te vervangen.

Wat de politie het meest bezighield was het vingerverven van Flo. Dit fascineerde hen, terwijl het misdrijf zelf kennelijk een alledaags gebeuren was. Moord en zelfmoord, de gewoonste zaak van de wereld. Ze ondervroegen ons allemaal, op zoek naar een motief, maar niemand van ons had enige verandering in het gedrag van mevrouw Delvecchio Schwartz of Harold gezien. Ik moest hun vertellen dat hij me gestalkt had, dat hij emotioneel en mentaal instabiel was, over het vasthouden van zijn urine, en zijn weigering om naar een psychiater te gaan toen hij daarheen was verwezen. Chikker en Marge van beneden waren vertrokken, zonder ook maar één spoor achter te laten. Maar de politie had geen belangstelling voor hen, dat was duidelijk te zien, hoewel er een opsporingsbevel was uitgegaan om hen te kunnen ondervragen. Aangezien ze pal onder de kamer woonden waar het was gebeurd, hadden ze misschien iets gehoord.

'Het is duidelijk,' zei de brigadier tegen Toby, 'dat het kind alles heeft gezien. Als we eenmaal haar verhaal hebben, weten we meer.'

Ik kwam ertussen. 'Flo kan niet praten,' zei ik. 'Ze is stom.'

'Bedoelt u dat ze achterlijk is?' vroeg de brigadier, met gefronste wenkbrauwen.

'Integendeel, ze is uitermate intelligent,' antwoordde ik. 'Ze praat alleen niet.'

'Is dit ook uw mening, meneer Evans?'

Toby bevestigde dat Flo niet kon praten. 'Ze is of bovenmenselijk slim of achtergebleven, ik weet het niet,' voegde hij eraan toe, de rotzak.

Op dat moment verscheen Pappy met Flo, nu in een schone vaalbruine jurk, en op blote voeten zoals altijd. De twee dienders staarden naar mijn poezenkopje alsof ze een spookverschijning was, en ik kon duidelijk zien dat ze dachten: ze ziet eruit als ieder ander kind van vijf, maar in werkelijkheid is het een monster.

Ja, Flo is vijf jaar oud. Het is vandaag haar verjaardag en ik heb haar cadeautje nog ingepakt in een kast liggen: een mooie roze jurk. Hij ligt er nog steeds.

Daarna kwamen we toe aan de officiële gegevens. Was er nog familie? Ieder van ons moest nee antwoorden, we dachten van niet. Zelfs Pappy, die verreweg het langst in Het Huis had gewoond, moest zeggen dat er nooit familie op het toneel was verschenen, althans voorzover zij wist. En mevrouw Delvecchio Schwartz had het ook nooit over familie gehad.

Ten slotte deed de brigadier zijn notitieboekje dicht en stond op, bedankte Toby voor het opkikkertje van cognac – bedankt, kerel, daar was ik echt aan toe. Je kon zien dat ze blij waren dat ze een man hadden om mee te praten, dat ze geen sociaal praatje met een stelletje uiterst vreemde vrouwspersonen hadden hoeven maken. Want er school wel een sociaal element in – het is smerig werk om te moeten doen, maar je kunt toch maar het beste met kerels onder elkaar te maken hebben.

Bij de deur keek de brigadier mij aan. 'Ik zou u erkentelijk zijn als u een uurtje op dat meisje wilt passen, juffrouw Purcell. Het zal niet lang duren voor de Kinderbescherming hier is.'

Ik zette grote ogen op. 'Het is echt niet nodig om de Kinderbescherming te bellen,' zei ik. 'Van nu af aan zal ik voor Flo zorgen.'

'Het spijt me zeer, juffrouw Purcell,' zei hij, 'maar zo werkt dat niet. Aangezien er geen familieleden voorhanden zijn, valt de kleine Florence' – *Florence?* – 'nu onder de verantwoordelijkheid van de Kinderbescherming. 'Als we een familielid kunnen opsporen, dan kan ze naar die persoon, mits ze gewenst is, en in gevallen als deze zegt die persoon bijna altijd ja. Maar als we geen verdere familie kunnen vinden, dan wordt Florence Schwartz een pupil van de staat New South Wales.' Hij zette zijn deftige hoed op en vertrok, met zijn agent achter zich aan.

'Toby!' kreet ik.

'Pappy, neem jij Flo en Marceline even mee naar de slaapkamer,' zei Toby, waarna hij wachtte tot dit bevel was opgevolgd. Toen pakte hij me bij de handen, zette me in een gemakkelijke stoel en ging op de armleuning zitten, net zoals Duncan dat altijd deed. Deed. Verleden tijd, Harriet, verleden tijd.

'Dat kan hij niet menen,' zei ik.

Ik heb Toby nog nooit zo streng, zo genadeloos, zo koud gezien. 'Ja Harriet, dat meende hij wel. Hij meende het dat Flo waarschijnlijk geen familie heeft. Dat haar moeder vermoedelijk is gestorven tijdens een dronkemansruzie met haar gestoorde minnaar, die niet Flo's vader was. Dat hij persoonlijk vindt dat Flo een zwaar verwaarloosd kind met een heel slecht thuis is. Hij gelooft ook dat Flo geestelijk niet in orde is en hij zal, zodra hij op het bureau terug is, de Kinderbescherming bellen om alles te vertellen en erop aandringen Flo uit huis te plaatsen.'

'Dat kan hij niet doen, dat kan hij niet doen!' riep ik. 'Flo zou het buiten Het Huis niet overleven! Als ze haar weghalen, dan wordt dat haar dood!'

'Je bent de belangrijkste factor vergeten, Harriet. Flo was er in die kamer bij toen alles gebeurde, en ze gebruikte het bloed om ermee op de muur te krabbelen. Dat is een verzwarende omstandigheid,' zei Toby scherp.

Mijn geliefde vriend, die zó praat? Is er dan niemand hier die het voor haar opneemt, behalve ik? 'Toby, Flo is pas vijf jaar!' zei ik. 'Wat zou jij of ik op die leeftijd hebben gedaan, onder zulke omstandigheden? Wees nou eerlijk! Er zijn geen keurige statistieken over zulke dingen! Ze heeft haar hele leven lang op de muren van haar huis mogen krabbelen van haar moeder. Wie weet waarom ze het bloed heeft gebruikt? Misschien dacht ze dat ze daarmee haar moeder weer tot leven kon brengen. Ze kunnen Flo niet van me afnemen, dat mag niet!'

'Dat kunnen ze en dat zullen ze doen ook,' zei Toby grimmig. Hij liep naar het fornuis om water op te zetten. 'Harriet, ik speel alleen maar advocaat van de duivel. Ik ben het met je eens dat Flo niet zal gedijen als ze niet in Het Huis woont, maar niemand die hier iets over te zeggen heeft zal het in dat licht zien. Ga Pappy en Flo nu maar halen. Als jij geen cognac wilt drinken, dan is thee daarna het beste.'

Ze kwamen Flo om twaalf uur halen, twee vrouwen van de Kinderbescherming. Op zich fatsoenlijke vrouwen – het is een vreselijke baan. Flo weigerde op enigerlei wijze mee te werken, zelfs toen ik zei dat ze haar Flo moesten noemen, niet Florence. Ik wed dat er Flo op haar geboortebewijs staat, als ze dat al heeft. Mevrouw Delvecchio Schwartz kennende zou Flo dat wel eens niet kunnen hebben. Poezenkopje, poezenkopje. Ze wilde niet dat een van de vrouwen haar aanraakte en ze zwichtte niet toen ze haar vleiden, lokten, overhaalden, smeekten. Flo klampte zich uit alle macht aan me vast en stopte haar gezicht in mijn schoot. Uiteindelijk besloten ze haar met chloraalhydraat te kalmeren, maar ze braakte het iedere keer uit, zelfs toen ze haar neus dichtknepen.

Jim en Bob waren inmiddels naar beneden gekomen, hoewel ik wenste dat ze dat niet hadden gedaan. De vrouw die de leiding had nam hen van top tot teen op alsof ze schorriemorrie waren, een zoveelste zwarte aantekening voor Het Huis, dat slechts één fatsoenlijke badkamer en wc voor vier verdiepingen had. Een waarom liep Flo op blote voeten? Had ze geen schoenen? Dat leek beide indringsters veel zorgen te baren. Toen Flo zich na de vierde dosis chloraalhydraat van me losrukte en door de kamer begon te rennen als een vogel die per ongeluk naar binnen is gevlogen en er niet meer uit kan, waarbij ze tegen de muren, het fornuis, de meubels opbotste, ging ik de Kinderbescherming met mijn vuisten te lijf. Maar Toby greep me vast en dwong Jim en mij erbuiten te blijven.

Uiteindelijk besloten ze haar een injectie te geven met paraldehyde, wat altijd werkt. Flo zakte in elkaar, ze raapten haar op en droegen haar naar buiten, met mij in hun kielzog, terwijl Toby zich aan me vastklampte.

'Hoe kan ik haar vinden?' vroeg ik buiten.

'Bel de Kinderbescherming,' was het antwoord.

Ze tilden haar in hun auto, en het laatste dat ik van mijn poezenkopje zag was haar stille, witte gezichtje toen ze wegreden.

Ze wilden allemaal blijven om me gezelschap te houden, maar ik wilde geen gezelschap, en al helemaal niet dat van Toby, die het hardnekkigst was. Ik gilde tegen hem dat hij weg moest gaan! Weg! Tot hij ging. Pappy sloop een tijdje later naar binnen om me te vertellen dat Klaus, Lerner Chusovich en Joe Dwyer van de flessenwinkel op Piccadilly boven in Klaus' kamer waren en dat ze wilden weten hoe het met me was, of ze iets voor me konden doen. Dank je, met mij is alles goed, ik heb niets nodig, zei ik. Ik had nog steeds die zoete, misselijkmakende lucht van paraldehyde in mijn neus.

Om drie uur liep ik naar de slaapkamer om Bronte te bellen. Mama en papa moesten het weten voor het verhaal in de kranten verscheen, hoewel ik denk dat een moord en een zelfmoord in dronkenschap, in Kings Cross, tijdens nieuwjaarsnacht, hoogstens een klein artikeltje op pagina tien zou krijgen. Toen ik de hoorn van de haak nam ontdekte ik dat de telefoon het niet deed, de stekker was eruit getrokken. Waarschijnlijk door Toby, toen hij me vannacht naar bed bracht. Zodra ik hem erin had gedaan, begon hij te rinkelen.

'Harriet, waar heb je gezeten?' vroeg papa. 'We zijn erg geschrokken!'

'Ik ben de hele tijd thuis geweest,' zei ik. 'Iemand had mijn telefoon eruit getrokken. Hoewel het klinkt alsof jullie al op de hoogte zijn.'

'Kom nu meteen naar huis,' was alles wat hij zei. Een bevel, geen verzoek.

Ik vertelde Pappy waar ik naartoe ging, en ik hield in Victoria Street een taxi aan. De chauffeur schonk me een wonderlijke blik, maar hij zei niets.

Mama en papa zaten aan de eetkamertafel, alleen. Mama zag eruit alsof ze urenlang had zitten huilen, papa leek opeens zo oud als hij in werkelijkheid was. Mijn hart kromp ineen omdat ik kon zien dat hij bijna tachtig is.

'Ik ben blij dat ik het jullie niet hoef te vertellen,' zei ik, terwijl ik ging zitten.

Ze staarden me aan alsof ik een vreemdeling was. Pas nu, terwijl ik dit opschrijf, besef ik dat ik eruit moet hebben gezien alsof ik uit een kist was gekropen. Dat komt door alle verschrikkingen.

'Wil je niet weten hoe wij het weten?' vroeg papa toen.

'Ja, hoe weten jullie het?' vroeg ik gehoorzaam.

Papa haalde een brief uit een envelop en gaf me die. Ik pakte hem aan en begon te lezen. Prachtig, sierlijk handschrift, volmaakt recht over het ongelinieerde, dure, geschepte papier. Het handschrift en het postpapier waren van een hyperbeschaafd iemand.

'*Meneer,*

Uw dochter is een hoer. Een ordinaire, vulgaire slet die niet geschikt is deze wereld te bewonen, maar die zeker niet welkom zal zijn in de volgende.

In de afgelopen acht maanden heeft ze een smerige seksuele relatie gehad met een getrouwde man, een beroemde dokter in haar ziekenhuis. Ze heeft hem verleid, ik heb haar dat in Victoria Street in het donker zien doen. Ze heeft hem uitgedaagd! Ze heeft haar charmes aan hem geëtaleerd! Ze heeft zich in zijn leven en in zijn genegenheid gedrongen! Ze heeft hem goedkoop

gemaakt en neergehaald! Ze heeft hem verlaagd tot haar eigen niveau en daar heeft ze zich in verheugd! Maar een fatsoenlijke man kan haar niet bevredigen. Ze is lesbisch, een gewaardeerd lid van dat gezelschap van smerige wezens dat zich in haar huis bevindt. De naam van de dokter is Duncan Forsythe.
Een bezorgde burger.'

'Harold,' zei ik, en ik legde het vel papier neer alsof ik me er-aan had gebrand.

'Ik begrijp dat die beschuldigingen waar zijn,' zei papa. Ik glimlachte en sloot even mijn ogen. 'Voor een tijdje wel, pap. Maar ik heb Duncan in september zijn congé gegeven en ik kan je verzekeren dat ik niet lesbisch ben, hoewel ik veel lesbische kennissen heb. Het zijn goede mensen. Een stuk beter dan het akelige mannetje dat dit heeft geschreven. Wanneer is die brief gekomen?' vroeg ik.

'Met de post van gistermiddag.' Papa fronste zijn wenkbrauwen. Hij is niet op zijn achterhoofd gevallen, hij begreep dat mijn huidige onreddering niets te maken had met een verhouding die al vier maanden geleden was afgedaan. 'Wat is er dan aan de hand, als dit het niet is?' vroeg hij.

Dus vertelde ik hem wat er was gebeurd. Mama was ontzet, begon opnieuw te huilen, maar pap! Pap was er helemaal kapot van. Geschokt tot in zijn ziel. Wat had hij bij die ene ontmoeting voor mevrouw Delvecchio Schwartz gevoeld dat hij zo om haar moest treuren? Hij hapte naar lucht en greep naar zijn hart tot mama opstond om hem een flinke teug van Willies cognac te geven. Dat bracht hem een beetje tot bedaren, maar het duurde lang voor ik hem kon vertellen wat ik hem te vertellen had, namelijk dat ik wilde proberen de voogdij over Flo te krijgen. Misschien had zijn hevige reactie op het bericht van de dood van mijn hospita mij doen hopen dat hij mijn kant zou kiezen, maar dat gebeurde niet.

'De voogdij over dat gestoorde kind?' riep hij uit. 'Harriet, dat kun je niet doen! Je moet je daar buiten houden en je moet daar ook uit huis weg! Het beste wat je kunt doen is naar huis komen.'

Ik wilde niet kibbelen, ik had de kracht niet om te kibbelen, dus stond ik op en liet hen zo achter.

Het was een zware dag voor die mensen geweest. Ze hebben een dochter die een verhouding heeft gehad met een belangrijke, getrouwde dokter, maar dat werd opeens volstrekt onbelangrijk vergeleken bij een moord, een zelfmoord en het voornemen van voornoemde dochter om de voogdij te krijgen over een wonderlijk kind dat niet kan praten en dat vingerverft met bloed. Geen wonder dat ze naar me kijken als iemand die ze niet kennen.

Dat was dan nieuwjaarsdag. Geen nachtmerrie, maar een realiteit.

Maandag 2 januari 1961
Die nachtmerrie had ik vannacht om vijf uur, toen ik benauwd wakker werd en rechtop in bed naar adem snakte met nog altijd het gevoel van die grote rode plas bloed die steeds verder rees, tot ik op mijn tenen stond en het bloed in mijn neusgaten drong, terwijl Harold krijsend van het lachen stond toe te kijken.

De zon stond al aan de hemel, het licht viel door mijn raam naar binnen. Ik stapte uit bed, gaf Marceline te eten, zette een pot koffie en ging aan de tafel zitten om mezelf steeds weer te vertellen dat mevrouw Delvecchio Schwartz dood is. Mensen als zij zijn zo levend, dat het onvoorstelbaar is als ze sterven. Je hebt het gevoel dat het niet waar is, dat er een vergissing in het spel is. Ik weet niet waarom het is gebeurd, ik weet niet waarom ze het heeft láten gebeuren. Want ze heeft het echt laten gebeuren. Ze heeft het de laatste keer in het Glas gezien, en ze heeft geen moeite gedaan het onheil af te wenden. Toch was ze heel vrolijk op het feest. Misschien had ze het ding in haar hersens voelen groeien en gaf ze de voorkeur aan de snelheid van Harolds mes.

Maar ik kon geen verdriet voelen, ik kon niet huilen of treuren. Er waren te veel dingen die moesten gebeuren. Waar was Flo? Hoe had ze de nacht doorgebracht? De eerste nacht van haar leven buiten Het Huis.

Klus nummer twee was mijn afdeling in het Queens bellen en degene die op dat moment over het dienstrooster ging, melden dat ik niet kon komen werken. Ik gaf geen reden op, ik verontschuldigde me slechts en hing op terwijl de telefoon nog kakelde. Het was niet nodig hetzelfde voor Pappy te doen, zij was op kerstavond in het Royal Queens opgehouden. Stockton wachtte onheilspellend.

Ik kleedde me aan en ging kijken of Pappy al wakker was. Ik deed haar deur open, zag dat ze nog diep in slaap was, deed de deur weer dicht en ging naar boven. Niet naar de voorkamer, dat kon ik nog niet opbrengen. In plaats daarvan verkende ik de andere kamers die mevrouw Delvecchio Schwartz voor haar eigen gebruik had gehouden, bij elkaar drie. Een naargeestige slaapkamer voor haarzelf, met muren die bijna net zo met boeken waren bedekt als in Pappy's domein. Maar wat voor boeken! Had ze Harold dit geheim werkelijk deelachtig gemaakt, of begreep hij de draagwijdte er niet van?

'Nu weet ik hoe je het deed, jij ouwe stiekemerd,' zei ik glimlachend. Plakboeken vol krantenknipsels over politici en zakenlieden en hun levens, hun schandalen, hun tragedies, hun zwakheden; het oudste knipsel dateerde van dertig jaar geleden. De *Who's Who* van alle Engelssprekende landen. Almanakken. Uitspraken van de rechtbank. *Hansard*-verslagen van het federale en van het staatsparlement. Alles waarvan ze dacht dat ze het kon gebruiken, van Australische biografieën tot lijsten van verenigingen, stichtingen, instituten. Een goudmijn voor een waarzegster.

Aan haar kamer grensde een hokje voor Flo, gemeubileerd

met een oud ijzeren ledikant dat was afgehaald tot op het kale matras, en een ladekast – geen enkel plaatje van een hond of een poes of een sprookje, geen teken dat deze ruimte ooit bewoond was geweest, op de krabbels op de muur na. Het leek eerder het hokje van een dood kind in een inrichting dan een kamer van een levend kind, en ik huiverde van angst. Waarom had ze Flo's bedje helemaal afgehaald als ze niet wist dat Flo weg zou gaan? Was het een boodschap dat Flo zou sterven als ze van Het Huis werd beroofd?

Haar keuken was een armzalige alkoof, niet geschikt om fatsoenlijk eten in klaar te maken, met een uitrusting die oud, gedeukt, gebarsten en afgebladderd was.

Wat had haar zo onverschillig gemaakt ten aanzien van haar eigen comfort? Welke vrouw bekommert zich niet om haar nest?

Ik ging weer naar beneden met het gevoel dat het raadsel alleen maar groter was geworden, dat de dood van mevrouw Delvecchio Schwartz pas het begin van een duistere doolhof was.

Pappy was inmiddels op, dus ik vroeg haar binnen voor koffie en ontbijt. Ja, ontbijt. Er was heel veel te doen en daar was veel kracht en gezondheid voor nodig.

Jim en Bob kwamen langs op weg naar hun werk en zeiden dat ze thuis zouden blijven als ik hen nodig had, maar ik stuurde hen weg. Toen Toby kwam wilde ik hetzelfde doen, maar hij ging daar niet op in maar zette zich schrap voor de strijd.

'Je zult me vandaag nodig hebben,' zei hij stijfjes, met een heel bleek gezicht, zijn kin omhoog, zijn ogen helder en waakzaam.

Bij wijze van antwoord stond ik op en omhelsde hem. Hij knuffelde mij ook stevig.

'Sorry van gisteren, maar iemand moest het doen,' zei hij.

'Ja, dat weet ik. Ga zitten, we hebben veel te regelen.'

'Zoals de begrafenis, het zoeken naar een testament, uitzoeken waar Flo zit, om maar eens wat te noemen,' zei hij.

Maar uiteindelijk deden we met zijn drieën de ergste klus eerst. We gingen naar boven om de voorkamer schoon te maken.

Toby sprak met de politie en kwam te weten dat het lichaam van mevrouw Delvecchio Schwartz niet ter begrafenis zou worden vrijgegeven voordat de lijkschouwer zijn bevindingen had gerapporteerd, en dat kon één tot drie weken duren. Daarna liep Toby de straat in op zoek naar Martin, lady Richard, of wie dan ook die wellicht verstand had van dingen als begrafenisondernemers, papieren, vergunningen, enzovoort. Wat weten we toch weinig van zulke zaken, tenzij we ze aan den lijve hebben ondervonden, en dat was eigenlijk niemand van ons overkomen. Toby's vader was ergens in de rimboe gestorven. Meneer Schwartz was overleden toen zij in Singapore zat, zei Pappy, en mijn familie had sinds mijn geboorte nog niemand verloren.

Ik belde de Kinderbescherming, die toen ik hun niet kon vertellen dat ik naaste of zelfs maar verre familie was, weigerde me enige informatie over Flo te verstrekken, behalve dat ze goed werd verzorgd op een niet nader aan te geven plek.

'Toch zeker niet Yasmar!' riep Pappy toen ik de hoorn op de haak had gelegd.

Ik ging moeizaam zitten. 'Grote hemel, ik heb geen moment aan Yasmar gedacht!'

'Flo is nu vijf, Harriet, ze zouden haar naar Yasmar kunnen sturen.'

Dit was de instelling waar thuisloze of lastige meisjes naartoe werden gestuurd totdat was besloten wat er met hen zou gaan gebeuren. Er werd op dit moment veel kritiek op geleverd, omdat er geen enkele poging werd gedaan onschuldige slachtoffers van de omstandigheden zoals Flo te scheiden van de uitermate wilde en soms gewelddadige meisjes die voor van alles in hechtenis waren genomen, van prostitutie tot moord.

Dus belde ik Joe de advocaat op haar kantoor en begon met

haar te vragen hoe het met testamenten zat, wat er zou gebeuren als er geen testament was.

'Als er in het huis geen testament te vinden is, en geen naam van een notaris, zal de rijksexecuteur-testamentair het overnemen. Ze zullen in alle juridische vakbladen een oproep plaatsen voor iemand die over een testament beschikt, en intussen zullen ze de nalatenschap beheren. Zoek zowel naar eigendomspapieren als naar een testament, Harriet, en ik zal kijken wat ik voor je kan doen,' zei Joe met de heldere, zakelijke stem waarmee ze volgens mij de dakspanten van een rechtszaal kon doen galmen.

'Blijf nog even aan de lijn,' ging ik haastig verder. 'Je kunt voor mij ook zoeken naar de naam van een kantoor dat is gespecialiseerd in voogdijzaken. Ik heb zo'n voorgevoel dat we geen testament zullen vinden, net zomin als de rijksexecuteur. Dus wil ik de voogdij over Flo zien te krijgen.'

Ze gaf lange tijd geen antwoord, toen zuchtte ze en zei: 'Weet je zeker dat je dat wilt?'

'Absoluut zeker,' zei ik.

Dus beloofde ze een naam voor me te zoeken, en hing op.

Daarna begonnen we naar een testament te zoeken. Klaus kwam opeens binnen en hielp ons alle boeken open te slaan en uit te schudden, iedere pagina in de plakboeken om te slaan, de knipsels te betasten om te voelen of er geen opgevouwen papier onder zat. Niets, niets, niets. We vonden wel iets wat de eigendomspapieren van Victoria Street 17 bleken te zijn, wat heel raadselachtig was. Niet 17c, gewoon 17.

'Betekent dit dat alle vijf de huizen van haar waren?' zei Pappy bedremmeld.

'Vast niet,' zei Klaus, terwijl hij om zich heen keek. 'Ze was niet rijk.'

Er stond een grote houten kist in de kast onder de trap, vlak achter het blik eucalyptuszeep dat we hadden gebruikt om de voorkamer te schrobben, maar we hadden er geen aandacht aan besteed, denkend dat het een gereedschapskist was. Door wanhoop gedreven ging Toby terug naar de kast en haalde de kist eruit. Hij zette hem op het kleine aanrecht in mevrouw Delvecchio Schwartz' keuken en maakte hem voorzichtig open, alsof er van alles uit kon springen, van Dracula tot een harlekijn van harmonicapapier.

Er zat een oude maar nooit gebruikte blauwe omslagdoek met konijntjes in, een enorme kristal van het een of andere heldere lilakleurige gesteente, zeven geslepen glazen nog in hun kartonnen verpakking, een witmarmeren model van een babyhandje en arm, tot voorbij de mollige elleboog, en letterlijk tientallen spaarbankboekjes.

Toby greep in de kist en haalde een handvol spaarbankboekjes te voorschijn, klapte ze open en bekeek ze vol ongeloof. 'Jezus!' riep hij uit. 'Elk boekje heeft er zo'n duizend pond op staan en dat is het bedrag dat je belastingvrij op je spaarrekening mag hebben staan zonder dat iemand vragen stelt.'

We telden er alles bij elkaar zo'n honderd, maar we maakten ze verder niet meer open. Waarom zouden we ook? Er zat een systeem in, eenvoudig maar lastig. Ze had dezelfde bank nooit twee keer gebruikt, en dat betekende dat ze rekeningen had bij elk kantoor van iedere bank die Sydney rijk was. In de loop van de afgelopen twintig jaar had ze steeds verder weg moeten gaan, tot ze haar duizend pond op banken in Newcastle, Wollongong en Bathurst moest zetten. Wat deed ze met Flo als ze de hele dag op reis was?

'Nou, het zal Flo in elk geval aan niets ontbreken,' zei Toby, terwijl hij de spaarbankboekjes netjes in een lege doos stapelde, die in bruin papier pakte en alles dichtbond met een stuk touw – ze had kilometers touw in huis, en ook stapels bruin pakpapier dat ze zorgvuldig had gladgestreken en daarna opgevouwen.

'Flo krijgt er misschien wel nooit één penny van te zien, en ze zal misschien ook nooit Het Huis in bezit krijgen,' zei ik grimmig. 'Uiteindelijk zal de regering wel alles inpikken – we hebben Flo's geboortebewijs nog steeds niet gevonden.'

Het geboortebewijs was zoek en bleef zoek, hoewel we onze zoekpogingen met verdubbelde energie voortzetten. Geen testament, geen geboortebewijs, geen naam van enig notariskantoor. Ook geen trouwboekje. Evenmin kon Pappy, toen we haar het vuur na aan de schenen legden, zweren dat Flo werkelijk het kind van mevrouw Delvecchio Schwartz was – ze had twee jaar in Singapore gezeten om te proberen de familie van haar vader op te sporen. Pas nadat ze weer terug was, haalde ze Toby naar Het Huis, dus hij kon ook niet helpen. Wat we ook probeerden, al onze pogingen liepen op niets uit. Het leek wel of mevrouw Delvecchio Schwartz volledig volwassen op de wereld was gekomen, nooit was getrouwd en nooit een kind had gekregen. Het was onvoorstelbaar dat zoiets vandaag de dag nog kon gebeuren, maar toch was het zo. Zij vormde daar het duidelijke bewijs van. Hoeveel mensen bestonden er zonder dat de regering ook maar enig idee had? Er waren ook geen belastingpapieren, alleen maar een simpel kasboek waarin de minieme huren van 17c stonden opgetekend. Geen bonnetjes van onroerendgoedbelasting, water, elektriciteit, gas, reparaties.

'Ze heeft alles contant afgerekend,' zei Klaus, die er verhit uitzag.

Het laatste dat we onderzochten – we moesten door de voorkamer om er te komen – was de kleine kast buiten op het balkon, waar ze haar Glas en haar kaarten en haar hemelglobes bewaarde. We bladerden in de astronomische tabellen, onderzochten ieder horoscoopvel, draaiden het om, hielden het tegen het licht – we legden zelfs het stapeltje tarotkaarten stuk voor stuk neer. Geen geboortebewijs, geen testament, niets.

'Goed, laten we alles maar weer terugleggen,' zuchtte ik.

Maar Pappy slaakte een gesmoorde kreet en greep me dwingend bij de arm. 'Nee, Harriet, nee! Doe dat niet! Neem alles mee naar beneden en verstop het in je kamers.'

Ik staarde haar aan alsof ze gek was geworden. 'Dat kan ik niet doen!' zei ik. 'Dit is van haar, het maakt deel uit van haar nalatenschap. De kristallen bol is van onschatbare waarde – ze zei dat als ze hem verkocht, ze van de opbrengst Hotel Australia kon kopen.'

Toby zag wat ik niet zag. 'Pappy heeft gelijk, neem alles mee.' Ik zei nee, en hij gromde van wanhoop over mijn onnozelheid.

'Doe niet zo dwaas, Harriet! Gebruik je verstand! De eersten die naar alle waarschijnlijkheid dit pand zullen willen inspecteren zullen die lui van de Kinderbescherming zijn, en wat denk je dat die zullen zeggen als ze dit spul vinden? Vooral met al die spaarbankboekjes. Als jij de voogdij over Flo wilt hebben, dan moet haar leven – en het leven van haar moeder! – er zo gewoon en alledaags mogelijk uitzien. We kunnen niet voorkomen dat ze het oude mens excentriek vinden, maar Harriet, geef ze in 's hemelsnaam niet dit soort munitie in handen!'

We stapelden de occulte attributen in een andere kartonnen doos en snelden in galop naar mijn kamers, doodsbang dat de bel van de voordeur zou gaan rinkelen.

Maar dat gebeurde pas om vijf uur, wat voor de Kinderbescherming een vreemd tijdstip leek. Ik liet Klaus, die bij mijn fornuis een maal voor ons stond te koken, alleen en liep naar de deur om open te doen – we hadden gisteren de voordeur op slot gedaan en we hielden hem nu op slot.

Duncan Forsythe stond op de stoep.

'Ik kom niet binnen,' zei hij. 'Mijn vrouw zit in de auto te wachten.'

Hij zag er zelfs nog slechter uit dan op de trouwerij van Chris Hamilton, mager en krom, verslagen. Er zat bijna geen rood meer in zijn haar, maar het had geen peper-en-zoutkleur gekregen. Er waren nu brede banen wit vermengd met grijze strepen, heel opvallend. Zijn ogen stonden uitgeput, maar ze staarden me met zoveel liefde aan dat mijn hart ineenkromp.

Ik gluurde over zijn schouder en zag de Jaguar in ons doodlopende straatje staan met de neus naar de stoeprand gericht, zodat mevrouw de doktersvrouw alles kon zien wat er op de stoep van 17c gebeurde. Ze liet niets aan het toeval over, die vrouw. 'Je vrouw heeft een brief gekregen in een prachtig handschrift met krullen, op geschept papier,' zei ik. 'En daarin stond dat jij in de klauwen was gevallen van een hoer, een vulgaire, ordinaire slet die niet geschikt was om in deze wereld te leven, en ook niet om de volgende binnen te gaan. De data klopten niet en hij insinueerde dat we elkaar nog steeds ontmoetten.'

'Ja, precies,' zei hij zonder enige verbazing. 'Hij kwam vandaag met de ochtendpost.'

'Deze moest wat verder,' zei ik. 'Die voor mijn vader arriveerde op oudejaarsdag in Bronte.'

Dat raakte hem diep, en hij haalde moeizaam adem. 'O Harriet, liefste! Wat vind ik dat vreselijk!'

Wat was er toch veel gebeurd! Het leek of ik hem aankeek door een netwerk van slierten pijn en verdriet die ik niet had gevoeld tot ik hem daar zag staan, maar niets van die pijn gold hem, ik had geen zorgen om hem. Ik was verdergegaan, naar een andere plek, en als ik hem zo zag, vroeg ik me af of ik ooit terug kon keren naar wat ooit ónze plek was geweest. Vóór de moord. Voordat ze mijn poezenkopje hadden meegenomen naar een plaats die haar dood zou worden.

Dus antwoordde ik hem koeltjes: 'Tja, Duncan, als dit een soort troost mag zijn, dan kan ik je zeggen dat er niet meer van zulke brieven zullen komen. Harold heeft ze geschreven en Harold is dood. Nu moet ik me alleen nog afvragen of zuster Agatha er ook een heeft gehad.'

'Helaas wel. Ze heeft me vanmorgen opgebeld.'

Ik haalde mijn schouders op. 'Jammer. Wat kan ze doen? Me ontslaan? Dat gaat tegenwoordig niet meer. Het ergste dat ze kan doen is mij van Spoedeisende Hulp halen en me weer de hele dag longfoto's laten maken, maar ik denk niet dat ze zo dom zal zijn. Ik ben te goed in mijn werk om aan routinefoto's te worden verspild.'

Hij staarde me aan alsof ik net zoveel van de oude Harriet Purcell verschilde als ik dat vanbinnen voelde. Ik legde mijn hand op zijn arm en beklopte die even, terwijl ik ervoor zorgde dat mevrouw de doktersvrouw het kon zien. 'Duncan, je had echt niet naar me toe hoeven komen. Ik red me wel.'

'Cathy stond erop,' zei hij, gejaagd. 'Ik moest je zeggen dat ze onze verhouding zal negeren en dat ze ons allebei zal steunen door het verhaal te ontkennen tegenover iedereen die zo'n brief krijgt.'

Godsamme, waar haalde dat mens de brutaliteit vandaan? Mijn afstandelijke houding verdampte op slag toen ik de woede voelde stijgen. Hoe dúrfde ze hem te bevoogden! Hoe durfde ze míj te bevoogden! Alsof zij met haar praatjes de macht bezit iets tot een onbetekenend voorval te bestempelen! 'Wat geweldig van haar,' zei ik. 'Wat ontzettend geweldig van haar.' Grauwen, brullen, grommen, naar buiten met die klauwen!

'Ik heb haar mijn woord gegeven dat ik nooit meer met jou zal praten.'

Dat deed de deur dicht. Ik duwde Duncan met één schouderbeweging opzij en stapte naar de auto, rukte aan het portier aan de passagierszijde en had het open voor mevrouw het slot had kunnen vinden. Ik stak mijn arm naar binnen, greep de schoudervulling van een Franse creatie vast en rukte mevrouw Duncan Forsythe uit haar stoel het trottoir op. Daar duwde ik haar achteruit tegen het hek van 17c en torende hoog boven haar uit – waarom trouwen lange mannen vaak met van die kleine kippetjes? Ze was doodsbang! Het was gewoon niet in haar opgekomen dat ze, door Duncan te dwingen halsoverkop met haar hiernaartoe te gaan, tegenover Jesse James zou komen te staan.

'Nou moet jij eens goed luisteren,' gromde ik, met mijn gezicht op enkele centimeters afstand van het hare, 'bemoei je niet met mijn leven! Hoe durf je mij te bevoogden! Als jij gewoon je plicht had gedaan en af en toe een potje met je man had gefoepjanfiedeld, had hij helemaal niet naar een ander gekeken. Jij hebt alleen maar belangstelling voor materiële zaken, maar je betaalt je schulden niet. Dat doe ik wel, en op dit punt heb ik veel aan je man te danken, want hij is een fatsoenlijke kerel en een geweldige minnaar! Het is niet zijn schuld dat jij z'n ballen hebt afgesneden, maar je laat hem met rust, hoor je?'

Ze stikte bijna, haar gezicht was vuurrood, haar ogen puilden uit haar hoofd, en madame Toccata stond inmiddels op het balkon van 17b, en madame Fuga en Kuisheid op het balkon van 17d, en ze moedigden me luidkeels aan.

Duncan was het trottoir op gelopen, maar niet om zijn vrouw te hulp te komen. Hij leunde tegen het hek, sloeg zijn enkels over elkaar, vouwde zijn armen en grijnsde.

'Bemoei je met je eigen zaken, gestoorde geit die je bent!' schreeuwde ik, toen ik haar weer naar de auto sleurde. 'Als jij ooit lady Forsythe wilt worden, dan moet je je mond houden en mij tolereren, jij magere modepop!' En ik smeet haar de auto in.

Duncan stond te bulderen van het lachen terwijl zijn vrouw op de passagiersstoel van de Jaguar in elkaar dook om in haar kanten zakdoekje te huilen.

'Knock-out in de eerste ronde,' zei hij, terwijl hij zijn ogen met zijn zakdoek afveegde. 'God, ik houd van je!'

'En ik van jou,' zei ik, terwijl ik zijn gezicht streelde. 'Ik weet niet waarom, maar ik houd van je. Er schuilt veel kracht en moed in jou, Duncan. Maar waar het persoonlijke relaties betreft, ben je een lafaard. Wees alles wat je kunt zijn en trek je niets aan van wat andere mensen denken. En breng nu je vrouw naar huis.'

'Mag ik je weer ontmoeten?' vroeg hij, opeens weer net zoals hij was geweest op die avond dat we uit Victoria Street kwamen, stralend van binnenuit, sprankelend van leven.

'Niet nu, en de hemel mag weten hoe lang nog niet,' zei ik. 'Harold heeft op oudejaarsavond mevrouw Delvecchio Schwartz vermoord en vervolgens de hand aan zichzelf geslagen. En ik moet me heel netjes gedragen omdat ik wil proberen de voogdij over Flo te krijgen.'

Hij was uiteraard geschokt, ontzet, meelevend, bereid om te helpen, maar ik kon zien dat hij niet begreep waarom ik Flo wilde. Maar dat geeft niet. Hij houdt nog steeds van me, en dat is een enorme troost.

Dinsdag 3 januari 1961

Vandaag weer aan het werk. Hoe flink ik ook tegen Duncan en iedereen doe, ik kan het me niet veroorloven mijn baan kwijt te raken. Als ik een goedhartige ziel in dienst kan nemen om voor Flo te zorgen terwijl ik werk, zouden we van het restant van mijn salaris plus de huuropbrengsten van Het Huis weliswaar niet luxueus maar toch *fatsoenlijk* – vreselijk woord! – moeten kunnen leven. Met vijf jaar moet ze naar school, maar welke school zou haar aannemen? Ik zal naar bijzondere scholen moeten informeren, maar ik heb nog nooit van een school voor zoiets gehoord. En hoe zou Flo zich moeten redden op een bijzondere school, omringd door achterlijke of spastische kinderen? Er is eigenlijk niets mis met haar, maar ze is zo'n kruidje-roer-me-niet, ze sluit zich helemaal af als een ander zich met haar bemoeit. Ja, je hebt het Centrum voor Spastici in Mosman, dat heeft een geweldige reputatie, maar zou Flo daar terechtkunnen? Ze is niet spastisch, ze kan alleen niet praten.

Allemaal vragen voor de toekomst, wanneer ik de voogdij over Flo heb gekregen. Intussen moet ik mijn baan zien te houden, met mijn salaris als van een man, en zoveel mogelijk zien te sparen. Als de rijksexecuteur niet meewerkt – en welke overheidsinstelling werkt ooit wel mee? – zouden Flo en ik misschien niet eens op 17c kunnen wonen, laat staan de huuropbrengsten gebruiken. Geen geboortebewijs, geen trouwboekje. Ze heeft Flo thuis, op de vloer van de wc gekregen, niet op de kraamafdeling van een ziekenhuis.

Het heeft geen zin me het hoofd te breken over van alles en nog wat. Er zit niets anders op dan af te wachten.

Zuster Agatha riep me vanmorgen om negen uur op het matje, stuurde een invaller om mijn plaats zolang in te nemen. Ernstig, heel ernstig. 'Beseft u wel hoeveel ongemak u gisteren hebt veroorzaakt, juffrouw Purcell?' wilde zuster Agatha weten. 'U belt 's ochtends om tien voor zes – tien minuten voordat uw dienst aanvangt! – om te zeggen dat u niet kunt komen. En geeft u daar een reden voor? Nee, die geeft u niet. U hangt op terwijl juffrouw Barker nog aan de lijn is.'

Ik staarde in de koude blauwe ogen, met een wonderlijk visioen van de dansende zuster Agatha die aan een ijspegel zat geprikt, maar ik begreep niet goed waar dat vandaan kwam. En dat zij een brief van Harold had gekregen, maakte de zaken er natuurlijk ook al niet beter op. Maar het bracht me wel op een idee. Ik besefte heel goed dat als ik haar alles over mevrouw Delvecchio Schwartz, Harold en Flo vertelde, dit haar nog meer tegen mij gekant zou maken: fatsoenlijke vrouwen zorgden ervoor dat ze niet bij moordpartijen en alles wat daarmee samenhing betrokken raakten.

'Het spijt me heel erg, zuster Toppingham,' zei ik, 'maar ik was gistermorgen te zeer van streek om logisch na te kunnen denken. Dit is een heel pijnlijk onderwerp, maar ik denk dat u het maar beter kunt weten.' Hierop voortborduren, Harriet, lieg wanneer dat moet, Flo is een miljoen leugens waard. 'Mijn vader had een anonieme brief ontvangen, waarin ik werd beschuldigd van een verhouding met dokter Duncan Forsythe. Dat is uiteraard onzin. Maar u zult begrijpen dat het mijn dag volledig heeft bedorven. Mijn vader wilde dat ik onmiddellijk naar huis kwam en dat heb ik toen gedaan.'

'Hm,' zei ze, en zweeg. 'En heeft u deze vervelende zaak met hem uitgepraat, juffrouw Purcell?'

'Met de hulp van mevrouw Duncan Forsythe, ja, zuster. We hebben het uitgepraat.'

Sluwe feeks, ze wilde me niet vertellen dat ze het al wist. Het noemen van mevrouw de doktersvrouw gaf echter de doorslag. 'Uw excuses zijn aanvaard, juffrouw Purcell. U kunt gaan.' Ik treuzelde nog. 'Zuster, er is nog een vervelende consequentie van deze akelige situatie. Eh... Het schijnt dat er een juridisch onderzoek zal volgen, dus zal ik de volgende weken misschien een enkele keer iets vroeger van mijn werk moeten gaan. Ik verzeker u dat ik zal proberen mijn afspraken zo laat mogelijk op de dag te maken, maar ik zal wel bijtijds weg moeten om ter plekke aanwezig te kunnen zijn.' Dat beviel haar niets, maar ze begreep het. In een ziekenhuis vindt geen enkel afdelingshoofd het leuk om eraan te worden herinnerd dat het personeel veel onbetaald overwerk verricht. 'U kunt zulke afspraken nakomen, juffrouw Purcell, mits u mij op de desbetreffende dagen op de hoogte stelt.' 'Ja zuster, dank u, zuster,' zei ik, en vluchtte.

Lang niet slecht, de omstandigheden in aanmerking genomen. O, waarom is het Royal Queens niet net zo'n ziekenhuis als het Vinnie's of het R.P.A., waar ze nooit een rustig weekend hebben. Als ik voor weekends was ingeroosterd, zou ik gedurende de werkweek hele dagen hebben om alles te doen wat er moet gebeuren. Met Ryde en Queens had ik mijn werkplaats niet erg goed gekozen.

Donderdag 5 januari 1961
Joe de advocate heeft me de naam gegeven van een kantoor dat is gespecialiseerd in werken voor kinderen. Partington, Pilkington, Purblind en Hush, in Bridge Street. Regelrecht uit Charles Dickens, maar ze verzekert me dat er rissen Dickensiaans-klinkende advocatenkantoren zijn, het hoort gewoon bij de juridische traditie en de meeste kantoorgenoten die in de naam worden vermeld zijn al duizend jaar dood – zo ze al ooit echt

hebben bestaan. Ik kies voor meneer Purblind, maar ik heb volgende week maandag om vier uur een afspraak met meneer Hush.

Ik kan nog steeds geen zinnig woord uit de Kinderbescherming loskrijgen, ze weigeren me te vertellen waar Flo is. Ze is gezond, ze is gelukkig, ze is dit en ze is dat, maar ze willen niet zeggen of ze in Yasmar zit.

Het onderzoek naar Harold en mevrouw Delvecchio Schwartz is vastgesteld op volgende week woensdag, dus zal ik een briljante reden moeten bedenken waarom ik misschien de hele dag vrij moet hebben. Iedereen uit Het Huis is verplicht de zitting bij te wonen en desgevraagd antwoord te geven op te stellen vragen. Maar Norm zegt dat de dienders nog altijd geen spoor van Chikker en Marge, van de benedenverdieping aan de voorkant, hebben kunnen vinden. De theorie is dat ze naar een andere staat zijn gevlucht en dat betekent dat ze misschien niet in het leven zaten maar zich met iets heel anders bezighielden. Het probleem is dat zonder vingerafdrukken niemand weet wie ze zijn. Waarschijnlijk bankovervallers. Ik denk dat het gewoon verwarde mensen zijn die de wet niet vertrouwen.

Vannacht, om ongeveer tien over drie, is er iets heel vreemds gebeurd. We waren allemaal thuis en lagen te slapen. Ik werd wakker door het geluid van zware voetstappen in de gang boven – sprekend het geluid van mevrouw Delvecchio Schwartz die in de kleine uurtjes de ronde doet. Niemand anders loopt zo! Zelfs Het Huis, een stevig, oud, Victoriaans rijtjeshuis, schudde wanneer zij liep. Maar mevrouw Delvecchio Schwartz is dood, ik heb haar dood gezien, en ik weet dat het arme mens op dit moment dood in een lade van het mortuarium ligt. *En toch liep ze boven rond!* Toen klonk het geluid van haar lach, niet het huh-huh-huh, maar het ha-ha-ha. Voor de eerste keer in mijn leven gingen mijn haren recht overeind staan.

Het volgende moment stonden ze allemaal voor mijn deur. Klaus was buiten zichzelf en huilde en kermde, net als Bob. Jim probeerde zich flink te houden, en Toby's gezicht was wit. Net als mijn gezicht, en dat is niet eenvoudig voor mensen met een donkerbruine huid.

Ik liet hen binnen en probeerde hen in mijn stoelen te laten zitten, maar ze waren veel te ongedurig en verschrikt. Net als ik.

Alleen Pappy was zich niet rot geschrokken. 'Ze is hier bij ons,' zei ze, met stralende ogen. 'Ik wist wel dat ze Het Huis nooit zou verlaten.'

'Kletskoek!' snauwde Toby.

'Nee, wat het ook mag zijn, het is echt,' zei ik. 'We lagen allemaal diep te slapen, en we werden er allemaal wakker van.'

Ik zette water op, maakte thee, en deed in iedere beker een stevige scheut cognac. Vrome beloften om dit spul nooit meer aan te raken zijn niet opgewassen tegen iemand als mevrouw Delvecchio Schwartz.

Toen kwam Pappy met haar sensationele nieuws. Onze nachtelijke ervaring had haar vervuld van een blijdschap die ik sinds de gelukzalige dagen met Ezra niet meer bij haar had gezien. Ze straalde.

'Ik ga niet naar Stockton,' zei ze.

We staarden haar allemaal aan.

'Toen mevrouw Delvecchio Schwartz was overgegaan,' fluisterde ze, 'is ze aan mij verschenen. Niet in een droom, maar terwijl ik zat te lezen. Ze zei tegen me dat ik Het Huis niet in de steek mocht laten. Dus ben ik met de zusters van het Vinnie's gaan praten, en ik heb gevraagd of ik daar mijn opleiding tot verpleegster kon doen maar hier mocht blijven wonen. Nonnen zijn altijd erg vriendelijk, heel begrijpend! Ze meenden dat ik op mijn leeftijd en met mijn ervaring van ziekenhuizen een veel betere verpleegster zou worden als ik elders woonde in plaats van in het ziekenhuis. Ik begin aan het eind van de maand in het Vinnie's, samen met de volgende lichting leerling-verpleegsters.'

Dit was het eerste goede nieuws sinds oudejaarsavond, en we

waren er allemaal hard aan toe. Pappy is vreemd, heel mystiek. Zelfs na alles wat ze vertelde weiger ik te geloven dat het de echte mevrouw Delvecchio Schwartz was die ik boven heb gehoord. Ik denk eerder dat onze gedachten aan mijn verdwenen poezenkopje zich in onze geest hebben binnengedrongen en ons hebben misleid.

Waar zit je, Flo? Is alles goed met je? Begrijpen ze je? Nee, natuurlijk is het niet goed met je, en natuurlijk begrijpen ze je niet. Nu je moeder er niet meer is, hoor je bij mij, en ik zal hemel en aarde bewegen om te voorkomen dat jij naar een weeshuis wordt gestuurd. Als ik jou niet thuis kan krijgen, ga je dood. Je lot ligt in mijn handen omdat je moeder het daar heeft gelegd. En dat is het grootste raadsel van alles.

Zaterdag 7 januari 1961

Er is vandaag een vrouw van de Kinderbescherming geweest. Ik zag haar op de stoep staan toen ik thuiskwam van het boodschappen doen, een onelegant geklede vrouw van achter in de vijftig met alle kentekenen van het oudevrijsterdom, van de linkerhand zonder ring tot aan de haren die uit haar kin staken. Waarom epileren of knippen ze die nooit? Je zou denken dat ze nog door enige begrijpelijke ijdelheid worden gedreven, maar minstens de helft van hen draagt snorharen liever als een insigne. Het is maar goed dat de oorlog ervoor heeft gezorgd dat zulke vrouwen bevrijd zijn om te gaan werken, want wat zou er anders van hen moeten worden? Maar aan de andere kant heeft de oorlog ook de voorraad mannen drastisch teruggebracht. En voor de leeftijd vanaf die van Chris en Marie en ouder, is dat een groot probleem. Bovendien zijn Australische mannen moeilijk aan de haak te slaan en nog moeilijker te houden. Zoals Chris en Marie hebben ontdekt hebben *Nieuwe* Australiërs veel meer mogelijkheden (op huwelijksgebied) dan de Oude Australiërs.

De oude vrijster stelde zich voor en ik stelde me voor. Juffrouw Farfer of Arthur of Farfin, iets wat met haar geknepen stem als Arf-Arf klonk. Dus noemde ik haar juffrouw Arf-Arf, en ze reageerde erop, zonder mankeren. Toen ik de deur openmaakte en zij me naar binnen volgde, kon ik haar reactie op de krabbels, de verwaarlozing en lelijkheid van de gemeenschappelijke ruimten van Het Huis niet zien. Op dat moment wilde het toeval dat we in het steegje naar buiten kwamen, juist toen madame Fuga Waarheid eens flink de les las.

'Jij gore, stomme, valse slet! Je deugt nergens voor!' was het enige verstaanbare gelukkig, maar ik vermoed dat het meer dan genoeg was.

'Wat is dat voor een huis?' vroeg ze, toen ik mijn deur opendeed.

'Dat is een pension,' zei ik, en ik liet haar binnen in mijn gezellige roze flat. Daar vertelde ze me dat ze was gekomen om de vroegere woonomgeving van Florence Schwartz te inspecteren. De *vroegere* woonomgeving.

'Sinds dinsdag ben ik hier iedere dag geweest, maar er was nooit iemand thuis,' zei ze knorrig.

O lieve help. Het was een slecht begin en het werd alleen maar erger. Er kwam een notitieboekje te voorschijn en daar werd van alles in opgeschreven terwijl ik over Het Huis moest vertellen, over de bewoners ervan, wie we allemaal waren, wat we voor de kost deden, hoe lang we hier al hadden gewoond, hoe goed we bekend waren met mevrouw Delvecchio Schwartz en Flo, die door juffrouw Arf-Arf hardnekkig Florence werd genoemd. Uit haar vragen bleek dat ze al had overlegd met het tweetal dat Flo had weggehaald. Droeg Flo ooit schoenen? Waarom wilde Flo niet praten? Hoe laat stond Flo op en hoe laat ging ze naar bed? Wat gaf Flo's moeder haar te eten? De hemel zij dank voor Pappy's tegenwoordigheid van geest met betrekking tot de occulte attributen, want juffrouw Arf-Arf doorzocht het huis van top tot teen en keek onder iedere sprei en in elke lade. Wat zou ze zeggen als ze hoorde dat Flo tot kort voor haar moeders dood nog borstvoeding had gehad? Net als het waarzeggen, ons geheim.

Ik weigerde haar de flat van Jim en Bob of de kamer van Klaus te laten zien, omdat ze niet thuis waren. Het beviel haar niets dat haar iets werd ontzegd, maar wat haar nog veel minder beviel was Toby's reactie op haar verzoek bij hem boven te mogen komen.

'Loop naar de hel!' gromde hij en smeet zijn zolderluik dicht.

Ik bewaarde de voorkamer voor het laatst, tegen beter weten in. Maar juffrouw Arf-Arf was uiteraard niet van plan zich het Toneel van de Moord te laten ontgaan. Maar dat was duidelijk een grote teleurstelling. We hadden alles nauwgezet schoongemaakt, zelfs zo grondig dat de krijtkrabbels op de muren nauwelijks zichtbaar waren. Van al het bloederige vingerverven was geen veeg of vlek meer te bekennen.

'Maar ik heb de foto's van de politie wel gezien,' zei ze voldaan.

Het lag op het puntje van mijn tong te zeggen dat ze van mij ook naar de hel mocht lopen, maar dat durfde ik niet. Omdat het lot van Flo nog steeds onbeslist was, moest alles wat ik tegen iemand van de Kinderbescherming zei heel vriendelijk, oprecht, verstandig en evenwichtig zijn. Dus besloot ik de rondleiding met het aanbieden van een kop thee. Juffrouw Arf-Arf nam dit aan.

'Gezien de ongezonde locatie van dit pand en de staat van de persoonlijke accommodatie van Florence's moeder, mijn beste juffrouw Purcell, heeft u het zich hier heel gezellig gemaakt,' zei ze, terwijl ze een Anzac-biscuitje oppeuzelde. Maar zij deed niet aan soppen!

Ik vertelde haar dat ik graag de voogdij over Flo wilde hebben.

'O, daar kan absolúút geen sprake van zijn!' zei ze.

Ik vroeg haar wat ze daarmee bedoelde, en ze verklaarde dat Florence goed werd verzorgd op haar huidige verblijfplaats (geen enkele indicatie waar deze was, het had Melbourne of Timboektoe kunnen zijn, gezien de manier waarop ze sprak) dus kon er van voogdij geen sprake zijn voordat goed was onderzocht of er een testament of familie bestond. 'En dat kan veel maanden duren,' besloot ze.

Ik keek in haar waterige blauwe ogen en begreep dat als ik uitvoerig begon te smeken en alle emotionele registers opentrok, haar probeerde te vertellen dat Flo zou sterven als ze niet snel naar huis kwam, mijn kansen om Flo ooit te krijgen onmiddellijk zouden slinken.

'Het is niet eens dat ze onmenselijk zijn, of zelfs gevoelloos,' zei ik later tegen Toby, boven op zijn ruime zolder, 'maar ze houden zich gewoon zo strak aan de regels dat er met individuele omstandigheden geen enkele rekening kan worden gehouden.'

'Uiteraard,' bromde hij, terwijl hij stond te poetsen op een schilderij zoals je ze in hotels ziet, met een blauwe eucalyptusboom op een open plek in het bos. 'Het zijn ambtenaren, Harriet, en ambtenaren spelen altijd op safe. Alles wordt besloten door de grijze geesten van de een of andere commissie. Het rapport van juffrouw Arf-Arf gaat samen met de andere rapporten in Flo's dossier, en als het dossier vijf centimeter dik is, gaat het naar Boven, voor een beslissing.'

'Tegen die tijd is ze dood,' zei ik, mijn tranen wegvegend.

Hij legde zijn penselen neer, liep naar me toe en ging op een harde stoel recht tegenover me zitten. Hij boog zich naar voren en veegde een pluk haar van mijn voorhoofd. 'Waarom houd je toch zoveel van haar?' vroeg hij. 'Ik bedoel, het is een lief klein kind, ook al is ze een beetje vreemd, maar een mens zou denken dat het jouw kind was, zoals je over haar praat. Je noemt mij een geobsedeerd iemand, maar Flo is voor jou een veel grotere obsessie dan alles wat ik weet te bedenken.'

Wat voor antwoord moest ik geven om hem het bijzondere van Flo te laten inzien?

'Het zal voor een buitenstaander heel moeilijk te begrijpen zijn, maar de waarheid is dat ik maar naar haar hoefde te kijken om op slag van haar te houden,' zei ik.

'Nee, dat is niet moeilijk,' zei hij, schouderophalend. 'Dat is heel gemakkelijk – ik ben geen buitenstaander.' Hij schonk me een heel lieve glimlach en duwde mijn haar weer in model. 'Als jij het echt wilt, Harriet, gá er dan voor, met al die spectaculaire energie en enthousiaste buien die je weet op te brengen, zelfs in tijden als deze. Maar doe me een lol en denk wel aan je eigen leven. Als je Flo krijgt toegewezen, zul je nooit meer vrij zijn.'

Dat is waar. Maar voor mij is dat geen keuze, en Toby wil dat niet inzien. Flo is voor mij alles waard, zelfs het verlies van mijn vrijheid. Ik zou voor Duncan Forsythe of welke andere man dan ook niet door het vuur kunnen gaan, maar voor Flo? Ze is mijn poezenkopje. Mijn kind.

Maandag 9 januari 1961

Ik arriveerde bij het kantoor van Partington, Pilkington, Purblind en Hush in Bridge Street om precies één minuut voor mijn afspraak met meneer Hush die, zoals zijn onvoorstelbaar bekakte secretaresse me vertelde, gewoonlijk géén cliënten op een tijdstip als vier uur meer ontvangt. Ik verontschuldigde mij voor het ongemak dat ik meneer Hush bezorgde – wat is het toch geweldig om een ziekenhuisopleiding te hebben! Als de vuilnisman me de les zou lezen over een deuk in het deksel van mijn vuilnisbak, zou ik met mijn handen op de rug in de houding staan en mijn excuses aanbieden. Dat is gewoon veel gemakkelijker dan te proberen je te rechtvaardigen of uitvluchten te verzinnen. De onvoorstelbaar bekakte secretaresse was verrukt over mijn antwoord en gaf me een glimlach die aan de anus van een kat deed denken, helemaal verkrampt en rimpelig, en zei dat ik moest gaan zitten om te wachten. Advocatenkantoren, begreep ik, zijn een eitje vergeleken bij ziekenhuizen. Als ik een halfuur de tijd had gekregen, had ik juffrouw Hoojar precies kunnen laten doen wat ik wilde. Overigens heel interessant dat advocatenkantoren ook op oude vrijsters draaien. Waar zou de beroepsmatige wereld zonder hen zijn? En wat gaat er gebeuren wanneer mijn generatie, waarin veel meer wordt getrouwd, het overneemt? Er zullen directiesecretaresses en afdelingshoofden zijn die moeten proberen het hoofd boven water te houden met zieke kinderen en lakse echtgenoten en ook nog eens hun baan. Oei-oei!

Meneer Hush zag eruit als een slager. Groot en vlezig, met een paarse aardbeienneus. Oké, besloot ik na één blik, snij alle randjes vet van het vlees, strip alle pezen, en geef hem niets anders dan stevig rood spiervlees. Ik vertelde mijn verhaal zonder één overbodig woord, ontdeed het van alle kleur en smaak, en besloot met te zeggen: 'Ik wil de voogdij over Flo, meneer Hush.'

Hij was buitengewoon onder de indruk van al deze heldere logica – zeg niet dat ik niet met mannen weet om te gaan!

'Enkele persoonlijke gegevens eerst, juffrouw Purcell. Bent u meerderjarig? Werkt u?'

'Ik ben tweeëntwintig en ik ben gediplomeerd röntgenkamerassistente.'

'Kunt u zich een wellicht kostbare procedure veroorloven?'

'Ja, meneer.'

'Dus u beschikt over persoonlijke middelen.'

'Nee, meneer. Ik heb genoeg gespaard om de juridische kosten op te brengen.'

'Uw antwoord wijst erop dat u over geen andere bron van inkomsten beschikt dan uw baan. Is dat juist?'

'Ja, meneer,' fluisterde ik, haastig in mijn schulp kruipend.

'Bent u getrouwd? Verloofd?'

'Nee, meneer,' antwoordde ik. Ik begreep waar hij heen wilde.

'Hmmm.' Hij tikte met een potlood tegen zijn tanden.

Vervolgens ging hij me uitleggen dat er drie verschillende soorten voogdij waren: adoptie, voogdijschap, en het aanbod van een pleeggezin. 'Ik moet u zeggen, juffrouw Purcell, dat u voor geen van de drie alternatieven in aanmerking zou komen,' zei hij onpersoonlijk en genadeloos. 'In deze staat is er tot nu toe nimmer sprake geweest van ook maar één geval waarin de voogdij over een kind werd toegekend aan een ongehuwde, werkende vrouw die geen bloedverwant was. Uw jeugdige leeftijd is eveneens een belemmering voor een voogdijschap. Misschien is het verstandiger als u uw pogingen nu maar meteen staakt.'

Het was alsof er staal in mijn ziel werd gevormd en ik keek hem woest aan. 'Nee, ik geef het niet op!' snauwde ik. 'Flo hoort bij mij, dat zou haar moeder zo hebben gewild. Het kan me niet schelen wat ik moet doen om Flo terug te krijgen, en dat meen ik. Maar ik zál haar terugkrijgen! Al moet ik er de hele wereld voor op zijn kop zetten!'

Hij sprong achter zijn bureau op, liep eromheen, en bukte zich om mijn hand te kussen! 'O, wat bent u een dappere strijder, juffrouw Purcell!' riep hij uit. 'Dit gaat heel leuk worden! Ik vind het heerlijk om instituten op hun grondvesten te laten schudden! Vertelt u me nu de rest, want er is vast nog veel meer.'

Ik vertelde hem zoveel als ik verstandig achtte. Ja, ik vond hem aardig, maar niet genoeg om hem iets over waarzeggerij en borstvoeding te vertellen. Alleen maar over de spaarbankboekjes, de eigendomspapieren van wat het totaal van Victoria Street 17 leek te zijn, het ontbreken van enig document, van trouwboekje tot geboortebewijs tot belastingpapieren. Hij vond het zo heerlijk dat hij nóg meer op een slager ging lijken. Ik kon zien dat hij in gedachten gehakt maakte van alle medewerkers van de Kinderbescherming.

Dus spraken we af dat meneer Hush een persoonlijk belang zou stellen in dingen als het zoeken naar een testament, de poging familieleden op te sporen, de rijksexecuteur, en alle eventuele andere partijen die konden gaan snuffelen op het pad van truffels zoals een groot en mogelijk onwettig fortuin.

Aldus verliep mijn eerste contact met een advocatenkantoor, zo niet met de wet. Met Willies ontwenningsverschijnselen, Norm, Merv, en rechercheurs die een moord onderzoeken, moet ik aanzienlijk meer ervaring met de wet hebben dan de meeste meisjes van mijn leeftijd die niet in de prostitutie zitten. Het was niet in me opgekomen dat de mensen met macht over Flo mij een ongeschikte voogd zouden vinden. Dat mijn leeftijd, mijn noodzaak om voor mijn dagelijks brood te werken, en mijn ongehuwde staat belangrijker zouden zijn dan dingen als liefde. Wat maar weer aantoont hoe onnozel ik ben. Het had al duidelijk moeten zijn bij die vrouwen van de Kinderbescherming, die zich meer om schoenen dan om liefde bekommerden. Nee, dat is fout. Die schoenen met liefde *gelijkstelden*.

Het enige dat ik weet is dat als ik Flo niet krijg, zij zal sterven. Dat ze zal wegkwijnen, terwijl degenen die haar in hun macht hebben zich zullen afvragen wat er in 's hemelsnaam is gebeurd. Want ze zouden het echt niet begrijpen.

Woensdag 11 januari 1961
Het gerechtelijk onderzoek heeft vanmorgen plaatsgevonden. Had niets te betekenen. We waren allemaal opgeroepen om te getuigen. Ik had van zes tot negen gewerkt, racete toen met een taxi de stad in, om direct na afloop weer met een taxi naar het Queens terug te keren. Het verhaal dat ik voor zuster Agatha opdiste was een politieonderzoek naar de anonieme brieven, wat ze zonder verder commentaar aannam.

Nee, ons was geen speciale spanning opgevallen tussen de heer Warner en zijn maîtresse, mevrouw ? Delvecchio Schwartz. Zelfs Pappy wist geen voornaam te noemen. Nee, geen van ons had iets gehoord. De afwezigheid van Chikker en Marge werd keurig genoteerd, maar de politie was van mening dat zij er niet bij betrokken waren. Uitspraak: moord en zelfmoord. Zaak afgehandeld. We konden het stoffelijk overschot van mevrouw Delvecchio Schwartz laten begraven. Géén crematie! Was dat omdat ze haar wilden kunnen opgraven als er nieuwe feiten aan het licht kwamen? Of als er een nieuwe onderzoekstest kwam? Ja, besloten we.

Iemand had, waarschijnlijk via mevrouw de doktersvrouw, lucht gekregen van de affaire tussen Duncan en mij, want zuster Marie maakte een paar steken onder water in mijn richting. Ik deed of mijn neus bloedde. Laat hen maar gissen, ze hebben geen enkel hard bewijs.

Mijn geloofwaardigheid bij zuster Agatha liep een nieuwe deuk op toen ik haar moest vertellen dat ik vrijdag de hele dag niet op het werk kon komen. Een sterfgeval in de familie, legde ik uit. Ik denk niet dat ze me geloofde.

Vrijdag 13 januari 1961
Door het gevecht iemand op vrijdag de dertiende te laten begraven begreep ik waarom zuster Agatha me niet geloofde. De begrafenisondernemer wierp van ontzetting zijn handen in de lucht, alleen al bij de gedachte, maar Toby en ik, die als organisatoren waren aangewezen, weigerden te zwichten. Welke dag zou beter geschikt zijn voor iemand als mevrouw Delvecchio Schwartz dan een vrijdag de dertiende? Uiteindelijk was de enige manier om de begrafenisondernemer over te halen, ermee in te stemmen dat een priester de dienst leidde, iets waarvan we niet hadden gedacht dat zij het zou willen. Ik denk dat de man ons voor een groep satanisten hield: Kings Cross en zo, je weet wel. Toby en ik keken elkaar aan en haalden onze schouders op. Misschien had het ouwe mens het wel reuze grappig gevonden

om volgens de riten van de anglicaanse kerk te worden begraven. Stof zijt gij, en tot stof zult gij wederkeren, enzovoort. De mens, uit een vrouw geboren – onze dominee wilde niet horen van een vrouw die uit een vrouw is geboren – is kort van dagen. Wat leven we toch in een vreemde wereld. Een wereld vol van wat Pappy schibbolets noemt.

Je kunt je geen ergere dag voor een begrafenis voorstellen. Sydney ging gebukt onder een hittegolf, dus om negen uur 's morgens was het al over de 35° C, met een storm die als een enorme ventilator vanuit het westen over het hellevuur blies. Overal in de Blue Mountains waren bosbranden, zodat de lucht bruin was, naar rook stonk en waaruit as neerdaalde. Dit alles maakte de dominee doodsbang. Hij was ervan overtuigd dat de duivel een feestgelag aanrichtte voor een van zijn belangrijkste aardse trawanten. De lijkwagen verliet de rouwkamer zonder incidenten, gevolgd door twee grote zwarte Fords – Pappy, Toby, Jim en Bob, Klaus, Lerner Chusovich en Joe Dwyer van de slijterijafdeling van de pub op Piccadilly. En ik, natuurlijk. Flo kwam niet, hoewel we de Kinderbescherming bericht hadden gestuurd. De dames Fuga en Toccata en vriendinnen volgden de stoet in een enorme zwarte Rolls, die ze van een klant moesten hebben geleend. Toen we bij het graf kwamen, stonden Norm en Merv daar te wachten, met hun politieauto tien meter verderop geparkeerd tussen een gevallen engel en een roestig ijzeren kruis. Toen de Rolls stilhield, kwam daaruit lady Richard aan Martins arm, adembenemend gekleed in een effen zwarte shantoeng jurk met een schalks zwart hoedje op zijn lila haar, het gezicht achter een zwarte voile. Perfect! Iedereen die het oude mens daar had willen hebben was erbij. Behalve Flo.

We begroeven haar op Rookwood, ongetwijfeld de grootste, meest verwaarloosde begraafplaats van de wereld, letterlijk vele vierkante kilometers groot, midden tussen de westelijke voorsteden. Overwoekerd door onkruid en gras, bezaaid met stekelige heesters, een paar casuarina's, gombomen en eucalyptussen

tussen karige graven waarvan de gehavende grafstenen alle kanten uit wezen, behalve recht omhoog.

Toby, Klaus, Merv, Norm, Joe en Martin fungeerden als dragers en ze sjouwden en duwden en gromden en kreunden voor ze de gigantische kist op hun schouders hadden gehesen, en toen wankelden ze onder het enorme gewicht ervan – hij moest natuurlijk met lood gevoerd zijn, na zo'n lange periode in het mortuarium – naar het pasgedolven graf waar ze hem met veel gevloek lieten zakken op drie dwarsbalken die over de groeve waren gelegd. De dominee, die de kist tot op dit moment niet had gezien, stond met open mond te kijken terwijl de begrafenisondernemer een praatje met de grafdelvers maakte om er zeker van te zijn dat ze zijn opdracht hadden uitgevoerd en een voldoende ruime laatste rustplaats hadden uitgegraven.

De vrouwen gingen aan de ene kant staan, en de mannen aan de andere – het was tenslotte een *Australische* begrafenis. Jim stond bij de mannen. Wij vrouwen zagen er heel dapper uit, ik in shockerend knalroze, Pappy in een smaragdgroene cheongsam, Bob in een blauwe organdiejurk met gaatjes, lady Richard in zijn shantoeng geval, en de dames chic opgedoft in strak zwart satijn, zwarte lakschoenen met naaldhakken en dichte zwarte sluiers à la het Huis Windsor. De mannen hadden allemaal ergens een das vandaan weten te halen (die van Martin zag eruit alsof iemand erwten met worteltjes had uitgekotst), hoewel ze zo verstandig waren geweest hun jasje uit te doen. Ze hadden wel een zwarte band om hun arm.

Wat zou ze ervan hebben genoten! Net toen de dominee aan het hoofdeind van het graf stond om met de plechtigheid te beginnen, kwam er een afgrijselijk hete windvlaag die als de adem van Satan omlaag gierde, zijn rokken om zijn gezicht deed fladderen en zijn bril wegsloeg. Hij belandde bijna op de kist, een eenvoudig geval zonder bloemen, laat staan een krans. We waren het erover eens dat mevrouw Delvecchio Schwartz geen prijs zou stellen op zulke traditionele opsmuk als bloemen, aangezien ze kennelijk nog niet echt was overgegaan. Tegen de tijd dat we haar begroeven waren we gewend geraakt aan het nachtelijke gestamp in de gang en het bulderende gelach. Inmiddels worden we min of meer wakker, zuchten, glimlachen, en gaan weer slapen.

De zes mannen deden de banden onder de kist, tilden deze ver genoeg op zodat de doodsbange begrafenisondernemer de palen eronderuit kon halen, en lieten hem toen met nog meer gekreun en gevloek in het graf zakken. Toen de kist op de bodem stond, stapte ik naar voren en liet het houten kistje erop vallen. We hadden bedacht dat ze het blauwe konijnendekentje, het enorme lila kristal, de marmeren hand en arm en de zeven geslepen glazen bij zich zou willen hebben. Niemand wierp er een kluit akelige Rookwood-grond in, we liepen gewoon weg en lieten de rest over aan de grafdelvers, die vol ontzag waren blijven staan.

'Ik heb het verdomme weer in mijn rug!' jammerde Merv.

'Zwaarder in leven dan in de dood,' zei Klaus plechtig.

'O verdikkie! Ik heb een ladder in mijn kous!' kreunde lady Richard.

'Ze ligt in elk geval in de schaduw,' zei Toby, en hij wees naar een gomboom.

'Gedenkwaardig!' zei Joe Dwyer, en hij veegde zijn tranen weg. 'Heel gedenkwaardig!'

We gingen allemaal naar huis en bouwden een feestje op Toby's zolder.

Ik vraag me af wie Harold zal begraven. Zal me een rotzorg zijn.

Zaterdag 14 januari 1961

Ik heb vandaag een slome bui. Geen wonder, na gisteren. Het is toch wel heel merkwaardig dat de dingen zo zijn gelopen dat we mevrouw Delvecchio Schwartz op vrijdag de dertiende konden begraven. De laatste keer dat vrijdag op de dertiende viel was in mei, en de volgende is pas in oktober. Een soort voorteken, net zoiets als de verschijning van Marceline in mijn leven. Zijn gebeurtenissen echt altijd toeval? Ik wou dat ik het wist.

Toby is verdwenen om te zien of zijn huisje bij Wentworth Falls in het gebied van een bosbrand staat. Jim en Bob zijn er op de Harley Davidson opuit, en Klaus is naar Bowral, samen met Lerner Chusovich, die zich een beetje buitengesloten voelde omdat ze hem geen drager wilden laten zijn. Zo'n magere, sprietige man. Heel stil en verlegen.

Pappy was thuis, dus hebben we samen gegeten. Maandag begint ze met de andere leerlingen in het Vinnie's. De hemel zij dank dat Stockton uit haar roeping is verdwenen. Of liever, dank aan de geestverschijning van mevrouw Delvecchio Schwartz. Pappy gelooft dat het oude mens verschijnt en tegen haar praat, hoewel ik dat écht niet kan geloven. Ja, ik hoor het gestamp en het gelach, maar ik heb nog steeds het idee dat dat iets is wat Flo teweegbrengt.

'Heb je het Glas en de kaarten al te voorschijn gehaald?' vroeg Pappy.

'Lieve hemel, nee! Die zitten veilig in de kast met tilsiter.'

'Harriet, dat zou ze zo niet willen. Het Glas en de kaarten moeten worden gebruikt, anders zullen ze hun macht verliezen.' En ze rustte niet voordat ik ze uit de kast sleepte en met hun smerige zijden omhulsels op de tafel plaatste, hoewel ik weigerde in de bol te kijken of de kaarten uit te leggen.

'Ik zal ze af en toe vastpakken, maar dat is dan ook alles,' zei ik resoluut. 'Ze heeft me verteld dat het bedrog was, en al die boeken in haar kamer zeggen me dat het inderdáád bedrog is.'

'Dat was het in het begin misschien wel,' zei Pappy, niet onder de indruk. 'Maar dat was jaren geleden, voor ze besefte dat ze die krachten bezat. De boeken staan er nog steeds omdat ze nooit iets weg kon gooien.'

'De boeken waren up-to-date – Flo is degene die de kracht bezit.'

'Misschien hield ze ze wel bij als deel van Flo's erfenis,' zei Pappy. 'Zelfs iemand als Flo moet eerst kruipen voor ze kan lopen. Ze zijn bewaard zodat Flo ze later kan bekijken.'

'Wat een grote onzin! Ik weet zeker dat mevrouw Delvecchio Schwartz net zo goed als ik wist dat Flo nooit zal kunnen lezen, net zomin als ze ooit zal praten,' zei ik. 'En wat dat mediumgedoe betreft hoop ik dat jij me kunt vertellen hoe Flo en haar moeder dat deden.'

Maar ze zegt dat ze me dat niet kan vertellen omdat ze het niet weet, omdat ze nooit bij een sessie met een cliënt is geweest. En toen ze de blik in mijn ogen zag voegde ze er haastig aan toe dat geen van de cliënten ooit iets over de zittingen wilde zeggen. We hebben de telefoon van mevrouw Delvecchio Schwartz laten afsluiten en na diverse wanhopige briefjes van cliënten, die van de vloer in de hal waren geraapt, prikten we een briefje op de buitenkant van de voordeur met de mededeling dat mevrouw Delvecchio Schwartz was overleden. En daarmee uit. Je moet er toch niet aan denken dat een van die chique dames uit Point Piper, Vaucluse, Killara en Pymble iemand van de Kinderbescherming of de rijksexecuteur op de stoep van het huis tegen het lijf zou lopen!

Pappy ziet er goed uit, heel rustig. Ze is weer wat aangekomen, kan het harde werken van de verpleegstersopleiding goed aan. Hoewel ik aan de ene kant zou willen dat ze het eens over de baby die ze verloor of over Ezra had. Al was het maar om haar hart een beetje te luchten. Aan de andere kant ben ik erg blij dat ze kennelijk heeft besloten het verleden buiten de werkelijkheid te sluiten.

Donderdag 2 feberuari 1961

Er zijn toch echt verborgen krachten aan het werk! Als ik zo kijk naar mijn laatste aantekening, van bijna drie weken geleden. Buiten de werkelijkheid, zei ik. Zo voelen we ons nu ook. Het is al meer dan een maand geleden dat mevrouw Delvecchio Schwartz is gestorven, en nog steeds geen enkel bericht. Flo zou voor hetzelfde geld van de aardbol kunnen zijn verdwenen. Hoewel er geen enkele werkdag voorbij is gegaan zonder dat ik heb gebeld om naar haar te informeren, en hoewel de mensen van de telefooncentrale van de Kinderbescherming mijn stem zo langzamerhand uit duizenden moeten kunnen herkennen, heb ik nog steeds geen flauw idee waar ze is. Ja, juffrouw Purcell, Florence Schwartz is gezond en wel. Nee, juffrouw Purcell, het is niet gebruikelijk dat kennissen onze kinderen bezoeken voordat hun toekomstige welzijn is verzekerd... Ik dreig mijn geduld te verliezen, maar ik mag mijn geduld niet verliezen. Stel dat ze een verslag van mijn telefoontjes maken, stel dat er ooit een scherpe of vervelende opmerking van mij tegen me wordt gebruikt? Mijn jeugdige leeftijd, mijn gebrek aan geld en mijn ongehuwde staat worden al tegen me gebruikt. Omwille van Flo moet ik vriendelijk blijven en me slechts op gepaste wijze bezorgd tonen. O, ik wou dat liefde eens meetelde in alle officiële organisaties! Maar dat is niet zo, want je kunt liefde niet zien, voelen of wegen. Ik begrijp dit, ik begrijp het echt. Je kunt veel gemakkelijker over liefde praten dan je ervoor inzetten.

Van meneer Hush hoor ik dat er tot dusver geen testament boven water is gekomen, dat de geboorte van Florence Schwartz nergens in het geboorteregister is vermeld, dat er geen gegevens zijn van iemand die Delvecchio heette en met een zekere Schwartz was getrouwd. Meneer Schwartz, die verlegen en vaag joodse heer, blijkt zelfs helemaal niet te bestaan. Iedere Schwartz uit de kiesregisters is of zal worden opgespoord. New South Wales is al gedaan, maar er hoort geen enkele Schwartz bij Flo of Flo's vader. Er is geen enkele overlijdensakte voor een Schwartz die bij Flo's vader past! Na met Pappy te hebben gesproken denkt meneer Hush dat onze meneer Schwartz feitelijk een andere naam had, waaronder hij is geboren, getrouwd en gestorven.

Het probleem is dat Pappy twee jaar naar Singapore is geweest – de twee jaar die van belang zijn voor het raadsel van meneer Schwartz. Ze weet nog wel dat er een verlegen en onopvallend iemand woonde in wat later Harolds kamer werd, maar dat hij zich niet met haar inliet, en dat mevrouw Delvecchio, zoals ze zich toen noemde, het nooit over hem had. Toen Pappy terugkwam, was er mevrouw Delvecchio Schwartz en een pasgeboren baby, Flo. Het wordt steeds geheimzinniger. Meneer Hush vindt het geweldig.

De rijksexecuteur is nu de waakhond over onze onwerkelijke wereld, maar wel een heel onpersoonlijke en onverschillige waakhond. We moeten iedere vier weken onze huur betalen met een cheque of een geldwissel, waarbij we ons officiële belastingnummer moeten noemen. We begrijpen allemaal dat de waakhond gewoon zit te wachten tot de ongelooflijke puinhoop van alle zaken van mevrouw Delvecchio Schwartz is uitgezocht voordat er duidelijke maatregelen worden genomen. Er kán tenslotte altijd een testament liggen in het stoffige archief van de een of andere slome notaris. We bungelen gewoon in een niemandsland tot er ergens een bijl zal vallen.

Op een rare manier ben ik de laatste tijd erg hecht met Toby geworden. Het gaat hem nu helemaal voor de wind. Wat heerlijk dat dat in elk geval voor een van ons zo is! Hij heeft het contract voor het hotel gekregen en hij heeft zelfs een galeriehouder gevonden die kunstenaars niet plukt en berooft – een grote uitzondering, verzekert hij me – en in Canberra zit iemand die het heeft over opdrachten voor schilderijen in de Australische ambassades in het buitenland. Dus geeft het niet dat in zijn fabriek de robots het gaan overnemen. Het beste nieuws is dat hij denkt, omdat hij voor zijn zolder slechts drie pond per week betaalt, dat hij die zolder naast zijn huisje bij Wentworth Falls aan zal kunnen houden. Ik probeer hem over te halen mij zijn toevluchtsoord in de bergen te laten zien, maar hij lacht me alleen maar uit en zegt dat dat niet gaat voordat hij zijn septic tank heeft geplaatst en de wc heeft aangesloten. Attente kerel. Als er één ding is waar ik een hekel aan heb, is het wel een poepdoos. Er wordt veel gekibbeld over waar beschaving uit bestaat, maar ik ken mijn definitie: een fatsoenlijke wc en warm water in de keuken en in de badkamer.

Het wordt nu toch wel heel erg met je, Harriet Purcell, wanneer je alleen maar over riolering kunt schrijven.

Ik hoop alleen wel dat ik niet te veel op Toby ga leunen. Omdat ik altijd een oogje op hem heb gehad, ben ik een beetje bang dat mijn afhankelijkheid hem misschien een verkeerd idee geeft. Hij heeft helemaal gelijk als hij zegt dat hij niet goed met vrouwen overweg kan. Hij is zo... *Australisch*. Ondanks mijn vader, Duncan en wat andere mannen, bezitten toch veel Australische mannen een zekere minachting voor vrouwen. Neem nou mijn broers. Typerend. Zijn zo heteroseksueel als een man kan zijn, maar als ze serieus willen praten of het eens echt gezellig willen hebben, zoeken ze daar andere mannen voor op. Vrouwen – citaat van Gavin en Peter – kunnen over niets anders praten dan over kleren, kinderen, menstruaties en het huishouden. Ik heb ze dat zo'n miljoen keer horen zeggen. En hoewel Toby een heel ander leven leidt dan mijn broers, heb ik altijd het rare gevoel dat hij slechts bereid is een deel van zichzelf aan een vrouw te wijden, zelfs met de uitermate vreemde vrouwen in Het Huis. Ik kan me Toby gewoon niet hoteldebotel over een vrouw voorstellen. Hij blijft gereserveerd.

Het gestamp en gelach klinkt nog iedere nacht.

Maandag 20 februari 1961

Ik heb vanavond samen met Toby gegeten, gewoon ham, aardappelsalade en coleslaw uit mijn favoriete delicatessenwinkel. Veel te klam en te benauwd voor warm eten. We praten niet veel, we vinden het geen probleem dat er af en toe lange stiltes vallen. Als we wel praatten, ging het voornamelijk over Pappy, die in het Vinnie's opbloeit. Waar we niet over praten is mijn poezenkopje. Hoewel hij me heeft gezegd dat ik ervoor moet knokken, weet ik dat Toby in zijn hart zoveel onverhulde liefde en hartstocht niet kan goedkeuren. Dus bewaar ik dat alles voor de nachtelijke wandelingen wanneer de eerste nachtelijke wandeling – die van mevrouw Delvecchio Schwartz – voorbij is. Klokslag tien over drie. Hoe verder Flo van me wegdrijft, des te moeilijker vind ik het om weer in slaap te vallen, misschien omdat ik toch al om half vijf moet opstaan. Dus lig ik aan haar te denken, probeer haar in gedachten berichten van liefde en steun te sturen, probeer een soort beeld van mezelf voor haar te laten verschijnen. Allemaal onzin natuurlijk, maar het geeft me wel troost, en als iets van mijn gedachten doorkomt, zou het Flo troosten. Ik mis haar zo vreselijk!

Vannacht kon ik niet meer slapen, en ik ging uit bed om koffie te zetten. Marceline, die altijd op het voeteneind van mijn bed slaapt, is nooit bestand tegen het vooruitzicht van eten, dus stond zij ook op. Rondlopen met iets warms en spinnends in je armen geeft bescherming tegen de eenzaamheid, vind ik. Maar na een poosje wilde Marceline weer omlaag en toen leek de grote wijzer op de oude stationsklok aan de muur te verstarren, wilde niet bewegen. Als ik keek, was het half vier. Als ik een halfuur later keek, was het nog half vier. Misschien beweeg ik me met de snelheid van het licht. Uit wanhoop ging ik aan de tafel zitten en pakte het pak kaarten uit, greep mijn boek over tarot. Nee, ik ging de kaarten niet leggen. Ik wilde alleen maar de betekenis van iedere kaart bekijken, gewoon en ondersteboven. Misschien, als ik de betekenis uit het hoofd ken, en ik leg ze dan eens, dat ik een patroon ga zien. Het is in elk geval een mentale oefening, iets om mijn geest bezig te houden. Het is lang geleden dat ik in staat was een boek te lezen, niets weet mijn aandacht vast te houden. En de oefening werkte, in zoverre dat toen ik de volgende keer op de klok keek, deze vier uur aanwees.

Ik pakte de kaarten weer in en haalde de zijden lap van het Glas, trok deze wat dichterbij. Opeens schoten me enkele gebeurtenissen te binnen, gebeurtenissen die met deze bol te maken hadden, voornamelijk, denk ik, vanwege Flo's gezicht. Heel in het begin, vorig jaar, toen mevrouw Delvecchio Schwartz het Glas naar mij toe had geduwd en me had gevraagd het aan te raken, had Flo een gesmoorde kreet geslaakt en was haar gezicht vol ontzag en verbazing. Ik had er op dat moment niet veel waarde aan gehecht, maar ik begreep nu dat ik de eerste moet zijn geweest die mevrouw Delvecchio Schwartz ooit het Glas had laten aanraken. Daarna, ongeveer rond de tijd dat mijn verhouding met Duncan was begonnen, zei ze dat alles met het Glas te maken had. Ik kan me helaas niet herinneren wat ze precies zei, maar het zal wel in een van de schriften staan. Ik herinner me echter wel heel duidelijk wat ze zei op die laatste avond, toen Flo en ik de voorkamer binnenkwamen en haar in het donker met die bol bezig zagen.

'Het lot van Het Huis is in het Glas,' had ze gezegd, en ze had mijn beide handen erop gelegd en ze toen ineengeslagen. En Flo had vol verbazing en eerbied toegekeken.

Misschien had ze me toen, op die cryptische en wazige manier van haar, verteld dat ik haar officiële toestemming had het Glas te gebruiken, dat ik haar uitverkoren opvolgster was voor de mysteries van het Glas.

Ik stond op, deed de lichten uit en ging weer aan de tafel zitten, met mijn gezicht op dezelfde afstand van die vaag gewolkte bol, waarbij er net genoeg licht van buiten kwam om te kunnen zien. En ik staarde, richtte het brandpunt van mijn blik op de binnenkant van het kristal, en hield het daar.

'Het lot van Het Huis is in het Glas.' Nou, als dat zo was, dan bezat ik niet het vermogen om te zien hoe, want na een halfuur kijken, kijken en nog eens kijken, zag ik niets dat niet al in de kamer aanwezig was. Geen visioenen, geen gezichten, niets.

Ik dekte de bol weer af en maakte me klaar om naar mijn werk te gaan.

Vanavond, zoals ik al zei, heb ik met Toby gegeten. Toen we klaar waren en ik bezig was de restjes in de koelkast te zetten terwijl hij de bordjes afwaste, ging de bel van de voordeur. Toby droogde zijn handen aan de theedoek af en ging kijken wie er was. Sinds de dood van mevrouw Delvecchio Schwartz deden alleen Toby, Klaus of Jim open. Zonder haar om over Het Huis te waken, waren we opeens kwetsbaar.

Hij bleef lang weg, zo lang zelfs dat ik me zorgen begon te maken. Toen hoorde ik voetstappen, van hem en van iemand anders, en het gedempte gepraat van twee mannenstemmen.

'Dokter Forsythe wil je spreken, Harriet,' zei Toby, die als eerste binnenkwam, met een misprijzend gezicht. O, ik wou toch zo dat hij geen hekel aan Duncan had!

De laatste wandelde naar binnen met de afstandelijke uitdrukking die dokters als een soort extra kledingstuk tot hun beschikking hebben. Ik kreeg een knikje, een oppervlakkige glimlach, maar geen gloedvolle blik uit zijn ogen.

Ik nodigde hem uit om te gaan zitten, met een woedende blik van Toby, die dit negeerde en bij de deur bleef staan.

'Nee, ik kan niet blijven, dank je. Zoals je waarschijnlijk weet,' ging hij op zijn beste klinische manier verder, 'circuleren er in het Queens wat geruchten over ons.' Toen ik mijn mond opendeed, gebaarde hij me die te sluiten. 'Dus kwam een van de specialisten van de afdeling psychiatrie vandaag naar me toe om mij te vragen naar *mijn* Harriet Purcell. Hij had die naam in een politieverslag en in het rapport van de Kinderbescherming gelezen, en hij wilde weten of de Harriet Purcell van de geruchten soms dezelfde Harriet Purcell was. Ik vroeg hem waarom hij mij benaderde in plaats van jou, en hij zei toen dat hem dat niet verstandig leek voor hij een bevestiging had van' – een klein, zuur glimlachje – 'een verstandige man.'

'Flo,' zei ik toen hij zweeg. 'Het gaat om Flo.'

'Ze zit op de afdeling psychiatrie, ze is daar twee dagen geleden naar overgeplaatst vanuit een centrum van de Kinderbescherming.'

Ik werd slap in mijn knieën en ging snel zitten; ik keek naar hem op. 'Wat is er met haar aan de hand, Duncan?'

'Dat heeft hij me niet verteld, en ik heb er niet naar gevraagd. Hij heet Prendergast, John Prendergast, en hij zei dat ik tegen jou moest zeggen dat hij morgen de hele dag op psychiatrie aanwezig is. Hij wil je heel graag spreken.'

De tranen begonnen me over het gezicht te stromen, de eerste die ik had geplengd sinds ze mijn poezenkopje hadden meegenomen. Als Duncan zich niet geremd had gevoeld door Toby's aanwezigheid, of Toby door Duncans aanwezigheid, had een van beiden misschien geprobeerd me te troosten. Maar nu, terwijl ik mijn gezicht in mijn handen verborg en harder begon te huilen, lieten ze me alleen.

Vlak voor de deur dichtging hoorde ik Toby tegen Duncan zeggen: 'Is het niet bloedjammer dat ze van geen van ons ook maar voor een tiende zoveel houdt als van dat kind?'

Poezenkopje, poezenkopje, je bent op weg naar huis! Nu ik je gevonden heb, zal niets ons nog kunnen scheiden. De Kinderbescherming heeft jou op mijn terrein gebracht, en dat is veel dichter bij huis dan Yasmar.

Dinsdag 21 februari 1961

Het is vrij nieuw dat algemene ziekenhuizen een afdeling psychiatrie hebben. Dat is alleen bij de grote opleidingsziekenhuizen zo, en de patiënten zijn niet de arme, treurige, chronische epileptici, tertiaire syfilislijders, senielen of dementerenden zoals je die in Callan Park en Gladesville ziet. Het zijn allemaal patiënten wier symptomen niet zo duidelijk op organische hersenbeschadigingen berusten – schizofrenen en manisch-depressieven over het algemeen, hoewel ik niet zo thuis ben in de psychiatrie. In de tijd dat ik thoraxfoto's maakte kreeg ik wel eens een meisje met anorexia nervosa, maar dat was het dan wel zo'n beetje.

De afdeling psychiatrie bevindt zich in een nieuw gebouw, het enige gebouw dat niet van glas en aluminium is. Het is een heel zwaar roodbakstenen geval met weinig ramen, en de ramen die er zijn, zijn van tralies voorzien. Voor leveranciers is er een enorme dubbele stalen deur aan de achterkant, maar verder is er maar één deur, eveneens van staal, met een centimetersdikke ruit van draadglas erin. Toen ik er even na vier uur arriveerde, zag ik dat er twee afzonderlijke sloten op zaten, met de binnenkant aan de buitenkant. Dus had ik geen enkele moeite om binnen te komen, ik hoefde alleen maar beide knoppen tegelijk om te draaien. Maar zodra de deur achter me dichtviel, zag ik dat ik om er weer uit te komen twee verschillende sleutels nodig zou hebben. Een beetje als een gevangenis, denk ik.

Er is airconditioning, en het is heel leuk ingericht. Hoe hadden ze de directrice in 's hemelsnaam zo ver weten te krijgen dat ze felle kleuren mochten gebruiken? Dat is heel eenvoudig. De hele wereld, zelfs de directrice, schrikt terug voor waanzin. We weten gewoon niet hoe we ons tegenover geestelijk gestoorden moeten opstellen, omdat je niet verstandig met hen kunt praten. Dat is een heel angstaanjagende gedachte. De vier verdiepingen zijn keurig gescheiden. Laboratoria en spreekkamers op de benedenverdieping, mannelijke patiënten op één, vrouwelijke patiënten op twee, en kinderen op drie. De receptioniste riep dokter Prendergast op en zei dat ik met de lift naar de derde verdieping kon gaan, waar hij me zou opwachten.

Een grote teddybeer van een man, krullend bruin haar, grijze ogen, de bouw van een rugbyspeler. Hij liet me in zijn spreekkamer binnen, vroeg me te gaan zitten en schoof zelf achter zijn bureau, wat de bezoeker altijd in het nadeel plaatst. Zelfs terwijl we wat algemeenheden uitwisselden, besefte ik dat hij een sluwe rotzak is. Bedriegelijk minzaam en onnozel. Nou, mij houd je niet voor de gek, dacht ik. Ik ben niet alleen bij mijn volle verstand, ik ben ook *slim*. Van mij zul je geen munitie krijgen die zich tegen míj zal keren.

'Dus wat Florence betreft – of Flo, hoe noemt u haar?' vroeg hij.

'Flo is hoe haar moeder haar noemde. Voorzover ik weet is Flo haar werkelijke naam. Florence is een aanname van de Kinderbescherming.'

'U mag de Kinderbescherming niet,' constateerde hij.

'Ik heb geen reden om de Kinderbescherming te mogen, dokter.'

'Volgens de rapporten was het kind verwaarloosd. Werd ze ook mishandeld?'

'Flo werd noch verwaarloosd noch mishandeld!' viel ik uit. 'Ze was het lievelingetje van haar moeder, die enorm veel van haar hield. Mevrouw Delvecchio Schwartz is misschien een wat ongewone moeder geweest, maar ze was heel zorgzaam. Flo is ook niet zomaar een gemiddeld kind.'

Na die uitbarsting dwong ik mezelf kalm, beheerst en alert te zijn. Ik vertelde Prendergast wat voor leven Flo had geleid, over het gebrek aan belangstelling voor materieel comfort, over de hersentumor en de wonderlijke fysieke verschijning van haar moeder, over dat Flo tijdens een aanval van buikpijn op de vloer van de wc was geboren, over de dokter die een hormoon had voorgeschreven, wat resulteerde in de komst van Flo.

'Waarom is Flo in het Queens opgenomen?' vroeg ik.

'Wegens een vermoeden van geestelijke gestoordheid.'

'Dat gelooft u toch zeker niet!' riep ik.

'Voorlopig geef ik geen enkel oordeel, juffrouw Purcell. Ik denk dat het nog weken zal duren eer we ook maar het geringste idee hebben wat Flo's problemen zijn – welk deel van haar huidige staat te wijten is aan alles wat ze heeft meegemaakt, en welk deel er altijd al is geweest. Kan ze praten?'

'Nee dokter, nooit waar iemand bij was, hoewel haar moeder beweerde dat ze wel kon praten. Ik heb ontdekt dat het leescentrum in haar hoofd óf ernstig beschadigd is óf gewoon niet aanwezig is.'

'Wat is het voor een kind?' vroeg hij nieuwsgierig.

'Hypersensitief voor de emoties van anderen, uitermate intelligent, heel lief en zachtmoedig. Ze was zo bang voor de moordenaar van haar moeder dat ze onder de bank dook nog voor hij binnenkwam, hoewel behalve ik niemand anders hem als gevaarlijk beschouwde.'

En zo ging het maar verder, een beetje als in een schermduel. Hij wist dat ik hem niet alles vertelde, ik wist dat hij probeerde me in de val te lokken. Een patstelling.

'Volgens de dossiers van de politie en de Kinderbescherming was Flo in de kamer aanwezig toen haar moeder werd vermoord. Toen beide partijen dood waren, bleef ze in die kamer zonder te proberen hulp te halen. En ze heeft het bloed gebruikt om op de muren te vingerverven,' zei hij, en hij fronste zijn wenkbrauwen en verschoof in zijn stoel terwijl hij me aankeek. 'U lijkt helemaal niet verbaasd dat Flo de kamer heeft bekladderd – waarom niet?'

Ik keek hem onbewogen aan. 'Omdat Flo altijd krabbelde,' zei ik.

'Krabbelde?'

Nou ja, zeg! Kennelijk had de Kinderbescherming niets over het krabbelen gezegd – misschien omdat ze zowel huis als kind schokkend verwaarloosd vonden! Maar ze hadden wel de betekenis ervan gemist.

'Flo,' zei ik, 'tekende altijd op de muren. Ze mocht van haar moeder krabbelen, het was haar geliefde, bijna enige, bezigheid. Daarom was ik niet verbaasd dat Flo met het bloed had geschilderd.'

Hij kuchte en stond op. 'Wilt u Flo misschien zien?'

'Of ik dat wil!'

Toen we door de gang liepen, betuigde hij zijn spijt over de sloten op de buitendeur, de tralies voor de ramen. De nieuwe medicijnen maakten zo'n verschil in het gedrag van patiënten dat veiligheidsmaatregelen niet nodig waren. 'Maar,' zei hij met een zucht, 'de administratieve raderen van een algemeen ziekenhuis draaien heel langzaam. Het R.P.A. heeft de sloten afgeschaft, het is alleen maar een kwestie van tijd voor het Queens dit ook doet.'

Flo had een eigen kamertje waar ze werd verzorgd door een verpleegster die niet alleen het speldje van haar algemene opleiding droeg maar ook een van psychiatrie. Mijn poezenkopje zat stil in haar ledikantje en ze leek zo mager en klein in haar armoedige ziekenhuisjak dat ik wel kon huilen. Mijn verbijsterde ogen zagen het zware canvas vest dat met leren riemen over haar schouders en haar rug was gegespt. Het vest was aan de onderkant met stevige touwen aan het bed vastgemaakt, zodat ze gemakkelijk kon zitten of liggen, maar niet overeind kon komen.

Ik bleef als aan de grond genageld staan. 'Moet Flo in een *dwangbuis?*'

Prendergast reageerde niet maar liep naar het ledikantje en deed het hek aan de zijkant omlaag. 'Hallo Flo,' zei hij glimlachend. 'Ik heb heel bijzonder bezoek voor jou.'

De intens droevige ogen keken me verbaasd aan, en toen verscheen er een brede glimlach op het smalle gezichtje en stak Flo haar beide armen naar me uit. Ik liet me op het matras zakken en sloeg mijn armen om haar heen en kuste haar op haar gezichtje. Poezenkopje, mijn poezenkopje! En zij kuste mij, aaide me, nestelde zich tegen me aan en keek naar me op. Dát kun je in je zak steken, stomme dokter John Prendergast! Niemand die dit zag kon ook maar enige twijfel hebben over Flo's blijdschap mij te zien.

Lange tijd was ik me van niets anders bewust dan van de vreugde haar in mijn armen te houden. Maar toen ik haar wat beter bekeek zag ik de blauwe plekken. Flo's armen en benen waren echt bont en blauw.

'Ze hebben haar geslagen!' schreeuwde ik. 'Wie? Wie heeft dat dúrven doen? Ik laat de hele Kinderbescherming aan de schandpaal nagelen!'

'Rustig maar, Harriet, rustig,' zei Prendergast. 'Flo heeft dit zichzelf aangedaan, zowel hier als in het kindertehuis. Daarom zit ze vastgebonden. Je kunt het geloven of niet, maar dit magere schepseltje heeft haar katoenen dwangbuis aan flarden gescheurd – niet één keer maar wel tien keer. Er zat niets anders op dan leer en touw te gebruiken.'

'Waarom?' vroeg ik, nog steeds twijfelend.

'We denken dat ze probeerde te vluchten. Zodra Flo de kans krijgt, gaat ze ervandoor, stort ze zich letterlijk op het dichtstbijzijnde voorwerp. Ik heb zelf gezien hoe ze steeds weer tegen de muur aan knalde. Het kan haar niet schelen hoe erg ze zich verwondt. In het kindertehuis ging ze dwars door een spiegelglazen ruit op de eerste verdieping. Daarom hebben ze haar hierheen gestuurd. Het is een raadsel hoe ze het heeft overleefd en niets had gebroken, maar ze had wel ernstige snijwonden.' Zijn grote, goedgevormde hand schoof haar ziekenhuisjak een eindje omhoog om mij de keurige rijen hechtingen aan de binnenkant van haar dijen te laten zien. 'Het is óf een dwangbuis óf zware kalmeringsmiddelen, en we houden hier niet zo van die middelen. Ze zijn handig voor het personeel, maar de symptomen worden erdoor verdoezeld en het is veel moeilijker om een diagnose te stellen.'

'Haar schaamstreek?' fluisterde ik.

'Moest helaas ook worden gehecht. We hebben de plastische chirurgen erbij gehaald, maar zij denken dat het zo wel goed is. Degene die haar op de Spoedeisende Hulp van het R.P.A. heeft gehecht heeft schitterend werk verricht.'

'De Spoedeisende Hulp van het R.P.A.? Dus Flo zat in Yasmar,' zei ik.

'Dat heb ik niet gezegd, en dat zal ik niet zeggen ook.'

'Waarom is Flo niet in het R.P.A. op psychiatrie opgenomen?'

'Geen bed,' zei hij alleen maar. 'Bovendien zijn wij de belangrijkste afdeling voor kleine kinderen.'

'In elk geval,' zei ik triomfantelijk, 'maakt dit alles één ding duidelijk. Dit is Flo's manier om te krijgen wat ze wil, en ze wil míj. Ze was bereid haar leven in de waagschaal te stellen om mij te vinden. Dat zegt veel.'

Hij keek me onderzoekend aan. 'Ja, ze wil zeer zeker bij u zijn. Eh... kunt u haar misschien overhalen iets minder onrustig te zijn?' vroeg hij.

Ik keek smalend. 'Dat ben ik absoluut niet van plan!'

'Waarom dan wel niet?' wilde hij weten.

'Omdat ik dat niet wil. Waarom zou ik u helpen haar te kalmeren tot ze gewillig genoeg is om naar Yasmar terug te worden gestuurd? Flo is van míj. Als haar moeder kon spreken, zou zij dat ook zeggen. Daarom probeer ik de voogdij te krijgen,' zei ik.

'U bent jong en alleenstaand, juffrouw Purcell. U zult haar nooit krijgen.'

'Dat zegt iedereen, maar het kan me niets schelen wat iedereen zegt. Ik zal zorgen dat ik Flo krijg.' Ik glimlachte naar haar. 'Hè, poezenkopje?'

Flo deed haar ogen dicht, stak haar duim in haar mond en begon een deuntje te neuriën.

Ze lieten me een halfuur bij haar blijven, hoewel Prendergast het niet opgaf en op allerlei manieren te weten probeerde te komen wat ik verborg. Sluwe rakker, hij weet dat er meer te vertellen valt dan ik wil toegeven. Vis maar, mannetje, vis maar! Je zult mij niet laten barsten. Ik ben een taaie oude gomboom, dat heeft haar moeder zelf tegen me gezegd.

Toen de secretaresse uit haar hokje kwam om de deur voor me open te maken, gaf ze me een verzegelde envelop. 'Dokter Forsythe vroeg me dit aan u te geven,' zei ze, met een volslagen gebrek aan nieuwsgierigheid. Als een patiënt die onder de chloorpromazine zit. Nou ja, misschien zit ze dat ook wel.

In het briefje stond of ik hem om zes uur in de koffiekamer onder het station op Circular Quay kon ontmoeten. Dat was over een uur. Ik besloot te lopen, gewoon om die kilometers blij over Flo na te kunnen denken. Nee, ik heb haar nog niet, maar ik weet in elk geval waar ze is. Hierna zal de Kinderbescherming beseffen dat ik een kracht ben om rekening mee te houden, huh-huh-huh. De kleine Florence Schwartz wil alleen maar bij mij zijn! Zelfs als ze haar naar een kindertehuis terugsturen, zullen ze haar niet bij mij vandaan kunnen houden. Dokter John Prendergast mag een nieuwsgierige snuiter zijn, maar zijn verslag zal onomwonden verklaren dat Florence Schwartz emotioneel gehecht is aan een tweeëntwintigjarige ongehuwde vrouw die moet werken voor de kost. Laten die saaie grauwe geesten zich daar maar eens het hoofd over breken! Bingo.

Toen ik de wat grijzige schemering onder het Circular Quaystation bereikte, besefte ik dat dit alles was gebeurd op of na de dag dat ik in het Glas had gekeken. Is dat het waar het om gaat bij het waarzeggen met een kristallen bol? Zou het zo kunnen zijn dat de waarzegger niet echt dingen ziet, maar dat door je met zoveel geestelijke energie te richten op een voorwerp met verfijnd geordende moleculen, het vermogen ontstaat om dingen te veranderen? Wat een idee!

Dus toen ik de verlaten koffiekamer binnenstapte, waren mijn gedachten niet bij Duncan. Ik vroeg me zelfs even af wat ik daar eigenlijk deed. Toen kwam hij om de hoek van het espressoapparaat, glimlachte blij en schoof me een stoel toe. Zodra ik zat pakte hij mijn hand en kuste die, keek me aan met zoveel liefde in zijn ogen dat ik eenvoudigweg smolt. Dat weet hij nou iedere keer bij me te bereiken. O, waarom is hij toch zo'n slachtoffer van de conventies?

'Het is jammer,' zei ik, nog steeds piekerend over Flo en het Glas, 'dat een man zich niet in tweeën kan delen. De helft van jou die je vrouw wil is de helft die ik echt niet wil, en de helft van jou die ik wil, wil je vrouw echt niet hebben. Maar ik ben tot de conclusie gekomen dat dat bij mannen het hele probleem is, waar het vrouwen betreft. We willen altijd alleen maar ongeveer een halve man.'

Hij voelde zich niet in het minst beledigd. Hij grinnikte zelfs. 'Wat heerlijk om jou weer zo in vorm te zien, liefste,' zei hij teder. 'Als een achtste voor jou voldoende is, voel je dan vrij om mij meteen te ontleden.'

Ik kneep in zijn hand. 'Je weet dat ik dat niet kan doen. Ik moet me netjes gedragen om de voogdij over Flo te krijgen.'

Toen beseften we opeens dat de serveerster geduldig stond te wachten om onze bestelling op te nemen. Ze stond hevig geïnteresseerd te luisteren.

'Neem me niet kwalijk, mijn beste,' zei hij tegen haar, en hij bestelde twee cappuccino's. Het meisje schuifelde weg met een gezicht alsof ze bij de paus op audiëntie was geweest. Duncans goede manieren hebben een uitzonderlijk effect op vrouwen. Dat bewijst maar weer dat we niet gewend zijn hoffelijk te worden bejegend.

Ik vertelde hem alles over Flo en dokter John Prendergast, en hij luisterde alsof het echt belangrijk voor hem was. Ik weet dat dat niet zo kan zijn, maar ik weet ook dat hij veel om me geeft, en daarom zal hij het dus wel belangrijk vinden.

'Je ziet eruit,' zei hij aan het eind van mijn verhaal, 'alsof je zojuist over hete kolen hebt gelopen.' Hij bestudeerde de palm van mijn hand alsof daarin het antwoord op een raadsel moest liggen. 'Ik vraag me af waarom ik op slag verliefd op je werd zodra ik je zag. Eén milliseconde op het pad, en ik was verloren. Komt het doordat jij tot de wereld van Kings Cross behoort? Een kamerbewoonster in een akelig oud huis vol kakkerlakken, iemand die liever loopt dan in een auto rijdt, iemand die goedkope imitatiecognac drinkt, toegewijd aan het bizarre, het smoezelige, het weinig aantrekkelijke?'

'Je tong, makker,' grijnsde ik, 'is in honing gedoopt.'

'Nee, helemaal niet,' zei hij meteen, en hij beet in mijn hand. 'Laat me met je mee naar huis gaan, dan zal ik snel de honing zoeken.'

De cappuccino's arriveerden. Duncan glimlachte naar de serveerster en bedankte haar – twee audiënties bij de paus!

'Waarom wilde je deze afspraak?' vroeg ik.

'Gewoon om jou eens alleen te zien,' antwoordde hij. 'Meneer Toby Evans schijnt zich op mijn territorium te hebben begeven.'

'Nee, hij heeft zijn eigen territorium,' zei ik, en ik likte het schuim van mijn lepeltje. Mijn blijdschap keerde terug. 'O Duncan, ik ben toch zo blij dat ik mijn poezenkopje weer heb gevonden!'

'Hoe sta je ervoor, wat geld betreft?' vroeg hij.

'Goed,' zei ik.

'Als je iets nodig hebt, weet je bij wie je moet zijn.'

Maar hij weet dat ik geen geld van hem kan aannemen. Toch is het aardig van hem om het aan te bieden. Ik mis hem, ik ben me daar nooit zo sterk van bewust als wanneer ik hem weer zie, al is het maar voor een cappuccino in het Quay.

Toen ik opstond om weg te gaan, leunde ik over de tafel en kuste hem gretig, met lippen en tong, en hij kuste me terug, met één hand op mijn borst. De serveerster keek ons aan alsof we Heathcliff en Catherine waren.

'Ik zal nooit bij jou vandaan kunnen blijven,' zei hij.

'Mooi zo!' Ik liep naar buiten en liet hem de rekening betalen.

Toen ik thuiskwam popelden ze allemaal om nieuws over Flo te horen. Aangezien leerling-verpleegsters de eerste drie maanden niet op een ziekenzaal werken, is Pappy 's avonds ook thuis. Ze had een hele berg Chinees eten gemaakt en dat namen we mee naar Toby's zolder omdat dat de grootste kamer in het huis is en omdat het uitzicht schitterend is. Grappig is dat. Toby was altijd heel angstig bij de gedachte alleen al dat er mensen bij hem binnenkwamen, voor het geval die de afdruk van een rubberhak op de witte vloer zouden achterlaten of op de tafel zouden krassen of wat dan ook. Maar tegenwoordig is hij veel inschikkelijker, misschien omdat we zelf een paar regels hebben ingevoerd, zoals schoenen uittrekken voor we de ladder opgaan en niet aanbieden de afwas te doen. De waarheid is, vermoed ik, dat zelfs Toby mevrouw Delvecchio Schwartz mist, hoewel we haar iedere nacht horen.

Uiteraard weten zij net zo goed als ik dat ik nog geen stap dichter bij de voogdij over Flo ben dan voor ik wist waar ze zat, maar het maakt toch een groot verschil te weten waar ze is, en te weten dat we allemaal bij haar op bezoek kunnen gaan. Ik heb dat gevraagd aan dokter Prendergast, die uiteraard aanwezig zal zijn om te horen wat er wordt gezegd en te zien hoe wij er allemaal uitzien, en zo. Maar hij zal bij geen van hen ook maar iets verder kunnen komen dan vandaag bij mij. De inwoners van Kings Cross zijn gewend tegenover officiële instanties dingen geheim te houden. Niemand was verbaasd dat ons poezenkopje door een spiegelglazen ruit was gegaan, en niemand was verbaasd dat ze dit had overleefd, hoewel Bob vreselijk moest huilen toen ik de snijwonden beschreef. Ze heeft een teer hart. Klaus dacht dat het leuk zou zijn als hij zijn viool naar het ziekenhuis meenam om voor haar te spelen – ik heb hem niet gezegd dat ik dacht dat er misschien bezwaar tegen zou zijn. Als ze die strijkstok eenmaal over de snaren horen gaan, zullen ze wel van gedachten veranderen. Ik denk dat de oorlog voor Klaus alle kansen heeft bedorven om verder te gaan in de muziek, maar wat de wereld mist, dat winnen wij, en hij is een reuze aardige kerel, en erg dol op zijn vogeltjes. Ze zijn *allemaal* erg aardig.

Waar we het niet over hebben als we bij elkaar zijn is de toekomst. De rijksexecuteur, die iets brutaler wordt nu er bijna twee maanden voorbij zijn gegaan zonder dat er een testament boven water komt, heeft toen Pappy alleen thuis was iemand gestuurd om Het Huis te inspecteren. O, wat een verspilling! riep hij toen hij begreep dat er twee flats en een kamer onbewoond waren. En waarom was de huur zo laag? Dus verwachten we dat binnen een paar maanden, misschien eerder, vreemden hun intrek zullen nemen in de benedenflat aan de voorkant, in Harolds kamer, en in het onderkomen van mevrouw Delvecchio Schwartz. Hoe moet je de staatsexecuteur vertellen hoe het in Kings Cross met benedenflats aan de voorzijde zit? Er zullen weer overal matrozen rondlopen. Jim meldde dat ze met Joe de advocaat had gesproken en dat die dacht dat onze huur niet zomaar kon worden verhoogd omdat de hospita die zelf jaren geleden had bevroren. Het is meer de gedachte aan mensen in Het Huis die we niet zelf hebben uitgekozen. Ik bedoel, dit is nu eenmaal Kings Cross, dus de flats zijn geen echte flats en de kamers zijn vrij slecht. Het was allemaal heel onofficieel. Maar nu hebben we een rijksexecuteur die onder onze rokken gluurt. Als zulke instanties eenmaal de leiding hebben, zal er een complete aardverschuiving plaatsvinden en dan zal een groot deel van Flo's erfenis worden gebruikt om Het Huis te verbouwen tot iets wat aan alle Regels voldoet, wat voor Regels zij ook van toepassing mogen achten. Ze zullen waarschijnlijk het krabbelen op muren verbieden.

Toen de rest vertrok, bleef ik nog wat plakken.

Toby had niet veel gezegd, hij zat in kleermakerszit op de vloer en luisterde, waarbij zijn ogen van het ene gezicht naar het andere gingen. Ze leken roder dan anders, een teken dat hem iets dwarszit of dat hij uit zijn humeur is. Ik ben ervan overtuigd dat het deels om Flo is. O, hij deed altijd heel vriendelijk tegen haar, maar ze heeft hem niet zo in haar macht als de rest van ons. Toby verzet zich ertegen, en dat heeft misschien iets te maken met zijn Australische aard. Een vrouw die hem in haar macht heeft? Dat nooit!

'Heb je je soms bedacht over het aanhouden van je kamer hier?' vroeg ik, toen hij de afwas begon te doen.

Hij stond met zijn rug naar me toe. 'Nee.'

'Wat is er dan?'

'Niets.'

Ik liep om de hoek van het aanrecht en leunde tegen de kast, zodat ik tenminste zijn profiel kon zien. 'Maar er ís wel iets. Gaat het om Flo?'

Hij draaide zijn hoofd opzij en keek me aan. 'Flo is niet mijn zaak.'

'En dat is nou net het probleem. Voor de rest van ons is ze juist wel onze zaak. Waarom is ze niet jouw zaak, een kind dat wees is geworden?'

'Omdat ze je leven gaat ruïneren,' zei hij tegen de gootsteen.

'Dat zou Flo echt nooit doen, Toby,' zei ik vriendelijk.

'Je begrijpt het niet,' zei hij met opeengeklemde kaken.

'Nee, ik begrijp het niet. Dus waarom vertel je het me niet?' vroeg ik.

'Jij gaat je binden aan iemand die niet eens helemaal normaal is. Er is iets mis met Flo en jij bent precies zo iemand die de volgende twintig jaar niets anders doet dan zich zorgen maken over haar, haar van de ene dokter naar de andere slepen, geld uitgeven dat je niet hebt.' Hij liet het water uit de gootsteen weglopen.

'En die spaarbankboekjes dan?' vroeg ik.

'Dat was toen. Dit is nu. Er is geen testament, Harriet, en je weet hoe dat met officiële instanties gaat – dat kind zal nooit een penny zien van alles wat haar moeder bezat. Ze zal een last zijn die zwaar op je drukt, en je zult oud worden voor je tijd.'

Ik ging in een gemakkelijke stoel zitten en fronste mijn wenkbrauwen. 'Dus dit gaat over mij, niet over Flo?'

'Er is hier in huis maar één persoon om wie ik wakker kan liggen, Harriet, en dat ben jij. Ik kan de gedachte niet verdragen dat jij verandert in een van die grauwe, slonzige vrouwen die je overal in Sydney ziet, met een stel kinderen in hun kielzog en hun man in de kroeg,' zei hij, terwijl hij begon te ijsberen.

'Grote genade!' zei ik zwak. 'Je bedoelt dat jij op mij verliefd bent? Is dat de reden...'

'Je hebt echt geen ogen in je hoofd, Harriet,' viel hij me in de rede. 'Ik kan begrijpen waarom je voor Forsythe viel, voor de grote, belangrijke bottenspecialist, maar ik kan echt niet begrijpen waarom je voor Flo viel.'

'O, dit is vreselijk!' riep ik uit.

'Waarom? Omdat jij niet van mij houdt?' wilde hij weten. 'Daar ben ik inmiddels wel aan gewend, daar kan ik mee leven.'

'Nee, dat je me dit zo liefdeloos vertelt,' probeerde ik uit te leggen. 'Dit hoort gezegd te worden in een stemming waarop ik kan reageren, maar in plaats daarvan bestook je me met het soort liefde dat niets met een volwassen man te maken heeft! Ik kan dat van Flo niet verklaren, Toby, ik zag haar en ik hield van haar, zo zit dat.'

'En ik zag jou en ik hield van jou op die dag dat jij David een optater gaf op de stoep,' zei hij grijnzend. 'En de grote, belangrijke bottenspecialist heeft ongetwijfeld van jou gehouden vanaf het eerste moment dat hij je zag.'

'Hij zegt van wel. Dat was op een pad bij het Queens. Daar keken we elkaar aan en werden we verliefd. Maar daar zijn we niet veel mee opgeschoten, hè? De enige van ons die bereid is tot totale toewijding ben ik, maar niet aan jou en niet aan Duncan.' Ik stond op. 'Het is allemaal heel raadselachtig, vind je niet?' Ik liep naar hem toe, kuste mijn vingertoppen en legde die op zijn voorhoofd. 'Misschien zullen we dit ooit nog eens op een rijtje kunnen zetten, huh-huh-huh.'

Woensdag 15 maart 1961

Het is nu tweeënhalve maand na de dood van mevrouw Delvecchio Schwartz en er is nog niets opgelost. Volgens meneer Hush zullen ze binnenkort wel besluiten dat ze is gestorven zonder een testament na te laten. Het hele gedoe moet worden behandeld door een soort kinderrechter, omdat meneer Schwartz niet bestaat en Flo officieel ook niet. Zij zit nog steeds op de afdeling psychiatrie van het Queens, waar ze aan elke denkbare test wordt onderworpen van EEG's tot reeksen neuropsychologische onderzoeken. Die Prendergast en zijn proeven hebben niets opgeleverd, de EEG's zijn normaal, hebben een mooi passend gemoduleerd alfaritme dat verschijnt wanneer Flo haar ogen dichtdoet. Ze hebben met veel plezier IQ-tests bedacht waarop een niet-sprekend, intelligent en horend kind kan reageren, maar ze reageerde niet. De enige mensen die ze graag ziet zijn bezoekers uit Het Huis. Hoewel iedere verpleegster en psychiater haar inmiddels goed kent, weigert Flo zich in te laten met iemand die niet uit Het Huis afkomstig is.

'Waarom houdt u haar nog steeds hier?' vroeg ik vandaag aan Prendergast toen ik meteen na mijn werk langsging.

'Omdat ze hier beter af is dan in een kindertehuis,' antwoordde hij, fronsend. 'Hier kan ze tenminste bezoek krijgen zonder allerlei gedoe. Hoewel de ware reden is dat professor Llewellyn en ik denken dat we hier misschien een geval hebben dat vroeger met juveniele schizofrenie werd aangeduid, maar dat tegenwoordig vaak autisme wordt genoemd. Ze heeft absoluut niet het klassieke syndroom, maar er zijn karakteristieke tekenen. Het gebeurt niet vaak dat we de kans krijgen zo'n jong kind als Flo zo lang hier te houden – de ouders willen hen altijd zo snel mogelijk weer thuis hebben, hoe moeilijk ze soms ook te hanteren zijn. Dus is Flo voor ons een buitenkans.' Hij keek verlangend. 'We zouden graag wat angiogrammen van haar willen maken – wat lucht in haar hersenholtes brengen om te zien of ze een laesie in het spraakgebied heeft, of een atrofie van de hersenschors, maar de risico's zijn te groot.'

'Daar zou ik het dan ook maar bij laten, als ik u was!' viel ik uit. 'Als u probeert haar als proefkonijn te gebruiken, stap ik ermee naar de kranten!'

'Vrede, vrede!' riep hij, met zijn handpalmen naar boven. 'We observeren haar alleen maar.'

Ik voel me voortdurend moe, onmachtig, wanhopig. Mijn werk heeft er niet onder te lijden gehad omdat ik niet wil dat het eronder lijdt, maar de waarheid is dat ziekenhuizen me de neus uit komen. De discipline, de rituelen, de voortdurende strijd met de vrouwen die de leiding hebben. Je hebt toestemming nodig voor iedere scheet die je wilt laten. En dankzij Harold en zijn brief houdt zuster Agatha me voortdurend in de gaten. Niemand heeft ooit een flintertje bewijs ontdekt ter bevestiging van de geruchten over een affaire tussen Duncan en mij, maar ze popelen allemaal om dit alsnog te vinden. Ik heb geen idee waarom. Ik kan er niet voor worden ontslagen, en Duncan kan er geen nadeel van ondervinden. Ze hebben hier gewoon behoefte aan een nieuw schandaal waar wat aan te beleven valt, maar tot dusver gedraagt het Queens zich heel netjes op schandaalgebied.

Zuster Marie en Constantin hebben zich verloofd, hoewel ze niet van plan zijn voor het eind van het jaar te trouwen. Heeft iets te maken met Constantin die in Parramatta een restaurant gaat openen, waar ze een fatsoenlijk parkeerterrein voor de deur willen hebben en een menu kunnen bieden dat voor de bevolking van Parramatta geschikt is: eenvoudig en zonder opsmuk. Leuk.

Uiteraard weet het hele ziekenhuis dat ik iedere dag op bezoek ga bij een kind dat op psychiatrie ligt, hoewel niemand heeft kunnen uitvinden waarom ik dat doe. Onder de zusters wordt er geroddeld bij het leven, ook op psychiatrie, maar niemand heeft enig idee van mijn voogdij-aanvraag.

Die totaal niet opschiet. Ik maak wekelijks via de telefoon een praatje met meneer Hush, die me steeds waarschuwt dat zelfs als alle onderzoeken rond Flo zijn voltooid en zij in een officieel vakje is gestopt, ik niet moet verwachten dat ik de voogdij zal krijgen. Al mijn hoop is op het rapport van dokter John

Prendergast gevestigd, maar meneer Hush denkt niet dat dit bij de Kinderbescherming het door mij gewenste effect zal hebben. Als Flo als diagnose juveniele schizofrenie krijgt, sturen ze haar misschien – nota bene! – naar Stockton. En dit ondanks het feit dat haar psychiatrische verleden haar tot ongeschikt als adoptie- of pleegkind heeft bestempeld! Je zou denken dat ze mijn aanbod met beide handen zouden aangrijpen, maar nee. Ik ben te jong, te arm, en te ongehuwd. Het is gewoon niet eerlijk.

'Harriet,' zei meneer Hush vanmiddag tegen me, 'je zult moeten begrijpen hoe officiële instanties denken en handelen. Om in de zaak van Florence Schwartz ten gunste van jou te beslissen, zouden de officiële instanties moeten beschikken over het soort wijsheid en moed dat ze niet bezitten. Ze zijn als de dood zich problemen op de hals te halen. Ze beseffen maar al te goed dat als er iemand een appeltje met hen te schillen heeft, en diegene krijgt de gegevens van zo'n onorthodox adoptie- of pleeggeval in handen, er een ontzettende heibel van zou kunnen komen, en dan zijn zij de klos. Dus dat risico nemen ze niet, liever. Dat nemen ze gewoon niet.'

Leuk hoor. Heel leuk. Zij zit daar in haar extra stevige dwangbuis en leeft van bezoek naar bezoek, en er is niets wat ik kan doen om haar eruit te krijgen. Zeker, ik heb de wildste plannen zitten bedenken. Het eerste plan was Toby ten huwelijk te vragen, maar dat plan heeft nog geen onderdeel van een seconde standgehouden. Als Toby een kind wilde, dan zou dat kind van hem en alleen van hem moeten zijn. En een zoon, geen dochter. Ik houd op veel manieren van hem – hij is open en eerlijk, briljant, zal veel bereiken, heel gezellig om mee om te gaan, en heel aantrekkelijk om te zien. Parttime is hij geweldig. Fulltime is hij gewoon lastig. Daarna kreeg ik een andere inval die me nog steeds door het hoofd speelt. Ik zou Flo kunnen ontvoeren en uit de staat weg kunnen vluchten, uiteindelijk zelfs het land uit. Australië is heel groot. Als we samen naar Alice Springs gingen, of naar de Katherine, en ik ging als huishoudelijke hulp in een motel in de een of andere verlaten streek werken, dan zou niemand vragen stellen over Flo. Ze zou gewoon in het zand zitten spelen met de aboriginalkindertjes, die er helemaal geen problemen mee zouden hebben dat ze niet kan praten – die waarschijnlijk haar gedachten zouden lezen, net als haar moeder dat had gedaan. Ze zou deel uitmaken van een spirituele gemeenschap, en wanneer ik niet moest werken zou ze bij mij zijn. Het plan heeft een aantal voordelen.

Ik ken nu alle kaarten van het tarotspel uit mijn hoofd, maar ik heb nog steeds niet geprobeerd ze uit te leggen. Dat is gewoon een terloopse opmerking om rondjes te draaien rond wat ik eigenlijk wil zeggen. Dat mijn handen beven, dat mijn ogen prikken, dat ik me voel alsof de hele machinerie van mijn lichaam versleten raakt of vastloopt. Belachelijk, dat weet ik. Het is zomaar een stemming die wel weer voorbij zal gaan. O, gebéúrde er nou toch maar eens iets!

Ik zit nog steeds iedere nacht in de kristallen bol te staren nadat mevrouw Delvecchio Schwartz me om tien over drie wakker heeft gemaakt. Ik had een prachtige theorie, toen Duncan Flo had gevonden, maar er zijn geen gebeurtenissen die die theorie hebben bevestigd. Dus moet ik aannemen dat het toeval was dat Duncan Flo die dag had gevonden.

Vrijdag 24 maart 1961

Vanavond gebeurde er iets heel vreemds. Toen kort na zes uur de deurbel ging, deed ik open omdat geen van de mannen thuis was. En daar stond mevrouw Fuga van 17d. O lieve help! Hoe heet ze eigenlijk écht?

'Wat leuk u te zien,' praatte ik eromheen.

'Ook leuk jou te zien, líéverd,' kirde ze.

'Wilt u misschien binnenkomen? Kan ik u een kopje koffie aanbieden?'

Ze zei nee, ze moest terug naar hiernaast voordat de zaken te druk werden, maar ze... eh... ze vroeg zich af of... eh... we al... eh... plannen hadden voor de leegstaande kamers. 'Ik heb een paar meisjes die er belangstelling voor hebben,' besloot ze haar verhaal.

Wat vreemd! Op dat moment arriveerden Jim en Bob op de Harley-Davidson en ze voegden zich bij me toen ik madame Fuga stond uit te leggen dat de rijksexecuteur alles beheerde, en dat we nog niet hadden gehoord wanneer de leegstaande kamers weer zouden worden verhuurd.

'Stomme oude wijven!' zei ze, en vertrok, waarbij ze een sterk aroma van Joy van Patou achterliet.

'De zaken gaan kennelijk goed,' zei ik tegen Jim. 'Volgens mij kost dat spul meer dan diamanten of truffels.'

'Nou, ze had anders genoeg diamanten om tenzij je denkt dat haar oorbellen en hanger stukjes glas waren,' zei Jim.

'Het is niet eerlijk, hè?' zei Bob een beetje spijtig. 'Brave meisjes als jij en lesbomeisjes als ik mogen al blij zijn als we een grote doos Black Magic-chocola krijgen.'

Ik greep de deurknop verschrikt beet. 'Bob! Wil jij zeggen dat Jim jou een héle doos Black Magic geeft?'

Bob grijnsde breed, zodat haar Dracula-hoektanden te zien waren. 'Jim houdt van me.'

'Nou, ik overweeg serieus madame Fuga een paar tips te vragen over hoe je in het leven moet beginnen,' zei ik. 'Het leven is in ieder geval een manier om thuis een fatsoenlijk – oeps, onfatsoenlijk – inkomen te verwerven! Bovendien zou Flo dan een heleboel ooms krijgen.'

Jim fronste haar wenkbrauwen, maar niet om het grapje. 'Weet je, Harry, het was heel vreemd dat die madame zomaar kwam. Ze moet weten dat het niet in onze macht ligt om kamers te verhuren. Ik vraag me af wat ze werkelijk wilde weten.'

'Geen idee,' zei ik.

Bob schaterde het opeens uit. 'Ik vraag me af wat de Kinderbescherming zou zeggen als ze het van 17b en 17d wisten. Oei-oei!'

Maar ze wisten het wel, van 17b en 17d, natuurlijk wisten ze dat. Jim had echter gelijk, de verschijning van madame Fuga was heel wonderlijk. Waar had ze naar willen vissen? Hoewel ik vermoed dat de Kinderbescherming niet zo geschokt was over de bordelen hiernaast als juffrouw Arf-Arf bij haar tweede bezoek, toen ze de geborduurde gevleugelde fallus op de binnenkant van het bovenbeen van Jims spijkerbroek zag. Terwijl ze enorm onder de indruk was geweest van lady Richard, aan Jims arm. Als enige onder ons draagt lady Richard traditionele, formele rouwkleding vanwege mevrouw Delvecchio Schwartz. Hij loopt nog steeds in het zwart, hoewel hij aankondigde dat hij binnenkort lila en grijs kan gaan dragen. Zelfs, als de gelegenheid ernaar is, wit.

Dinsdag 4 april 1961

De secretaresse van meneer Hush belde me vanmorgen op mijn werk om te vragen of ik vanmiddag om twee uur naar zijn kantoor kon komen. Geen verzoek, zei mijn instinct. Een bevel. En dat betekende dat ik naar zuster Agatha moest gaan om te zeggen dat ik eerder weg moest. Het was geen bijzonder drukke dag, maar daar gaat het natuurlijk niet om.

'Echt, juffrouw Purcell,' zei zuster Agatha op haar meest chagrijnige toon, 'deze gewoonte om zomaar alles neer te leggen en er pardoes vandoor te gaan, begint de laatste tijd wel erg vervelend te worden. Dit kan echt niet.'

'Zuster Toppingham,' zei ik stijfjes, 'u overdrijft. Het aantal keren dat ik dit jaar weg moest is in totaal drie keer geweest. Op twee januari, elf januari en dertien januari. Ik heb inderdaad op vrijdag de dertiende een begrafenis bijgewoond, hoe ongepast u die datum ook mag vinden. Ik heb niet gevraagd die afwezigheid doorbetaald te krijgen, en ik vraag ook niet betaald te worden voor de twee uur die u mij vanmiddag zult moeten missen. Juffrouw Smith en de leerling kunnen het uitstekend aan, het is rustig bij de Spoedeisende Hulp. En ja, ik weet dat ik u ontrief, zuster, maar het is ook niet meer dan een ongerief. Dit ziekenhuis zal niet opeens niet optimaal kunnen functioneren omdat ik er niet ben.'

Ze stond naar lucht te happen, net als mevrouw de doktersvrouw. 'U bent uitermate onbeschaamd, juffrouw Purcell!' was alles wat ze uit kon brengen.

'Nee, zuster Toppingham, ik ben niet impertinent. Ik gedraag me alleen maar onvergeeflijk door voor mezelf op te komen,' zei ik.

Zuster Agatha pakte een register. 'U kunt wel gaan, *dame*. Ik verzeker je dat ik dit niet zal vergeten.'

Oei-oei! Ik wed dat die oude taart het echt niet zal vergeten. Maar het was wel heel lekker om weer eens ouderwets van me af te kunnen bijten!

Het humeur van meneer Hush was niet veel beter dan dat van zuster Agatha. Zijn gezicht zag eruit alsof hij zojuist had ontdekt dat de koeling van zijn vleesopslag het had begeven, vlak nadat hij de slagerij voor een lang weekend had afgesloten.

'Ik ben gisteren bij de Kinderbescherming geweest,' zei hij, 'met het oogmerk een officiële aanvraag in te dienen voor de adoptie van Florence Schwartz. Helaas was hun reactie nog heftiger tégen u dan ik had verwacht, juffrouw Purcell. Om een lang verhaal kort te maken: ze vertelden me dat u moreel ongeschikt bent om een kind onder uw hoede te hebben.'

'*Moreel ongeschikt?*'

'Dat is de term. Moreel ongeschikt. Om te beginnen is er de kwestie van de twee huizen met een slechte naam, aan weerszijden van het onderkomen van uw hospita, waarin u voornemens bent het kind op te voeden, het kind van wie twijfelachtig is of zij haar erfgenaam is. In de tweede plaats heeft een van de medewerkers een gesprek gehad met mevrouw Duncan Forsythe. Het schijnt dat er geruchten de ronde doen over u en dokter Forsythe, en deze medewerker was hiervan op de hoogte gebracht door een vriendin in het Queens. Mevrouw Duncan Forsythe liet geen spaan van u heel.' Zijn gezicht wees erop dat het vlees danig bedorven was. 'Het spijt me heel erg, maar dat is de situatie.'

'Het kreng! Ik ga haar vermoorden,' zei ik langzaam.

Hij keek me meelevend aan. 'Ik ben het ermee eens dat dit je goed zou doen, Harriet, maar het zal Flo niet helpen, hè?' De messen werden te voorschijn gehaald en hij koos er een uit dat scherp genoeg was om me niet te veel pijn te doen. 'De Kinderbescherming heeft me eveneens medegedeeld dat Flo binnenkort uit het Royal Queens zal worden ontslagen. De diagnose is een non-specifieke vorm van autisme, hetgeen betekent dat ze naar een gepaste instelling zal worden gestuurd.'

'Stockton,' zei ik met holle stem.

'Hoogst onwaarschijnlijk. De Kinderbescherming is zich ervan bewust dat Flo een groep regelmatige bezoekers uit Sydney heeft. Ik denk dat ze naar Gladesville zal worden gestuurd.'

'Exit Flo, keurig in een vakje gestopt.' Ik keek hem strak aan. 'Meneer Hush, het kan me niets schelen wat de Kinderbescherming zegt, ik wil dat er een officieel verzoek wordt ingediend. En iedere keer dat ik word afgewezen, moet u een nieuw verzoek indienen. Jaren achtereen desnoods. Wanneer Flo een volwassen vrouw is, wil ik dat ze weet dat ik het steeds weer heb geprobeerd. Als ze dan tenminste nog in leven is, wat ik betwijfel. En dat is de werkelijke tragedie.'

Ik liep door het park naar huis, schopte mijn schoenen uit, trok mijn kousen uit en voelde het taaie, springerige gras tegen mijn voeten prikken. O, waarom had ik mevrouw de doktersvrouw toch publiekelijk zo vernederd? Haar uit haar auto gesleurd onder de neus van de mesdames, haar er weer in geduwd toen ik mijn zegje had gedaan? Haar laten zien hoe kleinzielig en kinderachtig ze is? Nou, ze heeft zich haar wraak laten smaken. Alleen denk ik wel dat het net zo was verlopen als ik haar niet te lijf was gegaan. Maar ik zal haar wel krijgen, jawel. Met ingang van volgende week. Aangezien ik toch al als moreel ongeschikt ben aangemerkt, maakt het niets meer uit of ik herenbezoek in mijn flat krijg. Ik zal Duncan thuis opbellen en hem uitnodigen voor de hele nacht. Als jij vuile streken wilt uithalen, mevrouw Forsythe, dan zul je eens ondervinden hoe vuil vuil kan zijn. Kakkerlakken... Ik ga uit het mortuarium een grote pot halen en die ermee volstoppen om ze in jouw chique Engelse autootje los te laten. Enorme kakkerlakken, die kunnen vliegen, huh-huh-huh. Ik zal bij haar volgende vergadering van het comité voor rassengelijkheid met een bord voor de deur gaan staan, met MEVROUW DUNCAN FORSYTHE WIL NIET VRIJEN MET HAAR MAN EN DAAROM HEEFT HIJ HET AANGELEGD MET EEN MOREEL ONGESCHIKT MEISJE DAT JONG GENOEG IS OM ZIJN DOCHTER TE KUNNEN ZIJN.

Leuke gedachten. Ze voerden me tot Woolloomooloo, waar ik mijn schoenen aantrok en ophield met het bedenken van dingen die ik bij mevrouw de doktersvrouw wilde doen, maar waarvan ik weet dat ik ze nooit zal doen omdat ze hun weerslag zullen hebben op Duncan. Hoewel die kakkerlakken het overwegen waard zijn. En de uitnodiging aan Duncan om een nacht in mijn armen te slapen is een definitief voornemen. Nog beter, ik zal haar vervloeken. Ik wens haar zweetvoeten en halitose. Ongeneeslijke spruw. Kilo's gewichtstoename, hoezeer ze zich ook mag uithongeren. Rimpels. Opgezette voeten en enkels, die over de rand van haar schoenen hangen. Conjunctivitis. Roos. Wormen die eitjes in haar anus leggen, zodat ze in het openbaar aan haar kont moet krabben. Jazeker! Langzaam ziekelijk worden, mevrouw Forsythe! Sterven aan gekwetste ijdelheid! Mogen al uw spiegels barsten wanneer u erin kijkt, mogen uw haute-couturekleren veranderen in jutezakken en bouwvakkerslaarzen.

Dat bracht me tot aan de McElhone-trappen, waar ik halverwege bleef staan en begon te huilen. Flo, mijn Flo! Poezenkopje! Hoe moet ik jou ooit weer thuis zien te krijgen?

Ik liep nog te huilen toen ik de sleutel in de huisdeur stak en
naar binnen ging, waar ik zelfs door de grijze muur van tranen
kon zien dat de krabbels waren vervaagd. Ze begint me te ont-
glippen, ik zal aan de zijlijn van haar geïnstitutionaliseerde
leven moeten staan en mijn hart zal breken omdat ik niet iedere
dag daar bij haar kan zijn. Ik ben jong, arm en ongetrouwd. Ik
moet werken voor de kost. Ik moet morgen mijn excuses gaan
aanbieden aan zuster Agatha. Loop naar de hel, mevrouw Duncan Forsythe, met al je gemene roddels. Je verwoest nog veel
meer levens dan alleen dat van je man.

Ik liet me op mijn bed vallen en huilde mezelf in slaap. Ik
werd wakker toen het donker was. Uit de ramen van 17d viel
een lila schijnsel en klonk het gebruikelijke gepraat en gelach,
en er klonk een knallende ruzie tussen Prudence en Constance,
die nooit goed met elkaar overweg hebben gekund. Veel succes,
dames, dacht ik terwijl ik mijn boze kat te eten gaf. Er bestaan
ergere manieren om je leven te beteren. Veel ergere manieren,
mevrouw Duncan Forsythe, parasiet die je bent.

Tja, het zal een ontvoering moeten worden, een vlucht naar
ergens in de Northern Territory, waar een groot tekort is aan
mannen en vrouwen. Een vreselijke situatie. Ik kan zelfs mama
en papa niet vertellen wat ik van plan ben en ik kan ook geen
contact met hen opnemen als ik een plek heb gevonden om te
wonen. Flo en ik moeten van de aardbodem verdwijnen. Vertel
één mens een geheim, en het is geen geheim meer. Ik zal mijn
banksaldo in contanten opnemen, dit in een zak onder Flo's
jurkje verbergen. Grauwe kleren. We moeten eruitzien alsof we
van de bedeling leven. Flo's eigen spullen zijn perfect, maar ik
zal bij de spullen van het Leger des Heils moeten snuffelen...
Grapje, huh-huh-huh. Ja, ik kan dat echt doen. Waarom? Omdat ik slim genoeg ben om alle draadjes in een weefsel van leu-

gens te blijven volgen. Mijn man heeft me in de steek gelaten – dat is een goed standaardverhaal. Australië zit vol in de steek gelaten vrouwen. *Koop een trouwring.* Mijn arme dochtertje mist haar pappie zo vreselijk, dat ze niet wil praten. Nee, dat klinkt niet goed – waarom zou ze die rotzak missen als hij haar moeder zo vuil heeft behandeld? Ze kan niet praten omdat er in haar hersens iets mis is gegaan toen haar vader haar in een dronken bui had geslagen. Ja, dat klinkt overtuigend. *Marceline!* Die arme oude man had me zijn poezenkopje toevertrouwd – hoe kan ik hem in de steek laten? Maar ik zal wel moeten, katten kunnen niet tegen reizen. Of is dat wel zo? Als Marceline in haar canvas boodschappentas zit, wil ze misschien wel reizen. Ik zal een keer op proef met haar naar de Blue Mountains gaan. Als ze dat kan hebben, zal ik met mijn twee poezenkopjes naar de binnenlanden gaan.

...Ik schrijf dit later, veel later. Het moet bijna middernacht zijn geweest toen ik ophield met ijsberen, plannen bedenken, de logistiek ervan uitwerken. Ik had niet gegeten, maar ik had geen honger. Had geen zin in koffie of thee, had geen zin in een slokje cognac. Voelde me eigenlijk als iets wat Marceline had uitgekotst. Ik hoef me nu in elk geval geen zorgen te maken over Harold en over mijn schriften. De oude schriften staan achter in de kast met tilsiter.

Toen ik naar de tafel liep, trok het Glas mijn aandacht – nou ja, het is tenslotte het meest opvallende voorwerp in de hele kamer. Het stond op zijn gebruikelijke plek en lichtte rozeachtig op. Idioot ding. Vol drama. Ik aarzelde of ik erin zou kijken voordat ik naar bed ging, in plaats van nadat het oude mens me wakker zou maken met haar nachtelijke gestamp en gegrinnik. Als ik dat deed, zou die bol dan misschien voor me werken? Kletskoek! Onzin! Ik ging met een plof zitten en nam me stellig voor me nooit meer voor een brok siliciumdioxide te vernederen. Gewoon een hoeveelheid gesmolten zand.

Dus zat ik daar na te denken over hoe vreselijk iedereen vandaag voor me was geweest. Nog veel erger, ze waren afschuwelijk geweest voor Flo. En allemaal afschuwelijk op een manier om witheet van te worden. Zonder dat ik er iets aan kon doen. Het liefst had ik iemand bij zijn of haar strot gegrepen. Die achterlijke idioten van de Kinderbescherming.

Ik keek naar de bol, en er kwam een vreemde gedachte in me op. Wat is er toch aan de hand met mevrouw Delvecchio Schwartz? Als zij het inderdaad is, iedere nacht hierboven, dan bevindt ze zich nog steeds op het aardse niveau. En in dat geval... waarom laat ze hen haar poezenkopje vermoorden? Ze moet toch hebben geweten dat ze een puinhoop achterliet? Daarom moet ze ook een antwoord hebben achtergelaten. In sommige dingen was ze heel onnozel, maar ze was ook heel intelligent. Ze heeft me slechts twee aanwijzingen gegeven: dat het lot van Het Huis in het Glas ligt, dat alles afhangt van het Glas. Zou ze echt zo in zichzelf en in haar krachten hebben geloofd dat ze veronderstelde dat ik alles in het Glas onthuld zou zien? Ze had mijn handen erop gelegd, me min of meer gezegend. Maar ik zie helemaal niets in die bol! Ik heb het nu al een maand geprobeerd en ik zie niets, helemaal niets.

Ik staarde woest naar het ding, naar de dromerige, roze, ondersteboven gekeerde afbeelding van mijn kamer. Het lot van Het Huis ligt in het Glas. Het hangt allemaal af van het Glas. Ik pakte de bol en deed het ongekende: ik tilde hem met beide handen van het onderstuk. Toen ik de bol neerlegde, begon hij te rollen. Ik hield hem tegen. Geen trillingen, geen vreemde elektrische schokken. Het is gewoon een heel zwaar stuk onder druk samengeperst siliciumdioxide. De tafel helde kennelijk naar de andere kant, dus ik schoof de boterpot achter mijn wrekende gerechtigheid, zodat hij bleef liggen, en richtte mijn blik toen op het onderstuk. De kleine cirkel voering tussen de bol en het zwarte hout is niet van zijde maar van fluweel, met een pool die glimmend geplet is door het gewicht van het Glas zelf.

O Harriet Purcell, jij stomkop! *Hoe heb je zo onnozel kunnen zijn?* Het antwoord had daar al die tijd gezeten!

Ik tilde het voetstuk op en begon te peuteren aan de stof waar deze in een kleine plooi over het hout viel, waarbij ik iedere keer een klein stukje losmaakte omdat de lijm heel sterk was. Maar de lijm liep niet onder de bol door, zat alleen maar aan de randen. En daar, onder het fluweel, zat een opgevouwen stuk papier in een ondiepe holte die ze er met een beitel in moest hebben geschraapt. Een goedkoop, voorgedrukt formulier voor een testament, zoals je dat in een tijdschriftenwinkel kunt kopen. Werkelijk duivels. Hoeveel tijd moet ze niet hebben besteed aan het ontwerpen van dit laatste raadsel, waarmee ze haar hele wereld op het spel zette, inclusief haar poezenkopje? Ze had nergens iets vastgelegd, iets zeker gesteld. Ze ging ervan uit dat anderen het wel op zouden lossen. Dat *ik* het wel op zou lossen. Het lot van Het Huis lag niet in het Glas, het lag *onder* het Glas. Eén klein woordje. Als ze het juiste voorzetsel had gebruikt, had ik het testament binnen een dag, misschien nog wel sneller, gevonden. Maar nee, zij niet. Dat was te eenvoudig, te tam.

Het testament was niet erg lang. Er stond in dat al haar goederen en bezittingen en gelden werden nagelaten aan Flo Schwartz, haar enige kind, terwijl het gedurende Flo's minderjarigheid zou worden beheerd door haar lieve vriendin juffrouw Harriet Purcell, woonachtig op hetzelfde adres, die vrij was naar eigen goeddunken over alle inkomsten te beschikken. En dat ze de zorg voor en de voogdij over Flo Schwartz, haar enige kind, toewees aan voornoemde juffrouw Harriet Purcell, aangezien ze van mening was dat voornoemde juffrouw Harriet Purcell Flo zou opvoeden zoals zij zou willen. Was getekend Harriet Purcell Delvecchio Schwartz, en er waren twee getuigen. Een zekere Otto Werner en een zekere Fritz Werner, die ik geen van beiden kende. Broers? Vader en zoon?

Harriet Purcell! Mevrouw Delvecchio Schwartz heette van zichzelf Harriet Purcell. De ontbrekende generatie. Maar als ze uit papa's familie kwam, was hem daar nooit iets over verteld. Dat is mogelijk, als ze er vanaf haar geboorte vreemd uit had gezien. Negentiende-eeuwse ouders deden heel wonderlijk met kinderen die er vreemd uitzagen – ze brachten die vaak naar een tehuis, verstopten ze alsof het een schande was. Het is heel goed mogelijk dat ze naaste familie van papa is – zijn zuster? Hij is geboren in 1882, en zij rond 1905. Of stel dat ze rond 1902 is geboren, toen papa in Zuid-Afrika zat om in de Boerenoorlog te vechten? Papa had tweelingzusters die na hem waren geboren, in 1900 – heel gênant, zegt hij altijd lachend. Stel dat na tante Ida en tante Joan er nog een dochter is geweest? Die er vreemd uitzag en is opgeborgen? Ik denk dat dit een raadsel is dat nooit zal worden opgelost, hoewel het wel een antwoord geeft op het raadsel waarom ik de scheldnaam van de familie kreeg. Mevrouw Delvecchio Schwartz is net een bloembol. Je pelt er wat af, en elke keer komt er een nieuwe laag, tot je diep in het hart stuit op een jeugd waarover ze niemand in Het Huis ooit iets heeft verteld, zelfs Pappy niet.

Ik heb niet gejoeld, geschreeuwd of gejuicht. Er is te veel gebeurd om te kunnen geloven dat dit echt is. Ik zal wachten tot ik meneer Hush morgenochtend het testament heb laten zien.

Woensdag 5 april 1961

Ik werd om zes uur wakker met een heel vreemd gevoel. Als de veroorzaker van alle voornoemde kwellingen vannacht om tien over drie heeft lopen stampen en grinniken, heb ik daar niets van gehoord. Mijn eerste taak was zuster Agatha's kantoor opbellen om te zeggen dat ik vandaag niet kon komen werken. Nee, geen reden, sorry, juffrouw Barker. Persoonlijke omstandigheden. Daarna rommelde ik wat rond, in een waas van gelukzaligheid. Ik gaf Marceline extra veel room, dronk een paar koppen koffie, at wat roerei met toast en trok mijn nieuwste zachtroze najaarsmantelpak aan. Om de haverklap vouwde ik het testament open om te controleren of al die geweldige dingen er echt in staan. Het staat erin. Het staat erin!

Ik stond al bij Partington, Pilkington, Purblind en Hush op de stoep voor juffrouw Hoojar arriveerde om open te doen. Toen ze me op minachtende wijze vertelde dat meneer Hush het te druk had om me vandaag te ontvangen, zei ik dat ik wel zou wachten. Een halve minuut, een kwart minuut, het kon me niets schelen, maar ik *moet* hem spreken! zei ik. Dus ging ik in de receptie zitten, zat voortdurend in het testament te kijken, neuriede een deuntje, ritselde luidruchtig met tijdschriftenpagina's en gedroeg me alles bij elkaar zo ergerlijk dat toen meneer Hush om tien uur binnenkwam, juffrouw Hoojar inmiddels in staat was mij te wurgen.

'Juffrouw Purcell weigerde te vertrekken, meneer Hush!' mekkerde ze.

'Dan kan juffrouw Purcell maar beter binnenkomen,' zei hij zuchtend, berustend in het vooruitzicht een halsstuk te moeten uitbenen, in plaats van een lendebiefstuk. 'Ik heb niet veel tijd voor je, ik zit het grootste deel van de dag bij de rechtbank.'

Bij wijze van antwoord gaf ik hem het testament.

'Nou zeg, wat gaan we nu beleven?' zei hij, na er een snelle blik op te hebben geworpen. 'Waar is dit opeens vandaan gekomen?'

'Ik heb het gisteravond gevonden, meneer, verborgen onder het voetstuk van het meest geliefde ornament van mevrouw Delvecchio Schwartz.'

'Heet ze echt Harriet Purcell?' vroeg hij, terwijl hij me achterdochtig aankeek, alsof hij me verdacht van valsheid in geschrifte. Daarna bestudeerde hij het testament grondig. 'Het ziet er echt uit – zelfde handschrift als in de spaarbankboekjes, gedateerd een jaar geleden. Ken je de getuigen?'

Ik zei van niet, maar dat ik eens zou informeren. 'Maakt dat wat uit?' vroeg ik gespannen. 'Zal iemand het in twijfel trekken? Het betwisten?'

'Mijn lieve Harriet, ik heb zo'n idee dat iedereen de mysterieuze verschijning van dit document zal begroeten met een zucht van opluchting. Het is het enige bestaande testament van de dame, en hierin erkent ze Flo als haar kind en wijst ze de voogdij over Flo onomwonden aan jou toe. Voor de wet is haar bevel ons bevel.'

'Maar de Kinderbescherming zal vast niet anders over mij gaan denken.'

'Waarschijnlijk niet, nee,' zei hij kalm. 'Maar het testament ontheft hen van de verantwoording voor Flo's lot – en daar zullen ze heel erg blij om zijn. Ik mag er wellicht aan toevoegen dat het testament je ook de nodige financiële onafhankelijkheid verschaft. Je zult heel comfortabel kunnen leven van de opbrengst van de nalatenschap, dus je hoeft niet te werken. Je bent binnen.'

Toen schraapte hij op een verdachte manier zijn keel. Ik schonk hem mijn onverdeelde aandacht. 'Aangezien er geen executeur is aangewezen, zul je moeten beslissen wie je de zaken wilt laten behandelen. Je kunt daarvoor over de rijksexecuteur beschikken, of als je daar de voorkeur aan geeft, kan ik het testament afhandelen. Ik moet je waarschuwen dat de rijksexecuteur het tempo van een schildpad aanhoudt, en dat zijn honorarium minstens zo fors is als dat van een privé-kantoor.'

Ik gaf het gepaste antwoord. 'Ik wil graag dat u alles afhandelt, meneer Hush.'

'Goed, goed!' Het halsstuk was kennelijk in een lendebiefstuk veranderd. 'Je zult het vast wel op prijs stellen dat ik in de gelegenheid ben geweest tot een gesprek met de rijksexecuteur over de nalatenschap. Mevrouw Delvecchio Schwartz bezit meer dan honderdtienduizend pond aan spaarrekeningen, verdeeld over heel Sydney. De oorsprong van deze fondsen heeft de experts voor een raadsel gesteld, want ze kunnen niet bewijzen dat dit verworven inkomsten zijn. Uiteraard is iedereen op de hoogte van wat er zich in 17b en 17d afspeelt, maar beide panden genieten min of meer immuniteit ten aanzien van... eh... officiële aandacht, en de experts moesten de bewoonsters op hun woord geloven toen ze vertelden dat ze dertig pond per week aan huur betalen. 17a en 17e zijn weliswaar slechts panden waar kamers worden verhuurd, en die brengen ook dertig pond per week op. Dat is in totaal honderdtwintig pond per week. Een goede advocaat kan betogen dat dit wordt besteed aan onderhoud, voorzieningen en onroerendgoedbelasting, aangezien alle vier de huizen in uitstekende staat verkeren – iets wat niet van mevrouw Delvecchio Schwartz' eigen huis kan worden gezegd, naar ik heb begrepen. De belastinginspecteurs proberen zich in allerlei kronkels te wringen, maar tenzij er concrete bewijzen verschijnen, kunnen ze niet veel meer doen dan belasting heffen over rente en huuropbrengst. Als de belastingdienst toch mocht besluiten er werk van te maken, dan kan een goede ploeg advocaten dat bij de rechtbank voor tientallen jaren blokkeren. Ik zal je uiteraard in contact brengen met een kantoor van accountants en financiële beheerders die je kunnen adviseren wat je het beste met Flo's kapitaal kunt doen. Nu vangt dat slechts wat luttele penny's op spaarrekeningen, brrr! Birdwhistle, Entwhistle, O'Halloran en Goldberg zijn de besten.'

Dus daar was u op uit, madame Fuga! U zat te vissen hoeveel ik wist. Maar maakt u zich geen zorgen, bij mij bent u volmaakt veilig. We kunnen al die industriëlen en politici en bankiers en rechters toch niet de mogelijkheid onthouden in een keurige omgeving aan hun gerief te komen, wel? Tja, dertig pond per week? M'n zolen! Driehonderd, dat lijkt me beter. Maar wees gewaarschuwd! Ik zal voor Flo een keiharde onderhandelaar blijken, mesdames. Mijn naam is niet voor niets Harriet Purcell.

Dit vooruitzicht wond me zo op dat ik me over het bureau heen boog en meneer Hush vol op de mond kuste, een eerbetoon dat hij met interessante gretigheid beantwoordde. 'Meneer, u bent een schat!'

Hij giechelde. 'Ik moet bekennen dat ik dat zelf ook altijd heb gedacht, maar het is leuk om het bevestigd te horen. Het lijkt me het beste als je het aan mij overlaat het ontslag van Flo te regelen. Intussen zal ik ervoor zorgen dat je over genoeg geld kunt beschikken om van te leven tot het testament is bekrachtigd. Je zult Flo ruimschoots voor die dag terug hebben.'

Ik nam een taxi naar het Queens, maar ik ging niet rechtstreeks naar het kantoor van zuster Agatha. Ik ging naar psychiatrie en trof dokter Prendergast op weg naar een vergadering.

'John, John! Mevrouw Delvecchio Schwartz heeft een testament nagelaten waarin ik als Flo's voogd wordt aangewezen!' riep ik. 'De Kinderbescherming zal haar binnenkort aan me overdragen – jippie!'

Zijn gezicht werd opeens heel teddybeerachtig. 'Dan houden we haar zolang hier, voor jou.' Hij tilde me als een veertje op en zwaaide me in het rond. 'Aangezien ik niet zo erg op verpleegsters gesteld ben,' zei hij terwijl hij me voorging naar Flo's kamer, 'is het verhaal van mijn leven dat iedere vrouw die ik leuk vind bij een patiënt hoort en daarom verboden terrein is. Jij maakt binnenkort geen deel meer uit van deze categorie, dus vraag ik me af of jij soms een avond vrij hebt om uit eten te gaan met een psychiater die iets minder geschift is dan de meeste?'

'Je hebt mijn telefoonnummer,' zei ik, terwijl ik hem met nieuwe ogen bekeek. Hmmm. Mijn gezichtsveld verbreedt zich. Type rugby-aanvaller. Afwisseling, had ze gezegd. Hou ze verschillend, prinses, en je moet een keer een maagd hebben voor je doodgaat. Hoewel ik betwijfel of John Prendergast maagd is.

Flo begroette me zoals gewoonlijk met open armen, maar ik omhelsde haar met tientallen knuffels en zoenen. En een paar tranen. 'Lieve Flo, je mag binnenkort met mij mee naar huis,' fluisterde ik in haar oor.

Over haar gezichtje gleed de grootste glimlach van de wereld, ze sloeg haar armen om me heen en klemde zich stevig aan me vast.

'Ze is echt niet gek, die Flo van ons,' zei John Prendergast, zonder iets van verbazing.

'Autistisch... m'n zolen!' zei ik smalend. 'Flo is uniek. Ik denk dat God heel erg genoeg heeft van de puinhoop die wij van de wereld hebben gemaakt en dat Hij daarom een nieuw model heeft ontworpen. Door onze spraak komen we maar al te vaak in de problemen. Maar als we elkaars gedachten kunnen lezen, verdwijnen leugens en verraad meteen. Dan moeten we zijn zoals we werkelijk zijn.'

De volgende op mijn lijstje was zuster Agatha, die ongetwijfeld haar lendenen voor de strijd had gegord, te oordelen naar de uitdrukking van haar gezicht toen ik haar kantoortje binnen kwam daveren. Maar ik gaf haar niet de kans haar mond open te doen, de zure, ouwe taart.

'Zuster Toppingham, ik neem mijn ontslag!' verklaarde ik. 'Vandaag is het woensdag en ik ben er niet. Morgen en vrijdag zal ik nog werken, en daarna ben ik verdwenen!'

Pruttel, pruttel, pruttel. 'Ik eis twee weken opzegtermijn van u, juffrouw Purcell.'

'Daar kun je naar fluiten, lieverd. Na vrijdagmiddag ben ik ervandoor.'

Pruttel, pruttel, pruttel. 'U bent brutaal!'

'Brutaliteit,' zei ik, 'neemt zowel exponentieel als synchroon toe met financiële onafhankelijkheid.' Ik wierp haar een kushandje toe en maakte dat ik wegkwam. Vaarwel, zuster Agatha!

Daarna vertrok ik met een volgende taxi naar Bronte om het goede nieuws aan mijn uiterst bezorgde familie te vertellen.

Ik had mijn tijdstip zorgvuldig gekozen. Papa en de broers waren naar de winkel, alleen mama en oma zouden thuis zijn. Wat jammer dat oma niet papa's moeder is. Dan zouden we de waarheid te weten kunnen komen. Maar papa's ouders zijn heengegaan – ik begin de terminologie al aardig over te nemen – voordat ik werd geboren. Ik zag bij aankomst dat het stuk potje-gras giftig groen en weelderig is. Willie zat te zonnen.

'Hallo allemaal! Jullie kijken nu naar iemand die zo zwémt in het geld dat ze niet meer hoeft te werken!' kondigde ik aan toen ik naar binnen liep.

Mama en oma zaten aan de lunch. Brood, boter, een pot abrikozenjam en de theepot. Ze zagen er allebei sip uit – hadden zeker voor de zoveelste keer de gebeurtenissen in Victoria Street 17c zitten bespreken. Liefdesaffaire met een getrouwde specialist, moord en zelfmoord, vermiste kinderen, een dochter die getikt is geworden – niet direct iets waar ouders of grootouders blij mee kunnen zijn.

Toen ik mijn nieuws rondtoeterde, gingen ze allebei haastig rechtop zitten.

'Wil je een kop thee, lieverd?' vroeg mama.

'Nee, dank je,' zei ik, en ik liep naar de keukenkast en viste Willies fles medicinale cognac achter de worcestershiresaus, de tomatensaus en de instantkoffie vandaan. 'Geef mij hier maar een slokje van,' zei ik, terwijl ik wat in een glas schonk. 'Dit is goed voor de ziel. Vraag maar aan Willie. Weet je, mam, je zou de oude potjes van Kraft-smeerkaas moeten bewaren, ze zijn onverwoestbaar en helemaal niet lelijk om naar te kijken, met die tulpachtige dingetjes erop geschilderd.' Ik ging zitten en hief het chique glas naar hen. 'Ondersteboven, zoals de bisschop tegen de koorjongens zei.'

'*Harriet!*' kreet oma.

Mama is snel. Ze ontspande zich. 'Is het allemaal opgelost?' vroeg ze.

'Inderdaad,' antwoordde ik, en ik vertelde hun het hele verhaal.

'Harriet Purcell!' zei mama ten slotte verbijsterd. 'Zou ze een zus van Roger zijn? Dat zou veel verklaren.'

'Als ze dat is, dan weten papa of tante Joan of tante Ida er niets van,' zei ik. 'Maar je kunt je er van alles bij voorstellen. Misschien kan een van hen zich nog een onbegrijpelijke opmerking van hun ouders, van lang geleden, voor de geest halen. Of geheimzinnige bezoeken aan een plaats waar alleen maar fluisterend over werd gesproken. Vraag het eens aan tante Ida, die heeft een geheugen als een olifant en ze is dol op roddels; een typische oude vrijster.'

'Vind je het niet jammer om je werk op de röntgenafdeling op te geven?' vroeg mama.

Arme mama, ze had naast het huishouden zo graag een baan gehad, maar zulke dingen gebeurden in die tijd niet. Ik geloof dat ze zich in 1920 ooit wilde opgeven voor de verpleegsters-opleiding in het R.P.A., maar oma heeft daar snel een stokje voor gestoken. Mama is veel jonger dan papa. Is dat de reden waar-om ik een voorkeur voor oudere mannen heb? Pappy zou zeg-gen van wel, maar Pappy weet nog iets freudiaans te vinden in een gaatje in de slagroom op een taart.

'Mam, ik heb het helemaal gehad met betaald werk,' zei ik. 'Het werk op zich is geweldig, maar de mensen die daar de lei-ding hebben, komen rechtstreeks uit de prehistorie. Geloof me, ik ben echt niet van plan te gaan zitten niksen. Ik zal een hoop te doen hebben, van het toezicht houden op lastige huurders, het proberen een manier te vinden om met Flo te communiceren en het zorgen dat Flo's geld het meeste opbrengt.'

'Nou,' verzuchtte mam, 'het is niet moeilijk te zien dat je dol-gelukkig bent, liefje, en daarom ben ik heel blij voor jou.' Ze kuchte even en bloosde toen. 'Enne... hoe zit het met dokter Forsythe?'

'Hoe bedoel je?' vroeg ik heel terloops.

De moed zonk haar in de schoenen. 'O... eh... niets.'

Op weg naar buiten liep ik langs Willies kooi, die in een zon-nig hoekje stond. Hij had nog steeds aangekoekte borstveren, restjes van de havermoutpap met cognac. Raar beest.

'Hallo, stuk van me,' kirde ik.

Hij deed één oog open en keek me aan. 'Rot op!' zei hij.

'Kijk uit, makker!' zei ik.

Ik was drie stappen bij hem vandaan toen hij antwoordde: 'Kijk zelf uit, prinses!'

Toen ik me verbaasd met een ruk omdraaide, zat hij te dommelen.

Ik richtte in mijn zitkamer een feestmaal aan: gerookte paling, aardappelsalade, coleslaw, plakken ham, knapperige Franse baguettes, boter die niet te hard of te zacht was, ongeveer een ton Griekse rijstpudding, en alle goedkope cognac die we konden drinken, rekening houdend met het feit dat iedereen morgen weer naar het werk moest. Lerner Chusovich was bij Klaus op bezoek, dus hij kwam ook, en ik had Martin gebeld met een uitnodiging voor lady Richard, die in zachtlila met een vuurrode pruik verscheen. Martin is eindelijk, zeer tot ons genoegen, gezwicht en heeft zich een kunstgebit laten aanmeten in het Sydney Dental Hospital, waar alles gratis is omdat de patiënten als proefkonijnen van de studenten fungeren. Zijn mond vol tanden heeft een groot verschil voor zijn carrière betekend, aangezien hij geweldig knap is, zo sierlijk als een treurwilg, en uiterst charmant voor de dames, die zich nu rond hem verdringen om hun portret te laten schilderen. Ik had ook Joe de advocaat uitgenodigd, en haar vriendin Bert, en later kwam Joe Dwyer van de Piccadilly met twee flessen Dom Perignon. Ik had me afgevraagd of ik de mesdames ook zou uitnodigen, maar ik vond dat die nog wel een paar dagen in onzekerheid konden verkeren. Kuisheid Wiggins nodigde zichzelf gewoon uit toen ze de vreugdekreten vanuit haar raam had gehoord, dus dwong ik haar de belofte af dat ze het nieuws voor zich zou houden.

'Het eerste dat ik ga doen,' verklaarde ik tegen de verzamelde menigte, 'is een paar veranderingen in Het Huis aanbrengen. Een badkamer en wc op elke verdieping, nieuwe lagen verf, fatsoenlijke verlichting, nieuw linoleum en wat kleden, nieuwe koelkasten en fornuizen, een paar wasmachines en een droogmolen, en *geen gasmeters!* Ik ga een kleurenschema opstellen waarmee Flo's gekrabbel opzettelijk lijkt – avant-garde, heel modern. Ik mag dan wel in de plaats van mevrouw Delvecchio Schwartz zijn gekomen, maar wij opereren op verschillende manieren. Mijn manier is comfort, moderne zaken en een gezellige omgeving.'

'Dat is niet zo eenvoudig,' zei Jim fronsend. 'De gemeente is erg lastig waar het renovaties betreft.'

'Aangezien ik niet van plan ben de gemeente op de hoogte te stellen, Jim, is het niet van belang wat de gemeente ervan vindt. Ik doe alles zwart.'

'De broers Werner!' zeiden Klaus en Pappy tegelijk.

'Die kunnen alles doen wat je wilt, Harriet,' legde Klaus uit. 'Ze smokkelen na donker alle materialen naar binnen.'

Dus kijk eens aan. Fritz en Otto Werner zijn ook boven water gekomen. Wat zal die lieve meneer Hush blij zijn!

'Wat doen we met de leegstaande appartementen?' vroeg Bob.

'We wachten tot die zijn opgeknapt, en dan zal ik heel kieskeurig nieuwe huurders uitzoeken,' zei ik, en ik hief mijn glas met belletjes. 'Op Flo, op mevrouw Delvecchio Schwartz, en op Het Huis.'

Toen het lawaai wat bedaarde en de mensen zich in groepjes verdeelden, kwam Toby bij mij in een hoek op de vloer zitten.

'Het verbaast me dat je Norm en Merv niet hebt uitgenodigd,' zei hij.

'Norm en Merv behoren tot de Fuga en Toccata-categorie, Toby. Ik zal het hun vertellen wanneer alles in kannen en kruiken is.' Ik dronk mijn glas leeg – eigenlijk kan champagne het niet halen bij medicinale cognac – en zette dit neer. 'Ga je het me vergeven dat ik de zorg voor Flo op me neem?' vroeg ik.

Met een gezicht dat bloosde van liefde, streelden zijn ogen me. 'Hoe zou ik dat niet kunnen? Ze is je eigen vlees en bloed, naar het schijnt, en daar heb ik begrip voor. Bovendien zul je er niet onder gebukt gaan. Het oude mens heeft het beste met je voorgehad. Wat een plek om een testament te verstoppen!'

Ik nestelde me tegen hem aan en mijn hand, die op zijn bovenarm lag, ontdekte prettig uitpuilende spieren. 'Je had het vast leuk gevonden te horen hoe ik meneer Hush vertelde dat ik het in haar meest geliefde ornament verstopt had gevonden.'

'Ik moet je nageven, Harriet, dat jij voor zo'n luidruchtig soort vrouw heel gesloten kunt zijn.'

'Wat mevrouw Delvecchio Schwartz voor de kost deed, gaat niemand iets aan, behalve Het Huis.'

'Ik heb mijn septic tank aangesloten,' zei hij, terwijl hij het haar van mijn voorhoofd veegde. 'Heb je zin dit weekend naar Wentworth Falls te komen om alles eens te bekijken?'

'En niet zo'n beetje ook, kerel, niet zo'n beetje ook. Huh-huh-huh.'

Pappy hielp me opruimen toen ik dat vroeg, en ik duwde Toby onder protest de deur uit.

'Hoeveel van dit alles wist jij?' vroeg ik haar.

De amandelvormige ogen werden langer, de rozerode mond krulde zich tot een vage glimlach. 'Een beetje, maar lang niet alles. Je moest de dingen altijd afleiden, en vaker uit wat ze niet zei dan uit wat ze wel zei. Wat ik wel weet is dat ze vanaf het moment dat ik haar vertelde dat ik in het Queens een zekere Harriet Purcell had ontmoet, zij niet rustte voordat zij jou mee naar huis had genomen. Dus ik begreep dat jouw naam enige betekenis voor haar had, maar ik had geen idee hoe of wat. Als iemand de boodschap kreeg, dan was het wel Harold. Híj besefte dat jij hoger in haar genegenheid stond dan de rest van Het Huis bij elkaar, hoewel ik geen moment geloof dat ze hem iets heeft verteld. Maar hij hield van haar, het arme mannetje, en na bijna veertig jaar lang zijn moeder voor zich alleen te hebben gehad, kon hij het niet accepteren dat hij de vrouw die haar plaats had ingenomen, moest delen. Hij wist dat ze van je hield, zelfs nog voor je in levenden lijve kwam opdagen, en het begon steeds meer aan hem te knagen als hij jullie samen zag. Ik denk dat je terecht bang voor hem was. Ik denk dat hij lange tijd van plan is geweest jou te vermoorden, niet haar. Ik weet zeker dat hij het niet had gepland, zoals het is gelopen. We zullen nooit weten wat zich die avond tussen hen beiden heeft afgespeeld, maar ik ben ervan overtuigd dat ze hem tot het uiterste heeft getart. Het mes was er, hij greep het vast en gebruikte het. Maar nee, ik denk niet dat hij het zo van plan is geweest.'

'Heeft ze het echt in de kaarten of in het Glas gezien, Pappy?'

'Dat zou jij beter moeten weten dan ik, Harriet. Wat ik wel weet is dat ze geen charlatan was, hoewel ze misschien wel op die manier is begonnen. Ze kon dingen zien, vooral in de kaarten, waar die Het Huis betroffen, en met Flo waar het haar cliënten betrof. Die vrouwen droegen haar op handen, en ze raadpleegden haar niet over privé-problemen, ze raadpleegden haar om hun man te informeren over wat er op de aandelenmarkt ging gebeuren, over maatregelen van de regering die effect konden hebben op de handel. Ze betaalden haar een fortuin, wat betekent dat wat ze hun vertelde absoluut juist moet zijn geweest. En hoewel we plakboeken vol knipsels over deze mannen hebben gevonden, hebben we geen boeken over economie of handel gevonden.'

'Het zit me dwars dat ze zich zo gewillig heeft overgegeven,' zei ik.

'Ze geloofde onvoorwaardelijk in het noodlot, Harriet. Als haar moment om over te gaan was aangebroken, zou ze dat heel eenvoudig en vanzelfsprekend hebben aanvaard. Bovendien is het vlak voor nieuwjaarsdag 1960 begonnen – toen verschenen Harold en de tien van zwaarden voor het eerst. Jij was haar redding, de Schorpioen als tien van zwaarden, met de grote Mars. Het enige dat ze tegen mij heeft gezegd is dat jij Het Huis zou bewaren.'

Dus dat is de theorie van Papele Sutama. Ik kan me er heel goed in vinden.

Maandag 10 april 1961

Ik ben vanmorgen met de trein uit Wentworth Falls teruggekomen, terwijl Toby achterbleef om verder te gaan met de bouw. Net als voor mij is het vandaag zijn eerste dag van onafhankelijkheid: we zijn afgelopen vrijdag allebei opgehouden met ons werk, zonder gedoe of festiviteiten.

Toen ik Toby's toevluchtsoord zag, stond ik versteld. Ik had, zoals hij het noemde, een schuurtje verwacht. Maar in plaats daarvan vond ik een heel mooi, uiterst modern klein huis dat zijn voltooiing begint te naderen. Op dezelfde plaats had een oud, verlaten huis gestaan, legde hij me uit, en dat verschafte hem voldoende mooie oude zandstenen blokken om zijn funderingen te leggen, de basis van de muren, de vloeren en de lateien te maken, en ook wat inpandige muren. Hij had het meeste geld moeten uitgeven aan het glas, een golfplaten dak en het sanitair.

'Ik heb het gebouwd naar het model van een Walter Burley Griffin House, boven op de heuvel bij Avalon,' zei hij, 'en dat is van Sali Herman. Ik heb weliswaar geen uitzicht over water, maar ik zie wel eindeloos veel bergen en bossen. Het is een prettige gedachte dat dit deel van het land zo woest is dat er vroeger nooit houtkap heeft plaatsgevonden, en nu kunnen ze er helemaal niet meer kappen, omdat de regering dat inmiddels heeft verboden.'

'Je hebt hier de middagzon,' zei ik nadenkend. 'Wordt dat niet veel te heet met al dat glas?'

'Ik ga aan de westzijde een heel brede veranda aanbouwen,' zei hij. 'Dan kan ik daar 's avonds zitten kijken hoe de zon ondergaat boven de Grose Valley.'

Hij had alles zelf gebouwd, met een beetje hulp van de homowereld van Kings Cross.

'Ik ben iemand uit de bush,' verklaarde hij. 'Waar ik vandaan kom, kun je niet zomaar een loodgieter of een timmerman of een metselaar bellen. Dus leer je de dingen zelf te doen.'

Het terrein was vreselijk overwoekerd, maar er was het restant van een oude appelboomgaard, die op dit moment vol fruit hing. Ik deed me er zo schandalig aan te goed, dat ik heel blij was met de wc en de septic tank, waarvan hij me vertelde dat hij die functionerend had gekregen door er een dood konijn in te stoppen. Zo hoor je nog eens wat!

We gingen gewoon samen naar bed nadat we hadden gegeten en hij de afwas had gedaan – sommige dingen zullen nooit veranderen, hij is nog steeds de meest obsessieve man die ik ken. Voor mij is dat manna uit de hemel! Ik zal nooit enig huishoudelijk werk hoeven doen. Alleen maar af en toe een beetje koken.

Ik vroeg me daarom af wat voor minnaar hij zou zijn, maar daar had ik me geen zorgen over hoeven maken. Hij is een kunstenaar, hij weet schoonheid te waarderen, en om de een of andere reden vindt hij dat ik mooi ben. Nee, ik ben niet mooi, maar schoonheid schuilt in het oog van de kijker, zoals ze zeggen. Wat zullen mama en papa wel niet zeggen als ze naakten van Harriet Purcell in galeries zien opduiken? Het liefdesspel was verrukkelijk, maar eigenlijk denk ik dat hij nog meer belangstelling heeft om mij te schilderen. Als hij echt beroemd wordt, zal hij natuurlijk zijn klinische kijk verliezen en zich bezighouden met spul dat alleen geroutineerde kunstkenners weten te waarderen, vermoed ik, maar dat zijn nu eenmaal de lieden die ook het meeste betalen. Ik vind de rokende sintelberg in de onweersbui nog steeds heel mooi. En zijn portret van Flo, dat hij mij heeft geschonken. Hij is er niet meer aan toegekomen mevrouw Delvecchio Schwartz te schilderen, hoewel hem dat niet al te zeer lijkt te spijten.

Hij is een mooi behaarde man, dat zou haar bevallen. Geen zwart haar, zoals bij meneer Delvecchio, maar donkerrood. Zoals ik vermoedde, gespierd en sterk, en helemaal niet in het nadeel door zijn gebrek aan lengte. Hij zegt dat het mijn borsten beter bereikbaar maakt. Ik kroelde door al het warrige haar, kamde het je-weet-wel-waar met mijn tong, huh-huh-huh.

'Maar je moet niet denken,' zei ik tegen hem toen ik mijn kleine weekendtas pakte en me opmaakte voor de zes kilometer lange wandeling naar het station, 'dat je mij bezit, Toby.'

Zijn ogen waren donker, waarschijnlijk omdat de dageraad amper was aangebroken. 'Dat hoef je me niet te vertellen, Harriet,' zei hij. 'Dat heb ik al eerder gezegd en dat zeg ik nu weer. In sommige opzichten lijk je veel op mevrouw Delvecchio Schwartz. Niemand kan een natuurverschijnsel bezitten.'

Goeie kerel!

De grote C-38 stoomlocomotief begon juist het station te naderen toen ik over de brug over de spoorlijn liep, en ik stopte om over de leuning te hangen en de zware wolken rook en roet in mijn gezicht te voelen. Ze was vanaf Mount Victoria gekomen, het geweldige beest. Ik ben dol op stoomtreinen, ik hing de hele reis naar huis uit het raampje voor het geluid en de geur van die stampende drijfstangen – werken, werken, werken. De regering wil overstappen op diesellocomotieven, en die zijn echt dieptreurig. Je ziet geen enkel vertoon van kracht meer. Ik ben dol op zichtbare kracht, inclusief die van gespierde mannen.

Vrijdag 21 april 1961

Flo is vandaag thuisgekomen, en ze klampte zich als een aapje aan mijn heup vast, een en al glimlach. Toen ze de dikke Marceline zag, klauterde ze naar beneden en begon met haar te spelen, net alsof die maanden in het kindertehuis en op de psychiatrische afdeling van het Queens nooit hadden bestaan. Alsof ze nooit met bloed had gevingerverfd of door een spiegelglazen ruit was gegaan, of in wezen vriendelijke mensen had genoodzaakt haar vast te binden.

Ik begrijp er nog steeds niets van. Zou ze echt kunnen praten? Ze begrijpt ieder woord dat ik zeg, maar ik heb geen enkel teken of trilling of telepathische communicatie van haar ontvangen. Ik had tegen beter weten in gehoopt dat dit zou gebeuren wanneer ze eenmaal weer thuis was en had geaccepteerd dat haar moeder niet langer deel van haar leven zou uitmaken. Onzin! Ze had het al geaccepteerd in de nacht dat haar moeder was gestorven.

De Werners zijn echt een gouden greep. Ze verdienen de kost door allerlei klusjes te doen en daar betaling in contanten voor te ontvangen. De ervaring heeft uitgewezen dat ze even handige manusjes-van-alles zijn als Toby, dus zijn we tot een overeenkomst gekomen. Ik heb hun gratis de benedenflat aan de voorkant gegeven, en ik betaal hen royaal voor het werk dat ze doen en dat ze zullen blijven doen. De vijf huizen van Victoria Street 17 hebben nu een paar inwonende klusjesmannen om alles in goede staat van onderhoud te houden. Lerner Chusovich heeft mijn oude kamers voor dezelfde huurprijs omdat hij zijn palingen kan roken in onze achtertuin zonder dat de buren daar problemen over maken. Ze zijn niet langer roze, Lerner heeft liever gerookte paling-geel met zwart houtwerk.

Toby en ik hebben ontdekt hoe we sanitair kunnen aanbrengen op de verdieping die Jim en Bob met Klaus delen. We hebben de Werners een stukje van Klaus en een stukje van Jim en Bob af laten halen. Ze komen uit op de overloop, waar Otto heeft bedacht hoe hij daar twee afzonderlijke wc's kan aanbrengen, ook al komt er maar één badkamer. Massa's warm water uit een royaal systeem en zowel een douchecabine als een badkuip. Ik heb voor de muren keramische tegels met kanariepietjes gevonden – Klaus is in extase. Toby's kamer is zo groot, dat de Werners zijn keukengedeelte alleen maar wat hebben uitgebreid en er nog een scherm bij hebben gezet om het resultaat aan het oog te onttrekken, maar de benedenverdieping moet nog steeds naar het washok. Fritz en Otto hebben de gewoonte buiten in onze kleine voortuin bij de afschuwelijke frangipane te plassen als de nood hoog is, maar de boom gedijt goed op het

ureumrijke dieet, dus laat ik hen maar. We hebben nu drijfscha-
len met geurende frangipane op onze tafels.

Hoewel ik er eerst niet aan moest denken, heb ik uiteindelijk
de knoop doorgehakt en heb ik de hele verdieping van mevrouw Delvecchio Schwartz als eigen onderkomen genomen.
Maar met een nieuwe laag verf (voornamelijk roze), tapijt in de
woonkamer en in de slaapkamers, en fatsoenlijk meubilair, ben
ik er niet langer bang voor. In elk huis zijn wel eens akelige dingen gebeurd, en ik ontleen een wonderlijke troost aan het wonen op de plek waar zij ooit woonde. *Ooit woonde*. Het is nu
echt verleden tijd.

Dit klinkt alsof het werk is voltooid, maar dat is niet het geval. Het zal nog enkele maanden duren, dus stuift er nog veel
gruis en stof rond, liggen de gangen vol toiletpotten en badkui-
pen en wasbakken en fornuizen en douchekoppen en boilers,
terwijl in de achtertuin muur- en vloertegels staan opgestapeld.
De Werners smokkelen alles gewoon via hun openslaande deuren naar binnen.

Ik ben intens gelukkig nu mijn poezenkopje thuis is.

Ik moet ook vermelden dat mijn liefdesleven uitstekend geregeld is, tenminste naar mijn idee. De weekends zijn voor Toby.
We gaan dan samen naar Wentworth Falls. In de toekomst zal
Flo met ons meegaan. Toby vond dat niet zo'n geweldig idee,
maar ik vertelde hem dat het óf ons alletwee óf geen van beiden
was. Dus keek hij zuur en zei dat hij ons dan alletwee wilde.
Wat Duncan betreft is hij... eh... niet erg tevreden.

Duncan heeft de dinsdag- en donderdagavond bij mij. Hij is
tot een overeenkomst gekomen met zijn vrouw, die vreselijk
lijdt onder de Harriet Purcell-vloek. Weliswaar geen roos of ongeneeslijke spruw. Ze heeft neuropathie in haar benen gekregen
– niet levensbedreigend, maar wel heel akelig. Ik denk dat Duncan een beetje ontdaan was over mijn volledige gebrek aan
medelijden met haar, maar ik denk dat ik rekening moet houden met het feit dat ze vijftien jaar samen hebben gewoond. Ik

heb hem gevraagd haar een boodschap van mij over te brengen – als ze zich fatsoenlijk en begrijpend gedraagt en zijn zonen niet tegen hun vader opstookt, zal ik de vloek opheffen. Ze kan niet tennissen, ze loopt met een stok, en door de ACTH die ze haar geven en het gebrek aan lichaamsbeweging komt ze enorm aan. Binnenkort is ze een XL en moet ze platte veterschoenen en elastieken kousen dragen. Huh-huh-huh.

Wat John Prendergast betreft weet ik het nog niet zo goed, dus daar is nog niets beslist. Hoewel hij dit hevig ontkent, heb ik de sterke indruk dat hij me een beetje bekijkt als een patiënt met de een of andere wonderlijke psychische afwijking. Dat is nu eenmaal het probleem met psychiaters, ze blijven altijd met hun werk bezig. Bovendien zal hij waarschijnlijk zijn eigen prestaties in bed analyseren. Dus laat ik me af en toe door hem mee uit eten nemen en houd hem nog aan het lijntje.

Woensdag 17 mei 1961

We begrijpen er echt helemaal, totaal, absoluut niets van. Flo is nu al een maand thuis, en ze krabbelt niet. In mijn kamers en in de gezamenlijke gangen en overlopen zijn overal pasgeschilderde muren, ik heb nieuwe krijtjes voor haar gekocht om aan haar verzameling toe te voegen, en ik vertel haar honderd keer per dag dat ze net zoveel mag kliederen als ze wil. Maar ze knikt en glimlacht en stapt over de krijtjes heen om bij Fritz en Otto te gaan kijken als die aan het werk zijn, en hun de kwasten, spijkers, schroeven, bouten, troffels aan te geven. Altijd het juiste voorwerp voor de klus. Ze vinden dit heel boeiend.

O, ze klampt zich aan mijn benen vast, zit bij mij op schoot, neuriet haar deuntjes. De vaalbruine overgooiertjes zijn dingen uit het verleden, maar ik heb haar niet gedwongen schoenen aan te trekken, en de jurkjes die ik voor haar heb gekocht zijn heel eenvoudig. Voor Flo hoort kleur bij krijtjes, hoewel nu niet meer. Ze loopt tegenwoordig met mij naar de winkel, iets wat ze nooit met haar moeder heeft gedaan, dus vraag ik me soms af of ik misschien, in mijn onwetendheid, een blokkade tussen Flo en Het Huis heb opgeworpen. Mijn enige barometer is Flo zelf. Als Flo het naar haar zin heeft, dan zijn wij ook gelukkig. Ze geniet in elk geval van haar weekends in Wentworth Falls, ze pakt op vrijdagavond haar rugzakje en zorgt ervoor dat de canvas weekendtas voor Marceline gelucht is. Arme Toby! Niet één, maar drie vrouwen.

Hoe weinig de gedachte me ook lokte, toch heb ik van Harolds kamer mijn slaapkamer gemaakt en ik heb Flo in haar moeders oude slaapkamer gelegd. Het hokje waar Flo vroeger sliep is nu de linnenkast en de Delvecchio Schwartz-bibliotheek. Ik vroeg me af of ik te ver bij Flo vandaan was, maar Marceline heeft dat gelukkig opgelost door naar Flo's bed te verhuizen. Mijn poezenkopje slaapt rustig en diep, ligt nooit te woelen, schijnt nooit last van nachtmerries te hebben.

Het nachtelijke gestamp en gegrinnik is opgehouden zodra ik het testament had gevonden, maar ik ben er nog steeds niet zeker van dat mevrouw Delvecchio Schwartz goed en wel is overgegaan. Toen ik die eerste nacht naar Harolds kamer ging, met mijn nekharen overeind en overal kippenvel, hoorde ik een zachte zucht toen ik de deur dichtdeed. Niet haar zucht. Die van Harold. Als een afscheid voor altijd.

Toen zei haar stem: 'Je hebt het goed gedaan, prinses. Bingo!'

Ik hoorde iets fladderen en klapwieken. Een van de kanariepietjes van Klaus. Ik keek ernaar, het diertje keek naar mij, toen stak ik mijn hand uit en het sprong op mijn vinger, danste vrolijk op en neer.

'O, de hemel zij dank!' riep Klaus toen ik hem de vogel kwam brengen. 'Mijn kleine Mausie is uit het raam gevlogen zodra ik het openzette. Ik dacht dat ik haar voorgoed kwijt was.'

'Maak je maar geen zorgen, lieverd,' zei ik. 'Je raakt je kleine Mausie echt niet zomaar kwijt. Hè, Mausie?'

Ondanks dit alles wil Flo nog steeds niet krabbelen en daar begrijpen we helemaal niets van. Jim en Bob, Klaus en Pappy, hebben urenlang met haar en de krijtjes zitten spelen, hebben haar gevleid en gesmeekt. Zelfs Toby heeft zich met de krabbelmanie ingelaten. Hij heeft een paar blokken vetvrij papier gekocht en heeft haar laten zien hoe je daarop kunt tekenen, maar ze keek mij alleen maar treurig aan en liet het roze krijtje dat hij haar aanbood, vallen.

Donderdag 25 mei 1961

Het heeft lang geduurd, maar de problemen met de dames Fuga en Toccata zijn eindelijk naar ieders tevredenheid opgelost. Ze bleven bij hun verhaal dat ze maar dertig pond huur per week hadden betaald, ik vond dat belachelijk, en zo bleef het een poos. Maar vandaag zijn we het eens geworden over vierhonderd pond per week van ieder van de dames, dertig in de officiële boeken. Hoewel ik erg op de mesdames gesteld ben, kun je geen super chic bordeel, dat aan alle uitzonderlijke wensen tegemoetkomt, beheren zonder zo taai te zijn als een stel oude laarzen. Ze zijn echt heel taai. Dus probeerden ze even via vriendjespolitiek gemeenteraadsleden voor hun karretje te spannen om het mij echt moeilijk te maken, maar ik stuurde hun gewoon een poppetje met felgekleurde spelden in hun fundamentele lichaamsopeningen gestoken, voor en achter, en voor alle zekerheid ook een in de mond. Oei-oei! De boodschap kwam helemaal over, en de mesdames zwichtten.

Het leek een waterscheiding te zijn. Vandaag heb ik voor het eerst de kaart gelegd, toen Flo naar bed was en Het Huis stil, op Klaus' viool na.

Het Huis is gelukkig. De koning van zwaarden ligt heel goed, net als de koning van pentakels. Alleen de page van staven – Flo

– is niet helemaal in evenwicht. Het is het krabbelen, het moet het krabbelen zijn. Er is geen kaart die ik kan pakken met een betekenis die verband houdt met het krabbelen, maar het begon allemaal op zijn plaats te vallen toen ik de zes van bekers, ondersteboven, kreeg. Er gaat binnenkort iets gebeuren. Vooral omdat de volgende kaart de dwaas was – een onverwachte verschijning? Daarna drie negens en vier tweeën – conversatie, correspondentie, berichten. O, laat dit alles alsjeblieft zeggen dat er binnenkort communicatie komt!

Zaterdag 3 juni 1961
Het is het begin van de winter, en het regent zo hard dat Flo en ik ons weekend in Wentworth Falls moesten afzeggen. Flo en Marceline hebben de hele ochtend gefrustreerd rondgelopen. Hoewel de voordeur tegenwoordig niet op slot is, heb ik hun de strenge opdracht gegeven hem niet open te doen om naar buiten te gaan.

We zaten met zijn allen in mijn zitkamer koffie te drinken en te bedenken wat we als lunch wilden hebben. Wat gezellig is dit toch, dacht ik, en ik voelde een golf van behaaglijkheid door me heen gaan. Dankuwel, mevrouw Delvecchio Schwartz, dat u me de gelegenheid hebt gegeven om te zijn wie ik eigenlijk zou moeten zijn. Bingo, prinses, bingo. O, wanneer bent u van plan echt over te gaan?

Opeens hield Flo op met haar voeten over het tapijt te schuifelen, en ze holde naar haar krijtjes, koos er bliksemsnel drie uit en begon op de muur te krabbelen. Vleesroze, daarna licht grijsblauw, vervolgens een hoop paars.

En ik begreep het. 'Er komt een vreemde vrouw met blauw haar en een paarse jurk de trap op,' kondigde ik aan.

Niemand verroerde zich. Niemand zei iets.

Een klop op de deur deed hen opschrikken. Toby sprong op

om open te doen. Er stond een vreemde vrouw met blauwge-spoeld haar, gekleed in een paarse jurk voor de deur.

'Neemt u mij niet kwalijk,' zei ze aarzelend, 'maar ik ben op zoek naar mevrouw Delvecchio Schwartz.'

Ze wezen allemaal naar mij.

'Dat is haar,' zei Toby, en hij trok zijn wenkbrauwen op naar de rest, die gehoorzaam opstond.

'Ik ben mevrouw Charles Pomfrett-Smythe,' zei de onbeken-de, 'en ik... eh... vroeg me af of...?'

'Komt u binnen, komt u binnen,' zei ik, terwijl de anderen de kamer uit gingen. 'Het is buiten vreselijk weer vandaag, prinses.'

'Inderdaad,' zei ze, en ze ging tegenover me zitten op een met roze velours beklede stoel die bij de notenhouten tafel stond. 'Gelukkig heeft mijn chauffeur een paraplu bij zich.'

'Goede hulp is het waard om vast te houden,' zei ik, en ik streek over het Glas.

Mevrouw Pomfrett-Smythe keek om zich heen. 'Ik had, uit wat Elma Pearson me vertelde, niet verwacht dat uw huis zo ge-zellig zou zijn,' zei ze.

'Dingen veranderen, prinses, dingen veranderen. Een plotse-linge drastische omstandigheid noopte tot een nieuw decor, ten-einde de energiestromen weer naar normaal terug te laten ke-ren,' zei ik soepel. 'Dus het was mevrouw Pearson die u op de hoogte heeft gebracht?'

'Niet helemaal, nee. Iedereen schijnt te denken dat mevrouw Delvecchio Schwartz is overleden, maar ik was zo wanhopig, dat ik dacht dat ik het toch wilde proberen,' zei ze, en ze trok haar donkerpaarse zeemleren handschoenen uit.

'Er is *altijd* een mevrouw Delvecchio Schwartz. Ik ben de... eh... tweede editie. Dit is mijn dochter Flo.'

'Dag Flo, hoe gaat het ermee?' vroeg ze vriendelijk.

Flo stak haar tong uit, niet grof, maar gewoon zoals kleine kinderen dat doen als ze aan mama's rokken hangen om de vreemde van alle kanten te bekijken.

'Wat is er aan de hand, mevrouw Pomfrett-Smythe?' vroeg ik.
Ze greep haar handschoenen krampachtig vast. 'Lieve mevrouw Delvecchio Schwartz, het gaat om mijn man! Hij heeft een gok genomen met een bepaald aandeel – dat heeft iets te maken met kleine apparaatjes die net zo werken als die hekken waarmee schapen worden geselecteerd, maar dan niet voor schapen. Met elektriciteit, denk ik,' zei ze, volstrekt radeloos.

'Hekjes om schapen te selecteren?' vroeg ik niet-begrijpend.

'Misschien weet u niet hoe ze op het land schapen selecteren, maar ik weet het wel: mijn vader was veehouder. Het hek draait heen en weer tussen twee omheinde ruimten, en degene die bij het hek staat kan een schaap naar het ene of naar het andere hok sturen,' legde ze uit. 'Toen mijn man zijn eerste partij had gekocht – aandelen, niet schapen – deed hij wat onderzoek en heeft toen alles wat hij bezat gebruikt om nog meer te kopen.' Ze begon steeds zenuwachtiger te worden, waaruit ik afleidde dat de chauffeur met de paraplu gevaar liep te verdwijnen, samen met de limousine waarin hij reed, en de villa in Point Piper.

'Heeft u zin in een lekkere kop thee?' vroeg ik kalmerend.

'O lieve help, dat lijkt me heerlijk, maar daar heb ik geen tijd voor!' jammerde ze. 'Ik moest meteen hierheen omdat hij een bod op zijn aandelen heeft gehad en hij moet vanmiddag om twee uur zijn antwoord geven. Volgens mij wil hij ze liever houden, maar al zijn vrienden en collega's zijn ervan overtuigd dat hij alles zal verliezen, dus dringen ze er bij hem op aan dit aanbod te accepteren.' Ze begon haar handschoenen door haar handen heen te trekken en ze uit te rekken op een manier die lady Richard diep zou hebben betreurd.

'Wat een vreselijk dilemma,' zei ik.

'Ja!' Rek, rek, rek.

'Wat ik niet begrijp, mevrouw Pomfrett-Smythe,' zei ik, 'is waarom een vooraanstaand zakenman als uw man zijn antwoord zoekt bij een waarzegster. Ik bedoel, u bent nooit eerder hier geweest.'

'Hij weet niet dat ik hier ben!' riep ze uit, terwijl ze de handschoenen volledig vernielde. 'Hij heeft de beslissing aan míj overgelaten!'

'Aan u?'

'Ja, aan mij! Hij weet gewoon niet wat hij moet doen, en als hij niet weet wat hij moet doen, laat hij de beslissing aan mij over.'

Er ging me een licht op. 'Dus als u de verkeerde beslissing neemt, heeft hij iemand om de schuld te geven.'

'Precies!' zei ze ellendig.

'Nou, dat moeten we niet hebben, prinses – wat jij, Flo?'

Flo koos zorgvuldig vier krijtjes uit haar verzameling en liep naar de muur. Dit, besefte ik, was het riskante gedeelte. Mevrouw Pomfrett-Smythe moest haar aandacht op míj gericht houden, wat betekende dat ik enig mediumachtig gedrag ten toon moest spreiden – een trance, in elk geval, wat gemompel en gekreun, zeker, maar hoe produceer je ectoplastisch gekwijl? Met kauwgum en zeep? Onderzoek, Harriet, je moet onderzoek verrichten!

Voor vandaag liet ik me in mijn roze stoel achterovervallen, zuchtte, zakte in elkaar, gaf een paar schelle kreten. En tuurde door halfdichte ogen naar Flo. Ze pakte eerst het donkerpaarse krijtje en krabbelde wat. Mevrouw Pomfrett-Smythe. Daarna tekende ze een paar bibberige rechthoeken van flessengroen. Geld. Veel knalgele cirkels. Gouden munten. En ten slotte een piramide van kleine licht-okergele stippen. Een berg zand. Nu ik het weet is het heel eenvoudig. Flo's woorden zijn kleuren en vormen. Wanneer haar tekenvaardigheid toeneemt, zal dit nog duidelijker worden. Maar het echte wonder is dat Flo de juiste antwoorden kan zien op alle vragen die 'm'n dames' stellen. Dat ze de kwelling in een ziel kan zien, in ieder hart kan kijken. Een moord kan zien aankomen. Mijn kleine poezenkopje, Gods nieuwe experiment. Nou, bij mij is ze veilig. Dat heeft mevrouw Delvecchio Schwartz goed begrepen. Ik denk nu dat ze wist dat ze weldra niet meer in staat zou zijn goed om te gaan met alles wat Flo gaat worden. Ze had de taak overgedragen aan een jongere, beter opgeleide Harriet Purcell. Vandaag begreep ik eindelijk waarom de eerste Delvecchio Schwartz zich zo gedwee in haar lot had geschikt. Wij zijn er voor ons poezenkopje, zij is degene om wie alles draait.

Toen Flo de krijtjes liet vallen, kreunde ik en kwam langzaam weer bij uit mijn trance. Mevrouw Pomfrett-Smythe zat me aan te staren alsof ik opeens twee hoofden had gekregen.

'Prinses,' kondigde ik aan, 'zeg maar tegen je man dat hij die apparaatjes goed vast moet houden. Waar de wereld op heeft zitten wachten is een manier om de elektronische bokken van de elektronische schapen te scheiden. Die dingetjes zijn je reinste dynamiet.' Ik streelde het Glas. 'Silicium! *Verbluffend* spul.'

'Weet u het absoluut zeker, mevrouw Delvecchio Schwartz?' vroeg ze weifelend.

Nee, Flo weet het zeker, dacht ik bij mezelf. Die hekjes om schapen te selecteren zijn transistors – heel nieuw, maar ik heb een technische opleiding. Er zijn een stuk of wat medische apparaten mee gemaakt, en zelfs een paar computers. Slimme meneer Pomfrett-Smythe! Hij heeft er kennelijk een enorme vooruitgang in gezien, dus misschien zijn de dagen van elektronenbuizen en thermische emissie geteld?

Toen viel me een andere gedachte in: spannen de vrienden en collega's van meneer Pomfrett-Smythe soms samen om hem uit te kopen?

Ik had me dit nog niet afgevraagd of Flo pakte een pauwgroen krijtje en krabbelde daarmee iets min of meer levervormigs, gevolgd door stralen van knalgeel. Ja, dat is het verhaal. En Flo leest gewoon mijn gedachten, *gaf antwoord op mijn onuitgesproken vraag*. Eindelijk de doorbraak! Flo heeft me toegelaten in haar gedachten, zij en ik zijn zojuist één geworden. Ik heb gelijk gekregen.

Mevrouw Pomfrett-Smythe keek me nog steeds onderzoekend aan, terwijl haar vraag nog in de lucht hing.

'Ik ben er absoluut, volkomen zeker van,' zei ik vol overtuigingskracht. 'Bovendien kunt u hem een tip geven van – gebruik mijn naam! – mevrouw Delvecchio Schwartz. Een verstandig man moet niet alles geloven wat zijn vrienden en collega's zeggen.'

'Dat zal ik doen, dat zal ik doen!' Niet op haar achterhoofd gevallen, die mevrouw Pomfrett-Smythe, ze snapte wat ik bedoelde. De lichtpaarse zeemleren tas ging open. 'Eh... hoeveel ben ik u schuldig?'

Ik maakte een groots gebaar. 'De eerste keer reken ik niets, prinses, maar hierna haal ik je het vel over de oren!' Haar voor vandaag iets in rekening brengen? Ammenooitniet! Maandag ga ik twee aandelenportefeuilles openen, één voor Flo en één voor mij, en onze eerste gok wordt een bod op die grappige dingetjes van meneer Pomfrett-Smythe.

Mijn eerste cliënte keek me vol ontzag en respect aan. Toen gingen haar ogen naar Flo en toonden slechts de vertederde bewondering die vrouwen voor een mooi kind hebben.

'Ik zou het bijzonder op prijs stellen,' zei ik, terwijl ik overeind kwam, 'als u mevrouw Pearson wilt opbellen om haar te vertellen dat de enige echte mevrouw Delvecchio Schwartz in haar nieuwe incarnatie geopend is voor zaken. De magnetische micro is weer minder dan één en het uitzetten van de koers van de equanimiteiten is voltooid. Alles is weer normaal in Het Huis.'

Flo en ik liepen met haar de trap af, lieten haar samen uit en bleven op de veranda staan wachten tot de deftig uitziende chauffeur toesnelde met zijn paraplu in de aanslag.

'Poezenkopje,' zei ik, terwijl we de Rolls uitzwaaiden door de regen, 'laten we jouw opbloeiende tekenvaardigheden geheimhouden, ja? De cliënten komen hier binnenkort in drommen aan Rollen – huh-huh-huh – en we willen niet dat ze te weten komen hoe wij dit doen, ja? Mevrouw Delvecchio Schwartz moet uniek blijven – ze is jouw bescherming tegen een wereld die nog niet aan jou toe is.'

En toen kon ik opeens zomaar in haar gedachten kijken! Er vlogen wazige vormen van inrichtingsmeubilair voorbij, de schok van pijn toen ze zich ergens op stortte, de miljarden scherven van een raam dat uiteenbarstte, de bezorgde maar niet-begrijpende gezichten. Maar dat alles, begreep ik, betekende niets vergeleken bij de liefde die ze koestert voor haar twee moeders, de twee mevrouwen Delvecchio Schwartz.

Ze glimlachte naar me en knikte heftig. Ons geheim.

'Ik vraag me af,' zei ik toen ik mijn hand op de deur legde, 'of de eerste editie ooit echt heen zal gaan. Wat denk jij, poezenkopje?'

Flo pakte drie krijtjes – geel, blauw en groen – uit haar roze zak en tekende een kaketoe en een kanariepietje op de glanzend witte muur tussen 17d en Het Huis.

Op de een of andere manier denk ik dat mama totaal niet verbaasd zal zijn als ik haar om de permanente voogdij over Willie vraag; dat is ongetwijfeld al geregeld.